朴景利
パク・キョンニ

完全版

土地

12巻
（全20巻）

金正出＝監修
吉川凪＝訳

CUON

토지

The『完全版 土地』is published under the support of
Literature Translation Institute of Korea (LTI Korea).

完全版 土地 12巻 ◉ 目次

第三部　第四篇　長い旅路

第三部　第五篇　若き鷹《たか》たち

【凡例】

◉訳注について

短いものは本文中に〈　〉で示し、＊をつけた語の訳注は巻末にまとめた。

◉訳語について

原書では農民や使用人などの会話は方言で書かれているが、日本の特定地方の方言で訳すと、その地方のイメージが強く浮き出てしまうことから避けた。訳文は標準語に近いものとし、時代背景、登場人物の年齢や職業などに即して、原文のニュアンスを伝えられるようにした。

原書には、現在はあまり使われない「東学党」などの歴史用語や、不適切とされる表現もあるが、描かれている時代および原文の雰囲気を損ねないために、あえて活かした部分がある。

◉登場人物の人名表記について

人名は原書で漢字表記されているものは、基本的にその表記を踏襲した。また、朴景利が自ら日本語訳を試みた第一巻前半の手書き原稿が残されており、この原稿から採用した漢字表記もある。なお、漢字表記が日本語の一般名詞と重なり読者に混乱を招くものはカタカナ表記とし、翻訳者が漢字を当てたものも一部ある。

◉女性の呼称について

農家の女性の多くは子供の名前に「ネ（네）〈母〉」をつけた「〇〇の母」という呼び方をされている。子供のいない女性などは、実家のある地名に「宅《テク》」をつけて呼ばれる。たとえば「江清宅《カンチョンテク》」は、江清から嫁いできた女性である。「宅」は「誰それの妻」を意味する場合もあり、「金書房宅《キムソバンテク》」は「金書房」と呼ばれる男性の妻であることを表す。また、朝鮮では女性の姓は結婚後も変わらない。

第三部　第四篇

長い旅路

十五章　殺害

日月星辰に祈る春の大祭と教主の五十八歳の誕生日を兼ねた祝宴は一日中盛大に行われ、莫大《ばくだい》な金品が上納された。一年で最も大きな行事を無事に終えた清日《チョンイル》教の会堂は、妖気をたたえたまま暗闇に沈んでいる。黒い道袍《トポ》〈外出用のコート〉と金メッキの冠をつけ、日月宮《イロルグン》と呼ばれる会堂の高い所に鎮座して信徒たちを見下ろしていた池三万《チサムマン》の姿も消えた。「哀れなわが民よ！　たたえよ！　たたえよ！　わが清日教をたたえよ！　いずれ夜明けが訪れる。その日が来れば多くの民は許されて永遠不滅の命を得るが、清日教を信じない輩《やから》は禽獣《きんじゅう》に生まれ変わる。清日教を誹謗《ひぼう》し、この私を誹謗する輩は再び生まれることはできない。幸いなるかな、わが門前に来たりし者。幸いなるかな、わが前に座りし者。幸いなるかな、わが懐に抱かれし者。すべてのわが民よ。たたえよ、たたえよ。そなたたちの盟主を！　私は日月のように見守り、そなたたちは私を親のように思って仕えるのだ。私がいるからこそ、そなたたちが生きる。将来、刀と槍を携え数万の神将*が私の所に来る。その時、山は崩れて海となり、海は湧き上がって山となり、私の新たな建国を助けるであろう」

黄ばんだひげと太った体を揺らしながらそう告げていた三万の大声も消えた。信徒たちは手を打ち、礼拝し、また慟哭《どうこく》し……。会堂と庭を埋め尽くした狂乱の波も消えてしまった。飲み食いしながら音楽に酔いしれていた人々も去り、宴の料理はすべて片付けられた。ただ三日月だけが、会堂の高い屋根の上にぼんやりと浮かんでいた。ずらりと並んだ部屋には八神将、十五守門将、伝令などと呼ばれる男たち。伝令とは布教師のことだ。清日教の幹部たちは一日中酒を飲み続けてぐでんぐでんになり、深い眠りに落ちていた。いびきや歯ぎしり、何かに追われているような寝言が聞こえる。彼らは、その日が来たら紅布道士、青布道士、黄布道士になることを夢見ているのかもしれない。さまざまな前歴を持った男たちが野獣のように息を弾ませていた部屋は、すべて明かりが消えていた。一番遅くまで残って働いていた厨房の女性信徒たちも、もう寝ついたらしい。

零時を過ぎ、さらに一時間ほど経ったようだ。春の暖かさをねたむ花冷えの風が吹き、森ではフクロウが鳴く。張飛や関羽が描かれた会堂の壁、丹青《タンチョン》〈寺院などの建物に描かれる色とりどりの模様〉を施した軒やだらりと垂れたしだれ柳、そして三日月。人里離れた邪教の殿堂は、すさまじい妖気を漂わせながら闇の中に立っている。一陣の風が吹く。行廊《ヘンナン》*の部屋の戸が一つ、かたりと音を立てて開いた。風のせいではない。小用を足しに出てきたのだろうか。薄暗い中、長身の男が庭に下りた。まげは乱れ、闇の中に髪が白っぽく浮かぶ。酒の匂いをさせながら、男は屋根の上の三日月に向かってにやりとする。あの日の晩、花開《ファゲ》の酒幕《チュマク》〈居酒屋を兼ねた宿屋〉で金環《キムファン》を見た韓《ハン》という男が夜明けの道を走ってここに着いた時、中庭で出くわした老人だ。彼はその時、包丁を持っていた。包丁を研いでいたと言っていた。池三万の親族ではないけれど、姓は同じ池だ。年寄りだとはいえ池書房《ソバン》*は、童参《トンサム》*を煎じて飲んでいるのではないかと言われるほど力が強かったし、序列は低くとも池三万の腹心の部下の一人で、六十過ぎて妻子はもちろん親戚もいないため、池三万から疑われない唯一の人物だった。年のわりに淫乱なのが欠点で、若い時には与太者だったとか白丁《ペクチョン*》だったとかいううわさもあったけれど根拠のない話だったし、話題にするほどの人物でもなかった。

のそのそ裏に回った池書房は、しばらくすると包丁を持って現れた。刃先を確かめるように指で触れる。なぜ真夜中に包丁を持って出てきたのだろう。家の中の雑用をしているのだから、包丁を研ぐのも彼の仕事には違いない。時折、寝つけないと言って明け方に起き出して包丁や鎌を研ぎ、山で木を切ってくることもあったが、今は真夜中ではないか。池書房は、天も地も恐れはしないというように、雑神うごめく会堂も、その中に祭られたさまざまな位牌も気にせず、背を伸ばして大股で歩く。池三万とその妻妾が寝起きする家の一角大門《イルガクテムン*》の前に行って門を一度押した。再び左に向かい、石塀に沿って十数歩ほど歩いた池書房は、石塀の脇にある松の老木を見上げる。松葉の間から星が、今を盛りとばかりに輝いている。池書房は包丁を腰に差し、両手のひらにつばを吐く。老いた熊のようにのっそりと松の木に登り、若者のようにふわりと石塀の上に跳びあがる。地面に下りて腰から包丁を抜き、門のかんぬきをはずす。そしてさっきのように屋根の上の三日月を見上げ、気が触れたように笑う。どの部屋にも明かりはついていない。眠れないからと遅くまで油皿の火を灯していた、星宮《ピョルクン》と呼ばれる女の実母の部屋も、明かりは消えていた。大きな行事のせいで、ここでも全員が疲れて眠り込んでいるらしい。池書房は、鶴が羽を広げたようにそり上がった軒先と、瓦をふいた石塀の間を足音を忍ばせながら歩いていた池書房は、それぞれの部屋の前に来ると立ち止まってそっと戸を開けてみる。女が一人で寝ていた。星宮に愛妾の座を奪われた、月宮《ウォルクン》と呼ばれる女だ。池書房は鶴の舞でも舞うように両肩を持ち上げて腕を広げる。この時だった。家の後ろの石塀を越えたカンセとチャクセは、角を曲がろうとした瞬間、部屋の中をのぞく男の姿が白っぽく闇に浮かんでいるのを見てたじろいだ。

「兄貴、だ、誰かいる」

部屋の戸を閉め、欄干を巡らせた縁側を通り過ぎた池書房は、わらじを履いたまま影のように大庁《テチョン》*に上がる。

「だ、誰かな」

混乱したチャクセがささやく。

「静かにしろ」

「急がないと。ことがうまく運びませんよ」

「もうちょっとしたら寝るだろう。黙ってろ」

カンセはチャクセの脇腹を突く。

「い、いつまで」

「女か、男か」

「女ではなさそうです」

「じゃあ、池三万か?」

「ち、違う。背が高いし、カマキリみたいに腕が長いし」

「ついてないな」

カンセは石塀に背中をくっつけて地面にへたり込み、たばこに火をつける。

「よくたばこを吸う気になりますね」

「いらいらしながら待つよりはいい。どのみち、そいつが寝るまでは我慢しないとな」

「あの爺さんみたいな感じもするけど……」

「何だと？」

「池書房って爺さんがいるんです。でも、あの爺さんが何してるんだろ。夜中にここに来るはずがないし、池三万に呼び出されたのなら明かりをつけるだろうし、変だな」

カンセも焦っているのか、短いきせるをくわえて足踏みをする。

「普段、話さないといけない時にはろくに口もきけないくせに。お前、怖くてうわごとを言っているんじゃないのか」

その時、部屋の戸を開け放つ音がした。

「母さん、助けて！　池書房が包丁を振り回してる。ああっ！」

悲鳴、大庁の床坂を踏んで逃げてゆく足音。カンセとチャクセは地面に伏せる。

「人殺しだ！　人が殺された！」

やがて老婆の叫び声が闇を切り裂く。

「こりゃ駄目だ。とにかく塀の外にいよう」

カンセとチャクセは慌てて石塀の外に飛び降りる。

「人殺し！　人が殺された！」

また叫び声が聞こえる。

「あ、兄貴、一体全体、これはどういうことだろう」

チャクセはぶるぶる震える。思いもよらない出来事なので、カンセもかなりまごついている。石塀に沿ってこっそり歩く。しばらく引き返すと、部屋がずらりと並んだ行廊が見え、中庭が見えた。どの部屋も戸が開いて人が出てくるところだった。数人の男たちは小屋に走ってたいまつを持ってきた。老婆は相変わらず、人殺しだ！　と叫び続けている。髪を振り乱して飛び出してきた女や、棒を手にした男たちで、辺りは大騒ぎになった。

「誰かが死んだようだけど、誰が死んだんでしょう？」

カンセは黙って石塀の陰に身を潜め、中庭の方を見る。

「教祖が死んだあ！」

誰かが叫んだ。「亡くなった」ではなく、「死んだ」と言った。池三万が救世主ではなく搾取する者であることを知っていたのだ。

「兄貴」

チャクセはカンセの袖を引っ張る。

「兄貴」

返事がない。

「こうしてる場合じゃないですよ」

「まったく、どうなってるんだ？」

「のんきなことを言ってないで、に、逃げましょう。ここでぐずぐずして見つかったら、ぬれぎぬを着せられそうです」

「……」

「兄貴！」

「ぐだぐだ言うんじゃない。逃げるなら、お前一人で逃げろ」

カンセはいら立ちを見せた。

「死んだのなら、もうここに用事はないと思うけど」

「おい！」

池三万が死んだら三年来の胃のもたれが治ったみたいにすっきりするはずなのに、カンセはどういう訳かひどく気分が悪そうだ。

「俺は雑神どもの様子を見ていくから、先に帰れ」

「俺が自分だけ助かろうとしてるとでも思ってるんですか」

「死んだのは誰だろう」

「星宮も死んだ!」

また誰かが叫んだ。

老婆は死んだ娘の所に駆けつけようともせず、地面にへたって慟哭する。犯人が池三万を殺した時、起きていたか気配で目を覚ましたかした星宮が悲鳴を上げて逃げ出したのを犯人が追いかけて刺し、娘の悲鳴を聞いた老婆はとっさに行廊に向かって走ったのだろうとカンセは推測する。やがて、たいまつを手にした男たちが池書房を引きずり出した。

「あ、あれは!」

チャクセが驚く。

「変だな。あの爺さんが、どうして池三万を殺したんだろう」

犯人が捕まったことに安心したチャクセは、もう帰ろうとは言わず、好奇心をもって中庭の光景を盗み見る。

男たちは池書房を引きずりながら何度も足で蹴ったり、まげをつかんで踏みにじったりしながら、殺せ、引き裂いて殺せ! と叫んでいる。中でも音頭を取るように大声を出しているのは、池三万が最も信頼していた参謀である林《イム》という男だった。林は、夜明けまでに池書房を殺して埋めなければ気が済まないような勢いだった。教祖の死が実感できず、悲しくもないのに、人々は猟犬のように林の命令に従い、血の匂いに正気を失っていくように見えた。だが池書房は突然、興奮した雄牛のように声を上げ、押し寄せる人々をはねのけて立ち上がった。

「おい、林！」

林はその声をかき消そうとするかのように、

「あの年寄りの舌を抜け！」

と叫び、獰猛《どうもう》な獣のように牙をむく。

「おい、林！」

池書房は血まみれの顔を揺らす。

「お前がやれと言ったくせに、発覚したから、自分が警察に捕まりたくなくて俺を殺すのか」

「ひどい奴だ。水鬼神*みたいに、俺を道連れにするつもりだな」

林は隣にいた男が持っていた棒を奪い、池書房に向かって突進する。しかし次の瞬間、池書房に蹴られて倒れてしまった。

「この馬鹿ども！　焼こうが煮ようが勝手にすればいいが、話ができるように口だけは残してくれよ！」

興奮していた人たちの手が、一瞬にして止まった。

「ああ、そうだ。俺の話をよく聞け。俺を殺して捕まるより、夜が明けてから警察に突き出す方がいいではないか。俺も、殺されるにしても言うべきことは言わなければならんからな」

「極悪非道なじじいだ。二人も殺しておきながら」

林は口から泡を吹いて再び飛びかかる。人々は、いつしか見物人になっていた。池書房はからからと笑いながら林を投げ飛ばした。

「誰にも見つからなけりゃ、お互いによかったのにな。だが、仕方ないだろう。諦めろ。運がなかったんだ。教祖を殺せば俺は月宮を手に入れ、お前は全州《チョンジュ》の金持ちから清日教の財産をごっそりもらえると思った。だから俺はお前の言うとおりにしたんじゃないか」

「チャクセ」

「はい」

「行こう」

「行くって？」

「もういいだろう。大体のことはわかったから」

背中を押す。坂道を下りながらカンセは、

「全部終わりだな」

と、道端に唾を吐く。

「兄貴」

「何だ」

「あの爺さんの言葉どおり、林が命令したんでしょうか」

「決まってるさ」

「あきれた」

「どうしてだ。俺たちも殺しに来たのに」

「俺たちは、事情が違うでしょう」

「虫けら以下の奴らめ」

「ところで全州の金持ちって何のことですかね？」

「そいつも虫けらだろうさ。どんな悪事を働いたのか……一生、弱みを握られて暮らすよりは殺した方がましだと思ったんだろう」

「だから林をそそのかしたってことですか」

「たいてい、そんなところだな」

「人を殺したのに、あの爺さんは恐れている様子が、ちっともありませんでしたね」

「人？　池三万が人間なものか」

「人の命を奪うこともそうだけど、自分も死ぬだろうに、どうしてあんなに平気な顔をしてるんでしょう？」

「そんな奴が、たまにいる。生まれつきの悪党だ。池三万より、林やあの年寄りが何倍も悪党なんだろう。なんだか、胸がむかむかするな」

「俺たちのやることを代わりにやってくれたんだから、ありがたいことには違いないけど。あんな奴ら、頭と手足を切られて殺されりゃいいんだ」

　しばらく歩くとカンセは、

「ちょっとたばこを吸おう」

と言って地面に座った。きせるに刻みたばこを詰めて火をつけ、数えきれないほど星の出た夜空を見上げる。

「兄貴」

「……」

「どこかで一杯やりましょうよ」

「チャクセ」

「はい」

「お前はそんなに気分がいいのか」

「兄貴は気分が良くないってんですか。俺たちの代わりをしてもらって、こうして安心していられるんだから最高じゃないですか」

「チャクセ」

「はい」

「お前はどうする?」

「何を?」

「南原《ナムオン》で暮らすか?」

「さあ。今はもう」

「山に入るか?」

「……」

「山に入れ」

「山に入れだなんて、何を言い出すんです」

「山に入って気楽に暮らせ。何もせず、火田でもやって、炭でも焼いて……」

「兄貴もそうするつもりですか？」

「お前の話をしてるんだ。これまでずいぶん苦労させたな。いじめもしたし」

チャクセは不安そうに目を上げ、きせるを吸うカンセの顔を見る。

「世の中は理屈どおりにいかないらしい。人の心も理屈どおりにはならないし。もう、全部終わりだ。恵《ヘ》観《グァン》和尚も年を食って使いものにならない……。動けるのは寛洙《グァンス》だけだ。考えてみれば環兄さんも、いい時に死んだよ。悲しむこともないよな。石甫《ソッポ》や池三万の末路は悲惨だが、兄さんは自分らしい死に方をした」

カンセは泣き顔になる。

「心のどこかにぽっかり穴が開いたみたいで、これからどうすればいいのか。どう考えても、俺たちの時代には何も成し遂げられそうにはない」

「……」

「チャクセ」

「はい」

「目の見えないロバが鈴の音を頼りに歩く*という言葉があるが、お前がそうだった。これからは俺の振る鈴の音なんか聞かずに、山に引っ込んでいろ」

「そ、それじゃ、兄貴はどこに行くんです？」

「何も決めてない」

「……」

「行こう」

カンセはきせるを払い、腰に差して立ち上がった。もうすぐ夜が明けようとする時刻にチャクセの家に着いたけれど、辺りはまだ真っ暗だった。

「いらっしゃい」

チャクセの女房が枝折戸《しおりど》を開けてくれた。

「昼に飲んだ酒が残っているはずだから、持ってこさせましょうか？」

チャクセが聞く。

「いらん。俺は寝る。奥さん、こんな時間にすみませんね」

「とんでもありません。お酒の用意をしてきます」

「い、いや。俺はちょっと寝ますから」

「布団は小さい部屋に敷いてありますけど」

「それはありがたい」

部屋に入ったカンセは明かりもつけず、そのまま寝床に入ったらしい。

「あんた、どうしてぼうっと突っ立ってるの。家に入りなよ」

「え？　ああ、そうだな」

答えはしたものの、チャクセは立ったままだ。

「空気が冷たいのに。風邪を引くよ」

「俺はちょっと飲みたいんだが」

「変だね。好きでもないくせに、どうしてお酒を飲みたいのさ」

「胸がむかむかして」

カンセと同じことを言う。安心したと言ったものの、実のところチャクセは当惑していたし、実際に胸がむかむかしていた。

「じゃあ、部屋に入ってて。お酒を持っていくから」

酒をあおったチャクセは、改めて興奮がよみがえる。少し前に起こった出来事が夢のようでもあったし、嘘のような気もする。たいまつに照らされた、乱れ髪で血まみれになった池書房の顔が浮かんだ。

「夢に出そうだ」

そうつぶやくと、

「え？」

女房が顔を見る。

「何か言った？」

「な、何でもない。あのな」

「はい」

「これからは山に入ろうと思う」

「また引っ越し？」

「うむ」

「また引っ越しだなんて、ぞっとする。どうして同じ場所にいられないのさ。何かあった？」

「あるものか」

「また警察に追われてるの？」

「そうじゃない」

チャクセは上の空で返事をする。

(本当に池書房が殺したのだろうか)

カンセはしばらく寝てから目を覚まし、チャクセの女房が朝食を食べていけと言うのを断って、夜明けに家を出た。花開まで来たカンセは酒幕に入る。

「今日はもう終わったよ」

おかみの飛燕《ピヨン》が、横目でカンセをにらむ。

「ヒラメにでもなる気か。真っ直ぐ前を見ろ」

「やぶにらみにはならないから、心配しなさんな」

酒卓に乱暴に碗を置いて飛燕が言う。

「顔つきからすると、昨夜は一人で寝たな」

「顔つきからすると、昨夜は誰かの遺骨を改葬してきたね」

「この小娘が、何を言う」

「小娘だって？　この悪ガキが何を言うの」

飛燕が眉をつり上げる。

「嫁に行ったことがないなら、婆さんになっても小娘だろうが。さっさと酒でもつげ。もっとも、そういうきついところがいいんだ。男にすがりつくような女はみっともなくて見ちゃいられない」

「おや、何とかのわりには、いいことを言うね」

「今日は酒卓をひっくり返したりしないから、はっきり馬鹿と言えばいい」

カンセはついでくれた酒を一気に飲み干す。

「もう一杯」

飲み干しては、また碗を突き出す。

「つげ」

「むせるよ。誰も捕まえに来ないから、ゆっくり飲みなよ」

飲み干した碗をまた突き出す。

「また王様が死んだのかい。どうしたのさ」

「王様が死んで喪に服す時は、飲酒と歌舞は禁じられる」

「国があった時の話だろ。くだらない。国喪だなんて、名前だけだよ」

「お前もなかなか口が達者だな。もっとも、国喪でないこともない」

「じゃあまた毒殺されたってこと？」

「毒じゃなくて、刺し殺された」

「なんてひどいこと」

「飛燕」

「何さ」

「お前も清日教の信徒か」

「南原に本部があるという宗教かい？　どうしてあたしがそんなものを」

「教祖が死んだから国喪みたいなもんだろ。あいつは玉璽《ぎょくじ》を受けたとほらを吹いていたしな。はははっはははは……うはははっ……」

「何さ。つまらない冗談はほどほどにおしよ。万歳《マンセ》騒動*の時は、ちょっと酒が売れるかと思ったけど」

気を許した飛燕は、冗談めかして言った。

「ははは っ……はっはっはっはっ」

「息が苦しくなるよ。何を笑ってるの」

「ついでくれ」

「ゆっくり飲みなよ」

「俺のことを考えてくれることもあるのか」

「憎らしいのも情のうちって言うじゃないか」

「飛燕」

「そんなふうに呼ばれると、気味悪いね」

「お前、チュンメ婆さんを知ってるだろ」

「この智異山《チリサン》*でチュンメ婆さんを知らない人はいないよ。うちの叔母さんとも知り合いだったし」

「お前はどう思う」

「ありゃ人間じゃない、山の鬼神だ。鉛の毒*で顔が真っ青になってて。人けのない山に住んでいたからよかったものの」

「お前の目にもそう映るか」

「どうして、死んだ人の話を持ち出すの」

「お前はもっと早く、あんなふうになる」

「何を言うのさ」

「あの婆さん、気立ては悪くなかった。若い頃に生き方を間違えたんだ。お前もちょっと考えなければいけないぞ」

飛燕が青ざめる。紫色のチョゴリ〈民族服の上衣〉も陰鬱な色に変わっていくようだ。

「どんなふうに生きたところで、大して変わりはないだろ」

かっとしたけれど、突然災難に見舞われたみたいに青ざめている。

「不細工でぼんやりした男でもいたら、一緒になれ。すぐに年を取って病気になる日が来るから」

「そんなになるまで生きてないよ」

「誰でも若い時はそんなふうに言うんだ」

「ほっといておくれ。人の心配なんかせずに、酒を飲みに来たなら、さっさと飲んで帰りな」

「後でいいから、よく考えてみろよ。さっさと死ねれば幸運だが」

最後の言葉は誰に向かって言っているのか、カンセ自身もわからない。

「スズメが米つき小屋を見て、素通りするわけにはいかない*だろ」

男が二人入ってきた。カンセと並んで酒卓の前に座った男たちは、早く酒を持ってこいとせかす。

「肴《さかな》はテナガダコで」

「おい、テナガダコはやめろ」

「どうして？」

「思い出して、胸がむかむかする」

「今日は胸がむかむかする人が多いな。何があったんです」

カンセが酒を口に運びながら聞く。

「死体を触ったんですよ。それも川に身投げして死んだ人の。テナガダコで思い出す」

「死に神も、人をまとめて連れていくらしいな。今度は刺し殺されたんじゃなくて、身投げか。どこでです」

ひげについた酒のしずくを手で拭きながら、カンセの横に座った男が顔を向ける。

「花心里《ファシムニ》の近くです。舟に乗っていると、死体が浮かんでるじゃないですか。妓生《キーセン》らしいけど、生きている時はきれいだったでしょうね。絹の服を着て、肌が真っ白で」

「女か」

憂いに沈んでいた飛燕が、妓生という言葉に耳をそばだてて、

「どこの妓生だと言ってましたか？」

と尋ねる。

「崔参判家《チェチャムパン》＊にいた人だそうで、死体もそこに移されました」

「崔参判家？」

カンセは驚く。

「知ってる人ですか」

「いえ」

「どうして死んだんでしょう」

また飛燕が尋ねる。

「アヘン中毒だとか。アヘンが吸えなくて、たまらなくなって身投げしたんでしょう」

「年は？」

「三十四、五かな。もっと若いかもしれない」

「とにかく、崔参判家の地相が良くないんだ」

端に座った男がつぶやいた。

「何を言う。鳳凰《ほうおう》が巣を作ってすんでいたところじゃないか」

「それは初耳だ」

「ともかく、代々大金持ちだったんだから、地相が悪いとは言えないだろう」

「いくら金持ちでも、子孫が絶えたらどうしようもないよ。男は代々若くして死んで、最近では殺された旦那もいたし、背中の曲がった旦那が住んでいたかと思えば、川で死んだ人が二人も出て」

「二人とは？」

「それも昔のことだ。三十年にはならないだろう。俺が二十歳前だったから。下女が一人、身投げをして死んだ。それ以外にも、いろんなことがあった」

「誰も死んでない家なんかないよ。どこの家にも災いはあるものだ」

「災いにもよるさ。殺されることなんか、めったにないじゃないか」

「いや、それでも、趙《チョ》氏に奪われたものを取り戻したんだから」

「酒を飲みながら、つまらない話をするなよ。よその事にどうしてそんなに熱を上げる」

カンセは酒卓に金を置き、立ち上がりながら言った。

「飛燕、元気でな」

カンセはさっと外に出た。双渓寺《サンゲサ》の方に向かってぶらぶらと上がってゆく。

(池三万は本当に死んだのか)

妙なことに、死んでいなかったらどうしよう、などという考えはちっとも起こらない。死んでくれてよかった、それも他人が殺してくれてありがたいという気持ちもない。

(あいつは頭がおかしくなった。惨めに死ぬために狂ったのか)

池三万の、黄ばんだ薄い頭髪が思い出された。鎌首をもたげた毒蛇のように殺気に満ちていた昔の顔が浮かぶ。

(あいつ、どうかしちまったんだ)

カンセは虚しかった。脚の力が抜けたように頼りない。何年も前に洞窟の中で池三万と取っ組み合いのけんかをしたことを思い出した。顔が鼻血で赤く染まり、寛洙が腰から手拭いを抜いて投げてやったが、池三万はそれを使わず手で顔を拭っていた。そして体を斜めにして自分のチョゴリのひもを抜いて端っこをちぎり、鼻の穴に詰めて、残ったひもでまげのほどけた頭に鉢巻きをした。その光景が、鮮やかに浮かぶ。

(あいつは、こんなことを言っていた。いつか、マッコリで太ったお前の腹を刺して家畜の餌にしてやるから覚えておけ。そう言って笑っていたな)

カンセの顔に苦笑が浮かぶ。

(馬鹿な奴。もっとも、皆が親日派に変わってゆく世の中だ。池三万は雑神の教祖という仮面をかぶったのか。それ以外に道がなかったのか。狂うよりほかになかったのか。四方の道が塞がれていたから。あの荒っぽい、気の強い男が)

ふらふらと山道を上がるカンセの顔に、元は同志だった池三万の変節と裏切りと死に対する、一筋の涙が流れる。うわさによると、池三万は環が死んでから、いっそう深く酒色にふけったと言う。突拍子もない振る舞いをするようになり、泣いたり笑ったり、天帝ごっこをしたり、女の服を着て寝床に入ったり、一緒に寝ている女の胸を探りながら、隠し持った短刀を出せと叫んだりしていたというのだ。

双渓寺が近づいた時、カンセはふと酒幕で聞いた言葉を思い出した。

(妓生？　それなら鳳順《ポンスン》とかいう女か？)

カンセは紀花《キファ》に会ったことはないが、恵観や寛洙から話を聞いた気がする。

(そうだ！　あの時、つまり環兄さんが捕まった後に晋州《チンジュ》に来た時だ。思い出した。錫《ソク》が、その妓生を迎えに平壌《ピョンヤン》に行ったとか言ってたな)

思い出しはしたけれど、その死についてカンセは特に興味がない。彼の傍らには、いつでも死があったから。

十六章　眠っているような

老眼鏡をはずして立ち上がった恵観《ヘグァン》は、合掌して言った。

「松安《ソンアン》居士、今日はどういうご用事ですかな」

訪ねてきた老人は痩せていて、優しそうに見えた。南原《ナムオン》に住む吉《キル》だ。ずいぶん前から仏教に帰依していた彼は、信心が篤かった。牛観《ウグァン》禅師は生前、彼を信頼して、尹《ユン》氏夫人が息子の金環《キムファン》にやってくれと言って預けた土地を管理させていた。それに、吉は延鶴《ヨンハク》の父である河東《ハドン》の張《チャン》とは気のおけない間柄だった。

「お座り下さい」

「はい」

吉は笑顔を見せて座った。

「明るくていい部屋ですね。最近もよくお出かけになるのですか」

「昔のようにはいきませんな。力の残っている間に腰を据えて十王観音の絵でも描こうと思っておりますが……」

「和尚さんにいろいろとご相談したくてやってまいりました」

「相談とは？」

「ご存じのように、兜率庵《トソルアム》はここ数年住職がおらず、山の動物の遊び場になっておりました。ですが今度、若いお坊さんが修行に来られまして」

「そうですか」

「庵とはいえ、小さなお寺みたいなものなのに、私達があまりに無関心だったようです。遅まきながら、大工を一人やって崩れかけた庵を修理させているのですけれど」

「そこに仏画を一幅飾りたいということですな」

「そ、そうです」

吉はにっこりした。

「ははは、はっはっはっ、松安居士が頑張っておられるのだから、拙僧も協力致しましょう」

「ありがとうございます」

修行僧が上等のお茶を運んできた。茶碗を持って香りをかぎながら言う。

「松安居士とは四、五年ぶりなのに、どういう訳か、つい昨日会ったような気がします」

「気持ちが近くにあるからでしょう」

「まったくです。我々が知り合って三十年以上になります。牛観禅師がお元気だった頃ですから、ずいぶん月日が経ちましたな」

「罪を作り、功徳を積みもせず、歳月ばかりが過ぎてしまいました」

「そう言われると、この坊主は恥ずかしくて顔も上げられません。松安居士は極楽往生なさいますぞ」

「仏のお言葉もわかっていないのに、極楽往生だなんて。ははは っ……」

「最近も河東の張さんとは、お会いになりますか？」

「時々会います」

「商売はどうです？」

「息子に任せて私は手伝うぐらいですが、良くも悪くもなりませんね」

「それは結構」

「私もそう思います。商売も考え方次第ですが、突然繁盛したかと思うと突然駄目になったりすることもあります。それに天変地異は絹織物商売にだけ影響するのでもありません。品物を積んだ船が海に沈むこともあります。損したり得したりすることなど、大したことではありませんね。欲が問題なんです。損をしてもたいてい元手は取り戻せるものだし、倍の利益が出ても、その次はどうなるか。相場の上がり下がりによって値段は変わるけれど、品物の数量に変動はないから損をした人は安く売るし、もうけた人は高く売る。一、二回そんなことがあった後に、自然に形勢が逆転したりもする……ははは っ……。商売人は慌てず、欲を出さないで、ははは っ、気楽に生きるのが一番ではないですか」

「だから、商業が栄えれば民は好き勝手なことをするようになると言うのです。利益を追求すると商売は大きくなる代わりに心は卑しくなるものですからな」

「それは知りませんが、暮らしていると」

修行僧が来た。

「お客様がお見えです」

「誰だ？」

「あの、やぶにらみの」

「おい、目つきを聞いているのではない。客の名前を聞いているのだ」

「名前がわからないんです」

そこにカンセが、

「和尚！」

と声をかけた。

「入れ」

カンセは履物を脱いで部屋に入った。

「おや、吉さんがいらしてたんですね」

「お前、どうしたんだ」

「はい、通りがかったもので」

座る。

「吉さん」

「何だ？」

「南原に帰ったら、珍しいうわさを耳にしますよ」

「珍しいうわさ？」

「ええ、池三万《チサムマン》が死んだんです」

「清日教《チョンイル》の？」

恵観が顔色を変える。

「昨夜、刺し殺されました」

「まさか」

恵観がカンセをにらむ。カンセの仕業だと思ったのだが、それに怒ったのではなく、吉書房がいるのに平気でそんな話をすることに怒ったのだ。

「自業自得でしょう」

「まあ、南原一帯を台無しにしたから罰せられても当然だがな。誰がやったんだ？」

「飼い犬に手をかまれたんですよ」

「飼い犬だと？」

初めて恵観が口を開いた。

「あそこにいた年寄りが女を手に入れようとしてやったらしいんですが、林《イム》という奴に命じられたようです」

「お前はどこでそんなに詳しく聞いたんだ？　つい昨夜のことなのに」

「用事があって南原に行ってたんで」

恵観は、大きなため息をついて言った。

「天の定めだ」

カンセは苦笑する。吉は訳がわからなくて、

「どうしてまた、南原なんかに」

と眉をしかめた。静かな寺の昼下がりに、森の中から山鳩の鳴き声が聞こえてくる。

「私は住職に挨拶して、お先に失礼するよ。和尚さん、どうかお元気で」

吉が出ていくとすぐ、

「さっき言ったことは、本当か？」

恵観が性急に尋ねた。

「嘘なんかつきませんよ。吉さんもいるのに」

「お前がやったな」

「殺しに行ったのに先を越されてしまいました」

「妙な巡り合わせだ。頭がくらくらする」

「俺が一足先に行っていたら俺が殺しただろうけど。池を刺した年寄りは災難でしたね。不幸な虫けらです」

「何のことだ」

「おかげで、手を汚さずにあくどい奴らを三人、いや四人始末できました」

決して愉快なことではないのに、カンセは楽しそうな身振りをしながらしゃべりたてた。

「四人とは？」

「清日教に資金を提供していた全州《チョンジュ》の金持ちが、林という奴に指示したらしいんで」

「南無観世音菩薩。カンセよ」

「はい」

「これからは、わしにそんな話をしないでくれ。また画僧*に戻るつもりなのだから」

「和尚さんが、俺たちに手を貸すと言ったことはなかったじゃないですか。やらない、聞かないと言いながらもやらなければならなかったし、聞かなければならなかったんでしょう」

「もううんざりだ」

「環兄さんの敵《かたき》が死んだのに、うれしくないんですか？」

「うれしいだと？　いやしくも坊主なのだぞ。人が殺されてうれしいなどと言うものか！」

「いやしくも坊主なのに、東学*に力を貸したじゃないですか」

「こいつ、だんだん環に似てくる」

「門前の小僧、習わぬ経を読むということですよ。ずっと一緒にいたんだから」

カンセは憂鬱で仕方がないせいで、べらべらとしゃべる。恵観とて、口で話していることと内心が一致しているわけがない。環に対する愛情は、カンセとは違う意味で、また格別だったのだから。それでも、喜ぶことも悲しむこともできない複雑な心理は、カンセと同様だろう。

「池の奴、死にたくてあんなことをしたのだろうか」

唇をなめる。

「どういうことです。何かあったんですか」

「あいつが手下を引き連れて、わしを訪ねてきたことがあった」

「それで？」

「何しに来たのか、帰った後もわからなかった。訳のわからないことを一人でしゃべっていた。頭がどうかしているようだったな」

「何て言ってたんです」

「自分が正しいと。自分のしたことは正しく、自分の判断は正しかったと言うのだ。信徒が激増して、二、三年のうちには昔の東学をしのぐ勢いになる。隠れる必要もなく、倉に穀物がいっぱいになり、資金は楽々と調達できる。何人かの金持ちの首を斬れば、黄金があふれ出る。そんなことをしゃべりながら、また手を組もうだなどと。まともではなかった」

しばらく沈黙が続いた。

「ところでお前、何しに来た」

「寛洙《グァンス》が来ることになってるんで、もしかしたらと思って来てみました」

「まだ来とらん」

「そうですか」

「錫《ソク》も来るそうだな」

「寛洙と一緒に来るはずです」

恵観とカンセは互いに力ない視線を交わす。

「ここに来たら、うちではなく、以前、環兄さんが寝起きしていた所に行けと伝えて下さい」

またしばらく沈黙が続く。

「ソウル*にいる人が戻ってきたら」

「崔《チェ》参判家の旦那ですか?」

「千手観音を造らせるつもりだ」

「どうしてです」

「牛観禅師の念願だった」

「無理ですね」

「なぜだ」

「それは和尚さんの夢でしょう」

「また満州〈中国東北部〉に行くつもりだろうか」

「たぶん」

「倭奴《ウェノム》〈日本人を意味する蔑称〉が行かせてくれんだろう」

「それなら俺たちがみんなで行きますか」

「ふむ」

「……」

「お前は残らなければならんぞ」

「どうしてですか」

「寛珠と錫が行かねばならんからだ」

「……」

「世の中がどうなるのか、居場所が日に日に狭まる。もう、天にでも昇らなければ……。それでなくとも窮屈だから、一度ソウルにでも行ってきたいが。わしがもう少し若ければ、袈裟《けさ》など脱ぎ捨ててしまいたい」

恵観はさっきとは違うことを言う。

「環兄さんだけでも生きていれば」

「弱気だな」

「いくら強がっても、和尚さんはここで仏画でも描いているよりほかに仕方ないでしょう」

今度はカンセが、さっきとは違うことを言う。二人は穏やかな春の日にのんびりと昼下がりを過ごしているみたいに、声を上げて笑う。

カンセが恵観と別れ、村の入り口を出ると、林の中で一人の男が座ってたばこを吸っているのが見えた。

彼はカンセを見ると、尻を払って立ち上がった。

「錫じゃないか」

「ええ。お客さんが来ているというから、誰かと思ってました」

「寛洙はまだか」

「明日ぐらいに。晋州《チンジュ》の羅《ナ》刑事につけられているんで、別行動しました」

錫の顔は見る影もなくやつれている。

「また寺に行くのも何だから、一緒に行こう。寛洙が来たら、会えるようになっている」

「ええ」

岩の間を流れる小川の水の音を聞きながら、二人は足音を立てて坂道を下る。

「羅刑事のせいで、困ったな」

「……」

「いっそ殺してしまおうか」

「ことが大きくなりますよ」

「だんだんやりにくくなる」

「場所が広くなれば、網の目も大きくなるでしょう」

錫は歩きながらたばこを出してカンセに勧め、自分も吸う。

「羅刑事は、崔参判家の旦那の身辺を探るために寛洙をつけているんだろう」

「そうです。延鶴も何もできなくなりました。寛洙兄さんを捕まえようと躍起になっているから」

「それだけじゃない。釜山《プサン》でも」

「寛洙兄さんさえ捕まらなければ、ほかの人たちは大丈夫なようになってはいますけど。カンセ兄さんが釜山に行って下さい」

「お前は？」

「寛洙兄さんと似たようなものです。それに、学校は追い出されたし」

「学校にまで手が伸びたってことか」

そう言いかけて、

「ちょっとそこに腰かけよう」

と林の中を指さした。木を背もたれにして切り株に座った錫が言った。

「学校をクビになったのは、全く個人的な問題のせいですが、考えようによっては、それを利用できる気もします。釜山に勢力を伸ばす機会かもしれません。寛洙兄さんのように完璧にはできなくとも。羅刑事も釜山の警察も、寛洙兄さんばかり追っています。寛洙兄さんを捜すために延鶴、梁必求《ヤンピルグ》、そして僕の三人に目をつけているけど、三人のうちでは僕が一番知られてませんから」

「ちくしょう。どうして何年も前のことを今更掘り返すんだ。何の痕跡も残っていないのに」

「金先生〈環〉が自殺したからでしょう」

「死にたくて死んだわけじゃない。ほかに道がなかったからだ」

「もちろんです。でもそのためにあいつらがいっそう疑うようになったんです」

「だがソウルの監獄にいる人に関係があるなんて、無理なこじつけだ」

「こじつけと言えば、金先生を逮捕したこと自体が、こじつけでしょう。何の証拠もなかったのに」

「それはそうだが、釜山で何も始められないまま頓挫したのは悔しいな」

「悔しがることはありませんよ。そのままなんだから。満州国境に近い元山《ウォンサン》*と釜山の事情は違うし」

　釜山で寛洙が追われるようになったのは、実にささいな失敗のせいだった。飲み屋で酒を飲んで帰る時、謄写版で印刷した反日スローガンのビラが一枚、ポケットに入っているのを忘れ、酒代を払う時にそのビラが金と一緒に地面に落ちたのだ。寛洙が出ていくとすぐに、手伝いの子供が拾って、

「おかみさん、これ、何でしょう。変なことが書いてありますよ」

　と言うと、酒を飲んでいた刑事がひったくった。つまり事件は一枚のビラと寛洙一人の域を超えてはいなかった。寛洙が隠れ、店まで捜査されたけれど、家族の居場所や寛洙の身の上はすべて秘密にされていたから、警察は秘密であることに緊張し、寛洙を捜すのに血眼になった。しかしカンセが作った埠頭労働者の組織は完全に隠蔽されており、寛洙が捜査線上に浮上したところで、表面上は埠頭労働者の組織と寛洙は何の関係もない。幸いなことに釜山の警察は、捜す相手の出身地も本名もわからないから、それが羅刑事の追っている宋《ソン》寛洙と同一人物であることに気づいていない。

「それより、釜山のことが頓挫したんで、間島《カンド》*から持ってきた資金は僕が保管してるんですけど、カンセ兄さんが預かって下さい」

「寛洙に渡さなかったのか」

「返されました」

「俺が預かるわけにはいかない。恵観和尚に預けろ」

「そうしますか」

「寛洙が来たら、和尚も一緒に来るはずだ。それはそうと、さっき個人的な問題で学校を追い出されたと言ったが、何のことだ？」

錫は答えない。

「言いたくないなら、言わなくていい……。今になって思えば情けないような、おかしいような気もする。人の気持ちってのは、まったく」

「……」

「たばこをもう一本くれ」

「はい」

箱ごと渡す。カンセは火をつけ、深く吸い込んだ。

「お前、池三万が死んだのを知らないだろ」

「死んだんですか」

「ああ」

「兄さんがやったんですね」

「いや。やろうと思って行ったら、思いがけない災難に遭った。いや、災難と言えるかどうかはわからないが」

「……？」

「ほかの奴がやってくれたんだ」

カンセは昨夜のことをざっと説明する。

「はははっ……ははははっ、そういうことだ」

錫は苦笑をのみ込む。それは悲劇というより、喜劇だった。いつか鳳基《ポンギ》爺さんが村人たちの前で罪を告白して石を投げられた時以上の喜劇だと、錫は思った。

「それで思い出したが、前にお前が平壌《ピョンヤン》に行って、妓生をしていた、えーと、鳳順《ポンスン》だったっけ。その女を連れてきたのか？」

その瞬間、錫の目が真っ赤になる。彼はうつむき、秋に枯れた雑草をむしる。

「アヘン中毒だそうだな。さっき恵観和尚に聞こうと思っていたのに、忘れた」

「それは僕自身の問題です。誰にも関係ありません」

うつむいたまま言う。

「何のことだ。俺は、その女が死んだと言ってるんだぞ」

「何ですって」

顔を上げ、カンセを見つめる。

「身投げしたとか言ってた。死体を引き上げて崔参判家に移したらしい」

「何ですって」

「驚くことはない。死は、いつだって俺たちの近くにあるんだから……酒幕で小耳に挟んだ話だ。魂が池の野郎と同行するのかと思った」

「紀花《キファ》が死んだですって？」

「鳳順じゃないのか？　針母《チンモ》*の娘だかっていう」

錫は急に立ち上がった。

「行くつもりか？」

錫は木の間を縫って矢のごとく走っていく。

「あいつ、どうしたんだ」

カンセも立ち上がる。

「錫！　錫！」

しかし錫の姿は消えていた。走り続けた錫は、花開《ファゲ》まで来ると、ゆっくりと歩き始めた。冬をこの地で越し、早春になってもまだ旅立つ準備はしないらしく、渡り鳥が蟾津江《ソムジンガン》*の上を飛んでいるのが見えた。錫の目には、渡り鳥だけが映っている。

（嘘だ！　根も葉もないうわさだ！）

だが紀花は死んだのだろうと思った。

（嘘だ！　酒幕で飛び交う、根拠のないうわさだ。紀花が死んだりするものか。これまで生きてきたのに）

錫はやはり、紀花が死んだと確信する。彼は歩きながら頭を抱える。

「錫、知らせを聞いて来たのかい？」

麦踏みの足を止めてあぜ道でぼんやり休んでいたヤムの母が、錫を見つけて駆け寄ってきた。

「ああ、あの可哀想な子が」

チマ〈民族服のスカート〉の裾で目を押さえながら泣く。手の甲が灰色にひび割れてかさぶたができており、手首にも点々とかさぶたがある。その荒れた手が震える。花冷えの季節に吹く砂交じりの風は、まだヤムの母の手には冷た過ぎるらしい。

「あの可哀想な子が、よりによって身投げだなんて。ああ、可哀想に。うちのプゴンを見ているような気がしていたのに」

錫はヤムの母を押しのけ、魂が抜けたように崔参判家に向かってのろのろと坂道を上がる。

「あれ、まだ知らせが行ったはずはないのに、もう来たんですか」

オンニョンの亭主が言った。杖をついて板の間の端に腰かけていた龍《ヨン》がそっと立ち上がり、真っ青な錫の顔をじっと見る。宮殿のように大きい家は、喪家らしい慌ただしさが感じられない。もっとも針母の娘など、この家の家族ではなかったのだ。

龍は、

「しっかりしろ」

と言いながら、近づいてきた錫のふくらはぎを杖でたたいた。

「紀花はどこですか」

「裏の家にいる」

龍が杖をついて先を歩き、錫がのろのろとついてゆく。板の間に上がった時、龍は遺体を安置した小さな部屋ではなく、大きな部屋に錫を押し込んだ。

「紀花はどこなんです」

「座れ」

「はい」

錫は崩れるように座る。

「どうしてそんなに早くわかったんだ。まだ晋州までは知らせが行っていないだろうと思っていたんだが」

「双渓寺《サンゲサ》に行って」

「そうか。それなら話は聞いただろうな」

「……」

錫は両膝をついて床を見下ろす。

「鳳順は、お前に迷惑をかけてしまったと思って自殺したようだ」

「誰が、誰がそんなことを言ったんです」

「誰かが言ったのではなく、延鶴が来て俺に話したことを、鳳順が立ち聞きしていたらしい。学校を辞めたという話だ。お前、女房のせいで辞めたそうだな？」

「……」

「人に迷惑ばかりかけていると言っていた。死んだら奥様〈西姫《ソヒ》〉に迷惑をかけるから死ぬこともできないと。まさかこうなるとは思わなかった」

「僕が、僕が紀花を殺したんです」

血の気を失った唇やぎらぎら輝く瞳に、その言葉はそぐわなかった。

「誰が殺したのでもないし、自分で自分を殺したのでもない。寿命だ。運命だ。最初の一歩を踏み間違えたら、最後までうまくいかないものだ」

龍は錫の気持ちが痛いほどわかった。いや、錫の痛みは自分の痛みでもあった。男として生まれればたくさんの経験をするだろうが、青空を飛ぶ渡り鳥のように伴侶を得たいという切実な願いと、それを失った時の絶対的な孤独のようなものを、龍は感じていた。

「紀花はどこですか」

「そっちの部屋だ。見るか？」

「はい」

「まるで眠っているようだ。あまり水を飲まなかったんだろう」

龍の声は落ち着いていた。彼らが部屋を出ようとすると、目を泣き腫らしたケトンが、秋に花のように真っ赤な実をたくさんつけたヨコグラノキの枝を抱えて、板の間に上がってきた。片手には白磁の花瓶を持っている。錫は足を止めてヨコグラノキの実を見る。そして遺体を安置した部屋の戸を開けて入るケトンの後について、錫と龍も黙って入る。

「ヨム*はしたが、まだ棺には入れていない」

ケトンはヨコグラノキの枝を花瓶に挿し、ろうそくと線香を灯した台の上に載せてすすり泣く。悲しげに。

「ぽすん、どしてしんだ？　よ、よめにもいけずに、どして！」

足を踏み鳴らして泣き、やがて出ていった。

「顔を見るか？」

龍は顔にかけてあった布を取った。龍の言ったとおり、紀花は眠っているように見えた。夢を見ているようだった。きちんとそろったまつ毛、白蝋のような顔色。龍は、錫が前にのめろうとするのを止めた。再び顔を布で覆い、白い一重の布団をかけてやった。

「線香をあげて、出よう」

やっとのことで線香をあげた錫は、よろめくように部屋を出た。大庁の柱をつかみ、畑を眺める。

「最初の一歩を踏み間違えると、最後までうまくいかないものだ。お前は将来があるし、やることもあるんだから、みっともないまねはするな。お前がそんなふうだと、鳳順が悪いみたいじゃないか」

「……」

「それぐらいの自覚はあるだろうがな。棺ができたら、お前が納棺しろ。それまで酒でも」

その時、漢福《ハンボク》が入ってくるのを見て、龍は少し戸惑った。

「錫」

「はい。漢福兄さん」

錫が柱にもたれたまま言った。

「どうしてそんなに早く知ったんだ？」

「双渓寺に行って、うわさを聞いたそうだ。みんな入ろう」

龍が代わりに答えた。漢福と錫は部屋に入った。龍はオンニョンを呼んで酒の支度を命じる。

「急にこんなことになって驚いたよ。悪いことばかり続くな」

漢福は平然とした顔で言った。自殺はいつも、母である咸安宅《ハマンテク》*の死を思い起こさせる。悪いことが続くというのは、錫が学校を追放されたことを指している。また、漢福は兄を訪ねるという名目で間島に行き、孔《コン》老人から少なからぬ金《かね》を受け取って錫に渡したのだが、それを受け取るはずだった寛洙が警察に追われていることも聞いていた。

「悪いことがあれば、いいこともあるさ」

龍が部屋に入りながら言った。

「そう思って暮らさないといけませんね」

「今年、麦の出来はどうだ？」

「そうですね。雑草が多くて、ちょっと苦労しそうです」

十七章　カフェ

「おじさん、こんにちは」

「おや、誰だっけ？」

「三石《サムソク》の友達の弘《ホン》ですよ」

「ああ、そうだ。言われないとわからないなあ」

「お変わりないようですね」

弘は以前、日本に行くのを思いとどまり、半年間働いた自転車屋の店内を見回して笑う。

「トラックの運転手になったんだって？」

「ええ」

「よかったな。三石に聞いてはいたが」

「在植《チェシク》は結婚したでしょう」

「ああ。もう子供もいる。道庁に勤めてるよ」

「僕と同じで勉強嫌いだったのに、それでもお役人になったんですね」

「今日はどうした？」

「車が故障して、修理工場に預けたついでに寄ったんです」

「まあ座りなさい」

「この頃、どうですか？」

「商売のことか？」

「ええ」

「何とか食べていける程度だな」

「おばさんはお元気ですか」

「すっかり老けちまったよ。孫ができてからは、いっそう老けた」

「あの頃は分別がなくて、ご迷惑をおかけしました」

「うむ、たまにお前のことを話してる。男前だったと。女って奴は、老いも若きも男前が好きなんだから」

自転車屋の主人が笑う。

「今は家を別にして、店は俺一人でやっているんだが、女房は孫に夢中で、爺さんなんか眼中にないよ」

「おじさん」

「うむ」

「向かいの散髪屋は元のままだけど、相吉《サンギル》って人はまだいますか？」

「相吉？　ちょっと前まではいたな。あの子もずっと雇われ人のままだ。子供が三人もいるから、楽ではないだろう。お前は成功したけれど」

「僕だって雇われ人ですよ」

「それでも違うさ。運転手は給料がいいじゃないか」

「店を移ったんですか」

「移った先は遠くはない。こっちの角を曲がった所にある散髪屋が、月給をちょっと多くやると言って引き抜いたんだ。でも気に入らないらしい」

「いい奴なのに」

「人はいいさ」

「昔は僕がずいぶんいじめました」

「そんなら、酒でもおごってやれ。安酒とはいえ酒を飲むのも、貯金ができない原因らしい」

「通りすがりにふと思い出して寄ったんで、手みやげもなくてすいません」

「寄ってくれただけでもうれしいよ。最近の若い者は、そんな礼儀を知らんからねえ。成功した奴ほど、知らぬふりをするものだ。世の中は昔とは違う。釜山《プサン》のどこに住んでるんだ？」

「釜山ではなくて、晋州《チンジュ》に住んでます」

「ああ、そうか。それなら三石は、最近どうしてる？」

「旅館の主人として立派にやってますよ」

「いい年なんだから、そうでなきゃ」

「では、おじさん」

「行くのか？」

「ええ。また釜山に来たら寄ります。お元気で」

「うむ、しっかりやれよ」

自転車屋を出た弘は、車の修理が終わるまですることがなく、行くあてもないので、教えられたとおり道の角を曲がって理髪店をのぞく。店内は閑散としており、相吉が椅子に腰かけて新聞を読んでいた。昔と同じようにポマードを塗った髪はてかてかと光っている。日の光に当たらない青白い顔、疲れたような白い手、すべて昔のままだ。ドアを開けて入る。

「いらっしゃ……」

新聞から目を離し、言葉を途中でのみ込んだ。弘が笑う。

「ホ、弘じゃないか」

立ち上がったはずみに、新聞が足元に落ちる。

「そうだよ」

「どうしてここがわかった？　自転車屋のおじさんに聞いたのか」

弘はただ笑っている。

「久しぶりだな。会いに来てくれてうれしいよ」

「散髪屋を見ると、よく思い出してた」

「俺は、お前がそうなると思ってたぞ」

「何のことだ」

「運転手だろ。帽子からすると」

「忙しいか」

「月曜は、あまりお客さんがいない」

「そんなら外で昼飯でも食おう」

「そ、そうだな」

相吉は店では年長者でもあり腕もいいから遠慮しなくていいらしく、昼飯を食べてくると偉そうに告げると、弘の背を押して外に出た。近所の食堂に入りかけたが、

「飲みに行くか？」

弘が振り返って聞く。

「真っ昼間から」

相吉は手を振って断るが、飲みたい誘惑をこらえているように見えた。食堂で向かい合って、ソルロンタンを注文した。

「何年ぶりかな」

「七、八年か」

「それぐらいになるだろう」

「子供がたくさんいるって？」

「そうなんだ。どこかに逃げ出したいよ。最初から道を間違えたんだ。どうして散髪なんか習ったのかなあ」

「ガラス戸の外から見て、格好いいと思ったんだろう」

「そうだな。田舎から出てきた俺の目には、格好良かった。泥にまみれもせず、白い服を着て頭にポマードをつけて。もうからない職業だってことを知らなかったんだ」

「今、俺の目にも、お前は楽そうに見える。油まみれになる俺よりはな」

「慰めてくれてるんだろ」

「運転手はちょっと稼げるけど、つらくてやってられないよ」

「釜山に住んでるのか」

「晋州だ」

「うむ。今の気持ちとしては、ただつらいだけじゃなくて骨折してもいいから、金を稼ぎたいな。家族は多いし、田舎にも送金しなければいけないし。女房子供にぼろを着せても、ちっとも金が貯まらない」

運ばれてきたソルロンタンを弘の方に押しやり、もう一つを自分の前にも引き寄せながら、相吉は悲観したように言った。

「あの時のお前の友達、レンガ工だったっけ。あの人はどうなった？」

「徳龍《トンニョン》のことか」

「真面目そうだったな。あの時もう、田舎に田畑を買ったと言っていたけど」

「それが、ひどいことになった。あいつは今、刑務所にいる。それに比べれば、俺の生活は気楽なもんだ」

「どうした。悪いことをしたのか？」

「悪いこと？　ふん、あれも法律違反だから、悪いと言えば悪いがな」

「何をしたんだ」

「何かの運動をしたらしい」

「運動？」

「冷めるぞ。早く食え」

相吉は顔をしかめてソルロンタンを食べる。

「つまり、社会主義運動をしたってことか」

「そう、それだ。労働運動をしたそうだ」

歳月は恐ろしい。人はいいがそそっかしかった相吉が、とても用心深そうに見えた。

「あの当時、俺は徳龍が羨ましかったのに。ことの発端は、あいつが腕が良くてねたまれたことと、倭奴の親方の下で働いてたってことだ。おとなしい奴だから、たいていのことは我慢したさ。倭奴たちにいびられたけれど、親方が徳龍を手放したがらなかった。日本までついていって場所を移るたびに騒ぎを起こし、アイクチ〈太字は原文日本語〉で顔に傷をつけられたりした」

「なるほど。つまり日本でそういう運動に参加したってことか」

「そうだ。朝鮮に戻ってからが、またひどい。家はめちゃめちゃだ。村の人たちに何がわかる？　弁護士だか何だかが出入りして、田畑はみんな手放してしまった。孝行息子だと評判だったのに、母親が泣きわめいても考え直そうとしなかったそうだ。俺も一度、あいつの母ちゃんについて面会に行ったことがあるが、本人が断ったとかで、会うこともできなかった」

「気の毒に」

「気の毒どころじゃない。人間って奴は、実に厄介だな」

「……」

「以前は孝行息子だと評判だったのに、あんなふうになって田畑も失うと生活の基盤がなくなり、親戚も、自分たちに火の粉が降りかかるのを怖れて知らんふりをするんだと。あいつの母ちゃんは仕方ないから、せめて息子のいる刑務所の近くにいようと釜山に出てきたんだが、娘がゴム工場で働いて、やっと食べてると言ってた。だが、それも兄貴のことがどうして知れたんだろう。ひどい奴らだな。結局はクビになったと言うんだ」

ソルロンタンのスープを口に入れると、さじが歯に当たって音を立てた。

「じゃあ、どうやって暮らしてる」

「人はちょっとやそっとで死ぬものじゃないさ。母と娘が船着き場で露天商をしてるんだが、船着き場ってのは、ガラの悪い所だろ。ありとあらゆる種類の人間が集まってその日暮らしをしてる所で年頃の娘が商売をするんだから、可哀想で見ていられない。麦だけの飯を食べ、凶作の年には木の根っこを掘って食べたって、田舎の人たちは礼節を心得てるじゃないか。女の子をからかうなんて、人間のクズだぜ。俺のいる店は船着き場から近いから、お兄さんと言って泣きながら駆け込んできたことが、一度や二度じゃない」

「徳龍は結婚してないのか」

そう聞かれて、相吉はちょっとひるんだ。

「なんだ？　女房に逃げられたか」

「逃げられたと言ってもいい。一緒になるはずだった女がいたんだが、徳龍があんなふうになったんで、誰かの後妻として嫁いだらしい。あいつは、そのことがずいぶんこたえたようだ。もっとも、子供がいても逃げる女はいるがな」

それを聞いた途端に、弘は錫《ソク》のことを思った。

（鳳順《ポンスン》とどうこうってのは、全部口実だ。女房が別れようと思ってそんな話を持ち出したんだ。別れないつもりなら、亭主の顔に泥を塗ったり、学校に押しかけてクビになるよう仕向けたりはしないさ。ああ、子供が死にかけてるのに医者にも連れていかないような女なんか、さっさと別れりゃいい。子供たちが可哀想だだが、あんな母親、いてもいなくても同じだ。それより錫の母ちゃんが孫たちのために泣くのが哀れで見ていられない）

弘は永八《ヨンパル》の言葉を思い出しながら、思わずため息をつく。錫の妻、梁乙礼《ヤンウルレ》の話は、ある意味で弘にも恐怖を抱かせた。妻の宝蓮《ポヨン》もそんなふうになりはしないだろうか。子供を捨てて背を向ける女――それより怖いものはないように思えた。

「そりゃ、結婚してなかったんだから、よそに嫁に行くこともできるさ。男の状況を考えればきまり悪そうに笑った瞬間、弘の脳裏を嫱伊《チャンイ》の顔がかすめた。

「じゃあ、帰るか」

さじを置き、つまようじを使っている相吉のわびしい姿を見ながら、弘は、うんざりしたように立ち上がった。

「ああ」

わざわざ来てくれたんだからと言いながら昼食代を払おうとする相吉を押しのけて勘定を済ませ、外に出た。

「そ、それでお前はいつ発つ?」

相吉は、子犬がすがりつくように聞いた。

「明日には行かないと」

「どこに泊まる?」

「日が暮れたら、どこか旅館に泊まらなきゃ。昨夜は車で寝たけど」

「そ、それなら夕方にもう一度会おう。このまま別れたらなかなか会えないんだから、俺が酒をおごるよ」

「おごるのはどっちでもいいが、修理工場にも一度寄らないといけない。助手をほったらかしにしてきたから」

「それでも旅館には泊まるんだろ」

「夜通し飲んだら、明日の仕事に差し支えるぞ。カミソリで客の喉でも切ったら大変じゃないか」

「ぶつぶつ言わずに、あれを見ろ」

「何だ?」

「プイル旅館って看板が見えるだろう。あそこに泊まれ。お前が早く戻ったら先に行って俺を待て。俺が先に着いたら部屋を取って待ってるから。いいな」

言い聞かせるように言う。

「まったく」

「お前が来ないと宿代を損するだけだから、必ず来いよ」

「ああ、わかった」

相吉はようやくにこりとする。弘に会ってうれしいのに憂鬱な気持ちを隠せなかった相吉が、やっと明るく笑った。手が汚れていないとはいえ、生活の苦労が見えないわけでもなく、髪にポマードをつけていても、労働者には違いない理髪師相吉にとって、自分よりずっと成功した弘は、かなえられなかった夢であり、まぶしい存在だったのだろうか。

弘はズボンのポケットに両手を突っ込んで、まるでチンピラのように埠頭へ続く道を歩く。斜めにかぶった運転手の制帽は、すらりと背が高い男前の顔をいっそう際立たせていた。憂鬱なようでいて、あの大きな車からしばらく離れていられるという解放感もなくはない。すれ違う女たちの服装は春らしく爽やかで、海から吹いてくる風もひときわ優しい。そして相吉に対する優越感も多少はあった。食堂で聞いた暗い話も、通りに出ると忘れてしまった。錫の気の毒な状況、宝蓮や子供たちのことも、頭から消えた。痛みのようにふと浮かんだ、嬙伊の顔も。どうして埠頭に来たのだろう。弘は大小の船が停泊している堤防の側で、手をポケットに入れたまま港を眺めて立っていた。

(ふわふわと飛んでみたいな。ずっと遠い所に行ってみたい)

心の中でつぶやき、弘は、ずいぶん久しぶりにそんなふうに感じたと思って笑う。

「船の入る時間だ。春の日の犬みたいにだらっと寝てたって、誰も餌なんかくれないんだぞ！　起きろ！」

背負子《しょいこ》を置いて日向ぼっこをしながら口を開けて昼寝をしている仲間を、片方の背負いひもだけ肩にかけた男が、足で蹴って起こす。

「汽笛を聞いてから起きたっていいさ。遅かろうが早かろうが、運が悪けりゃ荷物はもらえない」

寝ている男は口をもぐもぐさせながら、目を閉じたままつぶやく。

「荷物を運んだところで、酒代に消えるんだろ。女房のまげを乱すのも、ほどほどにしておけよ」

「ふん、だからといって、お前に女房は貸さないぞ」

寝ていた男はのそりと起き上がり、曇った目で港を眺める。弘は、お前に女房は貸さないという言葉がおかしくて、足元を見ながら笑う。船は見えないけれど、遠くで汽笛が響く。埠頭の荷役たちがみんな立ち上がる。餅、りんご、小豆がゆ、うどんを売る商人たちが首を伸ばして港の方を見る。汽船会社の人たちもゆっくり歩いて出てきた。港はにわかに活気を帯び始めた。

「今、入ってくるのは、どこから来る船ですか」

弘が荷役に聞く。

「麗水《ヨス》ですよ」

「ああ」

船は港に入る時、もう一度汽笛を鳴らした。人々が押し寄せる。

（船が入るのでも見ていくか）

堤防の方から歩いてきた弘は、渡り板から大きな通りに行く通路の側で、何となく立ち止まる。船に乗ってくる誰かを迎えに来た人のように。はしけ舟が入ると、係留されていた何隻もの小さな舟が大きく揺れ、汽笛が鈍い音で響き渡った。すると埠頭は一瞬にして叫び声と騒音のるつぼと化した。乗客が続々と渡り板を渡る。荷物のように押し出されて。

「あら」

流行遅れではあるけれど、豪華に着飾った初老の婦人が弘を見て足を止める。弘はその婦人の後ろで立ち止まった若い女をぼんやりと見る。その瞬間、女の顔が赤くなった。

「李《イ》さんじゃないの」

「え？」

初老の婦人に視線を移した弘が当惑する。それは宝蓮の父にとって母方の叔父の妻に当たる河氏《ハ》だった。宝蓮と弘の結婚に強く反対していた人だ。

「ここで何をしているの。誰かを迎えに来たのかい」

その口調には、全く親しみが感じられなかった。

「い、いえ」

顔を赤らめた若い女と、その横にいる若い男が不思議そうな顔で弘を見る。

「こ、こんにちは」

弘は急いで帽子を取って挨拶する。

「お母さん、この人は誰ですか？」

年は弘と同じぐらいか、あるいは一、二歳下に見える男が、「この人」と言った。相吉にはまぶしく見えても、この人たちにとっては運転手など、卑しい職業なのだろう。

「うむ」

河氏はお前たちがそんなことを知ってどうするんだというような顔をした。

「うむ、お前、宝蓮を知ってるかい」

「ええ、一、二度会ったことがあります」

「あの子の夫だ」

「ああ、あの人ですか」

笑いをこらえている。こちらを紹介しただけで、自分たちが誰だとも言わないで、あの人ですかと言って笑いをこらえるなど、ひどい侮辱だ。それでも弘は、

「宝蓮の亭主です」

といってお辞儀をする。若い女はもちろん、若い男も弘の挨拶を黙殺した。どうやら夫婦らしい。河氏の息子と嫁だろう。

「この頃は宝蓮を困らせてないだろうね?」

それには答えない。

「お忙しいでしょうから、これで」

笑いをこらえていた男は、平然としていられないはずなのに平然としている弘の態度が気に入らないのか、不快な表情をはっきり浮かべ、顔を背けて立ち去る。

(ちくしょうめ)

どうして笑いをこらえていたのか、弘はその理由を知っている。両班《ヤンバン》*とはいえ大した家柄でもないくせに、常民《サンミン》*であり、母親に悪いうわさのあった弘を蔑視したのだ。そして統営《トンヨン》の車庫で起きた嬙伊との事件は、彼らの間で話題になったのだろう。弘の気分は台無しになってしまった。弘は人ごみをかき分けて大通りに出た。

侮辱されることなど、とっくに慣れっこだ。それでも車庫での事件についての羞恥心は、ずっと克服できないでいた。羞恥に加え、嬙伊への憐れみも。

(ちくしょうめ!　笑っているあいつらこそ、まさに恥知らずだ!)

弘はそんな類の人間が、女房は貸さんぞという酒飲みの荷役よりも卑しいことを知っている。高い教育を受け高い地位についていても、卑しさは直らないものだ。それは根性が腐っているということであり、根本的に人間に対する愛情がないということだ。弘は工場に行かず、当てもなく街を歩いた。

（相吉は人がいいし、ねたむこともしないし、卑しいところは全然ないのに、どうして世間は彼を見下げるのだろう。偉そうにして、金のためには族譜〈家系図〉でも売り払うような、嫉妬深くて、強い者にはぺこぺこする卑しい人たちが、どうして世の中で優遇されるのだろう）

やけを起こした弘は日暮れ頃になって繁華街のカフェ*に入った。日本にいた時、同僚と何度かカフェに行ったことがあったから、慣れているというほどではなくとも、おどおどすることはなかった。薄暗い照明の下で、女給たちはみんな花のように美しく見えた。新派の女優のようにきれいだった。

「あなた、マドロス〈船員〉？」

女給の一人が、体を軽く揺らしながら近寄ってきた。赤い照明に照らされた顔は、桃の花のようだ。

「いや、そんなんじゃない」

「じゃあ何？　横に座っていい？」

「好きなようにしろ」

女給は弘のすぐ横に腰かけた。首回りを大きく開けたドレス。うなじから香水の匂いが漂う。

「マドロスじゃないなら、何？」

「運転手だ」

「そう。運転手は稼ぎがいいんですってね？」

「酒代に困らない程度にはな」

「すごく男前ね」

「顔より、懐事情が重要なんじゃないのか」

「それに、教養がありそう」

「ふん」

「ぼったりしないわよ。あたしたちも気分次第なの。豚みたいに汚らしい奴には、容赦しないけど」

女給は手を打ってウェイターを呼び、酒を注文する。

「あの隅っこにいる汚らしい奴から逃げてきたのよ。あたし、こう見えてもこの店のナンバーワンなんだから」

「店を出る時、後ろから頭を殴られたらどうしようか」

弘もずいぶん口がうまい。荒っぽく、軽口がたたけなければ務まらない運転手という仕事を何年もやっているうちに、弘もずいぶん度胸がついた。

「けんかに自信がないの？」

「けんかのできない運転手はいないさ。だけど、頭の後ろには目がついてないからな」

女給は転がるような声で楽しげに笑う。その時、隅の席にいる男の目が、ぎらりと光った。

「そうはいっても、ここは危険な所よ。この間も倭奴がアイクチを振り回して、お客さんがけがしたんだから」

「マスターがただ酒を惜しんだか、客がポケットから金を出すのが遅れたか、どっちかだな」

「あら、どうしてそんなによくわかるの。でもその倭奴はヨタモノではなくて、女給を巡ってけんかになったんです」

弘は酒を飲みながら言った。

「その女給って、お前だろ」

「そうだと言ったらお客さんが怖がって逃げるだろうし、違うと言ったら、あたしに人気がないみたいに聞こえるわね」

弘は女給と無駄口をききながら、かなり飲んだ。蓄音機が音楽を奏で、赤い照明に照らされた、文字どおりの紅灯のちまたの夜は更けてゆく。相吉との約束をすっかり忘れた弘はいい気分になった。

「お客さん、結婚してる？」

「どう思う？」

「してるでしょ。子供は？」

「飲んでる時にそんなこと聞くなよ」

「奥さんはどんな人かしら。幸せね」

「坂道に座って山崩れに遭ったようなものだろ」

それは嬌伊のことだ。妻ではない女、別の男と結婚した女……統営の、あの陰鬱な車庫の中で、嬌伊は山崩れに遭ったのだ。どれほど飲んだだろう。男がやってきて、弘についていた女給の腕を引っ張った。

音楽が耳元でがんがん響いた。女が体を揺すった。女がろれつの回らない舌で何か言った。男が女の髪をつかんだ。

「何をする」

弘がぐらつきながら立ち上がった。拳が飛ぶ。

「俺を殴ったな」

女の悲鳴。弘の拳が男のあごを下から突いた。悲鳴。男は倒れながら弘のすねを蹴る。男たちが駆けてきて弘をカフェの外に押し出し、相手の男を引きずり出した。

「外でやってくれ」

殴り、殴られ、二人の男は何のためにけんかをしているのかわからないまま殴り合っていた。双方ともくたびれてひっくり返った。見物人を意識したのだ。頭がはっきりしてきた。だが、妙にさっぱりしている。弘はよろめきながら立ち上がる。男は地面にへたったまま、荒い息をしている。

「とんだ災難だ」

吐き捨てるように言ったものの、本心ではなかった。弘は再びカフェに入って帽子を持ち、ちょっと悔しかったけれど高い飲み代を払った。

「あたしのせいでこんなことになって、ごめんなさい」

しょげて謝る女の顔には涙の痕があった。支配人に叱られたのだろう。

「お勘定は、あたしが出してもよかったのに」

「人の飲み代を払う余裕があったら、どうしてこんな所で働く！」

弘はかっとして叫んだ。支配人らしい男が走ってきて、ぺこぺこお辞儀をする。払わないつもりだろうと思って外に出したのに、戻ってきて勘定を済ませたのが、意外だったようだ。

「お客様、申し訳ありません。女給の不手際です。おい、好きだの嫌いだの言わずに、適当に相手してやればいいんだ。よくあることじゃないか。ああ、申し訳ございません」

「やめて下さい」

店を出る時に、支配人は、

「またお越し下さいませ」

弘の後ろ姿に向かって言った。

「また来いって？　俺の身代を潰す気か？」

弘は通りに出た。地面に座り込んで荒い息をしていた男の姿はもうなかった。弘は日本で覚えた流行歌を口ずさみながら、方向もわからずに歩く。歌もやめ、

「ちくしょう！　山崩れだ！　ちくしょう！　山崩れめ！」

と声を上げる。夜空は真っ暗だ。

「ちょっと」

「え？　俺に言ってるのか？」

弘はそう言って、再び叫ぶ。

「ちくしょうめ！　山崩れだ！」

「おい！」

今度は、「ちょっと」ではなかった。

「何ですか？　何か問題でも？」

足を止めて振り返る。巡査がサーベルをカチャカチャ鳴らしながら近づいてきた。

「酔って騒ぐと軽犯罪法に引っかかるのを知らんのか」

「おや、巡査の旦那」

弘は帽子を取ってぺこりと頭を下げる。

「ちょっと酒を飲みまして」

「大きな声を出さずに帰れ」

「はい、はい」

帽子をかぶり直し、弘はふらつきながら歩く。

（む、旦那だと？　あれしきの奴が、旦那？　野良犬みたいな奴が、旦那？）

しばらく歩いた弘は、頭を振った。相吉のことを思い出した。

「今、何時だろう。約束を守らなきゃ。相吉がいなければ、それまでだが」

辺りを見回し、埠頭とはずいぶん離れた所に来ていることに気づいた。カフェを出てから、ずっと埠頭と逆の方向に歩いていたらしい。

「一晩中歩くことになりそうだ。ちくしょう」

歩く向きを変える。まだ人通りがあるところを見ると、真夜中ではなさそうだ。

旅館に入ると、

「李弘さんですか」

従業員が聞く。

「そうです」

「そちらの七号室です」

指さして見せる。

「連れは来てますか」

「お待ちのようですよ」

「長く待ってますか」

「だいぶ前にお越しです」

弘は七号室と書かれた部屋の戸を開けた。相吉は床で腕枕をして寝そべっていた。目は天井を見ている。

「すまん」

「待ちくたびれた」

と言いながら、相吉は起きて座った。

「おい、その顔はどうした」

「え？」

「上まぶたが青いし、唇から血が出ている。誰にやられた？」

「聞いてどうする？　そいつを捜して、そのか細い腕で敵を取ってくれるのか？」

「事情によっては、うちの若い者どもを引き連れていくこともできるぞ。駄目なら港の不良に応援を頼むこともできる。誰に殴られた？」

「これからは、釜山に来ても安心していられそうだな」

「何をにやにやしてる？」

「俺の上まぶたが青くて唇から血が出ているなら、相手はおそらく腕が折れているか、胸に血のあざができてるはずだ」

「どこでけんかした」

「酒を飲んでてそうなった」

「ちぇっ」

「すまん。今からでも飲むか」

「馬鹿なことを」

「まだ飲めるったら」

「明日、運転しないといけないだろう」

「心配するな」

「ほんとに、殴られっぱなしではなかったんだな？」

相吉は飲みたい気持ちを抑えようと、話題を変えた。

「俺が一方的にやられたりするものか。そんなの、昔、憲兵に捕まった時だけだ。一杯やろう。まだ夜は更けてない」

弘は手を打って人を呼んだ。相吉の目に喜びの色が浮かぶ。舌先で感じる酒の味と、親友との会話、孤独な男が孤独でなくなる夜。港に船が入ってきたのだろうか。汽笛の音が長く尾を引いて響いている。

十八章　奇人か

「坊主も年を取るとどうしようもない。もう托鉢もできそうにないから、最後のつもりで孔《コン》老人に一度会おうと思う。あの人も長生きだな」

朝、そんなことを言い残して恵観《ヘグァン》は蘇《ソ》の家を出た。寛洙《グァンス》はカンセと錫《ソク》を智異山《チリサン》から釜山《プサン》に送り出すと、恵観と一緒にソウルを訪れ、光熙門《クァンヒムン》の外にある蘇の家に泊まった。家は二十五、六間《けん》ほどで、舎廊棟《サランチェ》*が別になっている。元は頑丈に建てられていたのだろうが、長年手入れをしていない家は荒廃しており、家族も少ないから寺のように静かだった。それに当主である蘇はしょっちゅう家を空けていた。蘇とは、李範《イボム》俊《ジュン》の母方の従兄である蘇志甘《ジガム》だ。年は寛洙より二つ三つ上で五十近く、世間では彼のことを奇人だとも学があるとも言い、また浅薄なペテン師に過ぎないとか志操のない人間だとも言っていた。性的不能者ではないかと言う人もいた。一族は、蘇志甘を族譜から除名すべきだと言っていた。蘇家はソウルに名高い名門ではなかったけれど、それなりに無難に続いてきたし、高官ではないにしても武班として役職についた人も少なくなかった。しかし国運が衰え主権を失うと、こうした部類の両班家は、大なり小なり零落した。蘇志甘が二十年近い放浪生活を始めたのは、義兵に加わった兄が銃殺され、乙巳保護条約*が締結されるのを見た父が自決するという激動の時期を経てからだ。彼は父の喪が明けると突然、家を出て、名高い寺を渡り歩いた。そうして僧籍に入るかと思われていたのに、五年ぶりに老母の前に戻ってきた。家では代が絶えるのを心配して結婚させようとしたけれど、頑強に拒み、今度はまた、突拍子もなくカトリック教会に出入りし始めた。儒教を崇拝し、仏教を排斥し、特にカトリックに対しては頑固な偏見を持っていた一族の人々は、そのために彼を族譜から除名すべきだと言い、彼を無視するようになった。その後、教会に通うのをやめた蘇志甘は日本に渡った。そこで何をしていたのかはわからないが、四十歳になると再び老母の元に帰ってきた。そして長年の放浪生活を清算するようなことを言っていたけれど、周囲の人々はその言葉を信じなかった。彼は相変わらず妻帯せず、時折、光州《クァンジュ》に出かけては、そこで何とか名目を保っている窯元《かまもと》で陶工たちに交じって器を焼いたりしていた。

寛洙が蘇志甘の家に泊まることになったのは李範俊の紹介ではあったけれど、蘇志甘は僧門に入るべく寺を渡り歩いていた頃、画僧だった恵観と面識ができていたから、喜んで迎えてくれた。恵観はここで寛洙と一緒に二晩泊まって出ていった。

「兄さん、僕がなぜ来たか、わかりますか」

「うちの酒が恋しくなったんだろう」

寛洙が恵観を見送るため一緒に出ていった後、蘇志甘は舎廊で年下の友人と酒を酌み交わしていた。友人とは、劇作家であり、雑誌『青い鳥』の発行人である権五松《クォンオソン》だ。年下とはいえ、彼も四十を過ぎている。

「懐は常にからっぽでも、酒はどこに行っても好きなだけ飲めますよ」

「ふうむ」

蘇志甘は大柄だ。髪が薄くなり始めているのが玉にきずだが、瞳が黒くてひげそり痕の青い、血色のいい男だ。表情が動く時に、端正な額に太いしわができる。

「今日は、兄さんを結婚させようと思って来たんです」

中背でがっしりした権五松が、蘇志甘の前では小さく見える。

「俺のことはいいから、自分の心配をしろ」

「未婚の人が先に結婚してくれないと、再婚もしづらいじゃないですか。一度ならず二度も、順番を逆にしたりはできません」

「お前が何度結婚しようが、同じことだ。夫と死別したら諦めもつくだろうが、生きていても何もできないような不能の男に嫁ぐ女がいるものか」

「兄さんの行状は知ってますよ。何ともないくせに、どうしてそんなことを言うんです」

蘇志甘は杯を持ってけらけらと笑う。

「わかってるぞ」

「何のことです」

「意地が悪いのはお前の方だ。自分が食いたくないから他人にやるってことだな」

「どういう意味か、わかりませんね」

権五松はシラを切る。

「『青い鳥』だか何だか、そんな雑誌、何のためにやるんだ。無益無害なものなど、あってもなくても同じだろう」

「まだ始めたばかりですよ」

「女にまで金を出させようというのだから、相当困っているようだな」

今度は権五松がけらけらと笑う。

「鮮于逸《ソヌイル》〈鮮于は二字姓〉が告げ口したんですね」

「俺は座ったまま九万里先が見えるのだ」

「空を飛ぶ術を身につけたといううわさは聞きましたけどね。ははは……はははは……」

ひとしきり遠慮なく笑ってから、杯を持つ。

「兄さん」

「また縁談か」

「過去のことは抜きにして考えましょうよ」

「おい、蘇氏一族で、俺が最後のとりでだということを知らんのか。縁談を持ってくるにしても、よりによって婿養子など」

「おや、兄さんも興味があったんですね。どうしてそんなに詳しく知ってるんです」

「当然じゃないか。独身の男が独身の女に興味がないはずがないだろう。常に期待はしているものだ」

「それなら話は早い。簡単です。婿養子にならなければいいじゃないですか。財産が腐るほどあるんだから、婿養子になりたがる男はいるでしょう。人はいろいろ言うけれど、僕の見たところ、とても純真な女です。麻浦《マポ*》の船頭の娘とはいえ、金持ちで、専門学校まで出ているのだし、貴婦人とはいかないまでも、もっと気取ることもできるでしょう？　巡査の妹だって偉そうにするんですから。でも、あの人は、解き放たれた馬のように、あの年でも純真なんです。織屋の黄台洙《ファンテス》ですら、上品な英国紳士みたいに振る舞ってるじゃないですか」

「それは、あの人自身に品があるからだ」

「でも、計算高いでしょう」

「計算は、お前の方がうまいだろう」

「どうしてそんなことを言うんです。僕は薄っぺらい、それも年に三、四回出せるかどうかという雑誌をやっているだけなのに、紡績会社を経営する人と比べるだなんて」

「お前がそんな会社の社長に納まってみろ。人がどれぐらい集まってくるだろうか？」

「そんな地位につきたいとも思いませんが、さて、どうでしょうかね」

「黄台洙を過小評価してはいけない。穏やかな性格は生まれつきだとしても、節度は相当な修養によって得られるものだ。結びついたり縁を切ったりする判断は、お前の方が上手だろうがな。うむ、そうだ、お前にとって冷静さは、一種の処世術ではないのか。術は修養に劣る。本性からすると、黄台洙は穏やかで、お前は激しやすいが、それもまた、穏やかさは徳に近く、激しやすさは偏狭につながりやすいものだ。もっともお前は芸術に携わる人間で、黄台洙は商売人だから、適材適所だな……。しかし周りに人は多くとも黄台洙は孤独だろうし、お前は一人でいても寂しくない。ははははっ……」

権五松は苦笑する。図星だったからだ。

「兄さんはどちらですか」

「俺は廃人だ。見てのとおり、嫁ももらえない廃人なのだ」

「米のとぎ水でも子供*ができるということわざがあるでしょう。まあ期待して来たわけではありませんが」

「酒でも飲め」

「兄さんは天下泰平ですね」

権五松は酒をあおると、つぶやくように言った。

「何を言い出すんだ」

「何事も見物しているだけだからです」

その瞬間、蘇志甘が片方の眉をつり上げた。

「最初からそうだった。兄が銃殺されたのを見て、父が自決するのを見た。蘇氏一族の種付け馬として一人残され、見物してなければならなかった。はははははは……」

権五松は、失言したと思ったのか、口をつぐんでしまう。そして内心、蘇志甘の放浪はまだ終わっていないと思った。その時、李範俊が寛洙を伴って入ってきた。

「一杯やってるんですね。権さん、お久しぶりです」

李範俊が親しげに挨拶する。

「おや、闘士、お久しぶりです」

「あんな奴が闘士なものか。ばたばたとあがいてるだけだ。ああ、権君、挨拶しろ」

ちょっと気まずそうに立っている寛洙を見て、蘇志甘が言った。

「田舎から出てきた、わが朝鮮の同胞だ」

妙な紹介の仕方をする。しかしからかうような感じはなかった。権五松が中途半端に尻を浮かす。

「宋《ソン》さん、こいつは劇作家です。知り合いになっても害はありませんよ」

蘇志甘は寛洙に紹介した。五松も寛洙の小さな目を見て、直感的にただ者ではないと思う。

「権五松です」

「はい。俺は宋寛洙です」

四人は酒の膳を前にして座った。

「和尚さんは出発しましたか」

蘇志甘が聞く。

「ええ」

李範俊が代わりに答えた。

「酒を」

蘇志甘が李範俊に、下女に持ってこさせろと目で合図した。部屋を出た李範俊は、まず杯を持ってきた。

この家に四十年仕えている女が、新しい膳を持ってきた。

「範俊、お前は飲むな」

酒をついでいる範俊を横目で見ながら蘇志甘が言った。

「固いことを言わずに。私がいくつだと思ってるんです」

「そんなことを言うけど、兄さんは子供で、範俊は大人です」

四人は飲みながらひとしきり笑った。寛洙と五松は初対面なので互いを意識しながら飲んでいる。いろいろな話をしているうちに、

「鶏鳴会《ケミョンフェ》のことだが」

と、蘇志甘が話題を変えた。

「主張が明確ではない」

「どういうことですか」

範俊が問い返す。

「社会党なのか共産党なのか、どっちだ」

「党じゃないですよ。この頃よくある研究団体です。敢えて言うならば独立党ですね。独立思想を鼓舞する反日団体として起訴されたんですから」

五松が大したことではないと言うように、さりげなく流そうとする。寛洙はただ黙って飲んでいる。

「権君は、意外に小心者だな」

「小心者であるのは確かですが、その問題についてはそうなる理由がありません。私はそのどちらでもな

いから」

「お前と俺では、党になるのに一人足りない。賛成する者、反対する者、中立の者、党を構成するのに最低三人はいなければならないのに」

そう言いながら蘇志甘は寛洙の方をちらりと見る。

「では、明確な主張は？」

範俊が笑いながら聞く。

「そりゃ、見物党だろう」

五松が杯を持ち上げながら答える。

「宋さん、どうします？　一緒に党を結成しませんか？　範俊の奴は、もうとっくに社会党だから」

「考えてみましょう。ははは……」

冗談が行き交い、次第に和やかな雰囲気になってきた。

「ところで、倭奴たちは、朝鮮でも独立思想より共産主義の方を怖れているようですね」

範俊が五松の杯に酒をつぎながら言った。

「言うまでもないさ。朝鮮はあいつらの戦利品で、既得権を持っているのだから、独立、独立と言ったところで蚊に刺される程度のものだが、共産主義はそうではない。一昨年だったか田中*が施政方針を発表した時、中国での共産党活動は日本と無関係ではあり得ないと言ったことからしても、彼らが内心どれほど慌てているかがわかる」

蘇志甘が言うと、寛洙は、

「蘇さんの話からすると、朝鮮の民は蚊だってことですか」

「虎だよ。猿の目には我々が蚊に見えるってことです。欲は目を曇らせるじゃないですか」

「そういえば、徐義敦《ソウィドン》兄さんが言ってました。総督府が物産奨励運動に積極的に関与せずに傍観しているのは、上っ面だけの民族資本陣営を将来、社会主義あるいは共産主義を防ぐ盾にするために布石を敷いているんだと」

五松が言うと、

「その人とは面識がなくて高見を拝聴する機会はないが、おおむね正しい意見のようだな」

やや皮肉な調子で蘇志甘が言った。

「それで言うと、黄台洙はその盾じゃありませんか？」

「俺がさっき言ったことを、そんなふうに解釈するのか」

「まさか、そんなんじゃありませんよ」

「黄台洙はそれぐらいはわかる人だ。そうならないようにしようとするから、難しいのだ」

「黄台洙一人がそう思っていても仕方ないでしょう。資本という構造自体が勝手に回るものだし、資本金を労働者に分かち与えて工場をたたむ勇気が、黄台洙にあるとでも言うんですか」

「あまり極端なことを言うのは禁物だ。それが失敗の原因にもなり、左翼小児病的だと非難される理由にもなる。道具というのは、使い方一つなんだ」

「しかし、原理原則は、あくまでも原理原則でしかありません」

「原理原則どおりにやらないこともあれば、原理原則どおりにできないこともたくさんある」

「それは時間の問題です」

「同感だ。だから、火は時間を見ながら徐々につけなければ。あせれば原理原則に到達する前にばらばらになったり、逆転したりすることもある」

「毒が回っても?」

「うみが溜まってから切開しなければいけないのだ。うむ前に切ってどうする」

「逆の比喩はいくらでもあるでしょうが、そうなったら鶏と卵とどっちが先かみたいな話になるから、一つだけ言います。これは私ではなくて、徐義敦兄さんが言ったことですが、まず、みんなで飢えなければならないというのです」

「そんな理想論を言ってどうする。その人は、意外に愚かだな」

蘇志甘が嘲笑する。

「もちろん、極論ではありますが、民族の分裂をひどく恐れているからそんなことを言うのです。それをひとことで愚かだと笑うことはできないでしょう。昔の党争はそれなりの名分があったから、権勢を得ようと必死になっていた人でも、最小限の名分や口実は作れました。売国奴と言われる心配はなかったんです。今の親日派や、不本意ながら親日にならなければ生きていけない人、反日思想を持っているのに利敵の陥穽《かんせい》に落ちようとしている人、そんな人たちをひっくるめて考える時、今日、あるいは将来、彼らが立つべき場所はどこなのでしょう」

「もちろん売国奴、民族反逆者が立つ場所だろう。お前にも利敵という落とし穴が待っているかもしれないぞ」

蘇志甘はにやにやしながら言った。

「私が言いたいのは、これからです。売国奴や民族反逆者たちが精神的な窮地、つまり名分や口実が絶対許容されない状態にあるということを考えておく必要があるでしょう。意識していてもいなくても、そんな精神的窮地は、生存において断崖絶壁のようなものだと思います。断崖絶壁で理想や良心や余裕を持っている人などいませんよ。倭奴たちは少なくとも愛国だの忠誠だのという名分を掲げて軍国主義をたたえ、侵略を行い、冷酷な植民統治をしています。古い人絹みたいなものとはいえ、目隠しのような名分はあるということです。つまり彼らと我々は互いにはっきりとした敵でもあります。でも民族反逆者たちは、我々の敵ですか？　大日本帝国が彼らの同志ですか？　大義名分のない敵や同志など、あり得ない。いわば、完全に孤立しているのです。彼らの生存本能がどれほど卑賤であるかは説明する必要もないでしょうが、凶悪で狡猾なことにかけては敵よりもずっとひどい。精神的に何も守るべきものがない者は何でもできるはずです」

「だから、手先になるんだ」

李範俊は従兄と権五松の話を深刻な表情で聞き、寛洙は興味なさそうに酒ばかり飲んでいた。

「いつの時代、どの社会であれ、裏切り者はいるし、特に他民族に征服された所では民族反逆者は毒キノコのように育つものだ。また植民政策の究極の目標は、征服した民族の最後の一人まで民族反逆者にすることにあるのだから、侵略の軍隊を防げなかったことと同様、反逆者が出るのを防げないのは必然じゃないか。こんなことを言ったからといって、俺が事態に絶望し、諦めているというのではないぞ。なぜなら、日本も魔法を使えるわけではないから彼らの植民政策の究極の目的は決して達成できないだろうし、また人の力を過小評価して運命に任せようというのでもない。考えてみれば俺の話も、徐義敦とかいう人の理想論と、さほど違いはないかもしれん。しかし可能な限り力でねじふせるよりは抱き込む方がいいのではないか。狡猾な方法ではあるが、戦略戦術の見地からすればできないこともない。断崖絶壁に追い込むより平地に追いやるほうが、長い目で見れば有利じゃないか？　今頃どこかでくしゃみをしているだろうが、黄台洙を例に取ってみても、どうしてお前たちはあの人が敵の手中に陥ると思うのだ？　俺は、それが言いたい。道具は使いようだ。それに、飢えようと号令をかけてみんなが従うぐらいなら、そもそも国を奪われたりはしなかった。人の気持ちや生き方は千差万別だから、理論どおりに枠にはめようとすれば、その理論は金属のように固くなって人々の心に浸透できなくなり、苦しめるだけの結果に終わる」

「でも、僕は兄さんの意見には納得できません。稳健主義と日和《ひより》見《み》主義を区別するのは困難です」

「そうかな？　俺の記憶では、極左日和見主義者という言葉もあったようだが」

「じゃあ私が極左だと言うのですか？」

「じゃあ俺は穏健主義か？」

二人は声を上げて笑い、李範俊も笑ったが、寛洙は話が理解できないような顔をしていた。

「それはそうと、最近の国際情勢はどうです。大きな変化が起こりそうじゃないですか」

李範俊が分厚い唇を突き出すようにして聞いた。

「大きな変化……さあ」

「変化が起こりそうどころか、もう変化し始めてる」

五松が範俊に言った。蘇志甘が言う。

「揚子江一帯が赤い旗で埋め尽くされる時代は終わる」

「そんなに簡単に？」

五松が強い口調で言う。

「誰が何と言っても、孫文は大物だ。孫文が生きていれば、国民党内部の左右対立はあんなに深刻化しなかった」

「私はそうは思いません。孫文が生きていても同じような現象が起きただろうと思います」

「なぜだ」

「腹心の部下である蒋介石をソ連に送ったのは、もちろんボロディン*の影響であり、いわゆる孫文の容共政策のための布石でしょうが、彼の容共政策は、あくまでも中国の現実から来たものに過ぎず、政治理念から出たものではないのです。彼の三民主義というのも、広まったわりにはあまり成果がなかった。むしろ政治活動に奔走していたことに意義があったのではないですか。彼は根っからのブルジョワ民族主義者で、党勢の拡張を意図していただけなのです。孫文が死んでも死ななくても、蒋介石が帰ってきてもこなくても、事態は同じだったでしょう。共産党が国民党に加入〈第一次国共合作〉してから大衆を獲得する運動が成功し、労働者や農民の組織が急進展したのは、国民党の右派としては黙って見ていられないことじゃないですか。その波に乗ったのが、ソ連帰りの蔣介石です。国民党の左派が武漢政府を樹立したのは、必然だったと思います」

「いったん崩れ出したら、果てしなく崩れるものだ」

「ええ、おっしゃることはわかります。兄さんが以前から言っていたことに通じる話だと思います。分裂は分裂を呼ぶ。しかし水と油が混じり合わないのも、厳然とした真理じゃありませんか。国民党左派である武漢政府から共産党が分裂したのは、まさに水と油が混ざらないからであり、孫文が生きていてもそれは真理だったはずです。農民協会会員が五百万人になり、五・四運動を起点にして上海や青島を始め各地で労働者たちが激烈なストを決行した。そんな力の拡大は、共産党が浸透したからであることを考えれば、国民党右派はもちろん、左派においても恐怖でしょう。だから武漢政府の汪兆銘は共産党を追い出そうとし、共産党が自ら退くという事態を招いたのですが、それは蔣介石にとってはこのうえもない幸運で、漁夫の利を得たということです。今日、蔣介石は武漢政府討伐令を出しているのですから」

蘇志甘が笑った。

「だから日本は今、蔣介石と手を結ぼうと必死だ。お前が言いたいのは、蔣介石の国民党政権と、わが朝鮮独立の関係だろう?」

「そうです。蔣介石は日本とは戦争したくないと思っているはずです。日本が送ってくる秋波を受け入れないにしても」

「うむ……」

「日本の保守派が社会主義や共産主義をほとんど病的なまでに恐れるのは、ここ数年、中国を動揺させている労働者のストライキやデモが、ほとんど日本人経営の紡績工場か、東拓*が資金を出して委託経営している会社で発生しているからです。もちろんイギリスも同じですが、そんな運動が中国を席巻するなら、日本やイギリスの資本が追い出されるのは言うまでもなく、執権党が崩壊するのも目に見えているではないですか。イギリスや日本が決して国民党の友人ではないのにもかかわらず、彼らは共通の敵を迎えたわけです。しかしイギリスは資本が追い出されて市場を失うことの直接的な利害関係が当面の問題である一方、日本にとっては中国から奪った権益を失うのも問題です。もっと深刻で致命的なのは、中国とソ連の接近です。既得権どころか、足元が揺らぐのですから。さっき兄さんが言った、田中が中国での共産党の活動は日本と無関係ではないと言ったことからも、これまでの事情が十分にわかります。我々としては国民党であろうが共産党であろうが関係ありません。日本と戦争してくれさえすればいいということです」

「戦わなければ生存が危ういから、結局は戦うことになるだろうがな」

「いつ戦争するのか、我々としては早ければ早いほどいいんじゃないですか」

「何が何でも？　そうなってはいかんだろう。清日戦争、露日戦争の結果からすれば」

「そりゃ、勝たなければいけないでしょうけど、あの時と今は違います。あの時、朝鮮は、目を覚ましたばかりの子供みたいな状況だったんです。銃剣を持った兵士が宮殿を守っている程度の。おかしなことでした。でも今は違います。少なくとも人々の意識は武装していますからね」

「それは違う。劇作家の判断だ。戦争とはまず物量だ。俺が思うに、日本に立ち向かうどころか、日本によって、日本の敵に銃を取るようにさせられるんじゃないか？」

「我々が？」

ずっと話しながらも粘り強く冷静な態度を崩さなかった五松の顔に、初めて憤怒の色が浮かんだ。

「背中に銃を突きつけられたら、どうしようもないさ。それに彼らは人質を取っているのだから。俺みたいないい加減な人間にも、老いた母がいるんだからな。そうじゃないか？」

「……」

「みんなで飢えようというのが無理なように、みんなで戦おうというのも無理だ。万歳を叫んだだけで軍隊を派遣して虐殺を行った大日本帝国だ。それだけじゃないぞ。自国の人民が騒ぎを起こすのを防ぐために、人民に朝鮮人を殺させた関東大震災の時の事件はまだ記憶に新しい。ふん、戦争がどんなものだと思ってるんだ。好戦的な彼らが狂うんだぞ。自国民だって犬みたいに前線に追いやられる。ましてや植民地の民など、白丁みたいな軍部に何をされるか、わかるものか」

寛洙の眉がぴくりとした。範俊が当惑して、空になった寛洙の杯に酒をつぐ。

「軍隊だけじゃない」

「……」

「階級や搾取を否定する社会主義者の弱点は、知識人であって搾取される階級ではないという点だ。日本の社会主義の指導者たちは、出身校や家柄からするとみんな名門の出身だ。選ばれた者という意識が、新しい思想を受け入れさせたのだ。つまり、保護されてすくすくと育った子供が新しい世界をのぞき見た興奮や好奇心だと言える。果たして彼らが自分たちの階級と完全に絶縁するだろうか。国家の場合も同様だということだ。論理的に階級と搾取を否定するなら植民地政策も当然否定すべきなのだが、都合のいいことに、思想ごっこはあくまでも国内だけだ。ははは っ……弱肉強食の膨張主義を非難するどころか、軍部の手先になって昔、他国の宮殿で他国の国母を殺害した浪人たちと、根本的に違いはない」

「軍部の手先というのは、ちょっと言い過ぎですよ」

範俊が言った。

「嘘だと思うか？」

「弾圧され、投獄され、殺害されているのは厳然とした事実でしょう」

「自分たち同士ではな」

「どういう意味です？」

「自分たち同士で顔を合わせれば社会主義、共産主義、軍国主義、資本主義、国粋主義といろいろあるのだろうが、ひとたび他民族を相手にして利害を計算する時には皆がたやすく軍国主義者になるということだ。違うか？　それも東洋の平和という、もっともらしい旗を掲げてな」

蘇志甘はスケトウダラの干物をくちゃくちゃかみながら、淡々とした表情で範俊を凝視する。

「民族意識とは、さまざまな顔を持つ妖怪だ。悪にも善にもなり、野心の看板にも、弱者を犠牲にする賛美歌にもなり……。被征服者においては民族意識とは抗争を促すものになるだろうが、征服者においては征服欲を鼓舞するものになる。民族意識、同胞愛、愛国心あるいは忠誠心。よくよく考えればそれは人間の最高の道徳でありながら、実は真実ではない怪物なのだ。集団の生存本能であり、集団の貪欲さを美しく飾る虚偽だ。民族や集団だけではない。一族においての個人はどうだ？　結局は奪い奪われる闘争ではないか」

「あまり自虐的にならないで下さい」

「事実、そうだろう」

「兄さん！　人間はですね、高貴でも卑賤でもありませんよ」

「ははは
っ……」

「現実的な動物であるだけです。さあ、飲みましょう」

五松は、やけを起こしたようにそう言うと、杯を持った。

「高貴でも卑賤でもないだと……違う、卑賤だ。とてつもなく醜悪で、自分の飯碗が小さいのを横目で見ながら、常に何かを覆い隠しながら生きるのが人間だ。ひょっとすると死すら虚偽で飾る動物ではないか？」

五松は顔をしかめる。

「やめて下さい。それなら人はいったい何のために生きてるんです。人生に何の意味もないということですか」

「意味はあるさ。何かを隠しながら生きること自体が、意味じゃないか」

「そんな逆説がありますか。虚偽が、生きる意味だなんて」

「俺は違うぞ」

その瞬間、蘇志甘の顔が青くなった。

「俺は生きる本能で生きてきた。だから人間以下じゃないか」

たたきつけるように言う。範俊はその唐突な顔色の変化が何を意味するのか知っているらしい。彼は顔を伏せる。

「父が朝鮮王朝と運命を共にし、義兵となった兄が銃殺された時、もう大人だった俺が一人生き残ったのを、蘇家の断絶を防ぐためだというのは、俺の生存にとって実に妥当な理由だと思った。他人も、俺自身も。しかし、それは真実ではなかった。俺は死ぬのが怖かった。子孫を残すため、蘇家を途絶えさせてはいけないという義務も、死に対する恐怖という不名誉な感情を、巧妙に隠してくれたのだ。はははははっ……」

五松と寛洙は、顔をくしゃくしゃにして笑う蘇志甘の顔を、驚いて見つめる。範俊はいっそう深くうつむいた。

「それは国家に対する心情的な反逆であり、父や兄に対する背信だ。熱い烙印《らくいん》のように……カタツムリが殻を背負うように、一生裏切り者としての罪悪感を背負っていかなければならない……。その重荷を下ろそうと必死であがいてみたけれど、どうにもできなかった。相変わらず腹が減ったらがつがつと飯を食い、まぶたが重くなったら寝床に入った。生きる理由も、することもないくせに、死ぬのはやはり恐ろしかった」

誰もその言葉に対して答えない。寛洙と五松の目が合った。何度も酒が酌み交わされ、相当な量の酒を飲んだはずなのに、酔ったようには見えない四人の男。範俊は最年少なので、多少遠慮していたのだろうが。蘇志甘が急に立ち上がった。縁側の方の明かり障子をさっと開く。日差しに溶けた空気。しかしまだ冷たい外の空気が、部屋の中に流れ込む。太陽は西に沈もうとしていた。荒廃した家、石垣の上に載せた瓦も割れている。ただ、樹齢三十年ぐらいにはなりそうなハクモクレンが一本あり、白い花が舎廊の前庭いっぱいに、そこはかとない香りを漂わせている。白い花が夕日に照らされた様は実に見事だった。蘇志甘はハクモクレンを見ながら気持ちを鎮めているように見えたが、やがて元いた席に戻る。

「宋さん、会ってから何日にもならないのに、こんな醜態を見せて申し訳ない」

範俊がほっとしたような笑顔を見せる。

「俺に謝る必要なんてありませんよ」

寛洙がぼそりと言った。

「こっちの二人は俺の性格をよく知っているから、またわめいているな、ぐらいに思っているだろうけど」

「俺はもともと学がなくて、字もろくに読めないんで、聞いててわかることもわからないこともあって、それなりに退屈はしませんでした。でも時々、ソウルの人たちは口先で用事を全部済ませるんだなと思いましたよ。ははははっ……」

寛洙が笑うと蘇志甘もつられて笑い、五松は吸いかけたたばこを灰皿で消した。

「宋さん、僕の杯を受けて下さい」

五松が杯を差し出す。

「やあ、これはどうも」

つがれた酒を飲む寛洙を見ていた五松が、

「実は、蘇志甘兄さんに嫁を取らせようと思ってきたんですけどね。ほら、米のとぎ水でも子供ができるという、田舎の言葉があるじゃないですか」

と冗談を言う。

「ありますね。ははははっ……」

第三部　第五篇

若き鷹《たか》たち

一章　煩悩無限

十七、八年前だっただろうか。紀花《キファ》と一緒に間島《カンド》の龍井《ヨンジョン》*に来たのは。その後もう一度来たから、恵観《ヘグァン》にとっては今回が三度目の訪問だ。

「河東《ハドン》を出る時、ツツジが咲き始めていたのに、やはり北国だから春は遅いようですな」

「それはそうでしょう」

孔《コン》老人は短いきせるをくわえたまま言った。

「昔はこの家が宮殿のように大きく見えました。あの時はまだ新しかったけれど、ずいぶん古くなりましたな」

「龍井もずいぶん発展しました。大きな建物がたくさんできて。それでもこの家は今でも大きい方ですよ」

「奥さんがご病気で、大変でしょう」

「病気しなくても、もう年ですから。元気な時はそんなことは言わなかったのに、寝ついてからは故郷に帰る夢を見たとかどうとか言って、ここに連れてきたわしを怨んでいますよ」

「なるほど。拙僧のような雲水は足を止めた所が居場所で、故郷などありません。しかし、娑婆《しゃば》では家族が一緒にいる場所が故郷ではありませんか。それに国があるならともかく、朝鮮も他人の国であることに変わりはないでしょう。それで、あの時の客主屋《ケクチュチブ》*は、どうなさったのです？」

「人に譲りました」

「拙僧が初めて間島に来たのは十七、八年前だと思いますが、その間に大勢亡くなりました」

「……」

「今更包み隠す必要はないでしょうから言いますが、あの時、一緒に来ていた鳳順《ポンスン》が死んだのは、ご存じないでしょう？」

「え？」

「拙僧が発つ前に亡くなりました」

「なんと。病気で？」

「病気……そうですなあ。あれも病気といえば病気でしょう。南無観世音菩薩。南無阿弥陀仏」

「まだ若いのに。幸薄い感じはしましたが」

「ひどく薄幸でした」

「おお、なんということだ」

孔老人は、感情を抑えるように言った。

「周甲《チュガプ》が聞いたら、大泣きしますぞ」

「え？」

「大師もすぐに会うことになるでしょう。鳳順の話をしたら、周甲がひとしきり歌いますよ」

「それはそうと、若い時に山参《サンサム》〈野生の朝鮮人参〉をたくさん召し上がったといううわさは本当のようですな」

恵観も鳳順の死を振り払うように話題を変えた。

「どうしてです」

老人はとぼけた。

「長生きなさっているではありませんか」

「若い人たちがばたばた倒れているのに、ということですか」

「まさか」

「まだ八十には二、三年あるのに、長生きだなどと」

わざと怒ったふりをする。

「欲張りですな」

「大師こそ、還暦をだいぶ過ぎているでしょうに、数百里の道のりを平気でやってこられたのだから、智異山《チリサン》の童参を一人で食べてしまったのでしょうが」

「数百里の道のりは、汽車が運んでくれたのです。坊主の分際で童参など口にできるものですか。ご存じのように、本来、坊主は節制することになっているのです」

老人と初老の男は山参を食べたとか食べないとか冗談めかして話しているが、彼らは決して老いてますます盛んというほど元気には見えない。太っていた体が多少小さくなったようではあるが、恵観の顔と手の皮膚はたるんでいた。長旅で体力を消耗して歯茎が痛むのか、時折、歯の間から風が吹くような音を立てていた。でこぼこ頭だけは昔と変わらないから、まだ力にあふれているような錯覚を起こさせる。体格は小さくともクヌギの木のように頑丈に見えていた孔老人も今では見る影もなくしぼんで、腹をすかせた鳥みたいに軽そうだ。

家の中は寺のように静かだった。恵観はふと、龍井に来る途中、雲を貫いて飛んでいた渡り鳥の群れを思い出す。翼一つで数千里の空を、ただ忍耐と知恵だけを頼りに飛ぶ鳥の力強い羽ばたきの音が、耳元によみがえる。余生短い老人たちが山参の話に興じるとは、人間は一糸乱れず飛ぶことにすべてを捧げている渡り鳥よりもふがいないらしい。

「婆さんを葬ってから死ななければいけないのに、中風で寝ついた婆さんより、わしの方が早く衰えていますよ」

灰皿にたばこの灰を落としながら、孔老人がつぶやく。恵観はしわの増えた孔老人の顔をぼんやり見ながら、須弥山《しゅみせん》にあるという四州*のうち、最も幸福だという人間界を思う。人間の寿命は一千歳で、赤ん坊は道を行き交う人たちの指先から出る乳を飲んで七日のうちに大人になり、苦痛も悩みも衣食の心配もなく、老衰もせず、死は悲しいものではなく、包んで道に置かれた遺体は大きな鳥が飛んできて背中に載せてゆく……。恵観があいまいな笑みを浮かべて、

「でも坊主の境遇は」

と言いかけたのを孔老人が遮る。

「わしも子供がいないのだから、坊主とほとんど同じです」

恵観の笑みが気に食わなかったのか、怒りのこもった声だ。

「奥さんがいらっしゃるではありませんか」

「ふん、坊主が独り身だというのも昔の話です。最近の坊主は妻子持ちが普通でしょう」

老人特有の意地悪い表情になった孔老人が、恵観をまじまじと見る。

「おや、そんなにお怒りになるとは、拙僧がいったい何をしたと言うのです?」

「思うようになるものは一つもない」

「……」

「歳月の過ぎるのがもどかしいのに、どうしてこんなに日が長いんでしょうな」

「だから天秤の竿の真ん中で、傾かないように生きているのです。耐えがたいことですよ。歳月が過ぎるのがもどかしいのに日は長く、子供がいると心配、いなくても心配。愛し過ぎても寂しいし、愛がなければ寂しい。財産が多ければ世の中が狭くなり、財産がなくても世の中が狭くなる。人間、苦海《くがい》〈悩み多い世の中〉であっぷあっぷするのは、皆同じではありませんか。日が長ければ、極楽往生でも祈らなければ」

「大師のおっしゃることはごもっともだ。何も持たずに世に生まれ、何も持たずに、どこだかわからない所に帰るのだから、大騒ぎしたことも過ぎてみればちりのようなものだし、年を取って死んでしまえば一巻の終わりだ。悪人だ善人だと言ったところで、どれほどの差もない。極楽や地獄がどこにある? すべては一場《いちじょう》の春夢《しゅんむ》だ。はかないことよ」

目の光が曇る。

「わしが年を取ったからこんなことを言うのだと思われるだろうが、金環《キムファン》氏が死んでからは、寝ていてもふと目が覚めて、虚しい気がするのです」

「そんなことを考えても仕方ありませんぞ。それより、こちらの事情でも聞かせて下さい。朝鮮の状況は、拙僧が詳しくお話ししましたから」

「大師は、何かできると今でもお考えなのですか」

「さて。拙僧はできると考えたこともなく、また駄目だと思ったこともありません」

「はあ……。わしは体は小さいけれど、怖いもの知らずの肝っ玉一つで世の中を渡ってきました。一度、人間の背丈より高いイバラのやぶが茂る汪清県西太浦というところで馬賊に捕まったことがあります。その時も肝っ玉一つで切り抜けたし。ふむ、若い頃は一晩で十里や二十里ぐらい平気で……」

そう言いかけて、目がいっそう曇る。

(この爺さんも、もう長くはない。きちょうめんで、声もよく通っていたのに)

「ああ、さっきこちらの事情をお尋ねでしたな」

「はい」

「実はわしもどうなっているのか詳しいことはよくわからないし、話を聞いても、すぐ忘れるし……。老いぼれたロバみたいになってしまいました。あまり外に出ないもので。還国《ファングク》のお父さん〈吉祥《キルサン》〉が沿海州*

ところを行き来していた頃は、それでもまだ大丈夫だったのですが」

「……」

「還国のお父さんがこの家で捕まってからは、みんな用心して来ないので、消息も聞けなくなりました。何日かしたら周甲という人が来ますから、その人に聞くか、何なら沿海州に行ってごらんなさい」

「さて、簡単に行けるでしょうか」

内房《アンパン》〈主婦の部屋〉で人の気配がした。孔老人は曲がった腰を伸ばし、妻の寝ている内房に行って戻ってきた。

「いくらよくしてやっても、他人の産んだ子はどうにもなりません。養子だの養女だのを取るなど、間抜けなことです。自分の血を分けた子でなければ、どう頑張っても他人だ」

また目を曇らせてぶつぶつ言う。金巾《かなきん》*の袷《あわせ》の服がぶかぶかで、やはりみすぼらしい。座るとすぐ、きせるを手にする。

「功徳を積むと思いなさいませ。そう思えばいいのです」

歯茎がとうとう痛みだしたらしい。頬に手を当て、うわの空で言う。

「大師はご存じないでしょう。そんなことが、一度や二度ではなかったのですぞ」

「ほう」

「聞いて下さい。最初は、松愛《ソンエ》という子を養女にしたのですが、ああ、あの憎たらしい金頭洙《ドゥス》〈巨福《コボク》〉がたぶらかしてしまって。何がどうなったのか、育ての親を敵のように扱うのです。その次にはあの任《イム》です。

大師も任はご存じでしょうな？」

「弘《ホン》の実母の長女ですね」

「そうです」

「会ったことはありません。ひょっとしたら子供の時に見たかもしれませんが」

「とにかく、わしは人に恵まれてないようで」

「その娘も、もう四十ぐらいになっているでしょうな」

「それぐらいでしょう」

「今、どこにいるのですか」

「ああ、あきれた奴です。今、龍井にいます。それがまた、ひどいのですよ。養女ではないけれど、うちで一時面倒を見ておりました。一昨年いきなり現れた時、乞食のような格好をしていたのです。わしは漢《ハン》福《ボク》が来た時には、任の話はしませんでした。任の母ちゃんの話など聞きたくないだろうし、また頭洙の話もしたくないから、漢福には黙っていました」

「……」

「任の母ちゃんのことを考えれば、あんな娘の面倒を見る必要もなかったのですけれど、李《イ》さん〈龍《ヨン》〉のことを思って、引き取ったんです」

「それまでどこにいたんです」

「李さんが龍井に来た後、銅仏寺〈地名〉で百姓をしている許《ホ》という男に嫁にやって、男の子が一人できたのに、あいつは浮気して家を出たんです」

「子供を捨てて？」

「そうです。亭主が血眼になって捜したけれど十数年間行方不明でした。亭主も子供も消息がなくて、生きているかどうかもわかりません。まあ過去のことはおくとしても、生来の性質というのはどうしようもないんですかね。うちに一年居候して元気を取り戻すと、また男をつくって出ていきました。まあ、出ていってくれてよかったとも思いました。ところが後でわかったことには、その男が警察の手先だったのです。頭洙ともつながりのある」

「なるほど。還国のお父さんがここで捕まったのは」

「そうです。任の奴が」

「災いの種ですな」

「任さえいなければ、日本の警察は還国のお父さんの顔を知らないのだから、いくらでも隠れられたはずです。金頭洙はその時、奉天〈現在の瀋陽市〉にいて直接手は届かなかったけれど、ここの情勢を探らせていたのは確かです。頭洙は大物を釣り上げようと、常に狙っていましたから」

「どうして同じ母親から真逆の子供が産まれたんでしょう」

「まったくです」

「頭洙は奉天で憲兵隊にいるのですか。あるいは警察署ですか」

「旅館をやっているようですが、本業ではないはずです。裏で何かやっているに違いありません。財産もかなりあるようですし、会寧《フェリョン》で巡査部長をしている時には虎みたいな顔をした日本人の女と暮らしていたけれど、その後ハルビンで独立運動をしていた女を家に閉じ込めて、言うことを聞かないから頭を割って殺したといううわさです。それぐらいのことはやりかねない。だからこちらでもあいつを始末しようと追っているようですが、網の目を抜けて逃げるのは鬼神のようにうまい奴です。あいつも、独立闘士と聞けば目の色を変えるでしょうし」

「三つ子の魂百までと言うが、一度妙な因縁で結ばれれば、いつまでも続くのかもしれません」

「結局はあいつが独立軍の銃剣に突かれて死ぬでしょう。ここは満州です。倭奴が捜し回ったところで、あちこちに潜んでいる独立軍は簡単に捕まりませんよ。白頭山《ペクトゥサン》から黒龍江流域の深い山林にうようよしている朝鮮の独立軍が捕まるものですか。だからあいつらは、いろんな地域に親日派の朝鮮人民会だか何だかを作ったりもしましたが、独立軍が黙って見ているものですか。そんなものでは独立運動を根絶できません。

青山里戦闘*の後、わが同胞はたくさん死にました。倭奴は無防備な朝鮮人集落を襲撃して大人も子供も、男も女も惨殺して火をつけましたが、だからといって戦いに決着がつきますか? 討伐隊として多数の兵士を送ったのに独立軍は数名しか見つけられないから無防備な集落を襲って火をつけ、女子供や老人を殺し、中国政府に猛抗議したけれど、中国政府が日本の言うとおりにするわけがない。マンマンデー*ですよ。

満州の馬賊もそうです。もちろん良民の財産を略奪し倭軍と内通する馬賊もいますが、馬賊が全部そうなのではありません。事実、満州の軍隊というのも馬賊かもしれないし、馬賊が軍隊に変わるかもしれない状況ですから、朝鮮の独立軍も彼らと手を結ぶこともあるし、独立軍が馬賊に偽装したりもするようです。もちろん独立軍が倭軍を満州から追い出すことはできないでしょう。でも倭軍もわが独立軍を満州から追放することはできません。誰かがこんなことを言いました。わしが、どうして独立軍はばらばらなんだと言うと、その人が冗談めかして答えました。満州の大地に独立軍がひと固まりになって旗を高く掲げれば倭軍と決戦をすることになるが、倭軍にはかなわない。ひと口で食ってくれと自分を差し出すようなものだ。冗談ですが、一理あるような気がしました」

話を終えた孔老人は、便所に駆け込む人みたいに慌てて立ち上がった。小走りで板の間を過ぎ、内房に入る。低い声が聞こえた。しばらくして部屋から出てきた孔老人は、

「ヨンソンの母ちゃん、いないのか」

庭に向かって叫ぶ。

「ここにおります」

「内房に入ってみろ。しょっちゅう見てくれないと困る」

「行こうとしてたところですよ」

孔老人が戻ってきた。独立軍の話をしている時とは打って変わって、ひどく落ち着かない表情だ。女房が死んだかもしれないと思って、慌てて内房に行ったのだろうか？　あるいは布団に汚物を漏らしたとでも思ったのか。恵観は今更ながら、女房があんなふうでなければ、孔老人は今でもしっかりしていたのではないかと考えた。恵観が昨夜遅くこの家に来た時、孔老人は中庭の真ん中に立って暗い空を見上げてい

た。恵観は一瞬、ぼんやりした闇の中に少年が立っていると錯覚した。それも、家を失った少年。がらんとした大きな家の中で、明かりは内房と行廊の方からかすかに漏れていただけだ。恵観はうずく歯茎を頬の上から押さえ、痛ましいほど無愛想で意地悪で、時に哀れですらある孔老人の姿を見つめる。

「他人の子の面倒を見たって無駄ですな」

また始まった。どうして最近、毎日がそうした不平に始まり不平で終わるのだろう。

「どうしてまたそんなことを？」

「え？」

ちらりと恵観を見る目が、怨みに満ちていた。

「さっきの話を続けて下さい」

「言ったところで何もなりませんよ。まったく、どうしようもない。ああ、独立軍がすべて独立軍ではありませんぞ。主導権を争っている奴らは、それでもまだ体面を重んじますが、中には他人の財産を奪うのが目的の匪賊《ひぞく》もいるのです。独立軍の名をかたって同胞をだます奴らもいるはずです。敵と内通する奴らは以前からいたし……。活動する人は名前を残しません。活動中に死んだ人は、墓もないのです。これが満州にいる独立軍の実情ですが、大師は何のつもりで、いちいち聞くのですか。ああ、そんなフグみたいな体で、姜宇奎《カンウギュ》〈一八五五〜一九二〇。独立運動家〉義士のまねでもするつもりかな。ふん！　わしよりはまだ若いと言いたいのですか？　共産党も民族主義もいい。どっちにしろ貧しい同胞なんです。それなのに、あいつらめ、貧しくなるのを怖れて同胞に背を向けるから、共産党だの民族主義だのと分裂するのだ。義理を知らない奴らめ。だらしなくて間抜けな中国人、気丈で冷静ですばしこい朝鮮人。しかしその間抜けな中国人一人を、気丈な朝鮮人たちが束になってかかってもかなわないというのは、嘘みたいな話ではありませんか。わが同胞よ！　と叫ぶ朝鮮人は同胞に害を与え、そんなことは口に出さず、ただ天と地があるから生きているという中国人は同胞に害を与えないのです」

「孔さん、それは言い過ぎです」

「何が」

「同胞に害を与えることに関して言うなら、朝鮮の場合は九牛の一毛です。害を与える力などないでしょう。国がないのですから」

「……？」

「孔さんは中国を過大評価し朝鮮を悪くおっしゃいますが、それは違います。中国の軍閥を考えてごらんなさい。むしろ灯台下《もと》暗しです。国が広過ぎて見えないのか。軍閥が貧しい民に重税を課しているのは、同胞に対する害悪ではありませんか？　権力闘争のための戦争は、どうです。戦争のために不換紙幣を発行して商工業を駄目にしてしまい、戦争のために食糧と家畜を徴発して農村を駄目にし、結果として流浪の民や匪賊が増える。それは同胞に対する害悪ではありませんか？　その程度では済みません。列強の後援を得るため、あるいは借款を得るために国土の重要な部分を日本やイギリスに割譲する。その失われたものを取り戻そうとする学生、労働者、兵士、市民のデモに鉄槌を振り下ろし、上役の顔色をうかがう。それが同胞に対する害悪ではないと言うのですか？　朝鮮は既に日本に食われてしまったし、日本が弱くなればまた別の奴が手を伸ばしてくるかもしれません。しかし中国はまだ部分的に食われているところです。中国が統一されたらそれは終わるのだから、列強の手先たちは同胞に害を与え続けるでしょう。イギリスの紡績工場でストが起こればイギリス人と力を合わせて自国の民を殴り、日本の紡績工場で事件が起これば日本人と力を合わせて自国の民を殴る。もっとも彼らは手先だとは思っていないのでしょう。将来、自分たちの根っこを引き抜くかもしれない民の力を怖れているのです。彼らの敵は外国勢力ではなく、自国民ですから。同胞に害を与えているのではありませんか」

「大師はどうしてそんなに詳しいのです」

「木魚をたたいているだけでは、到底知り得なかったことですな」

「ふうむ」

孔老人は勢いをそがれた。

「それならわしに聞くこともないでしょうに」

「それは中国の事情ですよ。朝鮮で新聞を見て、人の話を聞いても、それぐらいはわかるものです」

「独立軍も独立運動家も、結局は中国の情勢に従ってどこに行くかを決めるのでしょう」

「ロシアもありますぞ」

「大師のおっしゃるとおりなら、中国と日本が戦争するのは難しいのではありませんか」

「ははは、つまらないことを言いました。聞きかじっただけの話です。拙僧に何がわかるものですか。煙秋《ヨンチュ》*やハルビンなら、そんなことに詳しい人もいるでしょうがな」

「日本と中国が戦わなければならないと皆が言いますが」

そう言いかけた孔老人が続ける。

「泥棒どもめ、口先ばかりで、ろくな働きもしなかったくせに。財産を失い妻子を失った人たちは何も言わないのに、洋服を着た奴らが」

恵観は、うずき始めた歯茎も気になるが、孔老人に対していらいら立った。論争するより、立ち去るのが上策だと思った。

「では、ゆっくり休みましたから、ぼちぼち街でも見物しますかな」

恵観はいじっていた数珠を首にかけて立ち上がった。恵観に負けないほど、いや恵観以上にいらいらしていた孔老人が、一瞬、名残惜しそうな顔をした。

「見物するほどのものもないのに……」

とつぶやく。門を出る時、孔老人も見送りに出てきた。

「大師」

「はい」

「すぐに戻ってこられますか？」

「さあ」

今度は恵観がぶっきらぼうな言い方をする。

「いや、夕食の支度をどうしようかと思いまして」

すがりつくような表情を改め、すねたように言い返す。

「夕食はいりません」

背を向け、地面を踏みしめるように歩く恵観は、笑いをこらえた。振り返れば八十近い少年が指をくわえているのではないか。

（ちくしょうめ、お前が勝つか、わしが勝つか、我慢してやるぞ。ああ）

恵観は歯茎の痛みをこらえる。

（痛いと思えばよけいに痛くなる。忘れなければ。この歯茎め）

恵観は通りに出た。歩く中国人たちが恵観を不思議そうに眺め、恵観も彼らを不思議そうに眺める。南十字街に至る商店街を通り、当てもなく歩く。満州特有の、砂交じりの風が吹く。空は澄んで青く、遠くで海蘭江《ヘランガン》*の水が日に輝いている。

（すっかり変わってしまったな……。ふむ、行けるものなら黒龍江に沿って北上したいものだが）

足を止めて川を眺める。

（氷は解けたが、まだ水量は少ないのに、いかだが流れてくるな）

川でありいかだであることは同じだが、恵観は蟾津江《ソムジンガン》と海蘭江がどう違うのだろうと考える。美しいのは蟾津江だ。つつましい女のように、白い服を着た美しい寡婦のように、白い砂がどれほど清潔であることか。山間部の川と大陸の川。どちらも数々の物語が流れていた。恵観は蟾津江に身を投げた紀花を思う。十七、八年前、初めてここに同行した時、藍色の絹のチマに青いトゥルマギ〈民族服のコート〉を着て、白っぽい襟巻を巻いていた美しい妓生の姿が、川の上にはっきりと浮かぶ。

「南無阿弥陀仏、南無観世音菩薩」

弁髪*の中国人を見て、頭を半分丸めているから半坊主だと言った時、くすっと笑った紀花の声が、耳元に聞こえるような気がする。恵観の皮膚はたるみ、歯も悪くなって、まともなのは前歯だけだ。俗世との縁を切った六十過ぎの坊主が、高嶺《たかね》の花のようだった女、蟾津江の青い水に魂を捨てた女を、衆生《しゅじょう》の一人だと思うことができない。怪物のような恵観の心の奥底に、淡い恨《ハン》*のようなものが渦巻く。崔西姫《チェソヒ》の一行が間島に発った後、一人残って寺に身を潜めていた、花のような鳳順。寺の中庭を歩くその姿態に、若い修行僧たちは苦悩の夜を過ごさなければならなかった。中年だった恵観まで、人知れずため息をついた。その後、鳳順は紀花となり、誰でも手折ることのできる路傍の花となったけれど、出家にとっては、やはり手の届かない高嶺の花だった。

恵観はふと、海蘭江の水に、美しい桃の花びらが流れているという幻想に陥る。

（南無観世音菩薩、諸行無常、諸法無我、般若寂静、刹那に生滅《しょうめつ》し、離れ、再び大きく死滅転変することは避けられない。いかなる所にもずっととどまることはあり得ないから、主宰者もいない。煩悩を離れた所に光が来る。それが般若だ。煩わしい煩悩の動揺が止まる時、それが寂静……煩悩の束縛を離れ大自在に至るなら、それが菩薩でなくて何であろう）

恵観は数珠を取って海蘭江の水に投げ入れ、また歩きだす。川辺に沿って南の六道溝の方へ、何となく歩いていく。ちょうど六道溝の川原では、牛市場が開かれていた。数百頭の牛馬と豚と人がうごめいており、牛馬の引く、材木を積んだ荷車が数百台見える。諸行無常とは程遠い、暮らしの活気。恵観は離れた所に座って、一瞬ごとの命を永らえている人間たちのいろいろな顔や、老いた人の、また若い人の姿を眺める。人間よりずっと力の強い牛馬は手綱に引かれて空を見上げる。大きな目は、空や雲を映しているだろう。その黙示的姿は、自然なのか諸行無常なのか。天地に主宰者はいないとはいうが、どうして森羅万象があれほどそれぞれに違い、またあれほど似ているのだろう。

(行けるだろうか？　ここから北に行けば黒龍江で、その向こうがシベリアだ。そこから西に行けばモンゴル、また南に行けばチベットだ。『西遊記』で、三蔵法師が経典を求めて旅に出る時、孫悟空、沙悟浄、猪八戒を引き連れていたが、ふむ、わしの姿は猪八戒ではないか？　ははは っ)

みすぼらしい農夫姿の若い男が、一頭の子牛を連れてゆっくり牛市場に向かって歩いていく。

「もし、そこのお若い方」

「俺のことですか？」

男が恵観を見る。

「もうちょっと大きくしてから売りなさい。そんな小さいのを市場に出すなんて」

「売るなって？　じゃあ、どうしろと言うんです」

腹を立てる。妙な坊主がいるものだ、どうして口を出す、というように。男は子牛を連れてとぼとぼと牛市場に入る。男と子牛の姿は、すぐにたくさんの牛馬や人々に隠れてしまった。

二章　手を握って言ったこと

飲み屋のガラス戸を開けて外に出た洪《ホン》は、肩を揺らしながら歩いてくる男を見つけ、

「やあ、周甲《チュガブ》」

と言って肩をたたく。

「おや、兄さんじゃないですか」

「そうだよ。お前、いつ来た？」

「今来たところです」

「そうか」

洪は裸電球に照らされている、道の向こうの反物屋に目を向けたまま言う。

「長男がちょっと小遣いをくれたんで、久しぶりに飢えなくて済んだ」

「酒が飲めなくて飢え死にしたって話は聞いたことがありませんよ」

「下戸のくせに」

「ほどほどになさい。可哀想だから言ってるんです」

「こいつめ。お前に酒をおごれと言ったわけでもないのに。俺に説教する気か」

「何でそんなこと言うんです。おごれと言われたらおごるのに」

「何だと?」

目を丸くする。

「兄さんに酒をおごる金もないなら、この周甲は、皿の水に溺れて死んでみせます」

「こいつ、口の減らない奴だ」

「ははは、こいつなんて言わないで下さいよ。ばつが悪いから。今ではどこに行っても爺さん扱いされるのに」

「くだらないこと言うんじゃない。男子の一言《いちごん》は千金に値するんだぞ。酒をおごると言ったな」

「はいはい、わかりました。龍井《ヨンジョン》に来て最初の宴会をやりましょう」

二人の男、いや二人の老人は、背後にある飲み屋のガラス戸を開けた。

「おやまあ、また来たの?」

酒卓を拭いていたおかみが、哀れむような目で洪を見る。

「客は何度でも来るさ。何がおかしい?」

洪はのろのろと座りながら、気まずさをごまかすように目をむく。

「客ったって、客によるね」

「客によって金、銀、銅に分かれるとでも言うのか」

「そうですよ」

「さっさと酒を持ってこい」

飲む機会を逃すのを恐れるようにせかす。周甲は紙巻きたばこをくわえ、壁にもたれるようにしながら、たばこの煙にかすむ洪の、焦りと期待に満ちた顔を見る。酒焼けして赤くなった鼻、醜く老いた姿。洪は三、四年前に還暦を迎え、周甲はまだ還暦前だが、どのみち還暦祝いをしないのは同じだ。洪は十数年前と同じように貧しく、もう年老いて放浪はしなくなった代わり酒量が増え、厚かましさが善良さを圧倒して、酒なしには生きられなくなっていた。すきっ腹に強い焼酎を流し込んだ周甲は、パジョン〈ネギのお好み焼き〉を箸でちぎり、口に押し込む。

「兄さん」

「また説教か。いいさ。おごってもらうんだから、言いたいことがあるなら言えよ」

「言いたいことはいろいろあるけど」

「ちくしょう、年寄りが今更、科挙の試験を受けるわけでもあるまいし。もう沈む夕陽みたいに人生の終わりなのに、今になって行いを改める必要があるのか」

「ほかのことは知りませんが、息子さんに金をせびることだけはおやめなさい。少ない稼ぎでたくさんの家族を養ってるのに、可哀想だと思わないんですか」

「それも昔の話だ。何がどうあれ、俺は父親だ。父親に能力がなくて貧しい育ち方をしたからって、財産がないからって、俺が父親であることに変わりはない。とにもかくにも、森に捨てたりしないで育てたんだからな」

「兄さんが育てたとでも言うんですか」

「ああ、捨てなかったから、育てたってことだろ」

「捨てなければ勝手に育つんですか。考えてごらんなさい。家族の食費より兄さんの酒代の方が多いんですよ」

「あいつがお前にそんなことを言ったのか」

「口に出して言うぐらいなら、まだましです」

「……」

「働いている所に行って金をせびるのだけはおやめなさい。息子さんはたまりませんよ」

「朴《パク》の奴、くちばしをへし折ってやる。食っていけるようになったといっても、たかだかカッパチ*のくせに。ふん」

龍《ヨン》が間島《カンド》を離れて朝鮮に戻る時、月仙《ウォルソン》が住んでいた家をカッパチの朴と飴屋の洪にやった。彼らはその家で、今まで十数年一緒に暮らしてきた。朴はこつこつと金を貯めて靴屋を大きくして、運動靴やコムシン〈ゴム靴〉を売っている。花靴《コッシン》*作りや靴修理はやめた。時代が変わり、わらじも売らなくなった。一方、飴の卸問屋をやると豪語していた洪の夢は夢で終わり、今ではほらを吹くこともなくなった。長男がカトリック教会の雑用をして働き、なんとか生活を支えている。

「あの兄さんは人がいいから、一緒に暮らしてこられたんですよ」

「お前はあの家に住んだこともないくせに。誰の家だと思ってるんだ」

「ははっはっ、酔っていなければ礼儀正しい兄さんが、まさか知らないで言ってるんじゃないでしょうね」

「まあ、朴の奴ももう年寄りで、息子たちが実権を握っているからな」

息子たちが実権を握っているというのは、朴が以前のように酒をおごってくれなくなったことを言っているのだ。

「それはそうと、孔《コン》老人の奥さんは、まだあのままか？」

「治る病気でもないし、かといって、すぐに死ぬような病気でもありませんからね」

「孔老人はずいぶん老けたな」

「もうお年ですから」

「ちょっと前までは丈夫で、俺たちより長生きしそうだったが」

「……」

「吉西《キルソ》商会の旦那が捕まってから、ああなったんじゃないか？　気力も衰えたようだが、頭までもうろくしたみたいだ」

「つまらないことを言いなさんな。あの人がぼける前に、俺たちが墓に入りますよ」

「昔はそんなことは言わなかったのに、会うたびに、他人の産んだ子はどうしようもないって、そればかり言っている。松愛《ソンエ》とかって娘のことを、あんなに言わなくてもいいと思うが。養女といったって、赤ん坊の頃から育てたのでもないのに。それも、ずいぶん昔のことだ。十五年も前の話じゃないか」

「俺にもそんなことを言ってたけど、本心は別のところにあるんでしょう」

「本心って？」

むさぼるように酒をあおり、曲がった背中をいっそう曲げて周甲を見上げる。油っ気のない、北風に吹かれてげっそり痩せたような周甲は、

「年を取ったら、みんなそうじゃありませんか。寂しいから言ってるんでしょう」

とごまかしてしまう。周甲の顔にも孤独の色が浮かんだ。孔老人の本心と周甲の孤独には、通じるものがあるようだ。

「おい、周甲」

「何ですか」

「あの隅っこで飲んでいる男、誰だか知ってるか？」

声を低くして言った。

「俺が知るもんですか」

五十過ぎの男が、横顔を見せて一人で酒を飲んでいた。おかみの視線が、時折その男に向けられた。

「宋丙文《ソンビョンムン》氏の長男だ」

耳打ちする。

「宋丙文氏なんて、俺が知ってるはずがないでしょう」

「しーっ！」

男は周甲の声が聞こえたのか、勘定を済ませて出ていった。その後ろ姿を目で追っていた洪が、周甲の方に向き直る。

「父親の名前が聞こえたようだ。それでも育ちがいいから、身なりはちゃんとしてるな」

「どういう人なんです」

「宋丙文といえば、龍井だけじゃなく、間島一帯から沿海州にまで知られた人だった。龍井一の金持ちで徳望もあって、たくさんの業績を残したけど、亡くなってからは家が没落した。長男がこんな飲み屋に来るほどだ。まったく、世の中ってのは」

「どうして没落したんですか」

「今出てった長男が馬鹿だったんだ。それに、天下の美女だった女房が、坊主とできているといううわさが立ってからアヘン中毒になった。事情はわからないが、さっきのあの人もアヘンをやったといううわさもある」

「そんなら、宋先生〈章煥《ジャンファン》〉のお兄さんじゃないですか?」

「そうだ、宋先生のお兄さんだな」

「そうですか。あんな真面目な先生に、どうしてそんなお兄さんがいるんでしょうかねえ」

「そりゃ、神様の思し召しじゃないか。順序が逆なんだ。宋先生が長男だったら、宋家も潰れなかっただろうし、いいこともたくさんしただろうに。世の中は、たいていうまくいかないようにできているらしい」

「そういえば、いつだって、いい人が苦労するようになってるみたいですね。どうしてでしょう。いくら考えてもわかりません。神様の意図はそうではないはずなのに、世の中がおかしい。世の中がおかしくなったのは、人間が悪いってことじゃないですか。つまり、兄さんみたいな人が」

「何だと」

「ずっとほらばかり吹いて、難しいことはやろうとしないで」

「お前が人のことを言えるか。お互い様だ」

「そう言わないで下さい。こう見えても俺は人に苦労をかけたことはないし、悪さをしたこともないんですから」

「それじゃ、俺が人に悪さをしたってのか？」

「家族を放り出して、いまだに息子に苦労させてる以上に、悪いことがありますか？」

「自分が独り者だからって、偉そうに言うのか」

「もちろん」

「ちぇっ、何でもかんでもそこに話を持ってくるんだな」

「ははははっ、もっとも何を言ったところで治る病気ではないことはわかってますけどね。ははははっ……。飲んで下さい。どんどんお飲みなさいったら。おかみ！　さっさと酒を持ってこい！」

「そうだ、そうこなきゃ。これだから、お前を見るとあの世で祖父さんに会ったみたいにうれしいんだ。おい、おかみ。いいカモが来たんだから、つべこべ言わずに、早く持ってこい」

「図々しいこと」

酒を運んできたおかみが洪をにらむ。互いに事情はよく知っているから。ほろ酔い機嫌の周甲が呼んだ。

「おかみ」

「はい」

「俺が一曲歌うから、これから飲む酒はただにしてくれよ」

おかみが笑う。

「どうする？　聴くか、やめておくか？」

「いいですよ。久しぶりに周さんの歌を聴きましょう」

「おほん！」

周甲は酒卓の上に拳を握った両手を載せ、背筋を伸ばして目をつぶる。

「おほん！　『鳥打令《セタリョン》*』を歌います」

　鳥が　鳥が　飛んでくる
　あらゆる鳥が　飛んでくる
　南風を追って　羽ばたいて
　九万里長天*に大鵬《たいほう》*が舞い
　文王がいらっしゃるから　岐山朝陽の鳳凰《ほうおう》が集い
　無限忌憂　深い思い　鳴いて残った孔雀

蘇仙赤壁　七月の夜
……
鳴いて血を吐き　花の枝を染める
帰蜀途《ほととぎす》　不如帰《ほととぎす》
……

しわのある顔を涙が伝う。おかみも前かけを持ち上げて涙を拭う。隅の席で酒を飲んでいた二人の若者もじっと耳を傾けていた。見かけは変わっても、周甲の恨のこもった声は昔と変わらず澄んでいる。みすぼらしく見えていた男が突如、高貴な姿に変身して周囲の人々を圧倒した。

「周さんの鳥打令は、いつ聴いていてもはらわたがちぎれそうに悲しいね。ああ、どうしてそんなに恨が多いのさ」

おかみはしきりに涙を拭う。

「なんと清らかな声だ。あれだからモンダル鬼神*になるんだな」

洪は酒を飲み続ける。歌い終えた周甲は、

「兄さん、モンダル鬼神も、そんなに悪いもんじゃありませんよ。恨の多いのも、必ずしも不幸ではないんです。俺は今までこうして生きてきて、後悔はしてません。今は側にいないけど、会いたい人たちもたくさんいるし、俺によくしてくれた人もたくさんいたから……。はははっ、女に縁がないのが、寝ながら考えても悔しくて涙が出るけど、過ぎてみればそれも耐えられる程度のことでした。この満州に流れてきてよかった」

「この馬鹿、故郷を追われたのに、何がよかったたってんだ」

「悲しい人がたくさんいれば慰めになるから。俺よりも悲しい人が大勢いると、ちょっと世の中に感謝したくなったりもするんです。朝鮮に残っていたら、あの薄汚い倭奴に踏みつけられていたでしょうよ。何といっても、ここに来ている人たちはいい人が多いじゃないですか。俺はもともと財産もない孤独な身だから失う物なんかありません。人を失い財産を失い、北風に吹かれながら同胞や国のために老体にむち打って亡くなった人たちのことを考えたら……喉が詰まって、川辺で泣く時、星も大きく水の音も大きくて、ああ、俺は生きていたんだなという気がして、喉が詰まれば詰まるほど悲しみが骨身にしみます。そんなことがあるから、生きることが大切に思えてくるっていうことじゃないですか」

「ああ、聞きたくない。何を念仏みたいなことを言ってるんだ。悲しいのなんか、酒を飲んで忘れるのが一番だ」

遅くまで飲んだ。飲み屋を出る時に周甲は、

「おかみさん」

ふらつきながら、いきなりおかみの手を握る。

「おやまあ、何なのよ。年を取ったら遠慮がなくなるんだから」

「年なんか関係ありません。前から、おかみさんの手を握ってみたかったんだ。もうこれでいい。ほら、顔が赤くなってるじゃないですか。ははは っ……」

「どうかしてるよ。今までそんなじゃなかったのに」

「五十過ぎても女は女だ。ははは っ……。顔を赤らめようが赤らめまいが、会いたかったよ。はははっ……」

風の吹く中、キビの茎みたいに細長い体を揺らしながら外に出る。先に出ていた洪は脚を投げ出して地面に座っていた。

「兄さん、家にお帰りなさい。そして十日ぐらい腹を痛くして家に引きこもってなさい。いいですね？」

周甲は上半身をぐらぐらさせながら洪の尻を蹴ると、背を向けた。

昔、崔西姫《チェソヒ》が住んでいた家の門を押して入った周甲は、

「おじさん、おじさん」

と大声で呼ぶ。

「周甲が帰りましたよう」

「あいつ、また酔っぱらってるな」

部屋の戸を開けてはうようにしながら、孔老人が板の間に出て座る。

「夜風が冷たいから、部屋に入って下さい。はい、ちょっと酔ってます」

孔老人の腕を取って立ち上がらせながら、周甲は部屋に入る。

「奥さんの具合はどうですか」

「どうって、いつもと同じだ。さっさと死んでくれたら、わしもあれこれ始末をするんだが」

布団を押しのけて座りながら言った。

「途中で洪さんに会いました」

「酒をおごらされたな」

「あの病気は治りませんね」

「あの坊主は梨のつぶてだ。出ていってから、消息がない」

「え？」

「河東《ハドン》から恵観《ヘグァン》という坊主が、一昨日来た」

「はあ、それなら朝鮮の消息は？」

「特に変わったことはない。漢福《ハンボク》が来た時に話していたのと同じだ」

「じゃあ、その和尚さんはどこに行ったんでしょう」

「まさか、捕まってはおらんだろう」

「……」

「以前にも二度ほど来たことがある。その時も虎みたいにうろつき回っておったが。もう年だから、まさか上海みたいな所に行きはしないだろう」

「弘《ホン》や龍兄さんは」

「あんな奴らの消息を知ってどうする」

周甲が老人の顔をちらりと見る。

「夕飯は食べたか？　ヨンソンの母ちゃんに準備させようか？」

「酒を飲んだんだから飯なんかいりません。さっさと寝なきゃ」

「夜は長いのに、寝るのは早過ぎる。用事はうまくいったのか」

「うまくいくも何も、俺は伝言を伝えただけです」

「うむ……」

「ああ、ハルビンで頭泶《ドウス》を見ました」

孔老人は周甲の顔をそっと見るだけで、何も答えなかった。短いきせるを取ってたばこの葉を詰め、火をつけてせわしなく吸う。

「周さん」

「はい」

「あんた、鳳順《ポンスン》、いや紀花《キファ》を知ってるな」

「どうしてそんなことを聞くんです」

周甲はすぐに不満げな顔をし、反対に不機嫌だった孔老人はいたずらっぽい表情に変わった。いや、意地悪い顔になった。

「女にほれたら手に入れようと欲を出せ。あんなに笑いの種になってどうするのだ」

「あれ、なんでそんなことを言うんです。あの妓生に亭主ができて子供を産んだんですか」

「死んだ」

たばこをぷかぷかふかす。

「死んだ？　まだ若いのに、どうして死ぬんです」

「何を言う。若くても死ぬ時は死ぬぞ」

「じゃあ、死んだのは本当なんですね」

老人の目つきは相変わらず意地悪そうだ。

「そう聞くと、とても気の毒です。あんな花のようにきれいな人も死ぬんですね」

「寝ぼけた言い草だな」

周甲は悲しそうに笑うだけだ。ちょうどその時、恵観が戻ってきた。

「ご老人があんまりいじめるから、托鉢でもして回ろうかと思いましたが、退屈で仕方ないと言われていたのを思い出して帰ってきました」

孔老人はうれしいのに、

「坊主が歩き回るには、満州はちょっと物騒だからな」

とそっぽを向く。周甲と恵観が挨拶を交わし、互いに朝鮮と満州の消息を伝えあっていると、孔老人の愚痴がまた始まった。他人の産んだ子はどうしようもないという話だ。周甲は口をつぐんでしまう。

「またその話ですか」

「大師はご存じないのだ」

「知ってますとも。耳にたこができるほど聞いたではありませんか」

「あの子を知らないだろうと言っているのです」

「……？」

周甲が恵観に目くばせをする。

（ほう、この爺さん、本当にぼけたな）

「知らないでしょう。知っているはずがない。どういう子かと言えば、小さい時から我々夫婦が面倒を見てやったんです」

「はい。金頭洙がたぶらかしたとかいう娘のことでしょう」

「黙って聞きなさい」

「どうぞ」

「子供のないわしたちは、一生懸命よくしてやったんです。自分の子供だと思って。親の気持ちというのはそういうものでしょう。親のいない子で、母親は顔もわからない。父親が、子供を学校に入れたいと言って龍井に連れてきたんです。大師は宋章煥も知らないでしょう。学校の先生で、真面目な人でした。弘がよく知っていますよ。ああ、だからその先生に学費と子供を預けて出ていってから、銃が暴発したか何かで死んだんです。猟師だったそうで。その子は神童と言われるほど頭が良くて、顔もきれいでした。トンビが鷹《たか》を生んだのですな。福が多過ぎて、父親は子供にも会えないまま死んだのですよ。でも、他人の子供はどうしようもありませんでしたな」

「自分の子供だって思いどおりにはなりません」

「その子は軍官学校を出ました。倭奴を倒すと決心していて、将来有望なんですが、ひどく父親を恋しがっているのです。血のつながっていない我々が心寂しいだけで、あの子はどこに出しても……。死んだ父親が忘れられず、一生懸命よくしてやった我々夫婦に対しては、ただ恩人だとしか思っていない、けしからん奴！」

「……」

「三年前、還国《ファングク》のお父さんの勧めで嫁をもらいました。還国のお母さん〈西姫〉が聞いたら気分を悪くするでしょうけど、ある寡婦がおりましてな。その寡婦の娘で、賢い子です。母親がアメリカ人宣教師の家で働きながら、できるかぎりの教育を受けさせました。その娘が、今、龍井で教師をしています。わしがこんなことを言ったからといって、還国のお父さんのことを誤解しないで下さいよ。男は女性関係をきれいにしておかないといけないけれど、遠くから幸福を願う気持ちまで失ってはいかんでしょう。あの娘も子供の頃、還国のお父さんになついていたそうです」

「はあ」

恵観にとっては初めて聞く話だ。

「それはそうと、その子がいくら独立運動で忙しいといっても、ふむ、以前はそれでもいきなり訪ねてきたりしていたが、最近は顔もろくに見せないんです。ひと月前には琿春《こんしゅん》*まで来ていたというわさがあったけれど、うちには来ず、人づてに手紙を送ってきただけです。婆さんがいつ死ぬかもしれないというのに。自分の親ならそんなふうにはしないでしょう？どうしようもない奴です。せめて甥か姪でもいれば、こんなに寂しくはないでしょうが。婆さんが死んでも、死に水を取る者すらおらんのです」

「寂しいのはわかりますが、話を聞いていると、情がなくて来られないというのでもなさそうですが」

「杜梅《ドゥメ》だけではありません。弘だってそうです。大師もご存じでしょうが、姪の月仙が、弘を育てるのにどれほど苦労したことか。それなのに、墓を造ったなりで、朝鮮に帰ってからは何の便りも寄越さない。千里の道のりでも訪ねてきて、墓の草取りでもするのが、人としての道理ではありませんか。李《イ》さん〈龍〉もそうだ。便利な世の中になって、汽車に乗れば来られるのに、けしからん」

（ふうむ、つまり弘のことを言いたかったんだな。最初からそう言えばいいのに）

「恩知らずども」

きせるを持った手が震える。顔も青ざめている。

「李さんの心情は、拙僧がよく知っています」

「何を知っていると言うのだ。あんな奴らの」

「李さんは病気で」

「それぐらいわかっておる」

「これまでいろいろと」

「わしは、李さんが来ないのが不満なのではない。月仙に対する情も情だが、いったい弘にどんな教育をしたんだ。まともな人間なら息子に、一度こちらに来るよう言い聞かせるべきではないか。土に埋めて腐らせるままにするとは。そんなに薄情になっていいものか。汽車がない時代ですら、人は数千里の道のりを歩いて父母の骨を探したものだ。ああ、これだから他人は仕方ない。もっとも、死んだ姪も、馬鹿だった。もっと楽に暮らして死んだなら、こんなに胸が痛くはならないのだが。あいつら、誰のおかげで生きていられると思っているのだ。崔参判家のおかげだとでも言うのか」

きせるを灰皿にたたきつける。

「旅費が惜しいなら、墓参りの費用ぐらい、わしがくれてやる」

「ご老人」

「わしが間違ったことを言っていますか?」

「いいえ。お言葉はごもっともですが、誤解なさっています。李さんは、墓参りどころではなく、弘をここで暮らさせるつもりだったんです」

「ここで?」

「ええ」

「……」

「李さんだけではなく、永八《ヨンパル》もそうだし、弘もそのつもりだったのを、拙僧は知っております。これまでは、生みの母のこともあって。ええ、最初はあの母親のせいで……。人倫からするといけないことではありますが、弘としては父親を楽にしてあげたかったのでしょう。母親を父親から引き離したい心情は、拙憎もよくわかります。幸か不幸か母親が先に死んだから解決したようですが、ご存じのとおり、李さんの具合が悪く、弘としては父親を看取るために故郷の近くを離れられないようです」

「聞きたくない！　離れられないだと？　日本に行ったではないか」

「妻を残していきました。もちろん金を稼ごうとしたのでしょうが、内心では、金よりも技術をちゃんと身につけておきたかったのでしょう。あの子は、朝鮮に戻ってきた時にはどうなるかと心配させられましたが、今ではしっかりして、考え深くて」

「ふむ」

孔老人は、明らかにうれしそうだった。

「父親の葬式を出してから来たって、その頃にはわしも婆さんもこの世にいないだろうが……」

独り言のようにつぶやいた。周甲は、立てた両膝に腕を載せたまま黙っていた。

三章　馬車を待ちながら

果てしない大陸。見渡す限りはるかな地平線しか見えない。砂交じりの風だけが吹きつけている。春の足取りは遅い。四月半ばを過ぎたのに、昨夜は窓の外に雪がちらちら舞っていた。

恵観《ヘグァン》と周甲《チュガブ》は汪清に行くために草穏街道で嘎呀河《ガヤハ》*を眺めながら馬車を待っていた。周甲は伐採労働者みたいな身なりをして、首に垢《あか》じみたタオルを巻いていた。杖をついて立っている恵観は、丸い鼻の先が赤い。北西の風が吹いていても、雲一つなく晴れて青い空は旅人にとってこのうえもなくありがたい。それでなくとも道が険しいのだから、みぞれなど降られた日には、人も馬も苦労する。穏城《オンソン》*から百草溝まで行く道のほぼ真ん中なので、馬車を待つ人もいれば徒歩で行く人もいた。百草溝に直行する人たちは馬車を待っているようだったし、汪清、東寧など奥地に行く人たちはたいてい歩いた。商人の多くは馬車を利用し、貧しい移住者たちは徒歩で行くようだった。

「広いのう」

恵観がつぶやいた。脚を投げ出して地面に座り、たばこを巻いていた男が、ちらりと見上げる。

「種まきは終わりましたか」

「まだですよ。五月を過ぎなきゃ」

たばこを巻いていた男が言った。周甲は首を伸ばし、離れた所にいる男の、鹿革か何かでできた袋を、羨ましそうに見ていた。

「五月とは、陽暦五月ですか？」

「そうです」

「朝鮮では肥おけを担いで上るのも難しいような坂の土地ですらなかなか手に入らないのに、ここは広いですねえ」

「農地にできる土地が至る所に転がってますよ。これが自分の国なら、どれほどいいでしょう」

男は紙の端につばをつけてたばこを巻き終え、火をつける。

「清国の時代に封禁〈入植禁止〉になった土地だからですよ。好きなように出入りさせたら、土地など残っているはずがない」

「ははあ」

周甲がふと顔を上げる。

「昔はここがすべて我々の土地だったと言うけど、祖先がだらしなかったから、今の俺たちが居候みたいになってるんじゃないんですか？」

話に口を突っ込む。

「今更そんなことを言ったところで、逃した魚が大きいということでしかない」

恵観が嘲笑するように言った。

「ちょっと前までは、それでも……。最近では奥地に入らないと畑を作れなくなった」

男も周甲の話が気に入らないのか、そっぽを向いてつぶやく。

「農業はともかく、匪賊はどうです？」

「まあ、匪賊だけじゃありません。日本の兵隊が独立軍を捕まえると言って騒いでいるのもおおごとです。都会では人目があるからまだおとなしいけど、奥地では穴を掘って生き埋めにしても、国のない朝鮮人を守ってくれる法律なんかないんだから」

「そうですよ。数年前までは若い人たちはゆっくり家で寝ていられませんでした。それだけじゃない。あいつらがひどいことをして回ってるんだ。ああ」

周甲は長い腕を振り回す。

「舅の目の前で嫁を犯すなんて事件がたくさんあったそうです。若い男を見れば殴り殺し、若い女を見れば強姦する。それで首をつったり身投げしたり」

「数年前だけの話じゃない。みんな荷物を背負ったり頭に載せたりして歩いているけど、いっそ黒龍江を越えてシベリアに行く方が暮らしやすいでしょう」

男は吐き捨てるように言い、吸いかけのたばこを道端に投げて立ち上がった。

「ちぇっ、馬車を待つより歩いた方がよさそうだな。和尚さん、お先に失礼しますよ」

男は周甲を無視して行ってしまう。

「南無観世音菩薩」

「俺が何か悪いことを言ったってのか。俺よりずっと年下みたいなのに、無礼な奴だ」

周甲は男の後ろ姿をにらんだ。

「まだ分別が十分についておらんのだろう」

「和尚さんまでそんなことを言うなら、ほんとに皿の水に溺れて死ななきゃ」

伐採労働者みたいな身なりの周甲が体を揺する。キビの茎のように痩せた体は昔とあまり変わらず、白髪もあまり目立たないから、しわのある顔を近くで見ない限り、六十近い男だとはわからない。

「和尚さん」

「皿の水に飛び込む必要はない。そこに真っ青な川があるぞ。氷も解けたし」

「若い時には、分別がないと言われるのがいやだったけど……今はそう言われるとちょっとうれしい気もしますね。天気もいいし、俺たちも歩いていきましょうや」

「そうするか」

「途中で日が暮れたら三頭溝か新興で泊まってもいいでしょう」

「馬車など尻が痛くなって、楽でもない。急ぐこともないし、遠くもないから歩いていくか」

「それがいいですよ」

頭陀袋をかついだ恵観と、風呂敷包み一つ持った周甲が歩き始める。歯茎の痛みは治まったのか、太ってたるんでいるわりに、恵観は疲れた顔を見せない。二人は背筋を伸ばして歩いてゆく。老いは歩き方に現れるものだが、雲水として、流れ者として生涯を送ってきた二人の脚は鉄のように鍛えられ、力強く土を踏んでいる。

茫漠とした地平線。低い丘陵も少しはあるが、見渡す限りの広野だ。砂交じりの風だけが顔を打つ。時折、畑のあぜ道や川のほとりにぽつんと一本だけ立っている木が、流浪の民の気持ちをかき乱す。芽吹いているのに、遠くから見ると枯れ木のようにみすぼらしい。異郷の広野で倒れた数多くの人々の孤独な魂、死ぬ間際に何かをつかもうと伸ばした手のように痩せた枝。死のようなシベリアの大地はどの辺だろう。北へ北へと歩けば黒龍江流域で、そこには肥沃な農耕地があり、魚や獣もたくさん獲れるという。その川を越えればシベリアだろうか。巨大な氷山が音を立てて崩れ、シロクマがのさばり、セイウチやオットセイが限りなく殺され、自分の子を育てるためにほかの動物の子を餌にするような生存競争が氷山でも繰り広げられているアラスカに行くには、どの方角に行けばいいのだろう。その昔、隊商が東方へ向かって砂漠を越えた敦煌。そのシルクロードはどっちにあるのだろう。別れる時には服を裂き、馬を走らせるという民族、ヨーロッパを制圧し、世界征服を夢見た英雄を輩出した、最も強健なモンゴル民族が暮らし、ロシアとイギリス両国の南進を阻止するために間断なく戦った新疆《しんきょう》の外の中央アジアは、どこなのか。チベットの先のインドは、どれほど遠いのだ。氷山と熱砂と万年雪の過酷な自然を踏みしめて生存し続ける人間たちのいる所。土地は広くても所有する土地はほとんどなく、牧草と水を求めて家畜の群れを追って通り過ぎる所、鹿笛を吹きながら鹿を追う広大な雪原、魚を追って氷の解けた海を小舟で行く人たち。獣の革で寝具や衣服を、魚や動物の骨で針や道具、装身具を作り、動物の皮脂は照明に使い、家畜の糞ですら燃料にする、自然に反逆しながら自然に順応する人々。土地を所有するという観念はほとんどなく、とどまる所に建てた家を去れば、次に来た人がそれを使う。

匈奴《きょうど》、北狄《ほくてき》、あるいは南蛮と呼ばれた未開の民族と、厳しく険しい地に囲まれた、金の子牛みたいな大陸が中国だ。きらびやかな文化と広大な土地を占めた数億人の民族が、漢民族だ。東夷《とうい》だの北狄だのと言われた女真族〈満州族〉が渤海と金を経て盛衰を繰り返し、南満州撫順の東に割拠したかと思ったら、再び台頭して漢族を征服し、漢族、満州族、蒙古族、回族、チベット族の五族と五大地方の土地を掌握したのが大清帝国だ。類まれなる独裁政治を完成した大清帝国の六代皇帝高宗〈乾隆帝〉は、「周は農業で基盤を築いたが、わが国は木の弓矢で天下を取った」と述べた。

馬に乗って天下を得た女真族が木の弓矢で数千年の文化を持つ漢民族を射ぬいたのと同様、漢族の悠久の文化もまた、女真族の木の弓矢を無力にするだろうと予想していたから、彼ら少数民族が政権を維持しようとする一念は実にすさまじいものだった。民族の純粋さを守るため、強健な気風が柔弱な文化に染まるのを防ぐ方策の一つとして、清朝が発生した場所を聖域とし、山海関から開原、吉林から鳳凰城に至るまで柳条辺牆《りゅうじょうへんしょう》*や辺門を設置した。そうして他民族の往来を禁止した満州一帯には、まだ至る所に平野があり開墾できる土地はいくらでもある。だが、それはもう封禁された土地ではない。大清帝国が滅びてから二十年近くになる。文は武によって殺され、武は文によって衰亡する歴史の条理は、生と死のように人類と共に永遠に続くのだろうか。

一本の枯れ木、農耕に使う牛二頭、氷の解けた嘎呀河の水。果てしない大地を、キビの茎みたいな男が体を揺らすように歩き、老僧は法衣をなびかせて歩く。土地とは関係ない二人の男が、地面を踏んで歩いている。一生を雲水として、また流れ者として頭陀袋や風呂敷包み一つ持って暮らした彼らがその荷物すら失ったとしても、それはそれだけのことでしかない。

「和尚さん」

「口に砂が入るから黙ってろ」

「ありゃ、一俵の念仏だって平気で唱えそうなのに、砂粒がそんなに怖いんですかい。そんなら聞いてて下さい。これぐらいの風なんか年中吹いてますよ。それでも清国の奴らはしゃべってるようだし」

横目で見る。

「一俵の念仏とは、どういう意味だ？」

「何となく言っただけですけど、昔、老いた夫婦が日夜念仏を唱えてからっぽの俵に入れたって話があるでしょう。誰もその俵を持ち上げることができなかったという話です。和尚さんも念仏一俵ぐらいは唱えそうですが」

「ああ、わかった」

「何がわかったってんです」

「生まれた時に頭蓋骨にトアリ*ほどの大きな穴が開いてたんだろう」

「何のことですか」

「周さんのことだ」

「頭蓋骨の穴って？」

「生まれたばかりの赤ん坊を見れば、頭のてっぺんに、柔らかくてぺこぺこしてる部分があるだろう」

「ええ、ありますけど」

「その穴がトアリほどの大きさだったなら、まだちゃんとできてなかった、つまり月足らずで生まれたということだ」

「だから出来損ないだってことですか」

「違うか？」

「はははっははは……それじゃあ石みたいに固い頭の人は、二十四カ月経ってから生まれたということになるけど、聞くところによると、石頭には墨汁が入らない*そうですね。和尚さんの頭はでこぼこしてるから、智異山《チリサン》の岩かもしれません」

「こら！　何を言う！」

「お互い様でしょう」

　恵観は突き出た腹を抱えて大笑いする。

「和尚さん」

「今度は何だ。むちにする木の枝を取るには、まだだいぶん歩かないといけないのに」

「しつけなんか、二十歳前にするもんです。それより、今頃、故郷にいたら大麦のスープを食べてるでしょうね。米のとぎ水にみそを薄く溶いて青々とした柔らかい麦を煮たスープの匂いが、春の匂いだ。麦飯を入れて、大根の塩漬けと一緒に」

　つばをぐっと飲み込んだ。

「寒い季節にタケノコを取ってこさせた人がいたというが、わしの横にも頭のおかしい奴がいるらしい」

「甲や、足りないだろう？　可哀想に、こんな小さい子に腹いっぱい食べさせられない親なんて、動物以下だねえ。うちの母ちゃんがいつもそう言ってました」

「……」

「病気がどんどんひどくなるな」

「自分でもそんな気がします。いろんな雑念が次々と浮かぶのは、どうもいい兆候ではなさそうですね」

「和尚さん」

「おい！」

「砂が口に入ると言うんですか。もう風もほとんどやんだのに。坊主のわりには、ずいぶん体を大事にしますねえ。仏様のおっしゃるとおりなら、森羅万象は空《くう》なんでしょう。喉に砂がちょっと入ったとしても、肉体がないなら砂もないんじゃありませんか」

「ふん、坊主もいろいろだ。この生臭坊主にそんなことを言ったって始まらんぞ。南無観世音菩薩！　最初から存在せず、最後まで存在しないはずなのに、どうして中間の断片があるのか……」

「中間とは？」

「どこから来てどこに行くのか、それがわからない。わからないことは存在しないことだ。来るのと行くのとの間にある中間の断片とは、すなわち人生だ」

「そんなら、極楽も地獄もないってことですか？」

「誰がないと言った！」

「ありゃ、誰に似てきたんですかね。前後がなければ中間の断片が長くなけりゃいけないんじゃないですか。怒らないで下さいよ」

「誰がないと言った？　わからないと言ったのだ」

虚空や風をたたき壊そうとするかのように、恵観は前に向かって拳を突き出して怒る。

「結局はそういうことじゃないですか。さっき、最初から存在せず最後まで存在しないのだと言ったじゃないですか」

「それが、わからないということなのだ」

恵観が、気まぐれな夏空のようににっこりする。

「ははははっははははっ、世の中には、変なお坊さんがいるものですね。ははははっ……」

恵観も一緒に笑う。豪快に笑う恵観と周甲のへらへら笑う声が、人けのない道と野原に響き渡る。

「とにかく、その言い方は好きです。いいですねえ。坊主もキリスト教も地獄があると言って脅すけれど、和尚さんはそうしないから、気持ちがいい」

「罪が多いんだな」

「ええ、たくさん罪を犯しました。今でも女を見ると手を握りたくなるし、親の供養もせず、最期を看取ることもできなかった罪は大きいでしょう？　平気で人をだましたし、ののしり、嘘をつき、ああ、心の中で犯す罪は数えきれない。何百俵にもなるだろうに、閻魔《えんま》様が哀れなモンダル鬼神が来たと言って同情してくれても、地獄行きは免れないでしょうね。脚が丈夫だからこの世では朝鮮、中国、ロシア三カ国を山犬みたいにうろついたけど、地獄の炎は耐えられないだろうな。なにしろ、半生を寒い北風の中で過ごしたんだから」

「それなら氷地獄に行けばいい」

「そんなこと言わないで下さいよ。ところで和尚さん、今、俺が何を考えているかはわからないでしょう」

「わかるぞ」

「え？」

周甲は巻きたばこを吸おうとした手を止めて恵観の顔を見る。

「鳳順《ポンスン》のことを考えていたな」

「え？」

マッチを捨て、飢えた人のように急いでたばこを吸う。

「どうしてわかるんですか。不思議ですねえ。こりゃ驚いた」

周甲は本当に驚いたらしい。うなじに汚い小じわを寄せ、馬鹿みたいに口をぽかんと開けて恵観を見る。

「柄にもなく鳳順が好きだったようなのに、死んだと聞いても何も言わなかったから、考えていたに違いない」

「ははは っ……うははは っ、和尚さんも隅におけませんねえ。ははは っ」

「いい年をして、恥ずかしいと思わんのか」

恵観はそう言いながら、海蘭江《ヘランガン》に数珠を投げた自分を恥ずかしいと思っていた。

「年は食ってるけど俺は独身だし、手も握ったことがなく、胸に抱いたこともないんですよ。心の中で思うのは老若男女、誰でも同じじゃないですか。それが人間の情なんだから。人間だけじゃない。連れ合いを失った雁は悲しそうに鳴くと言うじゃないですか。昔から今に至るまで、英雄、豪傑、聖人だって、同じでしょう？」

恵観は意地悪そうな笑みを浮かべた。遠くに民家が見え、黒いチョッキを着て白い手拭いを頭に巻いた朝鮮人の農夫が畑のあぜを歩いているのが見える。恵観は頭にもやがかかった気分だった。目的のない旅だからかもしれないが、全く目的がないわけでもない。妙にいらいらして意地悪い気持ちがふつふつと湧き起こる。なぜそうなるのか、自分に問うのも面倒だった。ただ、足が勝手に動いていると思う。

「ふと思ったんですけど、この周甲が生きてきたのはかゆにも飯にもならなかった*ような気がするんです。かゆならかゆ、飯なら飯」

「飯ならどうで、かゆならどうだと言うんだ」

「聞いて下さい。昔、つまり子供の頃、ある人が俺に、パンソリ*を習えと言ったことがあるんです。間違いなく名唱《ミョンチャン》〈パンソリの名人〉になると言ったんです。それはいいと思いました。名唱になったら、苦労して田畑を耕しても麦がゆしか食べられない生活から逃れられますからね。でも名唱になるまで、どうやって暮らすんです。多少の蓄えがなけりゃ。キビの茎で造った小屋に住んで、百姓というよりは木こりだったのに、とてもそんなことはできそうにありませんでした。それより、当時、東学の戦争〈甲午農民戦争（一八九四）〉が起きたでしょう？　うちの親父が東学だったんです。そんな関係で、今ここをこうして歩いているんだけど、あの時、パンソリの修業をして名唱になってたら……」

「鳳順の話だな」

「ええ、そうです。蟾津江《ソムジンガン》の青い水に、一緒に身を投げたかもしれないじゃないですか」

「死体が起き上がって自分の棺を背負うみたいな話はやめろ」

「そうですね」

周甲はおとなしく口をつぐむ。そして何を考えているのか、顔を上げて空を見上げながら歩く。風呂敷包みを尻に押し付けるようにして持ち、腰を曲げた様子は、以前の周甲とは違う老人に見える。

「なぜか、今回は朝鮮に帰りたくないな。どこかに庵でもあればいいのだが」

恵観がつぶやいた。

「ここでは木魚をたたいてたって暮らせませんよ」

「どうしてだ」

「倭奴と手を組めば、暮らせるかもしれませんが」

「……」

「共産党だらけじゃないですか」

「共産党がなぜ坊主を嫌う」

　知らないで聞いたのではなかった。周甲もそれがわかっている。

「地獄も極楽もないのに、坊主が食っていけると思いますか」

「それで金剛山《クムガンサン》の坊主たちは飯が食えないと思って袈裟を脱いだのか？」

「その事情は知りません。吉西《キルソ》商会の金《キム》先生〈吉祥《キルサン》〉が早く戻ってこなきゃ」

「それはもう終わったことだから、待つほかはない。確かに失敗ではあったが、あの程度で済んでよかったとでもいうか。人の死に目に何度も遭うと涙も出なくなると言うけれど、以前にあまりにもひどい目に遭ったから」

　環《ファン》が死んだことを言っているのだ。

「ここも同じでしょう。朝鮮の方が大変だろうけど、犠牲者はこっちの方が断然多いんです」

「死ぬ時は死ぬにしても、深呼吸ができないと生きた心地がしないな」

　周甲はそれにには答えず、唐突に、

「ほうい、カササギよ、どこに行く――」

と声を上げて歌いだす。あぜ道に止まっていた数羽のカラスが、羽ばたいて舞い上がる。

　七月の七夕《たなばた》はまだ先だ
　銀河の深い水に

可哀想な牽牛と織女の星
江南の雁が
連れ合いを亡くして泣く声は
鶏鳴山《ケミョンサン》　秋の夜の月に
故郷を思う気持ちに似ているが
故郷の消息をお前は知っているのか
老いた白髪の両親と
別れてから何年になるだろう――

声を張り上げて「思郷歌《サヒャンガ》」を歌う。しかし首に筋を立てて叫ぶように歌っていた周甲の声は、次第に落ち着いて本来の歌声を取り戻した。恵観の目が丸くなる。周甲は風呂敷包みを持っていない方の腕を、羽ばたく鶴のように広げて身を揺らす。

関山万里　冷たい風は
落梅曲が悲しい
雲霧に包まれた月は
傷心の色を帯び

畑に流れる水の音が
断腸の声に和す

(おやおや、あいつは前世で鳥だったのだろうか。老いた松の木に止まった、一羽の鶴だったのではないか)

恵観は龍井《ヨンジョン》に来る時、雲を貫いて飛ぶ渡り鳥を見たのを思い出す。

(あいつのどこに、あんな高貴さが隠れていたのだろう。ほれぼれするほど美しく見えるな。パンソリの修業などしなくても名唱だ。まったく)

しかし恵観は、

「観世音菩薩! 観世音菩薩! 観世音菩薩! 観世音菩薩! 観世音菩薩!」

大声で念仏を唱え、周甲は歌うのをやめた。

「それでなくても喉が渇いて、やめようと思っていたところです。水でも飲んでいかなきゃ」

川に下りた周甲は、尻を持ち上げるようにして川の水を飲む。

「やっと人心地がついた。和尚さん、ちょっと休みませんか」

恵観は聞こえないふりをして、土手の上から川を見下ろしながら木魚をたたいて読経していた。

「でこぼこ頭でも、お経は読めるんだな」

周甲はつぶやいてくすくす笑う。そしてチョッキのポケットからたばこを出して吸いながら、煙ごしに川向こうの一本の木を眺める。

（ああ、いい季節だ。川の水は澄んで空は高い。キビをちょっと煮たら腹が満たされるのになあ。どうして人情がこんなに薄いんだ。立派な屋敷に住んでいるほど冷酷になり、階級が高くなると人をたくさん殺さないといけないのは、どういうことだ。腹いっぱい食べたら力が出るはずなのに怠けるのは、どうしてだ……。子供が腹をすかせて泣くのを見ていられなくて天地神明を怨み、他人の食べ物を盗んだだろうと言われて頰を殴られ、服を脱がされて調べられるのはどういうことだ。ああ、こんな世の中は、いつ終わるんだろう）

木魚の音と念仏を唱える声が風に乗って聞こえてくる。

（あの坊主め、地獄がないと言いながら極楽往生を祈るのか？　人はみんな生まれたら死ぬんだ。俺も遠からずこの世を去るだろうが、どんなふうに死ぬんだろう。見渡せばもうすぐ春になって、あの土手にも青い草が生える。でも俺の人生は秋の色だ。何もできないまま死ぬのは恨めしいが、あの世がないなら、可哀想な父ちゃん母ちゃんに会うこともできない。姜宇奎《カンウギュ》先生に会うにはどこに行けばいいんだ。紀花《キファ》さんも、土の中で腐ってしまえばそれまでなんだろうか。ああ、やめよう。つまらないことを考えるのはよして、このまま歩くんだ）

周甲は風呂敷包みを持ち、短くなったたばこをもの惜しげに最後まで吸ってから捨てる。

「和尚さん！　日が暮れますよ」

二人はまた歩き始める。

「俺は汪清で宋《ソン》先生に会ってから煙秋《ヨンチュ》に行きますが、和尚さんはどうしますか」

「煙秋までついていくこともできんから、わしは足の向くまま歩くまでだ」

「でも、どの方面に行くんです」

「さあ。黒龍江に沿って行ってみたいが、駄目なら龍井に戻る」

「清国の人たちは仏教を信じないから托鉢もできませんよ。あの人たちはチョルマハやチョルママを信じてます」

「何だ、それは」

「俺もよく知りません。そんなのがあるそうです。ムーダン*みたいなものじゃないですか」

　チョルマハ（石頭公）とチョルママ（石頭婆）はいずれも石像で、女真族のシャーマン信仰において、病気を治してくれる守り神だ。

「秋《チュ》さんがいたら、案内してくれるんだけど」

「その人はどこにいる」

「死にました」

「死んだ人のことを言っても仕方がない」

「その人はもともと毛皮の商売をしてたんですが、孔《コン》老人とも親しかったんです。人がよくて、愛国者で。黒龍江近くに住む満州人は、俺たちの知っている満州人とは全然違うそうです。言葉も習慣も違うし、原始的な生活をしてるとか。秋さんは、中国人がアヘンでそこの人たちを駄目にしてしまったと言ってました。アヘンや塩や火薬なんかをやって、上等の毛皮をただ同然で奪ってくるって、いつもぼやいてましたよ」

「その人は、どうして死んだんだ」

「匪賊が毛皮を奪って殺したんです」

「ほう」

「和尚さん、考え直して龍井に帰った方がいいですよ」

「ふむ……」

四章　酒癖

相鉉《サンヒョン》がハルビンに住む申泰成《シンテソン》の家に来たのは、ひと月近く前のことだ。泰成とは上海にいた頃、知り合った。彼は吉祥《キルサン》とも面識があり、十数年前、龍井《ヨンジョン》にあった吉祥の家に権澤応《クォンピルン》が泊まっていた時、上海から訪ねてきたことがある。申泰成は上海臨時政府の李東輝《イドンフィ》*系列の男だ。惨憺たる同族間の争いであり、後に共産党内部分裂の分水嶺となって、昨年コミンテルン第六回大会で朝鮮共産党の承認が取り消される原因となった黒河事変*を引き起こした国際軍を創設する時、多くの独立軍の指導者たちが国境を越えてシベリアに入ったけれど、申泰成は行動を共にせず、上海に残った。小柄だが重厚な中年紳士に変貌した泰成は、相変わらず冷静で判断力に優れ、また理論に通じており、余裕たっぷりの微笑をたたえていた。彼がどうして長期滞在する相鉉にいやな顔一つせず、仕事まで世話してやると言って便宜を図ってくれるのかはわからない。相鉉の父、李東晋《ドンジン》が沿海州一帯で功績を残したからなのか、あるいは澤応を念頭に置いて計算をしていたのか。野心家の彼が捲土重来《けんどちょうらい》を期すための布石かもしれない。現在は、あまり活発に活動していないようだから。しかし泰成と一緒に暮らしている李恩恵《ウネ》という女は、相鉉に対してちっとも好意的ではなかった。面倒な居候ではあるけれども、それが主な理由ではない。相鉉が女に対して侮蔑的な言動をするから、プライドが高く男女平等を主張する恩恵にとっては憎らしいのだ。

「融通の利かない、度量の狭い男だこと。あれは害党分子よ」

泰成が答えた。

「あいつは党員じゃない」

「それなら、どうして居候させてるの」

泰成はただあいまいな笑みを浮かべた。

夕食の後、恩恵はそのまま食卓で編み物をして、泰成はせっせと何か書いていた。相鉉は恩恵の向かいの席に座った泰成に背を向けて新聞を読んでいた。借家とはいえ、寝室が二つあり居間も広くてゆったりしている。それは生活に困っていないということだろう。

「ねえ」

視線を下に向け、編針に糸を巻きつけながら恩恵が言った。

「何だ」

泰成もペンを持つ手を止めずに答えた。

「生活費ちょうだい」

「ちょうだいって？」

「全部使っちゃったってこと」

「わかった」

相鉉は新聞全体を裏返す。恩恵は美人とは言えないけれど、かなり魅力的な女だ。三十過ぎで、髪を無造作に束ねて黒い中国服を着ている。化粧っ気のない顔が、青白く見えるほど白い。彼女は上海にいる時に組織で働いたことのある、泰成の同志だ。彼らが一緒に暮らすようになって一年余りになる。恋愛でも結婚でもない同棲だ。見た目に似合わず、泰成は女性関係が複雑だった。正式な結婚をしたことはないから、複雑というより派手だったという方が近いかもしれない。キャバレーの人気ダンサー、白系ロシアの女、教師、売春婦あがりの女。それでも彼は女のせいでしくじったことは一度もない。李恩恵は、ちょっとは知られた独立志士の娘で、結婚に失敗した女だ。

「ねえ」

「何だよ！」

「あら、怒ってるの？」

「その口のきき方は、どうにかならないのか？」

「あたしは頑固なのよ。父に言われても直らなかった。中国では忙しかったし」

「父親が直せないなら、亭主が直してやる」

「亭主？　あたしたち、いつ結婚したっけ」

「一緒に暮らしたら、それが結婚だ」

「ふーん」

「それで、何の話だ」

「あたし、この服を脱いだら、春の服がないのよ」

「俺のを着ればいい。二十歳まで男装してたんだろ」

泰成は書いていた紙を折り、封筒に息を吹き入れてその中に入れる。最初は彼らの話し方や行動が気に入らなかった相鉉も、興味がなくなったのか、新聞を放り出してあくびをする。相鉉は中国で、何もできなかった。何の足がかりもなかった。しかし沿海州に行く気はない。最近になって、帰国しようかという考えが頭をかすめたことがある。それを思い出して、相鉉は一人で笑う。

「おかしな世の中だ」

相鉉が吐き捨てるように言う。

「新聞に何か出てましたか」

封筒をなめて封をしてからポケットに入れ、泰成が聞いた。

「いえ、宋秉畯《ソンビョンジュン》*が朝鮮小作人相助会を作ったというから、笑えるじゃありませんか」

「ずいぶん前の話でしょう」

「ずいぶん前であってもなくても、おかしいということです」

「それよりもっとおかしいのは、朝鮮内政独立請願運動ですよ。ははは、はっ……親日派宋秉畯を総理にするかもしれませんね。はははっはっ……」

相鉉は自分が出した話題なのに面白くないのか、たばこに火をつける。

「漫画ですよ。完全に、漫画だ」

「そんな古い話、何が面白いの」

恩恵の言葉に、相鉉の目つきが鋭くなる。

「おかしいのはそれだけじゃありません。韓日合邦に加担し、大日本帝国の爵位を受けた金允植《キムユンシク》*が死んだ時、社会葬*にしようと主張した民族主義者たちがいました。社会葬にする功労が何かというと、三・一《サミル》運動の時に、厚顔無恥にも爵位を日本政府に返還したことだというのです。クッが終わってからチャングをたたく*にも劣る話です。金允植はもともと反逆者にもなれない臆病者でしたが、世間に知られた民族主義者たちの行いはひどいじゃないですか。漫画です。申さんの言うとおり、漫画そのものです」

相鉉は恩恵が憎らしくて、当てこすっているようだ。

「そうとも言い切れませんよ」

泰成が手ぶりで否定しながら言った。

「単純に考えるとそうでしょう。親日派を反日主義者たちが持ち上げて社会葬にしようと主張するというのは。もちろんあの民族主義者たちも気に入らないし、将来彼らと戦わなければならないとも思います。でも、彼らも古ダヌキです。有名な人物を、ただの感傷で、そんなふうにすると思いますか？　誰でもよかったんです。爵位を返還したことを強調できれば。倭奴たちを刺激し、社会葬にして大きな話題にするのは、損にはなりませんからね。東亜日報《トンアイルボ》一派の独善が、我々社会主義陣営にとって憎らしくてもです。ともかく、混乱させるのはいいことです」

相鉉はひどくやりこめられた形になった。泰成が自分をお坊ちゃん扱いしているのが、その口調ににじんでいた。恩恵は馬鹿にしたように笑った。相鉉の顔が青ざめる。反撃することもできない。そもそも幼稚な話だと思っていたから、自己嫌悪をこらえるので精いっぱいだった。結局相鉉は自分の欠点を、一つも克服できていない。五年以上上海の裏通りをさまよい、衣食にもこと欠く日々を送ってきたのに。

「誰か来たんじゃないか？」

泰成が言った。ドアをたたく音がする。

「出てみろよ」

「早く寝たいのに、誰かしら」

恩恵はいら立ちながら編み針を放り投げて立ち上がった。

「まあ、どうしたんですか」

「申さんはいらっしゃいますか」

「いますよ」

「近くに来たので寄ったんですが」

「どうぞ入って」

玄関でやり取りする声が聞こえる。恩恵と一緒に入ってきた男は、意外にも宋章煥《ジャンファン》だった。

「あれ、李先生じゃないですか」

章煥は相鉉を見て驚く。相鉉も喜んで立ち上がった。

「お久しぶりです」

固い握手を交わす。

「申さん、お変わりありませんでしたか」

章煥は泰成にも挨拶し、泰成もうれしそうに手を差し出す。

「いつ来たんですか」

章煥は席に着きながら相鉉に聞いた。

「ひと月ほど前かな。あちらは皆さんお元気ですか」

「ええ。ずいぶん苦労なさったようですね」

ちらりと見る章煥は、とがめるような目つきをした。相鉉のみすぼらしい身なりと、意気消沈した様子に対する怒りだった。会ったのは三年ぶりだろうか。龍井で、沿海州に行こうと言ったら、相鉉は断固として拒絶した。

「私の苦労など何の価値も意味もありません。出家でもしていたなら、他人も納得するでしょうが、私の人生など、便所のウジ虫みたいなものです」

相鉉は自虐的なことを言いながらも、優しい身振りで章煥にたばこを勧める。恩恵の目が大きく見開かれた。初めて相鉉の本性を見たらしい。

「李先生がここにいると知っていたら」

一瞬言いよどむ。

「恵観《ヘグァン》和尚をお連れしたのに」

「恵観和尚？　あの坊主が来ているのですか」

顔色が変わる。その顔から目を背け、たばこに火をつけた章煥は、燃えているマッチを灰皿に置いた。

「ええ、龍井から汪清に来られました。そこで会って、ここまで一緒に来たのですが」

その瞬間、相鉉は逃げるかのように席を立ち、崩れるように再び座る。

「足の向くまま歩くと言って、朝、宿を出られました」

「どこに行くと言っていましたか」

安堵の表情を見せ、儀礼的に聞く。相鉉のそうした変化を、泰成は冷静に観察していた。

「さあ、止めたんですけど……。黒龍江に沿って歩くと言って聞き入れませんでしたね」

「僧侶として苦行するつもりなんじゃないですか」

相鉉は心にもないことを言って、にたりとした。

「若くもないんだから、そうですね」

「入寂する場所を探しに行くんでしょう。坊主はよくそんなふうにするらしいですよ。気楽に行ったんだろうし、心配いりませんよ」

「……」

「それなら、特に用事があって来たのでもないんでしょうね」

再び不安になって、相鉉は確認しようとする。章煥は心の広い兄のように、そんな相鉉の愚かな姿を静かに受け流す。

「そのようです。でも国内事情、特に吉西《キルソ》商会の金《キム》さんについては詳しいことが聞けました」

泰成が口を挟む。

「宋先生は鶏鳴会《ケミョンフェ》事件に、ずいぶん重きを置いているのですね？」

「それは、純粋に個人的な親交のためです。ええ、金吉祥氏とは長い付き合いですから」

「あれしきのこと、事件というほどでもない」

昔、吉祥と対面したことのある泰成は、その時もそうだったが、今でも侮蔑的な口ぶりだ。

「わが同志たちが一千人近く検挙された事件に比べたら、スズメの涙です」

章煥は目をぱちくりさせながら言った。

「一千人近く検挙されたと言うけれど、朝鮮にそれほど多くの共産党員がいたなんて信じられませんね」

気弱そうに泰成の顔色をうかがう。

「それほどの人数ではないでしょうが、ともかく朝鮮では共産党が全滅しました」

「中国の事情も同じではないですか」

「そ、そんなところです」

「中央軍が漢口まで陥落させたそうですが、国民党はこれからも共産党を根絶やしにしようとするはずです」

「漢口陥落はまだしも、南京と武漢は自分たち同士の戦いだから、共産党と関係はないでしょう？」

「でも、武漢政府は、もともと国民党の左派だったじゃないですか」

「保守党の左派など、かえって共産党の領域をむしばむ毒虫ですよ。武漢派の、あの醜い裏切りを知っているくせに、そんなことを言うのですか」

「そうですねえ」

「中国共産党も倒れたし、何よりわが朝鮮の革命勢力先鋭部隊が完全に壊滅した」

泰成は食卓の上に置いた自分の手の甲をじっと見下ろしてつぶやいた。

「生き残った我々がこれから遂行するべき任務は、再建です」

「申さん」

「はい」

相鉉を見る。

「我々と言わないで下さい」

吐き捨てるように言う。

「どうしてです」

「私は中国で居候しようと思ってきた人間です。独立や、理念のために闘争しようと思って来たのではありませんから」

「不変の法則ですか」

泰成は冗談めかして言って笑い、恩恵はそっと立ち上がる。

「李女史」

泰成がすばやく呼び止める。

「何ですか」

「酒のつまみを持ってきて下さい」

目で圧力を加える。

「わかったわ」

恩恵は杯とつまみの皿を持ってきた。酒は泰成が持ってきた。

「この家の主婦は料理が下手なんで、主にこんな物を食べています」

恩恵は、軽蔑したような表情で、

「では、ごゆっくり」

編み物を抱いて自分の部屋に入ってしまう。

「痛かった歯が抜けたみたいにさっぱりしました」

相鉉は、伸びをしながら言った。

「何年も中国にいるのに、李先生はまだ女性に敬意を払うことができないんですね」

章煥がなじるように言った。

「両班意識の残滓《ざんし》もあるのでしょうが、それより李さんは、一度女性からひどい目に遭いませんでしたか」

泰成が痛いところを突いた。

「遭いました」

相鉉も率直に認める。

「そのために女と話すことに抵抗があって、自分の感情に反して不親切になるのです。自慢ではないが、私はどんな女を見ても、そんなことはありません」

「だから浮気の達人なんですね」

酒を飲み、話題が女に移ると雰囲気はぐっとくだける。

「何の抵抗もなく女性と話せるのが、必ずしもいいことだとも言えませんよ」

章煥が言った。

「どうしてです」

「抵抗を感じないのは、努力の結果ですか。そうなろうと決意したのですか」

「組織に生きる者として決意もしたけれど、元来の性質のようです」

「それは結局、愛情を感じていないということです。葛藤や圧力に力を消耗しないのは望ましいことでしょうが、時にはそんな葛藤のおかげで力を発揮する場合もあるんです」

「それは運動を自然に任せるということと同じです」

「そうでしょうか？　僕も常に女性には抵抗を感じています。李先生と同様、失恋したから。ははは……」

章煥は酒を飲む。

「それはそうと、国内事情について、どう言っていましたか」

「大して変わったことはありませんよ。大きな流れは中国と大同小異でしょう」

章煥は消極的な態度になる。

「毒薬に砂糖をまぶす総督府の文化政治に民族主義者たちが徐々に麻痺しているのは明らかです。そうであるほど労働運動や農民運動で力を蓄積するのが我々の今後の課題で、それについては私もちょっと知っておかないといけないんですが」

「あの和尚さんの話では、たいていの人は、そんなふうになっているようです。ただ、吉西商会の金さんのことは、あの家との長い付き合いがありますから、裁判の過程なども詳しく話してくれました」

章煥は話をそらした。相鉉はまた憂鬱になって酒を飲んだ。金吉祥。強い敗北感が襲う。容赦なく。龍井に足を踏み入れた時、予想はしていたものの、吉祥の存在によって受けた衝撃はあまりに大きかった。あの時、吉祥の存在が、父である李東晋の存在に取って代わったと、しみじみ思った。父が自分の前に立ちはだかる巨大な岩であったように、金吉祥も、大きな岩としてそびえ立っているように思えた。相鉉はそのことによって打ちのめされてしまったのかもしれない。恋のライバルだとか下男出身だとかいうことは既に何の意味もなかったが、宿敵のような感情や身分意識が完全に崩れることによって、相鉉は自分自身も完全に崩れてしまったことを自覚した。朝鮮王朝五百年の権威意識。その尊厳が跡形もなく消えた瞬間、相鉉は自分が何者でもなく、ただ満州をさまよう野良犬でしかないことに気づいた。

あの時、吉祥や章煥は、相鉉に沿海州へ行くよう何度も勧めた。しかし相鉉はそれを退けた。そして上海に行ったのだが、そこで過ごした歳月も、心身を疲弊させただけだった。自分は何者でもない、中国をさまよう野良犬だ！　そんな自虐的な独白ばかりが増えた。どこにも行く場所がないような気がしていたからかもしれない。

それでも相鉉は、中国の歴史の最も重要な時期の目まぐるしい変化を、現場ではっきり目撃した。自身は何もしなかったけれど、英雄主義的なテロリストたちには歴史を動かせないことや、何が中国の民衆を爆発させたのかを知り、また彼らが壊滅した悲劇を目撃し、音を立てずにからみつくタコの足のような植民地主義国家の魔の手が、洪水のような大資本の威力が、どれほど巨大で緻密であるかを知った。上海臨時政府も、中国革命に参加した朝鮮革命の指導者たちや彼らの先鋭部隊も、ほとんど倒れてしまった。朝鮮独立の希望の終焉を見たのだ。

三・一運動の後、朝鮮国内に蔓延した敗北主義やペシミズムの深刻さは、国外でも同様だった。民族自決主義という国際理念だけを信じて平和的デモをしたけれど、列強は日本の顔色をうかがい、国際理念と朝鮮民族を冷酷に裏切った。そんな国際情勢の成り行きは、むしろ国の外で切実に感じられる。仏教に、三界《さんがい》に家無しという言葉があるが、朝鮮民族の現実は、五界に家無しというありさまだ。朝鮮国内では独立思想家をしらみつぶしに虐殺し、日本では学生や労働者の虐殺、ソ連では同族同士の争いである黒河事変を始めとする一連の殺戮があった。中国と満州はどうだ。独立軍を掃討するのは、日本だけではない。それでも朝鮮民族を、分裂に明け暮れる民族だと言うことはできない。四界、五界で生き残る人たちが、それぞれの環境でそれぞれの方法を身につけるのは民族性の問題ではなく、力学の結果に過ぎない。同時にそれは、日本を始めとする列強の罪悪によるものだ。

しかし相鉉はそんな意見が、スズメの鳴き声のように飛行機の爆音にかき消されることを知っている。相鉉は自分自身に失望し、民族の将来が暗黒であることに失望し、行き場のない敗北主義者になった。宋秉畯をののしり、金允植を社会葬にしようとする国内の民族主義者を嘲笑する。それがまさに悲哀に満ちた敗北主義者の、滑稽な姿だった。泰成の声が聞こえてきた。

「ユダヤ人はその独善と選民意識とイエス・キリストを殺害させた罪で世界を流浪する民となったというけれど、わが朝鮮はどんな罪でアジア一帯を流浪することになったんでしょう。それも、銃で追われながら」

「申さんは民族主義者ですね」

章煥は声を上げて笑う。

「今は民族主義と共産主義は同意語です。なぜなら、わが民族を追い出したのが、まさに帝国主義であり資本主義ですから。民族主義者が変質しないならば、我々は共通の敵を持つのではありませんか」

相鉉の目はどんよりする。

「申さん、冗談もほどほどにして下さい。敵がどこにいるんです。僕たちが猟師で、彼らがイノシシだとでも言うのですか？　彼らは神なのです。神です」

「おや、ひどく酔いましたね」

泰成はこっそり笑う。

「地球の果てまでも追いやることができるでしょう。思いさえすれば。善だの悪だの、それが何です。

悪も力が強ければ悪神になるんですよ。ええ、そうです。力があれば、みんな悪神になります。力のない者は善でしょう。ええ、力のない者はいつだって善でした。私もやむなく善なる者、圧迫される者になりました！　どうしてって？　力がないから。どうして力がないのか。出来損ないだからです。出来損ないは、みんな善人です。馬鹿な奴だけが天国に行けるであろう。そういうことなんです」

「もっともらしい理論に聞こえますね。ははは」

「李先生」

章煥が酒をついだ杯を差し出す。相鉉はそれを飲み、たばこに火をつけようとしたが、彼の手はひどく震えていて、なかなか火をつけられない。泰成がすかさずマッチをすってやる。

「申さん」

「何でしょう」

「申さんはどうしてわざわざ悪神になろうとするんですか」

低い声だった。泰成の瞳が、ひどく揺れた。章煥の顔がこわばる。

「なぜそんなに力が欲しいんです」

「どういう意味ですか」

「あんたは偉いよ。頭がいいってことだ！」

「ははは、はっはっ、およしなさい。私に八つ当たりしてどうするんです」

「あんたは野心家だ。力を欲している。テロリストを操れる人間だ。自分自身のためにね」

「おやおや」

「そのためにはどんな手段を使ってもいい。あんたには帰る場所があるんだ。いつでも準備してある。だから頭がいいと言うんだ」

「李先生、酔ってるにしても、言い過ぎですよ」

章煥がなじった。

「誰もが、あんたのことをよくわからない人だと言っている。だが、感覚ではわかるぞ。あんたの言動は完璧だ。水一滴漏らさないほど徹底的に防御している。一緒に寝る女ですら、あんたのことをわかっていない」

「それは当然じゃないですか。組織に生きる人間の基本です。改めて言うことじゃありません」

「あんたはどうして俺たちを信じるんだ？　俺は共産主義者ではない。どうして俺を信じられるんだ？　密告して懸賞金をもらって逃げるかもしれないのに」

泰成は顔が真っ赤になり、次の瞬間には青ざめたが、まだ笑っていた。

「あんたが共産主義者だということだけは俺も間違いないと思う。そしてあんたの頭の中では革命のための計画が正確に描かれているのも、想像がつく」

「それがどうしたと言うんです！」

泰成がついに怒りを露わにした。

「申さん、こらえて下さい。李先生は酒癖が悪いんでね」

章煥は泰成の背中をたたきながら、相鉉を怖い目でにらむ。泰成は酒をあおり、ハンカチで額を拭った。

「私は李さんが気の毒で居候させてあげただけなのに。私のことを、他人には理解できない人間だが、感覚ではわかるとさっき言いましたね。その言葉は、李さんの言動に当てはまると思います。もう少し明確に話してくれませんか？　感覚だけでは私もはっきりと答えることができませんから」

詰め寄るように、相鉉の目をじっと見る。感覚だけでははっきり答えられないというのは、相鉉も同じで、はっきりと言うことができない。泰成はその点をとらえて問い詰めているようだ。お前だって答えられないだろうと確信して。予想どおり、相鉉の目に当惑の色が浮かんだ。

「いくら酔っていても、言っていいことと悪いことがある。宋さんも聞きましたね。確かに変なことを言ったでしょう？」

「怒るのも無理はありません。李先生は酒癖も悪いけれど、もともと……ええ」

「いくら不遇でも、いじけて周囲に被害を与えてはいけない。意志薄弱なのを他人のせいにして」

言いかけてやめる。相鉉の目が血走った。

「何だと、この野郎！」

杯をつかむ。

「ははははっ……はははっはっ……宋さんは強い味方のようですね。この人は、どうして突然あんなに力むんでしょう。はははっはっはっ……」

杯が泰成の顔に飛んだ。杯は肩をかすめて床で割れ、泰成の顔から酒のしずくがぽとぽと落ちる。

「李先生！」

章煥が叫び、相鉉の片腕をねじり上げる。

「恥ずかしいと思わないんですか。みっともないことをして！」

ハンカチで顔を拭いながら、泰成が応酬する。

「卑屈な奴だ。見損なったよ。いくら馬鹿でも李東晋氏の息子なら、十分の一ぐらいは似ているだろうと思ったのに、それが間違いだったな。まったく」

相鉉は章煥の腕を振り払おうともがく。

「実にみっともない。うちの女房といがみ合うのも、若いからだと黙って見逃してやっていたのに。もう、ほかに頼れる相手ができたってことか？」

「偉大な共産主義者、申泰成よ！　この家は、誰の金で借りてるんだ？　怪しいにおいがするぞ。ひどくにおう」

「申さん。こいつ酔っているから、連れていきます。申し訳ありません」

章煥は相鉉を引きずり出す。相鉉はずっと罵倒しながらもがく。こんな騒ぎが起きているのに、恩恵は何の気配も見せない。暗い路地に相鉉を連れ出した章煥は、相鉉を塀に押しつけるようにして立たせた。

「李相鉉さん！」

「ふん、独立運動の妨げになりましたか？」

「がっかりしました」

「がっかりしなかったためしがありますか。俺は独立運動だの愛国の志士だの革命闘士だの、そんなものは知りません」

「李先生は大きな過ちを犯しました」

「どうして？　偉大な革命闘士の顔に酒を投げたから？　倭奴に拷問されることに比べたら、あんなの何でもありませんよ！」

相鉉は、酔っている以上に上体を揺らし、ろれつの回らない口で言った。

「さあ、歩きましょう。ずいぶん酒に弱くなりましたね。歩きましょう」

章煥は殴りつけたい心情を抑えているように見えた。相鉉は歩き始めた。そして黙って章煥の宿までついてゆく。部屋に入り、向かい合って座る。相鉉の顔は見る影もなかった。章煥がたばこに火をつけてやる。ひと口深く吸い込み、煙を吐き出す。

「アヘン中毒者も同然でしょう？」

「……」

「俺はもう、救いようのない人間です」

「考えてみれば、李先生だけではありません。最悪です」

「俺はいつだって最悪でした。まともに何かをしたことがない」

「実は、李先生があそこにいるのを知っていました」

「何ですって」

「わかっていて行ったんです」

「どうしてわかったんですか」

「話を聞きました。もうちょっと早く聞いていれば昼間に行っただろうし、さっきのようなことは起こらなかったはずですが」

「つまり宋先生は、俺を連れ戻しに来たということですか？」

「そうです」

「それなら、どうしてそう言わなかったんです」

章煥は黙って相鉉の顔を見る。

「やっぱり変だったんですね」

「即断しないで下さい。ただ、仮定しただけです。満州一帯もひどく険悪ですからね。張学良はわが朝鮮独立軍に好感を持ってはいません。もっとも、以前からそうでしたけど」

「では、中泰成はなぜ俺によくしてくれたんでしょうか」

「純粋な厚意ではなかったことだけは断言できます。仮定するなら、一種の偽装工作ですかね」

「申し訳ない」

しばらくすると相鉉は、

「吉西商会の金さんは、どうなったんです」

ようやく尋ねる。

「二年を言い渡されました」

鶏鳴会事件について簡単に説明する。

「それなら、徐義敦《ソウィドン》兄さんが首謀者だったんですか」

「そういうことです。あの方が孔《コン》老人宅で捕まったから、金さんにも累が及びました」

「去年ですか」

「ええ、徐義敦って、さっぱりした人ですね」

「男らしい人です。体は小さいけれど」

相鉉は耐えがたいような表情をしていた。自分の子供を産んだという紀花《キファ》を思い出したのだ。連想はそこからさらに任明姫《イムミョンヒ》に及んだ。恥ずかしく惨めで、永遠に帰れないだろうという絶望、帰るまいという決意、骨を削られるような家族への罪悪感。そんなものが、一度に押し寄せる。

五章　好々爺《こうこうや》

黒いチマに紫色のチョゴリを着た女が、乾いた洗濯物を取り入れていた。網袋を担いだ周甲《チュガプ》が近づく。

「奥さん」

「あら、お帰りなさい」

女が振り向いて笑った。目鼻立ちが小さくて用心深そうに見える女は、以前、金訓長《キムフンジャン》*が龍井《ヨンジョン》郊外でしばらく間借りしていた農家の息子、朴廷皓《パクジョンホ》の妻だ。金頭洙《ドゥス》によって日本軍に引き渡され処刑された義兵長の次男である廷皓は、龍井で弘《ホン》と一緒に尚義《サンイ》学校に通った後、叔父について沿海州に移った。彼も二十九歳だろうか。若くしてモスクワに留学した彼はロシア革命に遭遇し、今もモスクワに滞在している。彼の兄の廷碩《ジョンソク》は今、琿春におり、煙秋《ヨンチュ》には母、すなわち身分の高い両班家の女性であり、しきたりを厳格に守りながらも、野菜の行商までして貧しさに耐えていた気丈な申《シン》*氏夫人が、次男の嫁や孫たちと共に暮らしていた。

「いいお天気ですね」

周甲が、腰をかがめたまま言った。

「ええ。用事は全部済みましたか」

「一応は終わりました。子供たちは遊びに行ってるんですか」

「さっきまでそこにいたんですけど」

女は周辺を見回す。

「おじさんが帰ったのを見て、飛んできますよ」

周甲は煙秋に来ると、廷皓の家で過ごす。昔の金訓長のように。

「あちらから帰ってきますね」

周甲の目はすぐに細くなり、目の周りに小じわができる。

「ほら、言ったとおりでしょう」

女は洗濯物を抱えて家の中に入る。七歳になる男の子と、五歳の女の子が手を振りながら、まるでかざぐるまのように走ってくる。

「おじいちゃん！　おじいちゃん！」

周甲は膝を広げてしゃがみ、鳥の羽のように長い腕を広げた。女の子が銃弾のように走ってきて抱かれる。男の子は首にぶらさがる。

「おやおや、じいちゃん転んじゃうよ」

子供たちはけらけら笑い、鳥がさえずるように話す。

「ご飯たくさん食べて、元気にしてたか？」

「はーい！」

女の子を地面に降ろし、子供たちの頭をなでる。

「おじいちゃん、今度は早かったね」

「ああ、ジョンスクに会いたくて、走っていってきたんだ」

「今度はどのくらいうちにいる？」

男の子が聞く。

「さあ、じいちゃんも長くいたいんだが、用事ができたらまた行かないとな」

「おじいちゃんがいないと退屈なの」

周甲は女の子の頬に口づけする。

「そうか。ジョンフンは、学校に行ってきたのかい？」

「はい！」

子供たちは周甲が好きだ。友達よりも周甲の方がよく遊んでくれたし、長い冬は外で遊べないから、周甲は優しいおじいちゃんであり、友達でもあった。笛やお面やたこを作ってくれたり、歌を歌ってくれたり、野原で追いかけっこをしたりした。子供たちはおじいちゃんがいないと退屈だと言ったが、周甲もまた、子供たちがいないと寂しい。しかし、彼が出ていってから子供たちが首を長くして待っていたのは、網袋の中から出てくる飴やお菓子だ。祝日の前などは、特に待ち遠しい。そんな時、周甲は汚れた網袋の中に子供たちの服や靴などを入れ、まるで宝物のように持ってくる。

「さあ、家に入ろう。お祖母ちゃんに挨拶しないといけないからな」

子供たちはうれしくて周甲の手を握ろうとしたが、周甲は網袋を担ぎ、片手に一人ずつ子供を抱いて家に入る。

「周さんは元気ね」

申氏夫人はちょっとなじるような口調で言ったが、それ以上は何も言わなかった。周甲は子供たちを下ろした。

「ただいま戻りました」

「お昼は？」

「済ませました」

そう言うと、網袋の中から飴やお菓子の袋を出して子供たちに渡す。

「お行儀が悪くなるから、そんなことしないでって言ってるのに」

「子供はたくさん食べてたくさん遊べばいいんです。行儀なんか、大きくなったら自然にわかるから心配ありませんよ」

申氏夫人は苦笑いした。昔、子育てをしていた時ほど厳しくはないらしい。母親が子供たちを呼んだ。

「しまっておいて、少しずつ食べるのよ」

飴やお菓子の袋を取り上げ、中身を少し皿に盛った。

「お祖母様に持っていきなさい」

「はい」

子供たちは祖母の前に皿を持ってゆき、自分たちも少しずつ手に持った。そしてぴょんぴょん飛び跳ねながら外に出て、友達に自慢しようと走ってゆく。

「琿春にいるうちの子たちは、みんな元気だった？」

申氏夫人が聞く。琿春には長男だけでなく、娘の家族が住んでいた。

「はい、皆さん変わりなくお元気でした。末っ子がハシカにかかったけれど治ったそうです」

「それはよかった。子供たちが元気なら、ひと安心だ」

「それから、聞くところによると、孫娘さんがお嫁に行ったそうです」

「うちの娘が大変だっただろうね」

「大変でもお祝い事ですから。そんな苦労ばかりなら、どんなにいいでしょう」

「さんざん苦労しても、時が過ぎれば子供たちは出ていくんだねえ」

「世の中はそういうふうになってるんですよ」

「孔《コン》老人の奥さんの具合はどうなの」

「死ぬのを待つだけですけれども、孔老人が気の毒で、見ていられませんでした」

「……」

「それと、朝鮮から坊さんが一人来ました。弘も男の子と女の子の父親になり、運転手をしてよく稼いでいると言っていました」

「それは、この前も周さんから聞いたよ。朝鮮から人が来たと言ってたじゃないの」

「ああ、そうでしたっけ」

「うちの廷皓が、よく弘のことを話してたね」

「冷たい奴だ。一度、来てもよさそうなものなのに」

周甲は煙秋で廷皓の家の畑仕事を手伝ったり子供たちと遊んだりしながら、久しぶりにゆったりとした日々を過ごした。半月ほど経った頃だろうか。周甲が牛小屋を広げようと木を切って丸太を何本か担いで戻ってきた時、遠くから背広姿の男が二人歩いてくるのが見えた。

「宋《ソン》先生が、やっと来たな」

周甲は丸太を下ろし、二人を待つためにたばこに火をつける。男たちは遠目にも、ひどく緊張しているように感じられる。

「何かあったのかな」

何か。この地に住む人たちは皆、それが具体的にどういうものかはわからなくとも、ひどく敏感になる。

「全羅道《チョルラド》のお爺さん、丸太なんかどうするんです」

通りかかった農夫が声をかけてきた。

「牛小屋を直そうと思ってね。あんたたち、もう種はまいたのかい」

「やっと終わりました」

「たばこ吸うか?」

「ええ。ありがとうございます」

たばこをやり、火もつけてやる。

農夫は去り、宋章煥《ジャンファン》と連れの男は近づいてくる。

「じゃあ、お先に」

（あれ。もう一人は誰だろう。見たことがある気がするが）

「周さん」

「はい。いらっしゃい。ちょっと遅かったですね」

章煥の横にいる李相鉉《イサンヒョン》は、周甲をじっと見ていた。

「思いがけないことが起こって遅れました」

「思いがけないこととは？」

その瞬間、周甲は小便を我慢しているような顔になる。

「龍井で孔老人の奥さんが亡くなったんです」

「え？」

「私たちが息子代わりになって葬儀を取り仕切ってきました」

「アイゴ！　そんならどうしてこの周甲を呼んでくれなかったんですか」

怒りを表す。

「孔老人が、迷惑をかけないようにしてくれと言ったもので。でも、龍井の人たちがたくさん参列してくれたから、寂しくはありませんでしたよ」

「あの爺さん、俺を軽く見てるんだ。アイゴ、優しい奥さんだったのに。前も俺の服を洗ってくれたりして。ううううっ……亡くなるのはわかっていたけれど、アイゴ、ううううっ……」

道端にへたりこんで泣く。

「爺さんめ、そんなこと言っても、俺の気持ちは収まらないのに。最後にもう一度顔を拝むこともできないまま土の中に埋めてしまうなんて。アイゴ、ううううっ、子供もいないで気の毒に」

涙が鶏の糞みたいにぼとぼと落ちる。

「周さん、泣かないで下さい。寿命が尽きて亡くなったんだから。それより、お客さんが」

そう言いかけた時、相鉉が口を挟んだ。

「どうして会うたびに泣いてるんだろうな。周さん！」

泣いていた周甲が顔を上げる。

「俺がわかりませんか？」

「わかりません」

「塀にもたれて泣いていたのは、周さんじゃありませんでしたか？」

「え？」

「ソウルで。姜宇奎《カンウギュ》義士が亡くなった時」

「あ、ああ！　お若い先生」

「どうして会うたびに泣いてるんだ」

「俺はもともと涙もろいみたいです」

章煥が吹き出した。

「耐えられなくなると、泣けてくるんです。でも、どうしてお若い先生がわからなかったんだろう。十年も経ってないはずなのに、どうしてそんなに変わったんですか」

「無為徒食をしていると自然に変わるんでしょうね」

章煥が遮るように言う。

「周さん、荷物をお持ちなさい。これからはしょっちゅう顔を合わせますよ」

「そうですか」

「行きましょう。道端で話してないで」

「そうですね」

村に入った三人は、しばし立ち止まる。

「権滭応《クォンピルン》先生に会いに行くんで、周さん、明日また会いましょう」

相鉉が手を差し出す。

「はい」

背負子を背負って廷皓の家に戻った周甲は、丸太を背負子に載せたまま日当たりのいい納屋の前に行き、背をもたせかけて座る。

「人生は本当に虚しい。人の命は強いようで弱いものだ。順番にあの世に行ってしまうんだなあ」

納屋の前には草が青々としていた。シベリアの恐ろしい冬に耐えて芽吹いた若草。

(待てよ。李東晋《ドンジン》先生の息子さんだな。ああ、そうだ！　紀花《キファ》さんの家の裏庭で俺が泣いてたんだ。そ、そんなら、紀花さんとはどういう関係だろう？)

周甲は記憶を呼び起こす。記憶は鮮やかによみがえる。相鉉が紀花の家に入った時に感じた嫉妬の感情までよみがえる。酒を酌み交わしたことも。

(あの時、俺は姜宇奎先生が亡くなったと聞いて胸が塞がり、天地が真っ暗に見えてたのに、それでも嫉妬したってことか？　ほう。でもあの人は、紀花さんが死んだことは知らないだろう。上海にいるというわさだったからな。うむ、知らないはずだ。だけど、どうしてあんなに変わってしまったんだ。りりしい感じだったのに、見る影もない。ひどく苦労したんだろうな。立派なお父さんには及ばないと言われていたが)

そしてはっと思い出して、突然、

「ああ、可哀想な奥さん。アイゴー！」

そう言いながら声を上げて泣きだす。ジョンスクが真っ先に駆けつけてきた。

「おじいちゃん、どうしたの。なんで泣いてるの」

腕をつかんで揺らす。

「ああ、可哀想に。遠い異国で、子供もなしに。アイゴ、アイゴオー」

鶏の糞みたいな涙がぼとぼとと落ちる。

「おじいちゃん、泣かないで。泣かないでったら」

「ジョンスク」

周甲は泣きながら腕を伸ばし、子供を抱く。

「アイゴー、アイゴー」

「おじいちゃん！」

ジョンスクも一緒になって泣く。

「あら、どうしたの。周さん、誰か死んだの？」

申氏夫人が走ってきた。申氏夫人は周甲が寂しくて泣いているのだと思う。以前も一度、そんなことがあったからだ。

「ええ、人が死にました。アイゴ、可哀想な奥さん！　あの爺さんめ、俺の顔さえ見れば、おい、周甲、お前はクズだ！　なんて言うんだあ。アイゴー」

「いったいどこで誰が死んだの」

「孔老人の奥さんが亡くなったんです」

「そうだったのね」

「大奥さん、家に入って下さい。世の中にこんなことがあっていいんでしょうか」

「おや、何のこと？　病気で亡くなったんじゃないのかい？」

「孔老人のことです。俺も独りだし、孔夫妻も子供がいないじゃないですか。だから遠い異国に来て、親のように慕っていたのに、奥さんが亡くなっても知らせてもくれずに葬式を出したっていうじゃないですか。孔老人が知らせるなと言ったそうです。俺は軽く見られてたのが腹立たしくて、やたらに泣けてくるんです。アイゴー、アイゴー」

「それは周さんの誤解だよ。知らせが来たら、煙秋から葬式に駆けつけなければならない人はたくさんいるだろう」

「それはそうでしょう。孔老人の世話にならなかった人はどれほどもいませんから」

「今ここから安心して葬式に行けるような状況ではないけれど、知らせをもらっても行けないのは、つらいじゃないか。孔老人は世知に長けた人だから、そういうことを配慮したんだ。特に葬式なら人がたくさん来るだろうし、孔老人は倭奴に目をつけられている。よく考えたうえでのことなんだよ」

申氏夫人はなだめるように言った。ジョンスクは指をくわえて祖母と周甲の顔を交互に見ていた。頬には涙の痕がある。

「そういうふうにも考えました。でも、恨めしくて」

「そう思いなさんな。周さんが死んだら、みんな集まるから」

「何のことです。俺なんか」

周甲は死ぬと言われたのが寂しかったというより、みんなが集まると言われて照れくさかった。

「からかわないで下さいよ。俺は独立志士でもないのに、人が集まるもんですか」

そう言って怒る。

翌日の日暮れ頃、相鉉が周甲を訪ねてきた。誰の家なのかは知っていたが、面識がないうえ女ばかりの家なので、相鉉は遊んでいる子供に言った。

「周さんを呼んできてくれないか」

「おじいちゃんのこと?」

「うん、全羅道の」

「おじいちゃん、昨日、すごく泣いてた」

ジョンスクは両手で涙を拭うまねをする。

「そうか。おじいちゃんは泣き虫だな。今、どこにいる?」

「牛小屋を直してる」

そう言うと、

「おじいちゃん! おじいちゃん!」

と呼びながら走ってゆく。相鉉も後を追う。

「おじいちゃん、お客さん」

のこぎりで木を切っていた周甲が腰を伸ばした。

「力が強いな」

相鉉は笑いながら近づく。

「いらっしゃい。お若い先生」

周甲はおじいちゃんと呼ばれているのがうれしく、自分が年長者として扱われていることを相鉉に見せることができて、とても気分が良いらしい。昨日は曇っていたのに、今日は上天気だ。

「片付けて、酒を飲みに行きませんか」

「ええ、そうしましょう」

周甲が道具を片付けている間、相鉉は丸太に腰を下ろして夕暮れの西空を眺める。

「おじいちゃん、どっか行くの」

「ちょっと出かけてくる。ジョンスクは晩ご飯を食べて、おじいちゃんがいなくても、足を洗って寝るんだぞ」

「わかった」

子供は走り去る。

「この家の孫ですか」

「ええ」

「父親はモスクワにいるそうですね」

「そうらしいです」

相鉉は西の空に目をやったまま、紀花が女の子を産んだことをちょっと思い出した。しかしその考えを振り払うように、たばこを取り出す。

「ほんとにしっかりした賢い青年で、弘の友達です」

「弘って誰です」

「知らないんですか?」

「誰だっけ?」

「李さん〈龍《ヨン》〉を知りませんか。龍井から朝鮮に帰った、クッパ屋の亭主です」

「もちろんよく知ってますよ」

「あの人の息子なのに、知らないんですか」

「ああ、尚義《サンイ》学校に通ってた……。実は、この家の廷皓って子は、私の生徒でした」

「え?」

「しばらく教師をしていたので」

「おや、それならよくご存じですね」

「賢い子でした。でもあの子が、ソ連に帰化したんですか」

「ええ、やむを得ず……」

「うーむ」

道具袋を納屋にしまい、手をぱたぱた払う。

「じゃあ、行きますか」

「そうしましょう」

相鉉も立ち上がる。

「先生だったのなら、ここの大奥さんにも会ってみますか？」

「いや、やめておきます」

相鉉ははっきり拒絶した。

「じゃあ、先に行ってて下さい。すぐに追いかけますから」

相鉉はゆっくりと野道を歩く。飲み屋までは相当な距離がある。煙秋とはいっても、畑を作っている廷皓の家は、かなり郊外にあった。あれほど来るのがいやだった煙秋。遺骨は故郷に移したけれど、煙秋には父の半生が埋もれている。吉祥《キルサン》がいないから来たのか。章煥にしつこく誘われたからか。

「しばらく沿海州に滞在した方がいいでしょう。人を疑うのは極力避けないといけませんが」

「ああ、あいつが私を刑務所に入れようとしているということですか」

「まさかそんなことはないでしょうけど」

「ぶち込みたければ、ぶち込めばいいんです。留置場だろうが刑務所だろうが、今の私にはもったいないぐらいだ」

「もしものことがあったら、それは李先生一人の問題で済むことではありませんよ」

だから煙秋に来たのだろうか。相鉉は石を蹴飛ばして笑う。昨日、権瀷応に会った時、当分ここで学校にでも勤めたらどうだと言われた。相鉉は返事をしなかった。

（静かだ。実に静かだ。沈む。果てしなく沈んでゆく）

「さあ、行きましょう」

周甲が息を切らして追いついてきた。

「本当に久しぶりですねえ」

今更のようなことを言う。

「死にたくなるほど静かだな」

「今はそうですけど。ひどい騒ぎがたくさんありました。何度死にそうになったことか。白軍だの赤軍だのって。朝鮮人はどうすることもできない。倭奴の軍隊までやってきました。倭奴とロシアは敵同士なのに。俺は無学で何もわからないけど、白軍を助けたのが倭奴だって話もありました。白軍の死体の中に倭奴の兵隊の死体が交じっていたというから、世の中は妙なことになりましたね。あいつら、白軍にへつらって沿海州の朝鮮人を皆殺しにしようと思っていたんじゃないですか。だから朝鮮人は草むらに隠れた鳥みたいに、どこに行ってもひやひやしながら生きてます。独立しない限り、安心して暮らせません」

そんなことを言いながらも、周甲は紀花の話題を出すべきか、迷っていた。

「ところでお若い先生は、ここにずっといるつもりですか」

「わかりません」

「何か良くないことがあったみたいですね」

「良くないといえば、まあそうです」

石ころを蹴り、コートのポケットに手を突っ込む。

「周さん」

「はい」

「聞き忘れていたが、張《チャン》さんは今、どこにいますか」

「張さんって、張仁杰《インゴル》さんのことですか」

「そうです」

「亡くなりました」

「亡くなったって？」

「みんな、権先生が右腕を失ったと言ってます」

「どうして」

「ここで運動をしている方たちは、寝床の上で亡くなることはなかなかできませんよ。倭奴に捕まりかけて逃げる時に、後ろから銃で撃たれたんです」

「……」

「みんな泣きました。あの方は恨も多いし、ずいぶんたくさんの仕事をなさったのに、残念です。もっとも、俺みたいな虫けらに同情されても仕方ないでしょうが……。悪い奴らも多いけれど、立派な方たちはたくさんいました。俺が苦労するのなんか何でもない。李東晋先生も自分の志に献身されたし。おとなしくしていれば故郷で楽に暮らせる方たちが、本当に口では言い表せないような苦労をなさいました」

「もうやめましょう」

「そうですね。しゃべったところで、腹が立つだけですから」

しばらく黙っていた。日はすぐに西の山に隠れてしまい、四方に闇が押し寄せる。襟首に吹き込む風が冷たい。

「あの、恵観《ヘグァン》和尚が来られたのは知ってますか」

「知ってます」

「会いましたか」

「いや」

「それなら、まだ消息を聞いてないでしょうね」

「何の消息です」

「故郷の」

「故郷の？」

相鉉は足を止める。

「はい、いい話ではないけど」

「誰か死んだんですか」

「ええ」

「だ、誰が？　母が？　宋先生はそんなことは言いませんでしたよ」

相鉉の顔がゆがむ。

「あの、紀花さんが死んだそうです」

「紀花！」

「はい」

「……」

「それも身投げしたそうです。女の子が一人いるというのに」

相鉉は凍りついたように立ち尽くしていた。

六章　民族改造論

「寒いな」

宋章煥《ソンジャンファン》はマフラーを巻き、急いで相鉉《サンヒョン》の後を追いかける。相鉉は夜霧をかき分けるように歩きながら答えた。

「夜には気温がぐっと下がりますねえ」

「ここでは秋が一番過ごしやすいけれど、冬が近づくのは恐ろしいな」

「周《チュ》さんは龍井《ヨンジョン》に行ったんでしょう？」

「あの頑固者が、行かないでいられるものですか」

「ちょっと変わった人ですね」

「ちょっとどころではありませんよ。すごく狡猾です」

「え？　狡猾？」

相鉉は当惑して問い返す。

「知恵があるというか、図々しくそらとぼけるから」

章煥はけらけらと笑う。

「見ようによっては、周さんは人間的な要素をすべて備えていると言えるんじゃないでしょうか。欲はないけれど。でも偉い感じはちっともしないんです。悲劇的な要素を楽天的に発散するからかもしれません。子供みたいに無邪気かと思えば、数千年も生きている大蛇のように腹黒い」

「うれしい時に怒り、けんかする時に敬語を使う」

「ええ、そうです。ははははっはっ……恥を知っていて気が弱く、小心者のくせに自尊心は大変なものです」

「何というか、女性にはめったにないような性格なのに、女性的なものを感じるんです」

「さすが、小説家は鋭い」

「小説家？　誰のことです」

相鉉は問い詰めるように言う。あまりにとげとげしかったからか、章煥は返事ができず、相鉉もかっとしてしまったのがきまりわるいらしく、黙ってしまう。少ししてから、

「宋先生」

相鉉が呼んだ。

「何ですか、小説家の先生」

章煥は少し気を悪くしたらしく、からかうように答える。

「あれれ」

相鉉は笑ってしまう。

「李《イ》先生も四十近いんだから」

章煥が横目でにらむ。

「近いどころじゃない。三十九です」

「もうちょっととぼけることを知ってもいいのに。二十代みたいに純粋です」

「純粋なら、こんなふうに腐っていないで、恋愛小説でも書いて金をもうけてますよ。私は物語屋にはなりたくないんです。誰かさんみたいに説教するような小説も嫌いです。好きとか嫌いとか言える立場ではないけれど、なぜか全身にアブラムシがくっついたような感じがするんです。小説家だの芸術家だのと言われると」

「どうしてですかね。トルストイなんかは偉大でしょう？」

相鉉は少し考えて、

「ドストエフスキーの方がましです」

独り言のように言った。

「それより、宋先生は子供が何人いますか」

相鉉が家族のことについて尋ねたのは初めてだ。

「私にしては多すぎますが、女の子二人、男の子一人です」

「結婚は遅かったのに、急いだんですね」

「ははははっ……産神様が慌てたんでしょうよ」

「失礼ですが、奥さんを愛していますか」

相鉉は意識的に話題を変えようとする。

「どうしてそんなことを」

「さあ……どこに行っても憂国、革命、そんな話ばかりでうんざりだから」

「……」

夜風が二人の男の顔に吹きつける。背の高い木や、明かりの漏れる窓の前を通り過ぎる。

「自分の罪に蓋をして生きるのも、もう疲れました。どうして罪人になってしまったのだろう……どこかに硬貨を落としてしまって、どうしても見つけられない子供のようだ……。ええ、私は死ぬまでその一枚の硬貨を見つけられないのでしょう」

「……」

「なぜ黙っているのです。議論好きだった宋先生なら、ちょっと攻撃でもして下さいよ」

「ハルビンで、いやというほどしたじゃないですか。もう気が抜けてしまいました」

「朴廷皓《パクジョンホ》のお姉さんのことは、どう思ってるんです」

「おやおや、李先生、どうしてそんなこと言い出すんですか。はるか昔のことを、今更。もう、顔を合わせても親戚みたいな感じです」

「奥さんは美人なんでしょうね」

「不細工ですよ。手足が短くてみっともない。でも私みたいなのを家長だと思ってくれて、子供を産み育てくれるんだから、ありがたいことです。うちの兄嫁は、絹に包んだ金銀の財宝を結納にして来てもらいましたが、アヘン中毒になって家庭を壊し、夫を駄目にしてしまいました。うちの消息は聞いているでしょう？」

「多少は」

「李先生もうちの兄嫁は知ってますね？」

「もちろんです。楊貴妃が顔負けするほどの美人でしたね。頭が良くないのが玉にきずだったけれど」

「結局は兄が悪かったんです。あの坊主のせいでもあったし。しかし兄嫁が賢明だったら、あれほど急速に家が傾いたりはしなかったはずです。頭がからっぽの妻と異常な性格の夫……。アヘンはただ、促進剤になっただけです。救いようがありませんでした。兄は生けるしかばねです」

「アヘン……ですか」

章煥はまごついた。

「知りませんでしたか」

「さぞかし夢見心地だったでしょうね。歳月も、苦痛も忘れることができて」

「あれ、李先生、何を言い出すんです」

「私の知っているある女もアヘン中毒で、身投げして死にました。そのことを考えてたんです」

相鉉は笑っているのか泣いているのか、喉から妙な音を出した。

「ところで宋先生、お兄さんに男の子が一人いましたよね」

「あの子はもう二十二です」

「龍井にいるんですか」

子供の顔は覚えていない。霧の中に浮かんでいるみたいに、子供の姿はあるのに顔がはっきりしない。

ひょっとしたら、それは紀花が産んだという女の子だったのかもしれない。

「由燮《ユソプ》は今、北京にいます。私が引き取って育てて、北京に留学させました。大学に通っています。

ちょっと軟弱ですが頭が良くて学者肌なのが、せめてもの幸いです」

相鉉はただ聞き流している。

「私はあの子を救い出すことしかできませんでした」

重い車輪が胸の上を通っていくようだ。脚がしびれてくるような気もする。熱いものが相鉉の目を曇らせる。罪の意識が怪物のように襲う。母を捨て妻を捨て子供を捨てた。それなのに相鉉は、捨てられたような気がすることがあった。彼らは根のある植物だった。彼らには家族がありり家があり尊厳を保っていた。彼らに対して痛みを感じるよりも、彼らから逃れたい、彼らを忘れたいと思っていた。紀花に対してもそうだ。数日前までは、紀花が産んだという子供に対してそんな気分だった。他人のような、知らない存在だと思おうとしていた。それなのに、雪崩のように襲いかかる痛みと憐れみが、今の相鉉には耐えられない。自分に父性愛があるなどとは、思ってもみなかった。いや、胸を刺すこの感情は父性愛とは別のものかもしれない。だが、あまりに強烈だ。

「あんな奴！」

低い声だったが、それは叫びだった。

「え？」

章煥がいぶかしげに聞き返すと相鉉は足を止め、首を横に振りながらたばこをくわえる。振り返った章煥はマッチの火に照らし出された相鉉の顔を見て衝撃を受けた。顔が涙にぬれている。章煥はたばこをふかしながらすぐに近寄った。

「李先生、どうしたんです」

「……」

うわさはあった。李相鉉が朝鮮で女と酒に明け暮れ、お涙ちょうだいのような小説を書いて文士づらをしているというらわさ。こちらに来てからも、いい話は聞こえてこなかった。それに、ちょっと前にはハルビンの申泰成《シンテソン》の家で醜態を見せたではないか。しかしそんなことも、目の前の涙にぬれた顔ほど、章煥を驚かせはしなかった。この人はもう終わりだという気がした。どうしてそう感じるのか、章煥自身にもわからない。相鉉はいかなる場所、いかなる場合でも、自分の生き方を支える自意識を投げ出すことはなかった。信念や使命感を失い、人生の意味や価値を否定し、虚無に浸っても、虚無そのものが自意識の盾になっていた。不道徳や放蕩や、義務を放棄したと責められるような行為ですら、相鉉には自意識のとりでだったのかもしれない。女性遍歴がどれほどのものなのかはわからないが、女性に潔癖さを求める気持ちはいまだに持ち続けているはずだ。主義や主張はなくても、憎悪され圧迫されても、降伏したり許しを乞うたり策を弄したりする人間ではなかった。相鉉を貫いているそんな芯は、意地というより天性だ。章煥は相鉉が革命に消極的なのもそんなふうに解釈していたし、それはほとんど当たっていた。人が、特に男が泣くということは、どんな意味においても純粋なものだ。純粋で人間的な一面だ。しかし章煥が衝撃を受けたのは、そうした純粋さに感動したからでも、相鉉の今後に希望を見たからでもない。むしろそれとは逆だった。逆だったからこそ、章煥は衝撃を受けた。相鉉が非人間的だと思ったことはなかったけれど。誰のため、何のための涙であれ、その涙は自分を諦めたというより、降伏を意味していると、章煥は受け取った。

「李先生、どうしたんです」

惰性で繰り返した。

「何かの拍子にできた子供のことを思い出したんです」

初めての告白だった。章煥は黙って歩く。

「母親はアヘン中毒で身投げして死んだらしい……はははっはっ……」

章煥はやはり何も言わない。

「妓生が何のために子供を産んだのでしょうね。女の子だったから、まだよかったけれど。はははっはっ……」

「……」

「顔を見たこともないんです。朝鮮王朝五百年が消え、大日本帝国の植民地になったせいで、私の目から涙が落ちたんでしょう。人道主義の見地から。ははは……はははっはっ……」

相鉉は笑いながら涙を流す。

「良家の子女、革命志士の娘も開明の波に乗り、思想にかぶれて男装して歩くご時世だけど、あんな奴、妓生なら妓生らしく、男をたぶらかして生きていけばいいのに、どうして子供なんか産むんだ」

酔っていないのに、酔っぱらっているみたいだ。

「みっともなくて恥ずかしくて、逃げてきました。宋先生、わかりますか？　私は一人の女のために来たのではありません。男爵だか侯爵だかの家の貴婦人のために来たのではないんです。李東晋氏があの世に行ったから、安心して中国や沿海州に来たのではないのです。私は行けない。帰らなくては」

引き返そうとする相鉉の腕を、章煥がつかむ。

「それはいけません。李先生のために夕食を準備しているんですから」

「私のためではないのに」

「どうしてそんなことを気にするんです」

「李東晋先生を追悼するためでしょう」

「だから、どうだと言うんです。父親の名声を売って歩く馬鹿息子もいますが、李先生のような態度も、亡くなったお父さんの名誉を汚しますよ。我慢して下さい」

「我慢できないのではないんです。偉大な父に、与太者みたいな息子。それを恥ずかしいとも思わなくなりました。今の心情は、そんなこととは関係ありません。でも、我慢しなければいけませんね」

泰成の家の居間で、便所のウジ虫みたいな人生ですと言いながらも優しい身振りでたばこを勧めていた時のように、相鉉は妙に素直だった。

彼らが向かっているのはソ連に帰化した同胞、セリパン沈《シム》の家だ。元の名は沈運会《ウンフェ》で、穏やかな性格の金持ちだ。以前、李東晋と張仁杰《チャンインゴル》がこの家に出入りして、望郷の憂いを慰めていた。琴女《クムニョ》もその家にかなり長い間身を寄せて、沈夫婦、特に夫人から大きな影響を受けながら、二人の娘にハングルを教えていた。相鉉も、もちろん初めての訪問ではない。最初に父を訪ねて煙秋に来た時、花鳥娘とあだ名されていた沈家の姉妹、水蓮《スヨン》と樹鴬《スエン》は八歳と六歳だったか。セリパン沈の家の前で相鉉は立ち止まった。二階の窓から明かりが漏れ、バルコニーが闇に浮かび上がっているように見える。

「相変わらず金持ちのようですね」

相鉉が家を見上げて言った。

「昔ほどではありません」

ロシア風の建築様式に中国趣味を加味したレンガ造りの建物は、昔と変わらずどっしりとして、平和な面持ちで闇を眺めていた。

真っ先に夫人が走ってきた。

「いらっしゃい。ずいぶん久しぶりね」

相鉉の手を握る。夫人の手は温かかった。以前より太っていたが、銀灰色の絹のチマチョゴリをすっきり着こなした夫人は、相鉉を息子のように迎える。

「奥さん、ごぶさたしております。ずいぶんお年を召しましたね」

「あなたが四十になろうというんだから、あたしも老けるわよ」

「そうですね」

次女の樹鶯は濃い紫色のドレスに真珠のネックレスをしてほほ笑んでいた。その横には白いスーツを着た元気そうな若い紳士が、やはり微笑して立っている。

「樹鶯ももう、立派なレディーだな」

「先生、来て下さってうれしいわ」

「私もだ」

「お葬式の時に会って以来ですね。うわさは時々聞いていました」

相鉉が苦笑する。

「お姉さんは？」

「ハバロフスクにいます。出産したんだけど、赤ちゃんがお人形みたいに可愛いの。ほんとにほんとに可愛いのよ」

「樹鶯、あなた一人でしゃべる気？　順番を待ってるのよ」

樹鶯はけらけら笑った。

「わかったわ。お母さん」

「この子は、いつになったら大人になるのかしら。赤ん坊をお人形だと思ってるんですよ」

「天国に行く時、分別がつくんでしょう」

若い紳士が言った。

「この人ったら、いつも母に味方するの。挨拶なさい。こちらは李相鉉先生。先生、この人は私の夫です」

三十過ぎだろうが、青年のように快活な紳士だ。

「尹広吾《ユングァンオ》です。お名前は以前から存じ上げておりました。お会いできて光栄です」

握手を交わす。

「いつか先生の小説を読んだことがあります。『葉っぱを落とした樹の下で』。妓生の話でしたね？」

広吾は親しみを顔に出して言った。章煥が当惑する。相鉉は黙って足元を見下ろす。

「ひどいなあ」

章煥が大げさに言いながら話に加わった。

「私にも話しかけて下さいよ。こんなに無視されたら寂しいじゃないですか」

皆が笑う。一家は相鉉を温かく迎えてくれた。相鉉は取り囲まれるようにしながらホールに入る。広いホールは、穏やかな家庭の雰囲気に満たされていた。ペチカの近くでは、銀髪をきれいに整えたセリパン沈と、見慣れぬ老紳士が待っていた。

「久しぶりだな。どうしてこんなに遅かったんだ」

セリパン沈は相鉉を抱き寄せるようにして背中をとんとんたたいた。

「お変わりありませんでしたか」

相鉉は深くお辞儀をする。

「変わりがなかったとは言えない。いろいろと危ないことがあった。人間の住む所は、どこも同じじゃないかね」

「いろいろと面目ありません」

「いや、来てくれてうれしいよ。それはそうと、挨拶しなさい。黙堂《ムクタン》先生だ」

相鉉の顔に緊張が走る。黙堂・孫由鎮《ソンユジン》は碩学で広く知られた人物だ。志操の固い儒者《ソンビ》*であり、西洋哲学にも深い造詣があると聞いていた。

「初めまして。お名前は以前からよくうかがっておりました」

丁寧に挨拶しながら、この人は何しにここに来ているのだろうと考える。黙堂はただうなずいた。小柄で、丸く黄色みを帯びた顔の、これといって特徴のない老人。ただ、大きな目が子供のように無邪気だ。セリパン沈と同年輩で、六十にはなっていないように見えた。

「座りなさい」

相鉉はセリパン沈に勧められた椅子に座った。夫人は食堂に行き、樹鶯と尹広吾は宋章煥と話している。

「文士だそうだな」

黙堂が聞く。

「い、いえ」

相鉉はまごついて顔を赤らめる。

「花鳥風月を吟じていた時代は終わったのだ。旅芸人だろうがカッパチだろうが、自分の職業を恥じてはならん」

痛いところを突く。章煥が、相鉉の顔をちらりと見る。

「そういうことではなく、文士と言えるほどのものでもありませんので」

「ふむ、それならば修業せねばいかんな。木こりだとか左官屋だとか、自分の職業をはっきり言えないほど自信がないなら、それはどこか間違っているのだ。生き方を間違えているということだ」

「李君、これはまだ序の口だよ」

セリパン沈が言った。

「おじさま、李先生は謙遜してるのよ」

樹鶯は黙堂をおじさまと呼び、甘えるように相鉉を擁護する。

「度の過ぎた謙虚さは傲慢にも劣る。偽善的で卑屈だ。はははっ……」

笑う。相鉉は相手が年長者であるせいか、おとなしく、

「これから気をつけます」

と、意外に素直な態度を見せる。

「君は文士だというから聞くが、李光洙《イグァンス》*をどう思う？　立派な小説家かね？」

弓矢で射るように質問されて、相鉉はどぎまぎした。ほかの人たちは興味深そうな顔で相鉉を見ている。

手伝いの女の子が飲み物を運んできたが、それを手にしたのはセリパン沈だけだった。

「立派な小説家であることは間違いありません」

「そうか」

「好きか嫌いかは、好みが分かれるでしょうけれど」

「君は？」

「私は嫌いです」

「どうして」

「常に説教者の服を着ているから、真実が隠れてしまう気がするんです」

「うむ」

「そんな衣装は聖職者や教育者のものです。私はその服を方便だと思っています。そんな方便の文学が必要なのかは疑問です」

「方便とはどういう意味ですか」

尹広吾が聞いた。

「世を治めるための方便と言うべきでしょうね」

「それなら哲学や宗教、教育を方便だと見ているのですか」

「哲学や宗教や教育はもちろん真理であったり、真理を探究するものであったりするでしょうが、それを牛耳っていた者にとっては方便だったというのが、歴史の現実ではありませんか」

「真理はむしろ、文学や芸術にあるということですね」

「それは尹広吾さんの錯覚です。さっき私は真実と言ったのです。真理とは言っていませんよ」

黙堂はにたりとする。

「もちろん真理と真実は別でしょうけれど、文学においてその問題をどうお考えですか？　特に李光洙について」

「さて……文学というより小説について言えば、小説は具体的なもので、抽象的ではないと言えるでしょう。宗教が人間を神の被造物に帰納させたり、哲学が人間に思想的指針を提示したり、教育が社会に適応できるよう人間を訓練して知識を与えたりするのは、真理であり方便であるとも考えられるでしょうが、端的に言えば、ある範疇《はんちゅう》に人を入れることではありませんか」

「では、小説は？」

「ああ、冷や汗が出ますねえ。うむ、つまりそれとは反対だと断定はできませんけれど……抽象的なものに人間が導かれるのではなく、個人を取り巻くすべては、その個人の運命を創造することから派生すると見るのが文学の立場ではないでしょうか。もちろん作家は創作するのだから、厳密に言うと、公式はありませんが」

「李光洙の場合はどうですか」

「あの人が卓越した資質を持っていることだけは否定できません。しかし自分の理想主義を披瀝するための文学では、不足ではないでしょうか。説教が目に付くと不快ですからね。先生、申し訳ありません」

「謝ることはない。私のことを言っているのではないのだから」

「啓蒙文学に反対しておられるということですが、わが民族がこんな状況に置かれている時には」

ひどくしつこい。相鉉は閉口したが、尹広吾は結論を出そうとするように食い下がる。章煥は安心したようにゆったり座っていた。

「敢えて反対することはないけれど、前面に掲げる必要があるでしょうか。あいまいなくせに民族指導者みたいに振る舞うのも気に入らない。文学と独立運動が両立できないということではありません。彼は両立できていないということです。才能があるのだからいっそ家にこもって文学でもやっていればいいのに、能力もないくせに独立運動など。だから馬脚を現すのです」

気持ちでは逃げ腰になりながらも、口ではむしろ激しい口調になる。

「なるほど、私も『民族改造論』とかいうのを読んでがっかりしました。先生はどうお考えですか」

広吾は黙堂に視線を向ける。

「驚くほど拙いな。みすぼらしい。あの十分の一の長さでも、しっかり意図は伝えられたはずだ。若いからだろうが、知識をひけらかしている」

黙堂は吐き捨てるように言った。

「私は文章を書く人間ではないから、それについて論じる資格はありませんが、変なことがたくさん書いてありましたね。イギリスの植民地政策がどうのという話がありましたけど、どうして李光洙は、よりによって『民族改造論』でイギリスの植民地政策を称賛したんでしょう。日本ではなくフランスの植民地政策と比較していましたが、いったいどういう下心があるんでしょうか」

「言うまでもないさ」

セリパン沈が言った。

「日本も、朝鮮をイギリス式に治めてくれるのなら許すってことですか。あるいは、イギリスを見習って、もう少しちゃんと治めろって言ってるんですか？　ああ、露骨に、それでもイギリスは実利を取っただけのことほざいているじゃないですか。あの反逆者を問い詰めたら、どう答えるでしょう」

ねちねちとしつこかった広吾が、とうとう口に泡を吹いて興奮する。

「倭奴たちの目をくらませておいて、表面上は合法的に組織を拡大するのだと言うんじゃないかな」

ずっと黙っていた章煥が、揶揄《やゆ》するように言った。広吾は、

「それは合理主義の策略だけど、『民族改造論』は、やたらに道徳を論じているじゃないですか。それは矛盾です」

「指摘するまでもなく、矛盾を、それも下手なやり方で織り込んでいるのだ」

黙堂が言った。普段は口数の多い樹鶯は、みんなの顔を見ながらおとなしく興味深そうに聞いていたが、

「あの人は恋人のせいで変節したんでしょう？」

詳しく教えろと言うように、相鉉の顔を見た。

「そんなうわさもずいぶんあったが、恋人、もう結婚したけど、妻のせいというよりは」

「じゃあ、恋人のせいではないと言うんですか」

「樹鶯も女だから、そこに興味があるんだな」

「もちろんよ。お堅い話なんかより」

「大の男が、たかが女一人のせいで」

「あら、なんてこと。たかが女一人って、何ですか。私はそうは思いません。愛のために、どれほど苦しんだことでしょう。その点は同情すべきだと思うけど。広吾さんはそうなったら、私をあっさり捨てるつもり」

「君、相手にしなくてもいいよ。人形を抱かせて、飴でもくわえさせておけ」

セリパン沈がからかうように言った。

「昔なら、追い出されてたぞ」

そう言いながらも黙堂の目は、孫娘を見るように優しかった。

「おじさままで、そんなこと言うの？　私が小さい時には、おぶったりして下さったのに」

一同が笑う。

「後悔している。おぶったりせずに、ふくらはぎをたたいてやればよかった」

「そんなこと言うなら、おじさまには冬のシャツを編んであげませんよ」

「みんなにシャツを編んでやったら、樹鶯が苦労するだけだ。私はなくても困らんが」

「あら、どうして私が苦労するんです」

「みんなの体格を見ろ。編み糸が、私の倍は必要だぞ」

樹鶯はけらけら笑ってから、また聞いた。

「李先生、さっき、話の途中でしたよ。恋人のせいではなかったなら、どうして李光洙はああなったんでしょう？」

「似た者夫婦だな」

「え？」

「しつこく聞きたがるところが似てる」

「あれ」

尹広吾が頭をかく。樹鶯は、庭を飛び跳ねていたおてんば娘の面影をそのまま残していた。周囲の人たちは、歳月が過ぎたことを感じないで済むからうれしくて、行儀の悪さをとがめないのかもしれない。ここは朝鮮ではないし、沈一家はソ連に帰化した。多少は当地の風習に染まりながらも、肌の色は同化されない疎外感、望郷の気持ち。そんなものを慰めるには、家族の団欒《だんらん》が一番なのだろう。

「樹鶯はがっかりするかもしれないが、私が思うに、何かをしようとする男は女のせいで挫折することはめったにないようだ。二十歳前後で彗星のように現れた李光洙の経歴を見ても、その野心はただならない。それに三・一運動の頃にはほとんど英雄視されていた」

そう話す相鉉の顔は、自分の苦悩を忘れているように見えた。明るくなごやかな家庭の雰囲気に影響されて、口調が穏やかになっている。

「そんな人が、許英肅《ホヨンスク》*との別れに生木を引き裂かれるような思いをして、会いたい一心だけで上海から戻ってきたりするものか。あの人は自分の名声を上げるために朝鮮に帰ったのだ」

「変節して、どうやって自分の名声を保つんですか」

「本人は変節だと言わなかっただろうし、変節だとも思っていなかったのだろう。どうして帰国したのか。私の考えでは、上海で独立運動をするより、国内に戻って小説を書く方が……生活が苦しかったという弁明もできそうだが、李光洙のように多作な作家が作品を発表する場を持たないというのは、ほとんど致命的なことじゃないか。それは名声が終わったことを意味するだろう？　李光洙の判断では、独立はなかなか成し遂げられないと思ったし、多くの人がそう思っていたんだ」

黙堂はセリパン沈と杯を交わしながら笑う。

「考えてごらん。その弱点を、恋人が突いたんだ。李光洙が『民族改造論』だの何だのとつまらないものを発表する理由は、彼がなぜ一時期英雄になっていたかを、誰よりも自分がよく知っていたからだ。文学と反日思想の両方が合わさったからだということを。あの野心家、名声の奴隷は、両者のうち、より有利な方を選んだけれど、それでも未練たらしく自分の文学にあいまいなものをくっつけたのだ。二兎を追いたいのだろうが、一兎をも得られないんじゃないかな。彼は弱い人間らしい。両方を成し遂げる熱い血、強固な意志がなかったのだろう。文章は刃《やいば》にも花にもなり得るが、刃は鈍り、花は造花になった。それで奇怪極まりない『民族改造論』なんぞが出てきたんだ。私は読者の立場からそう思う」

調子づいていた相鉉は、最後に自分の立場を説明しようとする。彼は自分が何者であるかに気づいた。

「もしそうなら、いっそ愛のために変節したという方が、ずっといいじゃないですか」

尹広吾が言った。樹鶯は、

「それじゃ、すごく醜悪じゃないこと？」

「女であれ名声であれ、同じだ。しかし女より名声に対する執念の方が強いものだ」

　黙堂は笑いながら言った。

「大変な糾弾大会ですね。あの民族改造論者は、民族改造が実現される日が遠くないことを確信して、喜びのあまり、自分のささやかな命を高貴な事業に捧げると言ったけれど、多少は同情の余地があるんじゃないですか」

「おや、宋先生はやはりお人好しですねえ。親日派の指導者たちも朝鮮の自治を持ち出す勇気を見せたけれど、反日作家だった李光洙が、頭もしっぽもない幽霊みたいな民族改造論で倭奴を安心させたことに、同情の余地がありますか？　部屋に閉じこもって小説でも書いていれば文化遺産にでもなるでしょうに」

　東京で関東大震災に遭って学業を中断し、兄を訪ねて沿海州に来た尹広吾は、ここに腰を落ち着けて樹鶯と結婚した。東京に渡ったのは三・一運動の前で、李光洙はまだ上海に脱出していなかった。留学したばかりで面識はなかったものの、広吾は李光洙が英雄だった時代をよく知っている。崇拝し、憧れていただけに、裏切られたという気持ちが強いのかもしれない。

「広吾さんの言葉にはとげがありますね。変節者は小説でも書いてろとは。ははは……」

「い、いえ、そんな意味ではないんです。じゃあ、李先生〈相鉉〉は変節者ではないから小説を書かないのですか？」

　話は冗談になった。

「もうおよしなさいよ。ご飯を食べてから続けたらどうですか」

行き来しながら話を聞いていたらしい夫人が勧めた。

「ああ、そうしましょう。夕食の後で、黙堂先生にこの無礼な若者たちをちょっと叱ってもらわなければなりませんね」

セリパン沈が体を起こした。

「先生、私は違いますよ」

「ああ、宋君はいつだって黙堂先生の愛弟子だ」

「お義父さん、可愛がられている子がよけいにたたかれると言いますよ」

そう言いながら広吾は案内するように食堂に入り、食卓につく。

「ねえ、ちょっと来て」

「はい」

女の子が走ってくる。夫人が言う。

「今日はご苦労だったね。外に誰か来たようだけど」

話しぶりからすると、使用人ではなく、お客さんが来るというので近所の農家から手伝いに来た子らしい。下女がいなくなったことが、セリパン沈の家での唯一の変化だった。

女の子が外の様子を見てきた。

「あの、宋先生にお客さんです」

「宋先生のお客さんなら、入ってもらいなさい」

カルビを食べながら、セリパン沈が言った。

「入らないとおっしゃってます」

「誰だ？」

章煥が聞く。

「全羅道《チョルラド》のお爺さんです」

「そうか」

章煥が席を立った。セリパン沈が言う。

「知らない間柄でもないんだから入ってくれと言いなさい」

「はい」

急いで行って戻ってきた章煥は、顔色が変わっていた。

「どうかしましたか」

相鉉が聞く。

「食事の途中ですが、李先生、私は急ぎの用事があって先に帰ります。ゆっくりしてきて下さい。奥さん、申し訳ありません」

「おや、どうしたんだ」

一人で慌ててホールに出た章煥はコートをつかみ、着る間も惜しんで外に出る。門の前にぼんやり立っている周甲《ガプ》に向かって、

「どうしてそんなことに。説明して下さい」

歩きながらコートに腕を通す。

「いきなり引っ張っていかれたから、何がどうなったのか、俺もわかりません。あの家も気の毒だけど、宋先生が狙われるかもしれないと思って、まずここに駆けつけたんです」

「孔《コン》老人の家で杜梅《ドゥメ》が捕まったこと以外に、何か言っていましたか」

「ハルビンでも何人か捕まったそうです」

「捕まったのは誰ですか」

「それはわかりません。俺も琿春まで来て、そのうわさを聞いたんです。琿春の先生のお宅でも、あいつらが先生を捕まえようと家を取り囲んでいたんですよ。中には入れませんでした」

「杜梅はなんでまた、龍井でぐずぐずしていたんですか」

「葬式が終わっても、孔老人の側を離れがたかったし、奥さんも龍井にいるからそうなったみたいです」

「間抜けな奴だ」

「杜梅は、孔老人が一人になったから、自分の奥さんの家族を同居させようと話をしていて」

「そんな個人的なことで」

「捕まってしまったから、そう思うんだろうけど、個人的なことだって考えないわけにはいきませんよ。俺は先生がひょっとして琿春に戻ってくるんじゃないか、あるいはハルビンに行ったのではないかと思って、来る途中もひやひやしてました」

「これはただごとではない」

章煥は落ち着こうとたばこに火をつける。

「孔老人の家は方角が悪いのかな。どうしてみんなあの家で捕まるんでしょうね」

章煥の目に、申泰成の笑顔がはっきり浮かぶ。

「あの野郎！」

「え？」

「早く行きましょう」

「どこに行くと言ってましたか、李先生は」

「あの人のことなんか心配しないでいいですよ」

「杜梅は死んで出てくるんじゃないですかね」

「……」

「ああ、息が切れる」

「琿春でハルビンの消息を聞いたと言いましたよね？」

「はい」

「それはまた、どうして」

「あいつらが琿春の先生のお宅を取り囲んでいたんですけど、それと知らずにハルビンから人が駆けつけてきたんです。先生が琿春にいると思ったんでしょう」

「知らせに来た人は」

「家の外で事情を知って逃げたから大丈夫でした。俺と一緒に来てます」

「あの野郎」

「誰かが密告したってことですか」

「……」

「誰がやったのかわかってるんですね。こんなことでは、運動なんかできないでしょう。ところで今、俺たちはどこに向かっていているんですか」

「権《クォン》先生はまだ知らないのか」

「いいえ。ハルビンから来た人は権先生の所に行き、俺はこっちに走ってきたから、もう知ってるはずです」

「変じゃないか？」

「何がです」

「周さんはハルビンから来た人と一緒に来たと言いながら、誰が捕まったのか知らないんですか」

「ああ、そんなふうに言わないで下さいよ。気が動転してて。考えてみたら、聞くのを忘れてました」

七章　一羽の白い鳥

夏休みが始まる数日前に東京からソウルに行った還国《ファングク》は、母と合流して西大門《ソデムン》刑務所にいる父、吉祥《キルサン》に面会した。東京帝国大学ではなかったけれど、母の望みどおり法学部に志願して早稲田の予科に入った還国は、東京に発つ前に初めて父に面会したから、これが二回目の面会になる。道はもの寂しく、赤い塀を夏の太陽が照らし、ぞうきんのようにくたびれた人たちが行き来していた。獄中にいる人はもちろん渇きを覚えていただろうし、母も同じだったろうが、還国は刑務所の鉄門を出る時、母とはまた違う意味で、ひどい渇きを覚えた。還国の心の中で、父は絶対的な存在だ。独立闘士としての父ではなく、父親という存在そのものが還国には絶対的だ。それは血が呼ぶものだった。幼い時に脳裏に刻みつけられた姿や声が絶対的なのだ。それは歳月とともにいっそう強く刻みつけられ、心の真ん中に陣取っている。時折、父の体臭のようなものを感じる。恋しさはけいれんのように起こり、風吹く日陰でぶるぶる震えるみたいに、父が恋しかった。だが手を握ることもできない短い面会に、渇きを覚える。舌が硬直して何も言えず、拳を握って嗚咽《おえつ》をこらえた。父の瞳だけが心臓を焼く、短い時間。

「男は涙など流すものではない」

「はい、お父さん」

鉄門を出てから任《イム》校長の家に一晩泊まり、汽車に乗った。今はレールの上を走る車輪の音が規則正しく聞こえているのに、還国はずっと渇きを覚えている。車窓の外には青々と爽やかな水田が果てしなく広がり、あぜに一羽の白い鳥が空を見上げながら立っている姿が、まるで絵のようだ。その瞬間、還国はその鳥が母のように思えた。広く青い水田に止まった一羽の白い鳥。月に一度上京する時、母はどんな気持ちなのだろう。還国は膝の上にきちんと置かれた母の両手に目を落とす。手が青白い。その手の、青い静脈が透ける指にはめたヒスイの指輪に目が止まる。水滴のような濃い緑色の宝石が白いカラムシ*のチマの上で、母のように気高く見えると還国は思う。青い水田と白い鳥、凝固した涙のような宝石と母の白い服。還国は目を上げて車窓の外を見る。強烈な印象を残した短い面会の時間は、手のひらから水がこぼれ落ちるように過ぎてしまった。それは瞬間ごとに過ぎ去る車窓の風景のようなものなのか。長く暗いトンネルを抜けると再び風景が現れる。線路の両側に、斜めに寝そべるように石垣が続く。その石の青灰色に、どうして突然父の胸を感じるのだろう。レールを走る車輪の音は規則正しく響いている。その車輪の音を一度にたぐり寄せることはできないだろうか。歳月がずるずると引き寄せられて、すぐにでも鉄門が開かれればいいのに。

「還国」

「はい」

「おなかすいたでしょ?」

「いえ」

「おなかがすいたなら、食堂車に行きましょう」

「そうしましょうか」

還国は母のために、西姫《ソヒ》は息子のために立ち上がった。食堂車で向かい合った母子は砂のような飯粒をかむ。昼食時間はとうに過ぎていたから食堂車は静かだ。

「下宿はどう？」

そんなことを聞くのは初めてだ。

「ええ、もったいないぐらいです」

「習慣が違って困ることもあるでしょうね」

「最初はそんなこともありました。あちらの人たちは、朝鮮にいる日本人よりも品がいいようでもあるし」

「舜徹《スンチョル》はまだ帰っていないんでしょう？」

「はい。勉強するために帰省しないつもりみたいです」

「あなたは休みの間、勉強のことは考えないようにしなさい。体の調子が悪そうね」

「見た目ほどではありません。僕より、お母さんの方がやつれましたよ」

それには答えない。半分も食べられないままテーブルの皿を片付けさせ、母子は運ばれてきたコーヒーカップを持つ。

「夏が早く終わればいいのに」

夏が早く終わることを願うのは、刑務所にいる父のためであることを、還国は知っている。冬には、

「冬が早く終わればいいのに」

と言っていたのだから。

「元気を出して下さいよ」

「そうね」

母子は互いの顔を見て笑う。

「二年待てば、今度は家に帰るでしょうから」

「家に帰らなくても、あんな所にだけはいてほしくない」

「満州や沿海州でだって、苦労されたじゃないですか」

「……」

「良絃《ヤンヒョン》はちゃんと学校に通ってるんでしょう？」

「うん、允国《ユングク》がよく面倒を見てくれるから助かるわ」

「母親に……会いたがりませんか？」

「さあねえ。心の中では会いたいんだろうけど」

この時、青いブラウスに白い麻のスーツを着た女が食堂車に入ってきた。真っ黒いエナメルのハンドバッグを腕にかけて歩いてきた女は、洪成淑《ホンソンスク》だった。還国と目が合うと、

「あら、崔《チェ》参判家の坊ちゃんじゃない」

と笑顔を見せる。還国はおずおずと立ち上がった。

「こんにちは」

「ずいぶん大きくなったわね。東京に行ったという話は聞きました。明姫《ミョンヒ》姉さんから」

「はい」

「コーヒーを飲もうと思って来たんだけど、座ってもいいかしら?」

「ええ、どうぞ」

還国の横に座りかけて、向かいの席からじっと見つめている西姫と目が合った。

(この人が崔西姫ね)

最初からそうだろうと意識していた。冷たく美しい瞳は、いぶかしがる様子も見せない。波立たない湖のように。

「あの、こちらはお母様でしょ?」

「ええ、母です」

還国はためらっているが、成淑は遠慮がない。

「初めまして」

「あ、はい」

「晋州《チンジュ》の楊校理《ヤンキョリ》*家の奥さんをご存じですね?」

西姫はうなずく。

「私の姉です」

「そうですか。どうぞお座り下さい」

かすかな微笑を浮かべる。高い教養を身につけているはずなのに、どこか卑しい感じのする成淑に母がどう対するか、還国は心配になり、

「お母さん、こちらは声楽家をなさっている方ですよ」

と紹介する。

「洪成淑です。お名前は以前からうかがっておりましたが、ようやくお目にかかれましたね。お会いできてうれしいです」

「特殊なお仕事で、大変でしょう」

年長者としての態度を取る。

「ええ、苦労が絶えません。何より芸術家に理解のない風土ですから。それより、ご心配でしょうね」

「……」

「どんなにおつらいでしょう。でも、国のために苦労なさっているんだから、名誉だと思われるのがいいですよ」

「ありがとうございます」

「私など、お恥ずかしい限りですわ。祖国のためになることなんか何もできないんですもの」

成淑は運ばれてきたコーヒーをひと口飲んで眉をしかめる。

「ひどい味ですこと」

西姫はさっきと同じように、かすかにほほ笑む。

「晋州に姉がいるだけでなく、任校長の妹の明姫さんは、私の先輩ですの。ソウル駅で偶然明姫さんに会った時、坊ちゃんも一緒にいらしたんですよ」

成淑は明姫のことを、趙《チョ》炳《ビョン》模《モ》男爵家の嫁だとは言わなかった。わざと任校長の妹と言ったようだ。

「こんなに立派で男前の息子さんがいるから、ずいぶん慰められるでしょうね。東京の銀座通りを歩いたら、街が明るくなりますよ。ほほほ……」

「……」

「もっとも、お母様がお美しいから当然でしょうけど。本当に、うわさで聞いていたより、何倍も美しくていらっしゃいますわ」

露骨な賛辞を聞いて、西姫は興ざめてしまう。これまでこんなふうに近づいてくる人間はいなかった。親しげに接近されるのが許せない性格だったからだ。年齢も六、七歳上だったが、子供の時から今日まで人の上に立ってきた西姫は実年齢よりも成熟していたから、むやみに率直でおしゃべりで女っぽい女性を相手にするのは苦手だ。不快さが顔に出た。席を立てばいいのだが、西姫ももう大人になった息子を持つ母であり、獄中にいる夫を待つ身だ。成淑は、貧乏でも身分が低いわけでもないのに、名声や財力に弱い。実際に利害関係があるとかライバルである場合はともかくとして、そういう要因のない相手には断然敬意を表して歓心を買い、親しく交際して自分の飾りにしたがる女だ。つまり自分より劣る人間は捨て、自分より優れた人間を取る。とはいえ、成淑は今、西姫に劣等感を感じてはいない。崔西姫の美しさには及ばなくとも、自分の方が若い。西姫の方が多少身分は高いが下男と結婚したことで相殺され、財力には自分の学歴や芸術家としての地位で対抗できると思った。

「一人旅なんて退屈ですわ。どうしようかと思っていたところに、めったにお目にかかれない方にお会いできてうれしく存じます」

「何をおっしゃいますやら」

到着するまでおしゃべりをしたいということだが、西姫は内心、困ったことになったと思う。

「晋州に行かれるのですか」

「ええ。でも釜山《プサン》に何日か滞在して用事を済ませてから行くつもりです」

還国は窓の外を見ながら、成淑と同席したくない母の心情を察して焦った。

「独唱会のことで、釜山で相談することがありますの。釜山の聴衆のレベルがどれほどのものかわからないけれど、あまりにも丁重に頼まれたものですから。ソウルだって、まだひどいものです。結局、私たちの世代は犠牲になり、地盤を固めるに過ぎないんですね。女が何かをして認められることなんて、朝鮮では百年ぐらい先でないと無理かもしれません。西洋より遅れている日本ですら芸術は神聖視され、芸術家は憧れと尊敬の的なのに、ここではため息が出るばかりで、勇気を失うことがよくあります。カラスに交じった白鷺《しらさぎ》が嘲笑されるようなものですわ。クラシックの声楽と、唱歌の区別がつかないんですから」

西姫は苦笑する。

「私もわかりませんけど」

その瞬間、成淑がうろたえる。還国は窓の外に目を向けたまま、一人で思いにふけっているように見える。

「奥様はずっと家庭にいらっしゃるからですわ。そんなこともあるでしょう。でも、日本に留学したという男性の中にも、そんなことを言う人がいるんです。たぶん、日本で人力車の車夫でもしながら学校に通った人でしょうね」

西姫が立ち上がる様子を見せると、成淑は話題を変える。

「実は、うちの姪がもうすぐ婚約するので晋州に行くんです。晋州でまたお目にかかる機会があると思いますわ。縁談がほとんどまとまっているから言えることですけど」

声を上げて笑いながら還国の横顔をうかがう。還国の耳の付け根が赤くなっていた。ショックを受けたらしい。還国はようやく楊ソリムのことを思い出し、ずっと悩まされてきた妄想のような嫌悪感がよみがえるのを感じた。洪成淑を見た瞬間に思い出すはずなのに、どうして忘れていたのか。妙なことだ。その妄想のような嫌悪感は、父の投獄事件があってから消えてしまった。父が投獄されただけでなく、この一年、自分の進路について悩んだり、東京で新しい生活を始めたりしたために、楊ソリムのことはすっかり忘れていたらしい。それにしても、洪成淑に会いながら、まるでソリムとは関係ない人のように錯覚していたのは、妙なことだ。

(楊ソリムが婚約……)

成淑の笑い声は、ソリムのあの気味悪い手の甲を、波のように運んでくる。

「姉夫婦が坊ちゃんをどれほど婿にしたがっていたか、奥様はご存じないでしょう」

「何のことですか」

西姫は少し驚いた。還国の耳はいっそう赤くなる。恥ずかしさと怒りのせいだ。

「朴孝永《パクヒョヨン》先生に」

成淑は意味ありげな笑みを浮かべる。西姫は反射的に不快になり、侮蔑するように成淑の目を見据える。

「ええ、朴先生に仲立ちしてもらおうと、姉夫婦がせがんでいたみたいです。それだけじゃありません。私も明姫姉さんに何度も話をしました。姪はソリムというんですけど、あの子も他人にひけを取るような子ではなく、きれいで性格もいいけれど、誰も仲立ちをしてくれないんです。お宅に不幸なことがあるのに話を持ち出すのも失礼だと思ったみたいで。家柄の釣り合いも取れているし、二人ともソウルで学校に通ったから面識があっただろうし。話が出ても不思議ではなかったんですけど」

成淑は、ソリムの手については何も語らなかったが、それ以外のことは遠慮なくぶちまける。還国が気まずい思いをしていることなど、念頭にないらしい。

「そんなことがあったんですね」

西姫は苦笑いをする。

「坊ちゃんの結婚については考えてらっしゃいますか」

「いえ、まだ子供ですから勉強しなければ」

「男の子だからですよ。女の子なら、適齢期じゃないですか。適齢期を過ぎたら、女は大変です。だから義兄が急がせたんですけど、姉はまだ気に入らなくて怒っています」

「……?」

「相手に不満だからですわ。姉は頭が古いんです。私は義兄の決断を応援しました」

「そうですか」

「確かに、姪に比べれば」

ちょっと言葉を切った。

「ずいぶん不足です。誰かといえば、奥様もご存じでしょう。今は医専〈医学専門学校〉の学生ですけど、朴外科医院にいた青年です。姉は、病院の助手だったなんてみっともないと言って」

「還国」

「はい」

「あなた、疲れているようだから、席に戻って休みなさい」

「はい」

還国は救いの手を差し伸べられたように、成淑に軽く会釈すると急いで食堂車を出てゆく。話を中断された成淑は、

「息子さんの前であんなことを言わない方がよかったでしょうか」

ちょっとやり過ぎたと思ったのか、しょげて謝るようなことを言った。

土地 12巻の主な登場人物 その一

❖放浪する人たち

吉祥《キルサン》　西姫《ソヒ》の夫。間島《カンド》で独立運動に身を投じていたが、逮捕されてソウルで服役中

カンセ　東学の残党で、金環《キムファン》の部下だった男

宋寛洙《ソングァンス》　平沙里《ピョンサリ》出身の男。白丁《ペクチョン》の娘と結婚し、衡平社《ヒョンピョンサ》運動や労働者ストなどに関与

鄭錫《チョンソク》　無実の罪で殺された漢兆《ハンジョ》の長男。苦学して教師となった

恵観《ヘグァン》　元は燕谷寺《ヨンゴクサ》の画僧。東学の残党と共に独立運動に関わる

周甲《チュガプ》　間島で龍《ヨン》や永八《ヨンパル》と共に暮らしていた全《チョル》羅道《ラド》出身の男

李相鉉《イサンヒョン》　独立運動家東晋《ドンジン》の長男。小説家

❖晋州や統営の人たち

崔西姫《チェソヒ》　参判《チャムパン》家の当主。龍井《ヨンジョン》で財を成して帰国し、晋州に家を構えた

還国《ファングク》、允国《ユングク》　西姫と吉祥の息子たち

朴孝永《パクヒョヨン》　朴医院の院長。外科医

許貞潤《ホジョンユン》　医学生。元は朴医院の助手

金淑姫《キムスキ》　朴医院の看護師だった女

李弘《イホン》　龍の息子。トラック運転手

宝蓮《ボヨン》　弘の妻。金訓長《フンジャン》の娘チョマギの長女

張延鶴《チャンヨンハク》(張書房《ソバン》)　西姫の右腕として崔家に仕える

ソリム　大地主楊在文《ヤンジェムン》の一人娘

金永八《キムヨンパル》　農民。龍の親友

完全版 土地
12巻の主な登場人物 その二

永鎬《ヨンホ》　漢福《ハンボク》の長男。農業学校に通う
趙炳秀《チョビョンス》　俊九《ジュング》の息子。統営《トンヨン》で指物師になった

❖平沙里《ピョンサリ》の人たち

李龍《イヨン》　崔参判家の小作人だった男
漢福《ハンボク》　崔致修《チス》を殺害した金平山《ピョンサン》の次男。農民
鳳順《ポンスン》(紀花《キファ》)　崔参判家の針母の娘。妓生
鳳基《ポンギ》爺さん(トクスの祖父)　農民
範錫《ポムソク》　金訓長の養子漢経《ハンギョン》の長男。農民

❖ソウルの人たち

任明彬《イムミョンビン》　永和《ヨンファ》中学校長
任明姫《ミョンヒ》　明彬の妹。元女学校教師
洪成淑《ホンソンスク》　声楽家。ソリムの叔母。明姫の女学校時代の後輩
柳仁実《ユインシル》　明姫の教え子。東京に留学した
緒方次郎　仁実の兄仁性《インソン》の大学時代の後輩
趙俊九《チョジュング》　崔参判家を乗っ取った男。西姫の計略によって財産を失う

❖満州や沿海州の人たち

宋章煥《ソンジャンファン》　龍井で教師をしていた男。沿海州で独立運動に身を投じる
金頭洙《キムドゥス》(巨福《コボク》)　金平山の長男。日本領事館の密偵
孔《コン》老人　月仙《ウォルソン》の叔父。龍井で客主屋《ケクチュチブ》を経営し

「いいえ。昨夜、寝られなかったので休めと言ったんです」

「無口でいらっしゃるから、私一人でおしゃべりしたみたいですね」

冷たく無関心な西姫の前で、冷静さを失っていたのは確かだ。それに気づいた成淑は、ようやく自分を卑下し過ぎたことに腹が立ち、突然尊大になり始める。

「間島《カンド》にいらしたと聞きましたが、あちらで商売をなさったんですって？　女性なのに大胆な方だと思いました」

「歌は誰にでも歌えるものではないけれど、商売は誰でもできるじゃありませんか」

「そうでしょうか？　趙容夏《チョヨンハ》さんはご存じですね？」

成淑は今度も、明姫の夫だとは言わない。

「一度お会いしたことはありますが、よく知りません」

「音楽愛好家です。私もあの方に後援していただいてますが、貴公子らしく趣味が良くて芸術に対する理解も深いんです。あの方が、これからは、どんぶり勘定では商売ができないとおっしゃってました」

趙容夏を盾にして自分を持ち上げ、西姫を教養のない商売人に仕立て上げようとする。

「会社を設立して資本を一ヵ所に集中しないと日本の資本と戦えないから、知識と頭脳がなければ」

「製造業はそうでしょう。私は米の取引で、知識や頭脳がなくてもできる商売だったから、失敗しませんでした」

西姫は、こんな話をいつまでも続けられないと思った。

「席に戻りませんか」

成淑はがっかりして立ち上がった。成淑も二等車だ。座席が離れていたから、成淑はやむなく、西姫は自然に、別れた。シートにもたれて眠るように目を閉じていた還国は、成淑が通り過ぎると、

「疲れたでしょう」

座り直しながら聞く。

「うん。口数が多いのも、無口なのも疲れるね」

母子は共に苦笑いする。

「あなた、楊さんのお嬢さんを知ってるの？」

耳が赤くなったのを見た西姫は、尋ねずにはいられなかった。

「僕が知っているわけがないでしょう。ソウルのおばさん〈明姫〉と一緒にいる時、駅で偶然、さっきのあの人に会ったんです。その時、その女学生が横にいました」

怒ったように言った。

「そう？　でも楊家がお嬢さんを許《ホ》君と結婚させるとは意外ね」

還国を気まずくさせないためにそんなことを言った。

「そうするだけの理由があったんでしょう」

「理由？」

「さあ」

顔が曇る。西姫の父、崔致修《チス》と同じように、額に神経質な青筋が立つ。西姫はそれ以上追及しない。しかし還国の表情が気にかかって、何か寂しい。息子がもう自分だけの世界を持ち始めたことを感じたのだ。母子の会話が途絶えた。洪成淑に会う前の状態に戻ったようだ。だが西姫は時折、眉をしかめていた。

太陽が西に沈もうとする頃、釜山に到着した西姫と還国は、下女の出迎えを受けて旅館に直行する。汽車から降りる時、母子は成淑に会わなかった。

「親戚には会ったの？」

静かな旅館の部屋に旅装を解きながら、西姫は下女に聞いた。

「はい」

下女は西姫と共にソウルに行き、還国がソウルに着くのを待ってから、私用で一足先に釜山に来ていた。

西姫は背中を曲げるようにしながら眉をしかめる。

「どうしよう」

「え？」

「布団を敷いてくれる？」

「具合がお悪いんですか。あら、奥様、顔色が」

還国がすかさず視線を向ける。

「お母さん、どこか痛いんですか」

西姫の顔は蒼白だった。下女は慌てて布団を敷く。

「大丈夫よ。おなかがちょっと。汽車で食べた物がもたれたんでしょう」

平気なふりをするが、ひどく痛そうだ。今まで一人で我慢していたらしい。

「それじゃいけません。僕がお医者さんを呼んできます」

「そんな大げさな。ねえ」

「はい、奥様」

「背骨をちょっと押してくれる?」

また背を曲げるようにして、唇をかむ。

「はい、はい。でも、坊ちゃんのおっしゃるとおり、お医者さんを呼ばなければ」

「いや、旅館に迷惑をかけることはない。背中でも押して」

下女は還国に目配せをしてから西姫の背後にしゃがみ、指先で背骨を探りながら押す。

「暑気あたりじゃありませんか」

下女は西姫のうなじに向けてうちわで風を送る。

還国は玄関脇の事務室に行き、顔なじみのちぢれ毛の事務員に言った。

「すみませんが、お医者さんを呼んでいただけませんか」

「どなたかご病気ですか」

「母が腹痛を起こしまして」

「ひどく痛みますか」

「よっぽどでないと痛そうな顔をしない人なんです。夜中に悪化したらお医者さんを呼ぶのも大変ですし」

還国は落ち着いているように見えた。

「わかりました」

「お願いします」

「お願いだなんて。お客さんのお世話をするのは当然ですよ。おい、スング!」

雑用係が走ってくる。

「お前、今から藤井《ふじい》病院に行って、お医者さんをお連れしなさい。すぐに行くんだぞ」

「わかりました」

「では、部屋でお待ち下さい。お医者さんは私どもがご案内します」

「いえ、ここで待ちます」

還国は窓辺にたたずむ。宿は日本式の大きな建物だ。都心から離れた所にあり、静かで清潔な旅館だった。ソウルと行き来する時に西姫が泊まり、還国も日本への行き帰りに泊まる。窓の外の庭が広い。木もいろいろな種類があったが、どれも夏の日差しによっていっそう濃い緑色になったような気がした。広い廊下の天井につるされた電灯にかすかな明かりがともり、玄関に続く砂利道の横の屋外灯も点灯されていたけれど、樹木の枝に引き裂かれた空は、まだうっすら明るい。還国はハンカチを出して汗を拭き、大きなため息をつく。なぜだか、母の腹痛がただごとでないような気がする。渇きとは違う、恐怖のようなものが襲う。

（不幸は続くものだ！）

誰かがそんなことをささやいている気がする。不幸は続く……渇きと恐怖。恐怖は渇きを忘れさせてくれない。渇きは恐怖を鎮めてくれない。互いに補強するようにして、実に耐えがたいところまで還国を追い詰める。崔参判家の広大な土地と莫大な財産がまるでがらくたのようで、そのがらくたの上に允国がぽつんとうずくまっている。還国は思わず、広い廊下を見回す。がらんとしている。電灯だけが高い天井にぶら下がっている。病院の廊下に立っているような錯覚に陥る。赤いレンガ塀の鉄門、病院の廊下、意地っ張りな允国の顔が目に浮かぶ。

（こんなことになるなら、旅館に泊まらずに晋州に直行するんだった）

朴医師がいれば安心なのに。不幸は続く。還国はまた大きなため息をつく。こんなことは初めてではない。子供の頃から母が病気になるたび恐怖を感じ、允国の顔が目に浮かんだ。西姫の場合も同じだ。決して取り乱す様子を人には見せなかったし、自分が気弱になるのを認めようとしなかったけれど、自分が病気になることを恐れていた。子供たちを見る目が、恐怖に震えた。子供たちを残して死ぬことはできない。絶対に死ねないと叫んでいるようだった。西姫と還国は必死にそんな恐怖を隠した。母は息子に対して、息子は母に対して平気な顔を見せた。だが二人とも、相手が自分の気持ちを見抜いていることに気づいていた。広大な土地、莫大な財産、がらくたの上に、允国が一人でうずくまっている。それは骨身にしみる寂しさだった。息子のための、また母のための寂しさだった。

還国はじっと庭を眺める。

（ちょっと胃もたれしたんだ。注射したら治るさ。明日の朝には晋州に行ける。お父さんさえ帰ってきたら、僕はこんな苦痛から解放される。お父さんさえ帰ってきたら）

旅館の使用人が、庭に水をまく。屋外灯と家の中からもれる明かり。空はいっそう暗くなっていた。生暖かかった風が、肌に冷たく感じられるようになった。木から水滴が落ちる。ホースを持ち上げたのだ。木に積もっていたほこりがきれいに洗い流されるのがわかった。

（お父さんさえ帰ってきたら、僕は舜徹と思い切り遊ぶんだ。旅行にも行く。酒も飲んで……医者はどうしてこんなに遅いんだろう）

母の腹痛が治まったかどうか、見に行きたかった。だが部屋には行けない。母はうめいているような気がする。唇が青くなっているような気がする。

（お父さんさえ帰ってきたら、大きな声で歌って、登山もして、いや、僕は絵を描くんだ。ぜったい絵を描く！ 僕は弱いのか？ 弱い。どうしようもなく弱い！ お父さんは家にいて、僕が家を出たらどうだろう？ シベリアに行く？ 人は誰でも独立しなければならない。結局はみんな僕から離れて、いくら恋しくても人は一人で行くんだ。そうだ、どんな事態も、静かに受け入れよう。お母さんはただ、ちょっと胃もたれしただけだ）

この一、二年、西姫は病気にかからなかった。かなりやつれはしたものの、寝つくことはあまりなく、健康を維持していた。

（どうしてこんなことを考えるんだろう）

還国は眉をひそめ、目をぎゅっとつぶる。ふと、ソリムの手に嫌悪を感じたために罰を受けているような気がした。

「無知でおせっかいで。俺はもううんざりだ。親も子供が大きくなったら好きにさせてくれなきゃ。子供は所有物だという考えを改めるべきなんだ。それだから若い奴らが自信を持てなくなるんじゃないのか？　年を取ってきせるの灰を落としながら偉そうにせき払いできる日を待ちわびて、どうするんだ」

舜徹の率直な意見が耳に響く。

（僕とは状況が違う。いっそ舜徹みたいな立場だったら、その殻をこなごなに砕いて……）

砂利を踏む音がした。還国の視線が音のする方向に向かう。体をくっつけるようにして、男と女が旅館の玄関に向かってくる。驚いたことに、洪成淑と趙容夏だった。昼に汽車の中で会った洪成淑と、明姫の夫である趙容夏。還国は当惑した。玄関に入った彼らは事務室の方に向かって何か言葉を交わし、旅館の従業員に案内されて姿を消した。変な話だ。彼らがどうして一緒に旅館に入ってきたのだろうか。理由は明らかなのに、還国はまだ若かったし、何より、他人のことに気を使う余裕がない。ようやく医者が来た。還国が医者と一緒に部屋に戻ると、下女が慌てて部屋を出ようとしていたところだった。西姫は目を閉じたままうめいていた。

すぐに診断が下りた。盲腸炎。医者は急がなければならないと言った。還国の顔は仮面のように白く硬直する。

八章　裏切り者

家の中には義妹〈弟の妻〉と淑姫《スキ》の二人だけが残っていた。父はスイカをトラックに積んで釜山《プサン》に行き、母と弟は市場の果物屋で店番をしていた。貞潤《ジョンユン》が楊《ヤン》校理家のソリムと縁談があるといううわさは出ていたが、淑姫が病院を辞めたのは、それが嘘ではなく、ほとんど確かなことだと聞いた時だ。朴《パク》医師もそれを認めた。患者の少ない夕方、薬剤師と助手が朴医師の家で食事をしている間、淑姫は泣き、朴医師はいらいらしたようにたばこを何本も吸った。

「先生がそんなことをするとは思いませんでした」

うわさでは、朴医師が仲立ちをしたことになっていた。

「知ってはいたけれど、どちらの側にも勧めたことはないよ」

「先生が止めることもできたじゃありませんか」

やけを起こした淑姫は大胆になり、日頃は話しにくいと思っていた朴医師に食ってかかった。

「淑姫、私もおおよそのことは勘づいていたけれど、嫁入り前の娘が、そんな口をきいていいのかね」

「私が今、そんなことを気にすると思いますか」

いっそうすすり泣く。

「淑姫はうちの看護師だし、貞潤もうちで働いてきた。二人とも同じように……私はどちらかの味方ができる立場ではないんだ」

苦しい言い訳をする。

「本人同士で解決する問題……」

朴医師はそう言いかけて、腹を立てたようにすっと立ち上がり、淑姫に背を向けて窓辺に立ったまま言った。

「許《ホ》君の考え次第だった。許君も人並みに野望に燃える青年の一人だったに過ぎない。淑姫は賢明に身の振り方を考えるしかないよ」

「どういうふうにするのが賢明なんですか」

「自分自身に聞いてみなさい」

明かり窓だけ開けて障子を閉めた淑姫は、冷たい床に背中をつけて横になっていた。義妹はかめ置き場でキムチにする野菜を塩漬けにしている。いくら寝返りを打っても解決策は見えない。晋州《チンジュ》の金持ちである楊校理家、巨木のように晋州一帯に根を張った家。親族はどれほどいるのだろう。彼らに取り入って暮らす人たちは、どれほどいるのだろう。淑姫は楊ソリムを知っているだけでなく、その手のできものも知っている。まさにそのできもののせいで貞潤を奪われるということもわかっている。ソリムにそんな欠陥があるにもかかわらず貞潤を取り戻せないということも。自分はソリムのライバルではない。どう考えても、自分はソリムを下から見上げているだけだ。両親と弟はことが決定する時をうかがっているけれど、巨木が揺らぐだろうか？

「あいつめ。今度会ったら脚をへし折ってやる」

父が言った。

「そんなことをしてどうするんです。何にもなりませんよ」

「ああ、そうですかと言って引っ込めとでも言うのか」

「引っ込むことはないでしょう。淑姫が一生食べていけるぐらいのものを要求しなければ。あいつの脚を折ったって、娘の境遇は良くなりませんよ」

両親は、医師を娘婿に迎えることを夢見ていた。だが口ではそんなことを言いながら、どうしても気がくじけてしまう。

「それは理屈に合わないよ。楊校理家は関係ないじゃないか。許の奴が悪いんだ。あいつの気持ち次第で決まることなんだから、首根っこを押さえてでも引っ張ってこなきゃ」

弟が言った。

「それも簡単なことじゃないよ。正式に結婚したって捨てられることもあるんだし」

母が一番消極的で、また現実的でもあった。父と弟は怒りが先に立ったが、母は娘の将来を考えていた。淑姫は家族に期待していない。学校が休みになれば戻ってくる貞潤にも期待していない。ただ自分に期待するしかなかった。

「自分に聞いてみなさい」

朴医師の言葉が、まるでムーダンのお告げのようにつきまとった。このとてつもない重荷を、どうやって振り払うのだ。死んでしまおうか。命懸けで騒いでやろうか。狂ってしまおうか。遠い所に逃げようか。

「お義姉さん、しっかりして下さいね。こぼれた水は元に戻らないと言いますよ」

義妹が言った。

「私の考えでは、この縁談はどうしたところで成立します。だからお義姉さんも、損ばかりしてないで見返してやらなきゃ。慰謝料を要求するのはちっとも恥ずかしいことじゃありません。お義母さんの言うことは正しいと思います。お義姉さんが学費を出してやったんだから、堂々ともらうべきです。そのお金で学校に通ったらどうですか。この頃は女も男と同じように医者にも先生にもなれるんだし、そしたらもっと立派な人に会えるかもしれないじゃないですか」

家族は誰も淑姫を責めなかった。嫁入り前の娘が男のために身を滅ぼしたと叱らないのは、もちろん結婚を前提に淑姫が貞潤に学費の一部を出すことを了解していたからでもあるが、商人としてつつましく生きてきた人々が、現実を受け入れたからではないだろうか。相当額の慰謝料を期待しているということだ。

（死のうか？　逃げようか？　騒いでやろうか。いっそ狂ってしまえればいいのに）

枕に顔をこすりつける。涙もかれはてたのか、もう出ない。貞潤の顔が、まだ目の前にちらつく。

（あたしがどうして一人で死ぬのよ。一緒に死のう！　どうやって？　一緒に毒を飲む？　寝ている所に入って首にナイフを突き立てようか。そうして、あたしも）

淑姫は、自分が怖かった。

「お義姉さん」

「何？」

「プヨンさんが来ましたよ」

誰にも会いたくない。でも、プヨンは部屋の戸を開けて入ってきた。同じ普通学校*を出た、もう結婚して子供のいる友達だ。口が突き出ていて、目はくっきりした二重まぶたで、体は太っている。

「寝てたって仕方ないでしょ。起きなさい。あたし、知らせを持ってきたよ」

横たわっている淑姫を、男のように足でとんとんつつく。

「ほっといて」

そう言いながらも、淑姫は髪をかき上げ、起きて座る。

「あらまあ、顔がやつれたね。げっそりして見えるよ」

「……」

「ぼんやり寝ていて、どうする気？　生かすも殺すも好きなようにしろってこと？」

「……」

「だからいいように利用されるのよ。嫁入りする口がないわけでもないのに、どうして男の学費なんか出してやるのさ。あんたは自分ってものがないの？」

「いくらでも笑いなさい」

「ええ！　みんなあんたを笑ってる。馬鹿な女だってね。あんた妓生？　男に金を出すなんて。世の中にそんな恥ずかしいことがある？」

「恥ずかしくたって構わない。そんなこと言いに来たのなら帰って」

「何だって？　帰れと言われて帰ると思う？　呼ばれたわけじゃなし」

「構わないで。ほっといてよ。見物しに来たの？」

「あたしも腹が立ってたまらないから来たの。殴ってやりたいほどあんたが憎い」

さっきまで涙が出なかったのに、淑姫の目から涙が落ちる。

「泣いても男は戻ってこないよ。男前に限ってずるいものなんだ。結婚したって長続きする奴じゃない。履物は足に合わなきゃいけないの。あたしが何しに来たかというと、来る時もあんまり腹が立って胸がどきどきしたけど、あんたのざまを見たら、もう仕方ないような気がするね。それで、どうするの。あたし、ついさっき会ったけど」

「誰に？」

「誰にって、貞潤だよ」

「何ですって」

「かばんを持って歩いてた。いい身なりだったよ。それを見たら、追いかけてって顔をひっかいてやりたくなった。悪い奴め」

「どこに行った？」

「朴外科医院に入ってった。たった今、帰ってきたばかりみたい」

「一人で？」

「誰と一緒だっていうの。楊校理家の娘と一緒に帰ってきたと思うの？」

「……」

「おやおや、それでも未練たっぷりなんだ。二人一緒なら追い払いに行くつもりだった？」

プヨンは部屋の戸をするすると開けた。

「ねえ。お水一杯くれない？」

「はーい」

義妹が平鉢に水をくんで持ってきた。プヨンは器を持ってごくごく飲み干す。

「あの人が帰ってきたんですか」

用心深く尋ねる。

「帰ってきたらどうなの」

鉢を返す。

「帰ってきたって解決しないよ。うちの人も、ただでは置かないと言うけれど、貞潤とは友達だからねえ」

「じゃあ、市場に行ってお義母さんに知らせなきゃ」

義妹は鉢を縁側の端に置いて出ていこうとする。

「ちょっと」

淑姫が鋭い声で呼び止める。

「はい、お義姉さん」

「あなたは黙ってて。お願いだから放っておいてちょうだい」

淑姫は義妹の目の前で部屋の戸を閉めてしまう。

「この暑いのに、戸を閉めちゃうの？」

そう言いながらも、プョンは戸を開けようとはしない。

「淑姫」

「……」

「このこと、楊校理家では知ってるの？」

低い声で言った。

「わからない。そんなの関係ないでしょ」

「うちの人は、楊校理家がそのことを知ったら、破談になるかもしれないって言うんだけど」

「ならないよ」

「ならないって？　何か聞いてるの？」

「……」

「あんたのことが弱みになるはずなのに。貞潤が大手を振って結婚するんだね。まったく世の中、金だ」

「もう帰って。あたし、力が出ない」

すすり泣く。

「もっとも、金持ちなだけじゃない。手に問題があるとはいえ、美人で学歴もあるし、ほんとに勝ち目がないね」

「あたしを怒らせる気？」

真っ赤な目でプョンをにらむ。

「あいつが帰ってきたのを見て、むかむかして来たのよ。今晩にでも行って思い切り怒りをぶちまけるとか、話し合って妥協するとかしなよ。ああ、あの野郎」

「さっさと帰って」

「もっといたくても、お乳が張るから帰らないと。うちの人に、貞潤を殴れって言おうか？」

「もういい。何も聞きたくない！」

プョンが帰ってからも、淑姫は泣き続けた。今すぐにでも貞潤の所に行きたかったけれど、昼間だからそうもできない。太陽の光がいやだったし、恐ろしくもあった。これまで貞潤のいる太邱《テグ》に訪ねていくことも何度も考えたが、実行する勇気がなかった。弟が行って問い詰めてやると言ったけれど、

「あたしが会うまで、誰もしゃしゃり出ないで。それだけはお願い」

淑姫は必死で止めた。

「お義姉さん」

義妹がかゆを持ってきた。

「おかゆでも食べて元気を出して下さい。力が出ないと、決断も下せないでしょう」

「……」

「さあ、ちょっと食べて。髪を洗って、顔も洗って。こんな時ほど、みっともない格好をしていてはいけませんよ。よくよく考えてみると、お義父さんやお義母さんじゃなくて、本人が会わないといけないんじゃないでしょうか。他人が行っても反感を買うだけで、何もうまくいかないような気がします」

「もしも……」

つぶやきながら、淑姫はおとなしくかゆを食べる。その姿を見ながら義妹が言った。

「そんなにひどい人ではないはずなのに。私には、そんな悪人には見えなかったけど、相手があまりにも……。お義姉さんもよく考えてごらんなさい。やみくもに騒ぐのがいいのか、哀願するのがいいのか聞いているのかいないのか。淑姫はほとんど無意識にかゆを食べているようだ。

「お義姉さん。目が腫れてますよ。冷たい水で冷やせば、夕方までにはちょっとましになるんじゃないですか」

義妹の顔を見る。かすかではあるが、その目に感謝の色が浮かんでいる。ひょっとしたら、家族の中で純粋に淑姫を理解してくれているのはこの人かもしれない。父と弟は淑姫の気持ちを思うより自分たちが怒りに燃えていたし、母はどちらかというと娘の将来を心配していた。淑姫はどちらからも慰めを得られなかった。しかし目下であり年齢も若く、夜学にちょっと通っただけだが、義妹は痛みを理解しているようだ。かゆを食べ終えた淑姫は、しばらく明かり窓を見つめていた。義妹が器を持って出ていってから、淑姫は鏡の中の自分を見つめる。ふっくらして血色の良かった顔は黄色くむくみ、愛らしかった目元は腫れて陰惨な感じがする。

看護師は社会的にそれほど尊敬される職業ではないものの、庶民の女としては出世であり、普通学校を卒業したというのも庶民の女にしては結構な学歴だ。だから淑姫は家で大事にされてきた。将来は医者を娘婿にするという希望があったし、果物屋をやっている父と弟が交代で、夏は晋州名物の白桃、スイカ、マクワウリなどをほかの地方に持っていって売り、冬には大邱でリンゴを積んできて晋州で卸売りをしたりしてせっせと働いたから家計は楽で、貞潤に学費を出すことにも反対はしていなかった。貞潤を失うことの次につらいのは、家族に対する申し訳なさだ。

義妹が塩漬けにしたキムチの材料を洗っている時、淑姫が部屋の戸を開けて出てきた。

「お義姉さん、髪を洗いますか？　ひょっとしたらと思って、お湯を沸かしてあります。冷たい水で洗うと髪が臭うから」

「ありがとう」

義妹はすぐに台所に入り、音を立てて釜の蓋を開けて湯をくんでくる。そして真鍮《しんちゅう》のたらいを置いた。

淑姫はゆっくりと時間をかけて髪を洗う。体が弱ったせいだろうが、何かを考えながら洗っているように見える。

「ねえ」

髪を洗うと、義妹を呼んだ。

「はい」

「お母さんや、あんたの亭主が帰ってきても、あの人が帰ったことは言わないでね」

「外でうわさを聞いてくるかもしれないじゃないですか」

「とにかく……黙ってて」

「はい」

髪を洗ってしまうと、淑姫は焦った。鏡の前に座って髪を乾かしながら、何度も明かり窓を見る。夜が更けてからでないと出かけられないのに、太陽はじっと動かないようだ。乾いた髪を編んでみる。娘たちはみんな髪を尻に届くほど長く伸ばして三つ編みにし、紫や赤のリボンを巻きつけていたが、淑姫は看護師なのでそれほど長くはできなかった。背中に垂らした髪を二、三回編んで黒いゴムひもで束ねる。二十三歳。そんな年になるまで髪を未婚の象徴である三つ編みにしている女は珍しい。結婚適齢期は十六歳ぐらいで、十八でも遅い方だ。二十歳を過ぎた娘を行き遅れだと見なす風潮の中、髪を編んでいなければならない淑姫。髪を編むたびに憂鬱だったけれど、一筋の希望はあった。今はもう真っ暗闇の断崖絶壁だ。つねってみても、夢ではなく、現実だ。

（髪を落として尼さんになろうか？）

しかし淑姫は立ち上がり、藍色のスニン*のチマを出して着る。水色の薄絹の袷のチョゴリも着てみる。何か物足りなくて、たんすの扉を開けてしばらく探し、再び引き出しを開けて探す。濃い紫色の短いリボンを見つけ、背中に揺れている髪に巻き込んでみる。しかし希望を捨てたようにリボンを取り、チョゴリとチマも脱ぐ。地獄のように長くもどかしい時間。大声でどなりたいほど、時間はねっとりくっついて動かないように思えた。心配してのぞきに来た義妹が、脱ぎ捨てた服をさっと拾い上げて出てゆく。汗をだらだら流しながら火をおこし、きれいに火のし*を当てて持ってきた時、淑姫は疲れ果てて死んだように横たわっていた。

夜が更け、十一時頃になると、淑姫はこっそり家を抜け出す。夜道は人がおらず静かだった。地面は冷え、風も涼しいのに、淑姫の鼻筋に汗が噴き出る。明るい大通りに出ると時折人が通った。淑姫は顔を伏せ、病院の前に行った。街灯がついていて朴外科医院の看板がはっきり見える。見慣れないもののようによそよそしく感じられる「朴孝永」という名前の字もくっきり浮かんでいる。病院の中には人の気配がない。調剤室は明かりがついていた。淑姫は泣きだしたいような気持ちでドアをたたく。康南《カンナム》が走ってきた。

「おや」

急患だと思った康南が、気抜けしたように淑姫を見て、そっと目をそらす。

「貞潤さんが来たでしょ？」

「き、来たよ」

「今、いる？」

「いない」

「嘘つかないで」

淑姫は肩で押すようにして病院の中に入り、待合室の木の椅子に座り込んだ。

「呼んできて」

「いないって言ってるじゃないか」

「康南さんもぐるなの？」

唇を震わせながらにらむ。

「待ってろ。そのうち来るから」

「どこに行ったの」

「飲みに行った。夜には戻ると言ってた」

康南は横目で淑姫を見る。

（今日はやけにきれいだ）

白い制服姿を見慣れていた目には、やつれた淑姫のチマチョゴリが美しい。

「調剤室で待ってろよ」

康南は待合室の電気を消す。調剤室に入って椅子に座った康南が言う。

「気の毒だけど、諦めるのがいいよ」

「……」

「悪い男だと、俺も罵りはしたけれど……。貞潤にはまたとないチャンスだ。思い直させるのは難しい」

「先生は中にいる？」

「釜山に行った」

「何しに？」

「崔《チェ》参判家の奥さんが釜山で盲腸の手術をしたんだ。今日退院するようだが、帰り道に世話をしてあげるために昨日行った」

「金持ちには弱いのね」

康南は微妙な笑みを浮かべた。

「金持ちのためには仲立ちもするし」

「それは誤解だよ。淑姫は知らないんだ」

「何を知らないと言うの？　あたしがそんな間抜けに見える？　先生以外に、誰が話を伝えるのよ」

目が怨みに燃える。

「俺は先生を弁護してるんじゃない。事実そうなんだ。先生が戻ってきたら、おそらく貞潤を病院から追い出すはずだ」

「ずる賢いから、他人に非難されないためでしょうよ」

「貞潤に聞いてみればいい。仲を取り持ってくれと言われたのは間違いないけど、先生は貞潤には伝えなかった。楊校理家の旦那さんが、いても立ってもいられなくなって、大邸まで訪ねていったそうだ。そういうことなんだってば」

「でも、先生が止めようと思えば止められたでしょ」

涙をこらえ、うつむいて力なく言った。

「それは淑姫が欲張りなんだ。貞潤の洋々たる将来を、先生が止められるものか。お前たちのことは、先生には頭痛の種だっただろうさ。どんな態度を取ったところで、悪く言われるんだから」

康南は話しながら淑姫をちらちら見る。平凡だった女が、突然平凡でない女に見えて気持ちが乱れた。同情も大きく作用していただろうが、どうしたわけか、息苦しい。

「きっぱり諦めろ」

「……」

「そのままにはしておかないだろう。結婚問題以外では、先生もお前のためにどうすればいいか考えてくれるよ。貞潤の奴も、借金は返さなきゃ」

「貸したんじゃないわ」

淑姫はとうとう泣きだしてしまう。康南は唇をなめ、たばこに火をつけてくわえる。

「もちろん、金に換算できることではないけれど……ここから離れろ。日本にでも行け。日本で正式に看護学校に通うとか、お前はキリスト教だから、勉強してそっちの仕事をするとか。割れた器だ。すっぱり諦めたら、かえって楽になるよ」

康南はたばこをくわえているのに、息は相変わらず荒い。耐えられずに立ち上がった。

「俺はもう寝る。ここで待って、貞潤に会えよ」

そう言って慌てて出ていった。

十二時が過ぎ、一時近くになった。時計の秒針の音が心臓を突く。調剤室の窓の外に足音と話し声が聞こえた。淑姫は窓のカーテンの間から通りをのぞく。貞潤がふらふらしながら歩いていた。貞潤と腕を組んでいるのは、楊ソリムの親戚の男だ。

「心配するなって。俺は前からわかってた。晋州でそれを知らない人がいるものか。ふん、楊校理家の婿になると言ったら、その女以外にも泣く娘がたくさんいるそうだな。片思いしていた娘がたくさんいたなら、それはうちのソリムのためにも、決して悪いことではないよ。それだけ優秀な男だってことじゃないか」

ソリムの親戚の男は貞潤と腕を組んだまま、前のめりになったり首を後ろにのけぞらしたりしながら騒いでいた。

「ああ、酔った。俺は悪い気はしないぞ。ソリムが不細工な金持ちの不良に嫁入りするより、十倍もいい。自信を持てってことだ。男なら図太くならなきゃいかん。遠慮なんかする必要はない！　あのソウル生まれのおばさん、ソリムの母親の鼻をへし折る方法は、結婚した後で俺が教えてやる。ああ、ああ、心配するなって」

ソリムの親戚の男は貞潤を病院の前に押しやり、歌を歌いながら夜道を戻ってゆく。

淑姫は病院のドアを開けた。貞潤は驚きもせずに淑姫をまじまじと見た。

「俺、淑姫が来ると思ってた」

淑姫は電灯の下に、幽霊のように立っていた。

「逃げたと思われたくなくて帰ってきたんだ」

酔っているのに、話しぶりはしっかりしていた。

「信じるか信じないかは淑姫の自由だ。俺は今度の縁談が出るずっと前から、お前と結婚する気はなかった」

「この裏切り者！」

口が裂けそうなほど大きな声を上げ、歯をかみしめる。

「問題は、ちょっとみっともないけれど、俺の学費を出してくれた人が晋州の有力者ではなく、女だったということにある。それだけだ」

淑姫は万歳を叫ぶように両腕を振り上げ、貞潤に飛びかかる。

九章　同乗

自分自身に言い聞かせたことはないけれど、もうとっくに諦めていた。崔西姫《チェソヒ》からひどい侮辱を受け、それと共に五千円という大金をもらってからの十年は、趙俊九《チョジュング》にとって狂おしい歳月だった。何をどうするための歳月だったのか。それは俊九にとって一世一代の冒険をする期間でもあり、正しいかどうかはともかくとして、意志を試される期間であったと言えるだろう。品性が下劣でずる賢く、強者の前では子犬のように、弱者の前ではオオカミのように振る舞うからといって、いや、むしろそれだからこそ、裏通りの質屋や高利貸しの親父という立場に甘んじていたのは、俊九が必死で忍耐したことの証だ。人間の尊厳を捨てたわけではないが、貪欲より強い虚栄を犠牲にしたのだから。名門の子孫として開明知識人を自負していた趙俊九には、財産を蓄えて成り上がろうという野望があった。それがどんな野望だったのか、実は俊九自身もはっきりとはわかっていなかった。若い日に抱いた野望の続きだったのだろうか。最初は図々しくも西姫に報復しようと思った。飲み屋で自分を泥棒扱いした奴らにも、必ず報復しようと思った。だが、報復は水泡のように虚しい。財産より強い武器は、彼らの若さだ。俊九の半分ほどにしかならない年齢。彼らは走り、自分は歩いても息が切れる。六十代半ばという年齢では、自分に言い聞かせるまでもなく断念するしかない。五千円を元手に始めた質屋と高利貸しで四、五万円の財産をつくった。その財産を管理するだけで、今は手いっぱいだ。

正妻であった洪氏《ホン》が死んだというわさを聞いたのは数年前だ。洪氏の実家から流れてきたうわさによると、洪氏が死んだ後、あれほどたくさんあった装身具が跡形もなく消えてしまったという。生活のために、あるいは病気の治療のために売ってしまったのか、あるいは身の回りの世話や看病をしていた人が着服したのか、それはわからないらしい。

(装身具がどれほどあったというのだ。大したことはなかっただろうに……そんなものを全部売るわけがない！　誰かが横取りしたのだろう)

趙俊九は、あの装身具は誰の金で買ったと思っているのだと言いながら、興奮した闘鶏のようにトサカを立てて走りだしたい気分だった。

「私も葬儀には行けなかったし、まめに消息を伝えてくれる人もいなかったんで、後になって話を聞いただけですが、ひどい死に方だったそうですよ。部屋の悪臭がひどくて、ヨムもろくにできなかったというんです。生きている時の顔より険悪な形相だったというから、想像がつくでしょう」

洪氏の遠縁に当たる男に偶然会って聞いた話は、俊九の背筋を凍らせた。

「一年以上寝ついて……。瓦屋根だけど小屋みたいに小さな家で、昔、下女だったとかいう女に、死んだらその家をやることにして看病させていたとか。だから、よっぽどだったんですよ」

「あの立派な家はどうした！」

「処分したんでしょう。その挙げ句、ああなったんじゃないですか。生活費が足りなかったのか、年を取って財産を誰かに奪われたら困ると思って、人目に付かないようにしたのか」

「何も残さなかったというのに、何が財産だ」

「まったくです。親戚付き合いもなかったから、その内幕はわかりません。ただ推測するだけです。装身具だけは処分しなかっただろう、装身具以外にもお金があったはずだと。それで、下女だったという女を問い詰めたそうです」

「問い詰めるにしても、それは俺がやることじゃないか。何の権利があって」

「それは、兄さんの居場所がわからなかったし」

「それで、どうなった」

「下女は生まれつきの馬鹿なんで、そいつが盗んだ可能性は少ないだろうと意見が一致したそうです。兄さんがどこにいるのか連絡もつかないから、実家の人たちがなんとか葬式を出したけれど、十数年間妻を顧みなかった兄さんを恕む家族はいなかったみたいですよ」

「顧みなかっただと？　あの女が何をやったか知らないのか！　あいつは俺の財産を奪って、俺が一文無しになっても」

腕を振り回したけれど、興奮して息が切れる。

「ええ、だから恕む人はいなかったと言ったじゃないですか。もうこの世にいない人に、こんなことを言ってはいけないが、たちの悪い人でしたからね。罰を受けたんです。罰を。悪臭でヨムもちゃんとできなかったというんだから。死に際を看取る人もいなかったし。欲のない人間はいないけれど、それも程度問題です」

「俺は、あの女がそんなふうに死ぬと思っていた。死んだと聞いても、これっぽっちも哀れむ気がしない。天罰を受けて当然の女だ。家長を、服のひもにつける飾りほどにも大切にしないんだから」

「死んだ人のことはともかく、兄さんも考え直さないといけませんよ」

「なぜだ」

「誰だって死ぬじゃないですか」

「……」

「私も、金持ちになったこともなく、他人によくしてやったこともなく、平凡な男として生きているに過ぎませんが、幸い、息子や孫がいますから」

俊九には耳の痛い言葉だ。五年前なら、あんな奴、と言っただろう。いや、洪氏が死んだことを知らなかったなら、あんな奴、と言ったかもしれない。その男に会ってから、俊九は相変わらず装身具の行方を気にしていた。

「誰の金で買ったと思ってる！」

一人で叫んだりもした。だが走っていって下女の髪をつかんで自白させるだけの勇気も、家のどこに隠したかを突き止めるために壁をはがし、床を壊す勇気もない。そこに行けば、待ってましたとばかりに洪氏の悪霊が取りついて離れないような気がした。それでも未練がないわけではない。それはともかくとして、趙俊九は洪氏の死後、変化を見せ始めた。以前、彼を見かけた人が、雨に打たれた野良犬のような格好で歩いていたと言ったのはちょっと大げさだったとしても、街のごろつきのようななりで歩いていたのは事実だった。変化は服装から徐々に始まった。金側《きんがわ》の懐中時計やステッキを持ち、高級な床屋に行くようになった。洋服が旧式だからと一流の洋服店に行き、最高の生地で新調した。狂おしい十年間に着ていたみすぼらしい服を脱ぎ、昔のように美食と高価な服を楽しみ始めたのだ。まだそれ以外に変化の兆候はなかったけれど、美食を楽しむようになってから、女中でもあり女房の役目も果たしてきた、無知で不細工な坡州《パジュ》宅をいじめだした。疑いを持ち始めるとののしり、殴ることもためらわなかった。

「おい！　俺が死ぬのを待ってるのか。俺が死んだらこの財産が自分のものになると思ってるのか」

「そ、そんなことは考えてません」

「そんなだいそれたことを思っているなら、少しでもそんなことを考えるなら、びた一文やらんぞ！　とんでもない。やるものか。女はみんな、古ギツネなんだからな」

「わ、私はそんなこと思っていませんよ」

「黙れ。女はみんな泥棒だ」

「これっぽっちも」

「卑しい女め。誰のおかげで飯を食ってる。おとなしくしていてこそ、落ちた飯粒なりとも拾って食えるのだ。どうしてそれがわからない！」

「わ、私は何も言ってません」

貧しい女のようにごわごわした麻の服しか着たことのない坡州宅は、ろくに口答えもできなかった。

「カボチャみたいな顔をして、腹の中ではずるいことを考えているのだからな」

「私は何も望んでいません」

「ふん、望んでいないだと？　それからして嘘だ。愚かな奴め」

愚かな女であることは間違いない。食べられるだけでも幸いだと思っているのだから。何の取り柄もない坡州宅は、夫を失って以来、ろくに食べられないこともよくあった。望みがあるとするならば、追い出されないことと、なるべく叱られずに一日を過ごしたいということだけだ。坡州宅は、財産に野心を持つどころか、趙俊九が千年も万年も生きるみたいに思っていた。

八月の終わり頃、趙俊九は行き先を告げないまま、数日かかると言い残し、人力車に乗ってソウル駅に向かった。坡州宅と質屋の従業員が喜んだのは言うまでもない。もっとも夏は質屋が暇な時期でもあった。手提げかばん一つを持ち、ステッキを腕にかけてソウル駅に降りた俊九は、目の前に新天地が開けたように深呼吸する。高利貸し、質屋の主人。そんなみじめな殻を脱ぎ捨て、中枢院*の委員になったり爵位を受けたりした親日派の大物のように尊大な素振りで歩き始める。随行員のいないことだけが残念だった。十年の空白があるとはいえ、昔取ったきねづかだから、盛装した姿はどこから見ても立派な老紳士だ。灰色がかった青の蝶ネクタイは洗練を感じさせ、薄い灰色の麻のスーツ、白い靴と白いカンカン帽、灰色になった髪。どこで名刺を出しても遜色がない。背が低く頭が大きいのはどうしようもなかったが。二等車に入った趙俊九はかばんを棚に載せてステッキは座席の隅に置き、帽子と上着を脱いで壁に掛けると、窓際の席に座った。向かいには四十代の男がどっかりと座っていた。その男を見た瞬間、俊九は声を上げそうになった。

（こ、こいつ！）

男は俊九が顔色を変えたのに気づくと、獲物を狙うような鋭い目つきをした。しかし次の瞬間、笑っているような、いないような顔で、目をそらした。

（まさか、そんなはずは）

俊九は不安な気持ちで再び男を盗み見た。金平山《キムピョンサン》がそこに座っているという錯覚を振り払うことができない。それは頭洙《ドゥス》だった。上まぶたがぼってりして額が狭く唇の突き出た、太った金平山そっくりの姿。

（世の中には似た人がいるとは言うが……）

俊九は扇子を開き、指でワイシャツをつまみ上げて扇ぐ。そうしながら何度も頭洙の様子をうかがう。

違うのは道袍ではなく洋服、しかも高級な洋服を着ていることだけだ。

（待てよ。ひょっとして、平山の息子か。だがそんなはずはない。二等車に乗れるはずもないし、人殺しの息子が、あんなに堂々と）

かすかな笑みを浮かべて目をそらした頭洙は何を思ったか、まるで逆襲するように、自分の方を盗み見ている俊九と目を合わせる。満州や中国一帯を渡り歩きながら鋭い目つきの男たちを捕まえてきた頭洙は、俊九なぞ、眼光だけで圧倒してしまう。俊九は慌てて目をそらした。

（老いぼれが、どうして俺の顔を盗み見る）

（こいつは朝鮮人だろうか。日本人だろうか。ただ者ではないな。何をしているのだろう。金平山の息子なら、これぐらいの年齢だが。三十年も前に、平沙里《ピョンサリ》であいつの息子を見たことがあったかな。男の子が二人いるという話は聞いたし、女房は首をつって死んだらしいし……。その子供たちがどうしているかなど、考えもしなかったが……い、いや、思い出した。確かに下の子は平沙里で暮らしていると聞いた。暮らすといったところで、せいぜい作男か、それでなければ……。こいつは間違いなく日本人だ）

最初は全くわからなかったが、頭洙もまた、この老人はどこかで見た顔だと思う。

（どこで見たんだろう）

よく思い出せなかったし、彼は俊九ほどの好奇心は持たなかった。それに、一つ決めかねていることがあって、気持ちが乱れていた。漢福《ハンボク》に会っていくべきか。会うなら、どこで。ソウルは何度か来たことがあるが、釜山《プサン》行きの汽車に乗るのは初めてだ。日本に行くために乗りはしたものの、漢福に会うかどうかという問題だけでなく、複雑な心境になるのはどうしようもない。汽車は永登浦《ヨンドゥンポ》を過ぎ、車内はだいぶ涼しくなってきた。扇子であおいでいた俊九は、

（まさか敵同士ではないだろうからお互いに名乗っても構わないさ。もし平山の息子だとしても、向かい合って座っていれば、話しかけるのが普通じゃないか）

そう思って扇子をたたみ、

「どちらまで行かれますか」

と日本語で丁重に聞く。朝鮮人だとはっきりわかるソウルなまりの日本語だ。

「東京です」

返事は流暢だった。

（日本人だな）

「私は釜山に行くのですが、ずいぶん暑いですねえ」

「夏ですから」

当然だろうと言うように答える。

「ははは、お互いに太っていますからな。ははは っ……」

頭洙も苦笑する。

「ところで、朝鮮には用事で来られたんですか」

「朝鮮に用事があって来たのではありません。日本に用事があるから行くのです」

「ああ、それでは朝鮮にお住まいなんですね」

「朝鮮ではなく中国です」

「ほう、中国ではどんなお仕事をなさってるんですか」

「どんな職業に見えますか」

「さて。もちろん事業でしょう」

「事業？　事業には違いないでしょうが」

頭洙はくすくす笑う。大きな図体に似合わず。

「ひょっとしたら」

「ひょっとしたら？　ご老人のお好きなように推測して下さい」

　頭洙は窓の外に顔を向け、

「朝鮮は相変わらず貧しい怠け者たちの住む所だな」

　独り言のようにつぶやいた。

「ええ、希望がありません。希望のない人たちです」

「どうして希望がないのです。大日本帝国の植民地だからですか」

「い、いいえ。希望のない人たちだから、日本に統治されなければならないということです」

「ふむ、朝鮮に来たら、空気が違いますね」

「違いますとも。満州や中国はまだ騒がしいでしょう？　日本が進出する時が来たようですが」

「進出しなければ。日本が指をくわえて見物するとでも思いますか」

「そういう意味ではなく、完全に掌握するべきだということです。朝鮮みたいに。それでこそ、東洋が平和になるのではありませんか」

「ご老人は何をなさってるのです」

　親日派であることを盛んに匂わせたのに、頭洙は気乗りしない顔で尋ねた。

「私は大韓帝国末期には開化党でした」

　俊九は少し上半身をひねるようにして、自慢するようにもったいぶって言った。

「それなら両班ですね」

「家柄は悪い方ではありません。楊州《ヤンジュ》趙氏ですから。韓日が合併してからは日本人と手を組んで、巨額の財産を鉱山につぎ込みましたけれど」

この時、頭洙の脳裏に何かがひらめき、俊九の顔をまじまじと見た。

（そうだ。こいつは趙俊九だ！）

幼い頃、ソウルから馬に乗ってきた姿をはっきり思い出した。

（世の中は狭いものだな）

俊九が考えたように、敵に出くわしたとは思わない。ひょっとすると味方のようなものかもしれない。変な話だが、崔参判家に対する加害者という立場において。しかし頭洙は自分が朝鮮人だということを明かしはしない。俊九に会ったのは三十年ほど前の幼い時だが、西姫が間島《カンド》にいる時、ソウルを訪れた孔《コン》老人の身辺を調査したことがあって、俊九が鉱山に関わっていたことはよく知っていた。会寧《フェリョン》で巡査部長をしていた時だったろうか。頭洙に脅迫された孔老人は、こんなことを言った。

「誰かさんの父親は、そいつを手の上で転がすことができず、利用されただけだとは言っていたが」

「誰かの父親とは？」

頭洙が反問した。そしてさらに、

「誰のことなんです？　崔西姫の父親のことですか」

「さあ、そこまでは知らん。熊が芸をして、金は中国人が取ったとも言っていたな」*

頭洙は、その後もよくその言葉を思い出していた。

（こいつが中国人で、うちの親父は熊だったということか）

頭洙は突然、はははっと声を上げて笑う。

「……？」

「世の中は妙なものだな」

やはり朝鮮語ではなかった。

「いったい、何がおかしいのです」

うろたえはしたものの、考えてみれば下手に出る理由もなさそうなので、俊九は不満げな目で頭洙を見る。

「チャンコロ〈中国人の卑称〉を捕まえた時のことを思い出しましてね」

「……？」

「銃剣で首を刺したのに、笑ってたんですよ」

世の中は妙だと言ったことの説明にはならない。それでも、恐怖を感じさせる言葉だ。

「度胸のある奴だったんですね」

「ははは っ……ははっ、度胸が良かったのではありません。笑いながらへつらっているところを刺したからです」

「……」

「卑しい、豚みたいな奴です。そんな奴らはわが日本軍の手先になりながらも、いざとなると背後から飛びかかってきます」

「はあ」

「親日派だからといって信じたら、日本もひどい目に遭うってことでしょう。朝鮮に来てみると親日派も、親日派になろうとする奴らもたくさんいますが、いつなんどき背後から襲ってくるかわかりません。ははっはっ、ご老人は本当の親日派でしょうけどね。ははははっ……」

嘲笑であり、脅迫だ。それに、俺がどういう人間だかわかるだろうという意味でもある。

「ところで、東京にはどんなご用事で？」

俊九はとんでもない席に座ったものだと思いながら、話題を変えようとする。

「息子が春に高校に入りましてね。その子に会いに行きます。ほかの公務もありますが」

頭洙は不機嫌になる。息子が高校に入ったというのは嘘だが、息子のために東京に行くには違いなかった。日本人の女との間に生まれた、頭洙の長男だ。その母親とはだいぶ前に別れたが、息子を日本に送って中学に入れてからは、母親の手元に置いていた。しかし勉強はせず、不良少年になった。未成年の息子が女を巡ってけんかをして、相手をナイフで傷つけた事件の後始末をするために東京に向かっているのだ。息子を大事に思っている頭洙は、金もだいぶできたから、中国での生活を清算して朝鮮に帰り、ソウルで暮らすことを何度も考えた。しかし朝鮮に戻ったら陸に上がった魚のようになることを、誰よりも自分がよく知っていた。警察署長にでもなれるならともかく、一生遊んで暮らせるだけの財産があっても、一般人になれば自分の身辺を保護することも難しくなる。結局、マツケムシは松の葉を食べないと生きられないという結論に達した。自分の職業について後悔したことはない。むしろ満足していて、成功したといつも思っていたけれど、朝鮮に帰って、築いた財産で人の羨むような生活をしたいという誘惑にはいつもかられていた。

「私も実は息子と孫に会いに行くんです」

「息子と孫?」

頭洙は聞き返した。俊九が家族を連れてくる前に平沙里を出たから、その家族についてはよく知らない。しかし、答えを聞く前にまた別の質問をした。

「今も鉱山をなさっているんですか」

財産を失ったはずなのに、俊九の身なりがいいのが不思議だった。

「この年でそんなことはやりませんよ」

窓の外の風景は狭くなっていった。汽車は山と山の間を走っていた。頭洙は安東〈現在の中国・丹東〉からずっと汽車に乗ってきたからうんざりしていた。両脚を俊九の方に伸ばし、大口を開けてあくびをする。

(行儀の悪い奴だ。こいつは中国で人を殺したと言うが)

「趙俊九さん!」

突然の言葉に、雷に打たれたように驚いた。白昼に幽霊を見た気分だ。

「うははは っ……うはははっはっ……」

頭洙は大口を開けて豪快に笑った。その笑い声だけは、平山に似ていなかった。

「驚きましたか？」

朝鮮語だった。

「あ、あんた、誰だ」

「わかるでしょうに」

「キ、金平山……」

「俺の親父です」

「や、やっぱり」

「いたずらが過ぎましたか」

敬意を表する様子は少しもなく、からかうように言った。相手が老人だろうが、そんなことは気にしない。

「日本人だと信じましたね」

俊九の顔が真っ赤になる。

「知っていて、からかっていたのか」

「知っていたから、だましたんですよ」

「何だと。目下だということはさておいても、昔の恩義を考えれば、こんなことはできないはずだ。なんとまあ、あきれたことだ」

「昔の恩義？　それは趙俊九さんの方が感じるべきですよ。そうじゃないですか」

「図々しい奴だ」

「生まれたばかりの子犬は虎を恐れないということわざを知りませんか」

「人殺しの息子め。それはお前のような奴のことをいう言葉だ」

「おやおや、声が大きいですね。俺よりも趙俊九さんが困るでしょう。でも、その言葉を待っていました。思ったより気が短いですね。ともかく相手をよく見てから名乗るのが、ずっと以前からの習慣でして。ははははっ、ははっはっ……」

しわがれた声で愉快そうに笑う。傍若無人だ。

（こいつはどうして余裕たっぷりなんだ。馬賊か？　強盗か？　こんな態度を取れる理由は何だろう）

次第に弱気になってきた。

「恩をあだで返すという言葉もあるし、趙参判、いや失礼、趙俊九さんは俺に会ったら、とてつもない財産の十分の一は謝礼としてくれるだろうと思っていたのに」

「な、何だと？」

俊九は席を立ちかける。

「じっとしていなさい」

腕をつかんで座らせ、口をつぐんでしまった。その沈黙は猫がネズミを狙うように残忍だった。

「ある老人が、俺にこう言いました。その人は国から何の恩恵も被ったことがないんです。俺や、俺の親父のように。それなのに愛国者として振る舞っていました。誰だかわかりますか。はははっ……はははっ……趙俊九さんを手のひらで転がした人だから、わかるでしょう？」

俊九はうめき声を出す。孔老人のことだと気づいたからだ。

「その爺さんは、誰かさんの父親はあいつ、つまり趙俊九さんのことです、つまり趙俊九さんを手のひらで転がせず、利用されただけだと言ったんですよ。誰かの父親とは、言うまでもなく俺の親父です。そしてまた、こうも言いました。熊が芸をして金は中国人が取ったと。熊はうちの親父で、中国人は趙俊九さんです。どういうことかわかりますか」

「……」

「どうして俺が名乗ったのか、わかりますか」

「お前、今までどこで何をしていた」

「おや、大声を出さないで下さい。開化党も鉱山開発もして、殺人を教唆し、財産を横領するような華麗な経歴はないけれど、そんな奴らに痛い目を見させて食ってきました」

「強盗みたいな奴め。証拠があるのか。殺人教唆だと？　な、何を証拠に」

「静かになさい。そして勇気を出して下さい。三十年前のことに、証拠なんかいりますか？　俺が十数年前に会寧で巡査部長をしている時、あんたみたいなこそどろをたくさん見たけれど、あいつらが取ったのは、せいぜい数十円です。だからあんたみたいな泥棒が莫大な財産を横取りできたなら、それは運が良かったんですよ。その運は、言うまでもなく、俺の親父のおかげだ。それでも、俺に図々しいと言うのですか」

　俊九の口もとが引きつった。

「ああそうだ、どこで何をしていたかと聞かれましたが、さっき言ったとおり、十数年前には会寧で巡査部長をしていました。今は何をしていると思いますか？」

「……」

「怖がらなくていいですよ。味方になることはあっても、敵になる理由はないでしょう？　これは独立運動をしている奴らの口癖ですが」

「怖がる理由はない。私こそ、大日本帝国の勲章を受けてもいい人間だ」

　俊九は頭洙をにらむ。頭洙は立ち上がった。ベルトを解き、穴一つ分縮めて、また締める。

「昼飯を食べに行きませんか」

「……」

　頭洙は腰をかがめて俊九の耳元に口を近づける。俊九が驚いて体を揺らした弾みに、隣の席で居眠りをしていた日本の女が顔を上げた。

「趙俊九さん、もう一度、崔西姫を陥れる気はありませんか」

　耳元でささやくとけらけら笑い、相変わらず人目など気にしない様子で食堂車に向かう。日本の女は不快そうに舌打ちをする。俊九はじっとしていた。そして何を思ったのか、急いでかばんを棚から下ろして帽子をかぶり、上着とステッキを持った。そして、頭洙が向かったのとは逆方向に急ぎ足で歩く。三等車に逃げるのだ。俊九は空席のない三等車で立っていたが、やがて天安《チョナン》で下車した。駅を出た俊九は、次の駅を目指して出発する汽笛の音を聞きながら、街路樹の下の日陰に行ってしゃがみ込む。

(毒蛇みたいな奴め。父親とは大違いだ。恐ろしい奴だ)

俊九は虎口を逃れた気分だった。

(趙俊九さん、もう一度、崔西姫を陥れる気はありませんか)

頭洙の声が、呪文のように耳によみがえる。好機到来だと喜ぶはずの言葉なのに、なぜ恐ろしくなって逃げたのだろう。

(あいつは俺を熊にするつもりだ。その手に乗るものか)

十年前、晋州《チンジュ》で錫《ソク》が、自分はぬれぎぬを着せられて殺された鄭漢兆《チョンハンジョ》の息子だと明かした時のことが思い出される。あの時も、今日のように晋州を逃げ出した。しかし今日ほど怖くはなかった。

(あいつは俺を熊にするつもりだ。そして自分の父親のような目に遭わせようとしている。自分は中国人になるということだ。父親の敵を取ろうということだ。錫はじっくりと時間をかけて俺をだました。しかしあいつは今日初めて会ったのに、その場で血まみれのナイフを俺に突きつけたのだ)

頭洙が計画的ではなかったことはわかる。会ったのは全く偶然だ。それでも俊九は恐ろしかった。殺人を教唆したことは誰も知らない秘密だったが、自分ははっきりと記憶しているから恐ろしかったのだ。頭洙には人殺しの血が流れている。のみならず、路頭に迷って飢え死にするか、乞食になるしかなかったはずの金平山の息子が、十数年前に会寧で巡査部長をしたというのは信じないとしても、二等車に堂々と座っていたのだ。恐るべき転身ではないか。日本語もうまく、ためらいもなく吐いた毒針のような言葉や豪快な笑い声からしても、頭洙の実力はうかがい知れる。一度捕まえたら逃さないような、粘っこくて荒々しい雰囲気、息もつかせず奈落に突き落とすような執拗さ。

（天安で降りてよかった。ああ、これでよかったんだ）

頭洙は、世の中は妙なものだと言った。まさしく、世の中は実に奇妙だ。古い因縁で結ばれた悪党同士が、よりによって汽車の向かい合った席で再会したというのは、不思議というより滑稽だ。俊九は恐怖に震えたけれど、実のところ両者は互いに手の届かない所、手を伸ばす必要もない所にいる。彼らはすれ違っただけだ。釜山まで同行したとしても、すれ違うだけの関係で終わる人たちだ。残念でないこともなかったが、何か証拠をつかんでいたわけでもない。頭洙は暑い最中の長旅で、その目的も喜ばしいものではなかったから、退屈しのぎをしたに過ぎない。言動が残忍なのはいつものことだ。どこで何をしているのか互いに知りようのない彼らが会うことは、二度とないだろう。

十章　名匠

旅客船は白い波をかき分けながら順調に進んでいた。小さな島と島の間に入ってからは揺れが少し収まり、船酔いをしていた人たちは立ち上がって服を整え、デッキの方に出てみたり、船内で売っている弁当を買って食べたりしていた。

「これぐらいの天気ならいいさ。加徳島《カドクト》さえ過ぎれば、夏の船旅は優雅なものだ」

「あたしは油の臭いや機械の音がいやでたまらないのに、何が優雅なのよ」

「真夏なのに涼しいじゃないか」

ある夫婦の会話だ。外国を巡る豪華客船ではないが、汽車にしろ船にしろ、二等と三等の客は明らかに違う。特に旅客船の船倉とその上にある船室は、地獄と天国ほど違うというのは言い過ぎだろうが、ずいぶん差がある。趙俊九《チョジュング》は船などほとんど乗ったことがなかったけれど、気をつけていたからか船酔いもしなかった。横に座っていた女学生が吐きそうな様子でハンカチを口に当てた時には、背中をたたいてやった。色白でくっきりした二重まぶたの女学生の顔は、青白く見えた。船が加徳島の横を通り過ぎるとその顔にも血色が戻ってきた。

「先生、ありがとうございます」

「どういたしまして」

女学生は風に当たってくると言って二等船室を出た。

（可愛いな）

二等船室では俊九が最高の紳士に見えた。地方の有力者たちも少なくなかったけれど田舎紳士に過ぎなかったし、俊九は洋服を着慣れているうえ流行の最先端を行く高価な物を身に着けていたから、六十過ぎとはいえ、断然光っていた。汽車でとんでもない思いをしたこともきれいさっぱり忘れてしまったらしい。先生と呼ばれたことにも大いに満足していた。

（世の中は広い。俺は十年間豚小屋にいたのだ。昔なら下女にもしないような女と暮らしていたのだからな。ちくしょうめ）

何年か一緒に暮らした新女性*についての記憶がよみがえる。湯水のように金を使い、最後には俊九を捨てて逃げてしまった。サムォルを死に追いやったのは下女だったからで、何もやらずに香心《ヒャンシム》を追い出したのは妓生だったからだ。しかし正妻である洪《ホン》氏に財産を奪い取られてしまったのは彼女が正妻であるだけでなく、両班出身だったからだ。新女性が散財するのを許したのは、教育を受けた女だったからだ。愛していたとかいないとかいう問題ではない。俊九は衣服と同じように高級なものを好んだ。水くみの女房みたいな坡州《パジュ》宅の存在は、今思ってみても汚辱だ。豚小屋の中では豚として暮らしたけれど、外に出たらすべてが新しくならないといけない。目の前に女学生の姿がちらつく。孫娘みたいな女学生を、どうしようというのか。彼は身を起こした。脱いであった上着を着て、王族か貴族にでもなったように、品よく歩き出す。女学生はデッキの手すりにもたれ、通り過ぎる島を眺めていた。束ねた短い髪が風になびく。紺色のスカート、白い半そでのブラウスが風になびく。ふくらはぎがまぶしいほど白くつややかだ。

「ちょっと楽になったかな」

近づいて優しく話しかける。

「はい」

そう答えたものの、鼻声だ。

「うむ、海はいつ見ても広くて気持ちがいいな。初めて玄界灘を越えた時には、若かったからわくわくしたよ。広い海で、連絡船が小さな小舟のように見えた」

「若い時に日本に行かれたんですか」

「うむ、留学でな」

「そうですか」

「慶応大学に通った」

女学生は敬意のこもった目で俊九を見る。

「おや、泣いているのか」

「い、いえ」

俊九は女学生と並んで手すりにもたれる。

「どうして泣いているのか話してごらん」

お祖父さんみたいな老紳士。若い時に慶応大学を出たという知識人。少女が信頼するのも無理はない。

「実は」

「うむ」

「学校を辞めないといけないんです」

「どうして」

「家が破産したから」

「何をしていたんだ」

「漁業です。借金が重なって……ソウルに残って苦学しようかと……でも、思うようにいかなくて家に帰るところです」

「卒業はいつだ？」

「来年春です」

「学校はどこだね」

「槿花《クンファ》女子高等普通学校*です」

「年は」

「十九です」

「入学がちょっと遅かったな」

「父は去年、事業が失敗して心火病《シムファピョン》*で亡くなりました」

「ほう、それは気の毒に。だが学費なら私が助けてやれるよ」

「え？」

少女の顔が上気する。

「難しいことではない」

「ほ、本当ですか」

「向学熱に燃える若い人たちを黙って見ていられない性分でね」

「先生！」

「それだけじゃない。望むなら専門学校に行くのも不可能ではないぞ」

「ま、まさか」

「女も勉強するべきだ。服はすり切れたら捨てるけれど、学識は死ぬまで大きな財産になる。どんなことがあっても頭脳を腐らせてはいけない」

女学生はうれしくてすすり泣く。信じられないというふうに俊九の顔を見る。

「名前は？」

「石蘭姫《ソクナニ》です」

「いい名前だ」

「先生はどちらに行かれるのですか」

「統営《トンヨン》に用事があってな。蘭姫も統営か？」

「私は麗水《ヨス》です」

「それじゃあ、どうしようか。遅くとも四、五日後にはソウルに帰るが、蘭姫がソウルに来たら、うむ、そうしたら……こうしよう。住所を書くから、来る日と時間を手紙で知らせてくれ。誰かを迎えにやるよ」

「い、いいえ。私が訪ねていきます」

「家を探すのも大変だから、言うとおりにしなさい」

俊九は住所を書いてやる。

「何とお礼を申し上げていいかわかりません。先生のお宅で雑用でもさせて下さい」

「ああ、それは後で考えよう」

統営の埠頭で降りた俊九に、蘭姫は船の上から限りない感謝をこめて手を振った。突然の思いつきだ。親切にして適当なことを言ったものの、後のことは蘭姫がソウルに来てから考えればいい。ともかく俊九はとてもいい気分だ。昔ほどではなくともぜいたくな衣食住を享受する余裕はあるから、花を添える女も必要だ。必ずしも蘭姫がその対象ということでもないが、全く不可能だと断定する必要もない。

(さあ、それでは何をしよう。まずはいい旅館を探して、ひと寝入りしてからだ)

荷物運びの男が教えてくれた旅館に入ると、丁重に迎えられた。

「もうちょっとましな部屋はないのか」

「これが一番いい部屋です。それに、統営ではうちが一番いい旅館なんですよ」

特別に案内してくれたおかみが言った。

「小さな町だから仕方ないな。顔を洗いたいんだが」

「はい、冷たい湧き水をお持ちします」

寝間着に着替えた俊九は、板の間の端に水を持ってきた女の子に聞いた。

「ここに洗濯屋はあるか」

「はい、ございます」

「それなら」

脱いであった服とかばんに入れてあったスーツやワイシャツを出す。

「これは洗濯して、こっちのはアイロンをかけるよう言ってくれ」

「はい」

顔を洗った俊九は、花ござを敷いた敷布団の上に寝転んだ。

「ああ、いい気持ちだ」

カラムシのカバーをかけた枕が、首筋に冷たい。

「いい気分だ。もっと早く出かければよかった」

ひと寝入りして起きた俊九は清酒を飲み、刺し身を食べた。

「おい、ここは螺鈿《らでん》細工で有名だと聞いたが」

「らでんって何ですか」

「おや、知らないのか。貝殻をはめた……」

「ああ、はい、貝殻をはめたたんすやお膳のことですか」

「そうだ」

「それなら統営が一番だそうです」

「それを一番上手に作るのは誰だ」

「一番上手な人……私にはわかりません。でも、指し物は背中の曲がった人が一番上手だそうです」

「背中の曲がった人……」

「でも、あんまりたくさんは作れないらしいですよ」

「その人がどこにいるのか知ってるか」

「明井《ミョンジョン》里《リ》に住んでいるらしいけど、私はよく知りません。おかみさんならわかると思います」

「じゃあ、おかみを呼んでくれ」

「はい」

やがておかみが来た。

「お呼びですか」

「ああ」

「指物師をお探しだそうですね」

「うむ。ここに来た記念に、たんすでも一つあつらえようかと思ってな」

「あの人はもともと仕事が遅いからなかなかできませんよ。うちもたんすを一つ頼んで、一年後に」

「一年でも二年でも構わん。完成したら、汽車で送らせればいいのだし」

「今、行ってごらんになりますか」

「夕飯の後にしよう。それより、その人が作ったたんすを見せてくれないか」

四十代らしいおかみは、老人がぞんざいな言葉遣いをしても抵抗なく受け入れる。

「それはお安い御用です」

おかみは内房に案内した。

「これは螺鈿ではないな」

「柿の木のたんすです。統営の者は、螺鈿はあんまり」

コウモリ形の白銅の飾り金具をつけたたんすは精巧で、とても丈夫そうに見えた。

「なかなかいい物だ。ソウルではこんな飾りは見られない。珍しいな」

「頑丈ですよ。隙間がないから、薬を入れておけば何年経っても匂いが変わりません」

「ふむ」

「指物師といっても、両班です。お客さんが行っても、口のきき方が気に入らなければ注文を断られますよ」

「どうしてそんなに偉そうにするんだ。たかが指物師が」

「指物師もピンからキリまでいますからね。みんながそうではありませんけど、たんすを作る指物師は学識が必要だそうです。あの人は、よっぽどでないと注文を受けないみたいですよ」

「それはどうしてだ」

「ずいぶん苦学したらしくて、統営では名の知れた昔の儒者たちもあの人に一目置いているそうです。本人は何も言わないけれど、両班の中でもかなり身分の高い家柄みたいで、そのせいか、子供たちはみんな美しく、勉強もとてもよくできるんだそうです」

「うーむ……」

部屋に戻った俊九は腕枕で横になり、ぼんやり天井を見つめる。

（美しくて勉強もとてもよくできるだと？）

唇をなめる。

（美しく……勉強も……。その中から一人だけ連れて帰って学校にやろうか？　賢い子を一人選んで……）

船で蘭姫に約束したことを思い出す。

（あんな奴）

俊九は天井を見つめたまま、自分の財産を計算してみる。自分の使う金額を多めに見積もり、孫を学校に通わせる費用を引き算してみる。すると質屋をやめるのが不安になってきた。蘭姫に言ったことなど酒の席で妓生にする約束と変わりはないが、自分の老後に影響のある孫については具体的に検討するのだ。

（一度道をつけてしまったら、後で面倒なことになるのではないか。仕事もたくさんできないというから、家族が多くて金をせがまれたりしたら困るな。ほかの子の学費まで出せと言われても困るし、ここに来てよかったのだろうか。いや。そうではない。あの出来損ないの息子は、意地を張って俺に会おうとしないかもしれないし、子供を預けたがらないかもしれない。あいつの体さえ悪くなかったら……。俺の仕打ちがひどかったかな。しかし母親よりはましだ。顔も見たがらなかった母親よりは。家庭教師をつけて勉強もさせたし嫁も取らせた。財産を失うまで下男下女を置いて平沙里《ピョンサリ》で楽に暮らせていたのは、誰のおかげだ。あれ以上、何をしてやれたというのだ。日本に留学して判事だの検事だのになれる体ではないし。体さえまともなら、あいつが勝手に指物師になったこと自体、けしからんのだが。それでも父親だから訪ねてみようと思ったのだ。よその子は、四十にもなれば両親の世話をしているのに……俺はそんなことをしてもらえるだろうか？）

ソウルを出る時とは違って、だんだんわからなくなる。息子や孫が負担にならないだろうかとためらわれ、一方では息子夫婦が会いたがらないかもしれないという一抹の不安もある。そうかと思えば十年の間自分なりに、もちろん大変不満だとはいえ積み上げてきた財産を崩すのが、果たして正しいのだろうかという疑問も湧く。昔のように、一挙に崩れ落ちるのではないか。どこに穴が開くかしれない。財産とは水と同じで、穴が開きさえすれば流れ出てしまうものだ。俊九は、洪氏の事情を伝えてくれた男が、その家は瓦屋根とはいえ小屋同然だったと言ったのを思い出さずにいられなかった。財産に対してはヒルのように執着していたあの女ですら、財産を維持できなかったのだ。

（待てよ、全財産がざっと五万円だとして、ひと月に四、五百円使っても十年は持つ。串柿を一つずつ食べるみたいに使うのでもない。金は、いくら低金利で運用しても増えるものだ。あんな質屋はやめたとしても。それに、ひと月に四、五百円も使わないだろう。百円でも十分だ。高級官吏の月給がそれぐらいなんだから。二百円なら使いきれないさ）

大まかに計算してみて、ほっとした。安心すると、十年間の忍耐が悔しくて、質屋の親父、高利貸しと呼ばれるのが恥辱に思えてくる。高級官吏か、少なくとも会社の社長や鉱山主にでもなるべき人物が、どうして裏通りで腐らなければいけなかったのか。しかし残された歳月を十年と見積もってどんぶり勘定をしたのが、間違いの元だった。

「十年？　十年！」

戦慄が走った。あと十年だとは。死が、大きな口を開けて部屋の片隅にうずくまっているような恐怖。真っ暗な死の淵。死というもの、悪臭がひどくてヨムもろくにできなかったという話が、初めて自分の死と結びついて迫ってくる。洪氏が死んだ話を聞いた時は悪霊が怖かったが、今は自分自身の死が恐ろしい。俊九は起き上がった。動悸がして、ねっとりした汗が全身に流れる。

暗くなってから、俊九は指物師の家を知っているという旅館の使用人を案内人にして出かけた。十七、八歳の青年は、洋服でも民族服でもないような短い麻のズボンをはいていた。後頭部の形がきれいだ。日は暮れたけれどまだ気温は高いから、潮の香りのする風は生ぬるかった。無数のカモメが飛び、港の方から船の汽笛が聞こえる。通りは静かで、急いで歩く人もいない。しかし人々は、珍しい服装の老紳士を不思議そうに見ていた。路地に入る。

「まだ遠いのか」

「はい、ソムン峠を越えた所です」

青年が答えた。石橋を過ぎ、ザクロの花が咲く垣根に沿って行くと、広かった道がだんだん狭くなってきた。苛《か》性ソーダ*や炭や灯油を売る小さな店は、店番すらいない。

「まだか」

「もう少しです」

下水溝みたいな小川に沿って延びた小道はいっそう狭くなり、坂になった。民家の屋根は低くなり、風景が物寂しくなってくる。いがぐり頭にできものがある、服もろくに着ていない子供たちが目に付く。

「どうしてこんなに遠い」

俊九は息を切らしながら言った。

「初めて行くから遠く感じるんでしょう。俺たちには、すぐ近所みたいですけど」

「ひどく貧しいな」

「え？」

「家が豚小屋みたいだ」

「瓦屋根の家もたくさんありますよ。ここはキチャブン人たちの住む所ですから」

「どういう人たちが住むって？」

「貧しいという意味です」

「貧しいのに、なぜ子供たちの腹があんなに膨らんでるんだ」

「回虫がいるんでしょう」

青年は気分を害したらしく、ぶっきらぼうに答える。

「ふん、何でも口に入れるからだ。伝染病など、すぐに蔓延しそうだな」

「お客さんはお金持ちですね」

「なんだと」

「金時計も持ってるし。お金持ちはこんな道を通りません」

皮肉っぽく言う。

「無教養だから口のきき方を知らんな。年長者に対する礼儀も知らない田舎者だ」

「ここではみんなこんなふうに話しますよ」

「海の近くだからひどいのかな」

「でも昔は地方役人より位の高い水軍統制使がいた所です。今、向かっている明井里には李舜臣《イスンシン》将軍を祭った祠もあります。倭奴たちを皆殺しにしたパンデモクという海峡もあるし。統営の人は自尊心が強いんです。だから倭奴の署長も並の人間では務まらないと言いますよ」

「井の中のカワズだ。見境なく倭奴、倭奴などと言ったら、えらい目に遭うぞ」

「俺らは今までそう言ってきました。お客さんは金持ちなのに、どうしてそんなに臆病なんですか」

「こいつ、口答えするのか」

「ソウルはどうだか知りませんけど、ここでは倭奴を見下してますからね。統営は、倭奴が来て全滅した所なんです。そんな奴らがまた来て、役所のあった所に神社を建てたんですよ。その時、倭奴たちが罰を受けて即死したそうです。忠烈祠《チュンニョルサ》でも、納めてあった李舜臣将軍の大きな刀を、あいつらが何人かかっても運び出せなかったと言うじゃないですか。それにさっきパンデモクの話をしたでしょう。どうしてパンデモクと言うか知ってますか？　壬辰倭乱《イムジンウェラン》〈文禄・慶長の役〉の時にあいつらが逃げようとして慌てて手で掘ったそうです。だからパンデモク〈「掘った所」の意〉なんです」

「つまらないこと言ってないで、さっさと歩け」

「お客さんが悪口を言うからです。ほかのお客さんは統営に来ると景色が良くて人が親切で海産物がおいしいと言うのに。お客さんは神仙が遊んでる所から来たんでしょう」

かなり自尊心を傷つけられたらしい。青年はちくりとそんなことを言った。

「おや、こいつ、怖いもの知らずだな」

俊九は息子に会うことが不安だったから、青年の言葉はあまり気にしていない。それに、息が切れる。

「お客さんみたいなお年で洋服を着た人は統営には一人もいません。でも、統営の笠《カッ》*やお膳は、ほかの地方の両班もみんな知っているそうです。アワビですら、統営産だと言えば値段が上がると言いますよ」

「つべこべ言わずに歩け」

「はい」

青年は、わざと早足で歩く。

「おい！」

「え？」

「息が切れる。ゆっくり歩け」

峠を越え、下り坂に入った。濃い緑の樹木、薄い緑の竹林が目に付く。ところどころに瓦屋根の大きな家もある。きつい坂道付近の集落よりもずっと裕福に見えた。

「まだか」

「いえ。あの家です」

青年が指さす。水くみに行くおかみさんや若い娘が、洋服姿の老紳士を不思議そうに盗み見る。

「じゃあ、お前はもう帰れ」

十銭硬貨一つを差し出した。しかし、

「いりません」

首を横に振り、さっさと道を引き返してゆく。

（あの家か……）

青年が指さした家は、思ったよりきれいだった。わらぶき屋根の家が二つ、板塀で囲まれていた。村では平均的な家のように見える。

「イリオノラ《たのもう》！」

趙俊九は大きく空ぜきをする。

「どなたですか」

嫁の声だ。

「おほん！」

嫁が門の外をのぞく。

「まあ！」

驚いて顔色を変えた。

「い、いらっしゃいませ」

姿勢を正し、落ち着いて挨拶をした。

「おほん、炳秀《ビョンス》はいるか？」

扇子を広げて持ち、嫁を見下ろして聞く。

「はい」
六、七歳ぐらいの男の子が板の間に腰かけたまま、俊九をじっと見ている。嫁は急いで下の棟に行った。
やがて、背中の曲がった炳秀が、だぶだぶの麻の服を着て現れた。妻よりもずっと落ち着いていた。

「どうなさいましたか」

俊九は気まずそうに目をそらしながら言う。

「用事があって近くまで来た。変わりはないか？」

「ええ。お入り下さい」

舎廊と内房を兼ねているらしい下の棟に案内する。部屋の中には文匣《ムンガプ》〈文具などを入れる小さなたんす〉や飾り棚、本棚、すずり箱などがあるだけで、指物師を思わせるものは何もない。板の間の横に小屋があるから、おそらくそれが仕事場なのだろう。

「クンジョル*を受けて下さい」

嫁は部屋に入ってこなかった。炳秀一人で俊九にクンジョルをする。そして向かい合って座る。

「子供は？」

ひとまずほっとして聞く。

「出かけたようです」

炳秀の蒼白な顔には無精ひげが伸び、落ちくぼんだ目は疲れたように暗い光を放っている。十数年ぶりの再会だ。俊九は窮屈そうで、炳秀には興奮しているような様子はない。冷淡なのか落ち着いているのかわからない。昔のように清純な雰囲気も残ってはいたものの、実年齢より老けている。

「ソウルの消息は聞いたか」

「どんな消息ですか」

「お前の母親が死んだことだ」

長いまつ毛が、一瞬震えた。

「聞いておりません」

そう言ってうつむく。

「実は俺も葬式が終わった後で聞いた。あの女が死んだことは、俺にもお前にも関係のないことだ」

炳秀は沈黙している。

「事業に失敗して自分の身一つすら養いかねていたから、お前たちを田舎に置いたまま引き取ることもできなかった。しかし、お前の母親は俺から奪っていった財産もあったし、借金取りに追われてもいなかったのに。考えてみると悔しいことだが、もうこの世にいない人間だ。お互い、忘れるのが賢明だろう」

自分の過ちまで洪氏になすりつける。

「一緒に暮らさなくとも、親は親です。体は良くないとはいえ、もう大人なのですから、息子としての務めも果たせず、恐縮です。しかし、他人に対して残酷だったことは忘れられないでしょう。命日がいつなのか知りませんが、祭祀《チェサ》*をするのが子供としての道理だと思います」

「命日だと?」

俊九は手ぶりで否定する。

「つまらないことを考えるな。命日など知りもしない。趙家の人ではないのだ。お前の母親でもない」

母は誰よりも残酷だった。息子を、檻の中の動物のように扱っていた。両親を比較する必要もないだろうが、炳秀にとっては母より父が多少はましだったのは事実だ。しかし骨身にしみるような苦痛を今、炳秀が忘れようとしているのではない。忘れようとしたし、忘れたと言ってもいい。許したのではなく、炳秀は許されたのだ。不自由な体についての煩悶、両親から加えられた侮辱、壮絶な孤独。それは炳秀自身のための渇きだったけれど、その渇きのようなものを我慢しても、自分が罪人だという意識は大きな苦痛だった。親の罪は自分の罪であり、親の悪業で得た財産で自分が命を永らえているという、骨を削るような苦痛。汚れた食物を食べまいと何度も自殺を図った。しかし生命に対する執着のために死ぬことを断念し、必死に我慢して汚い水を飲み汚い物を食べたではないか。炳秀は死ねないという恥辱のせいで荒れ狂った。彼を救ったのは、指し物だ。炳秀はもう許されたのだ。自虐は芸術に昇華した。仕事との出合いは、彼にとって救いだった。

「もし本当に母の命日に祭祀をしたいのなら、あの女の財産を探せ」

俊九は家や装身具や現金もたくさんあったはずだと説明し、そう主張した。炳秀はただ沈黙を守っていた。

「お前が急いでそれを探すというなら、俺も祭祀をすることに反対はしない」

反対しないという言い方も厚かましい話だが、洪氏の悪霊につかれそうで自分が近づけなかった所に未練が残り、体の不自由な息子に押しつけようとするとは、恥を知らないにも程がある。

「それもそうだが、俺もある程度生活の基盤を築いたし、お前は世の中に出られる身ではないから仕方がないが、孫一人ぐらいはできるだけ学問をさせるのが道理ではないか。趙家の将来のために」

「子供たちは今、学校に通っています」

「学校には通っているだろうが、どの学校に行くか、そしてどこまで進学するかが問題だ。賢い子を一人ソウルに連れていって、将来は日本に留学させて」

「お年を召した父上に迷惑はかけられません。私がもう少し頑張れば上の学校にやれそうです」

炳秀の性格からすると、その言葉は明確な拒絶だと見るべきだ。孫を進学させたくてたまらなかったわけでもないのに、拒絶されたとたん、強く出ないといけないような気になってくる。

「まあ、そうだろう。しかし俺ももう年だし、孫一人ぐらいは側にいてくれなければ。お前の母親だって、側に誰もいないから他人に財産を奪われたのだ」

炳秀は少し考えた。

「夕食はどうなさいますか」

「旅館に戻って食うさ」

「旅館ですって？」

「ここは狭くて寝づらいだろうと思ったから」

「父上！」

俊九は息子の顔をじろりと見る。

「父上がお望みなら、これから私たちがお世話します」

「……」

「でも父上の家には参りません」

「何だと」

俊九の顔が真っ赤になる。昔、息子に対していた時の怒り方だ。それが次には嘲笑に変わる。

「四十にもなって、そんなことを言うのか。おい、どうして今更そんなことを。そんなら、どうしてまともな体で生まれなかった。この不届き者め」

炳秀が青ざめた。無茶な言いがかりだが、最も耳に痛い言葉だった。俊九が腕を振り上げた。

「不浄な財産だと言うのだな。こいつめ。そんなに潔癖でそんなに偉そうにする奴が、どうしてまともな体で生まれなかった。来るなら来い、でも自分は行かないだと？　生んでもらったくせに、どうしてそんなに立派なことを言える？　身の程を知って、出された飯を食ってじっとしていればいいのだ。家門に泥を塗る奴め。目くそ鼻くそを笑うようなものだ。この不届き者！」

俊九は突然、どなり声を上げた。炳秀の言ったことが父に対する批判であったとしても、さっきまでの低姿勢を考えてみれば、俊九の気持ちがどれほど不安定だったかがわかろう。

「お母さん、あの人、誰？」

普段は家の中で大きな声が聞こえることがないだけに、板の間に座っていた末っ子は、目を丸くした。

「お祖父さんよ」

「え？」

炳秀の妻は落ち着いて言った。

「ちょっと静まったら、行って挨拶しなさい」

「お父さんが何か悪いことをしたの？」

「うん……」

炳秀の妻は、暗闇の迫る山に目をやった。

十一章　若者たち

「還国《ファングク》」

川原の砂の上で膝をかかえて座り、川を見ていた還国が、ゆっくり振り返る。

「あれ、舜徹《スンチョル》じゃないか」

白いシャツを着た舜徹がにこりとした。色の黒い元気そうな顔は年よりもずっと大人っぽく見え、若さに満ちあふれている。

「家に行ったら允国《ユングク》が、南江《ナムガン》*に行ったんだろうって。ずいぶん捜したぞ」

「座れよ」

「うむ」

舜徹は砂に尻をつけて座る。

「帰らないと言ってたのに、いつ帰ってきた」

「一昨日だ。毎日、手紙が来るんだよ。うちの母は言い出したらきかないからな。俺が負けたんだ」

還国は脚を伸ばす。舜徹のような筋肉質ではないが、還国も成長した。

「お母さんは手術の後、どうなった」

「良くなった」

「泣きっ面に蜂だったな」

「そんなところだ。これからもずっと何か起こるような気がする」

「前もって心配することはないさ。日が暮れたな。子供たちも家に帰って、川原が寂しくなった」

「……」

「ここは何しに来た？」

「息が詰まるから」

「そうだな」

舜徹がため息をつく。

「実は俺、母から手紙をもらったからというより、本当のところは東京から逃げてきたんだ」

「どうして」

「誘惑されそうで」

還国が笑う。女性問題だと思ったのだ。

「卑怯だと思うかもしれないが、俺は大過なく過ごしたい。どういうことかわかるか？」

「さあ」

「俺も血気盛んな男だし、英雄になりたい気持ちも人一倍強い。だがせめて大学を出るまでは普通でいたい。何かの影響など受けたくないんだ」

「何のことだよ」

「還国、お前はお父さんのこともあるし、そんな雰囲気には慣れているだろうが、俺は」

「お前、社会主義に興味があるんだな」

「好奇心はあるさ。だけど気質的に俺は違う。うちが金持ちであることに悪い気はしないからな」

「そんならどうして逃げてきた」

「一人、変な奴がいるんだ。倭奴だが、極めて魅力的な人物だ。そいつがしきりに誘おうとするんだよ」

「わかるような気がする」

「好き嫌いはともかく、どういうものなのか知識は持っておくべきだと思う。でも、頭のいい奴らがそっちに傾いていくのを見てると、俺の足元も揺らいでくるような気がするんだ」

「さっき、前もって心配することはないと自分で言ったくせに」

「お前、そういう方面の本はたくさん読んだだろう?」

「多少はな」

「どう思う」

「俺がどう思うかは、お前の役には立たないだろう。俺は絵を描くつもりだ」

「ちぇっ!」

舜徹は立ち上がり、鉄アレイで運動するみたいに両腕を上げたり下ろしたりした後、再び座る。

「還国、お前、楊《ヤン》ソリムが婚約したの知ってるだろ」

「どうしてその話をする」

舜徹の顔がゆがむ。

「朴《パク》外科の許貞潤《ホジョンユン》だそうだな」

「もう朴外科の許貞潤じゃない。医専の学生だ」

「知ってるさ。ちくしょうめ」

「……」

「薄汚い奴！」

目が憎悪の光を宿す。

「俺も貧しかったらあんなことをするんだろうか」

「花嫁は……顔もきれいだし」

「顔がきれいだとか金持ちだとか、そんな話じゃない。何も知らないんだな」

「許貞潤も男前だし、医専の学生じゃないか」

「聞いてないんだな。結婚を約束して学費まで補助してくれた女を捨てたことを言ってるんだよ。朴外科の看護師だ」

「何だって」

「女が精神に異常をきたしたとか、ソリムの家が五百円やったとかいううわさがある。ろくな男じゃないよ。可哀想なソリム」

　舜徹の目が赤くなる。

「俺はソリムが好きだった。なかなか忘れられそうにない。昨日それを聞いて、腹が立って」

　還国が驚く。舜徹は声をひそめた。

「俺が縁談を壊してやろうか？」

「ど、どうやって」

「俺のうちから求婚したらどうかな」

　還国の顔色が変わる。

「おい、還国！　お前もソリムが好きなんだろ」

「それは全然違う」

「ソリムの手があんなふうだとしても、汚いやり方だ。ソリムが可哀想だ。恥辱だ！　金のために恋人を捨てるような破廉恥な奴なら、将来ソリムも捨てるかもしれない。俺はソリムが普通に結婚するなら、こんなことは言わない」

「……」

「どうやら、うちに対する怨みもかなり作用したらしい。どうしてそんな話が耳に入ったのか。あの手のせいでうちの母がソリムに求婚することに反対したといううわさだ。俺はソリムの縁談がこんなに早くまとまるとは思わなかった。その話を聞いた瞬間」

興奮し、苦しんでいる舜徹はやはり年相応で、自分の感情を制御することもできず、うまく表現することもできない。それは還国も同じだ。舜徹のように恋しさを捨てきれないのではなく、ソリムの手に嫌悪感を持ったことに対する、強い自責の念を感じていたのではあるが。

「縁談をぶち壊す自信があるなら、やってみろ」

舜徹は興奮を鎮め、しばらくじっと還国を見ていた。

「駄目だ。そうはできないだろう」

肩を落とす。

「当初より難しくなった」

「俺はさっぱりした」

「なぜだ」

「もう、あの手のことを考えなくなるだろうから」

還国は地面につばを吐いて言った。舜徹の大きな手が還国の頬をたたく。

「傲慢な奴め！　自分を何様だと思ってる！」

還国もすぐに舜徹の胸ぐらをつかんで立ち上がった。

「口先だけで同情しているお前だって、俺と違わないぞ」

「利口な奴だ。小学校の時もお前は先生の所にばかり行っていた。自分だけが気高くて、他人は虫けらなのか」

拳で顔を殴る。彼らが取っ組み合いをしている時、暗くなり始めた川原には誰もいなかった。しばらく殴り合いをしながら転がっていたが、だんだん勢いがなくなってきた。彼らは砂に膝をつき、互いの顔を見た。

「おい、もうちょっと子供になれ!」

舜徹が大声を出した。

「大人になった奴が、そんなことを言うのか」

唇の切れた還国は、手の甲で血を拭いながら言った。

「こいつめ、すっきりしただろ!」

舜徹がまた声を張り上げた。

「すっきりした」

「優等生はもうやめろ」

「出世も考えるな」

「出世しないつもりなら、何のために苦労して勉強する。さあ、もう帰ろう」

二人は川原を歩く。

「ああ、いらいらする!」

舜徹が拳を振り回しながら川に向かって叫ぶ。

「大人でも子供でもないということが、もどかしくてたまらない」

「お前は暴君だな」

「お前はハムレットか」

「そんなの、いつの間に読んだ？」

「読むもんか。聞きかじっただけさ」

「一杯やりたいな」

「それはいい考えだ」

「どこに行く？」

「うちに来い」

「それはいやだな」

「そんなら、いい所がある」

「どこだ」

「中学校の同窓生で、お前は知らないだろう、泗川《サチョン》の奴だ。夫婦だけで暮らしているから気兼ねすることはない」

「夫婦だけ？」

「結婚してるんだよ。俺より二つ上だから。ここの組合に就職して、泗川に住んでいる両親が所帯を持たせてくれたんだ。行ったら歓迎してくれる」

「そんなことしていいのかな」

「行儀良くしてたら、飲めるようにはならないぞ」

鳳山洞《ポンサンドン》に行くと、舜徹は路地に入った。ある小さな家の前で、

「ヨンチル、いるか！」

と大きな声で読んだ。白いエプロンを着けた、子供っぽい妻が走ってきた。

「ヨンチルいますか」

「ああ、いるぞ」

板の間で体を起こし、首を伸ばしながらヨンチルが言った。ずかずかと家に入った舜徹は、

「何してる。入れ」

還国の手を引っ張る。

「珍しい客が来たんだから、下りてきたらどうだ」

夏用のパジチョゴリ〈パジは民族服のズボン〉を着たヨンチルは、

「誰だ？」

と言いながら履物を履く。電灯に照らされた板の間に、食べかけのマクワウリの皿があった。

「見たらわかるだろう。こちらは尹《ユン》ヨンチル、こちらは崔《チェ》還国」

還国は初対面だと思ったけれど、ヨンチルは還国を知っているらしい。うなずきながら笑った。

「さあさあ、部屋に入ろう」

机や本棚のある部屋の中はきれいに片付いていた。家に入ったヨンチルが、台所の方に走る。

「すぐに清酒を一本買ってきて、つまみも用意してくれ。早く！」

「お金持ちのお坊ちゃんばかりで、どうしましょう。私は料理が下手なのに」

「酒の支度をしてくれと言ったんだ。飯を作れと言ってるんじゃないんだから、さっさとしろ」

そう言いつけると、慌てて部屋に戻ってくる。

「うわさはよく聞いています。お会いできてうれしいです」

ヨンチルは改めて還国に挨拶した。

「突然訪ねてきて、ご迷惑ではありませんか」

顔を赤らめながら還国が言った。

「やめろやめろ！　まるで、子供の縁談をまとめに来たみたいだ。若い者同士で、そんな丁重な挨拶などいるもんか。それで、ヨンチル、組合の書記〈事務員〉の仕事は気に入ったか？」

「気に入らなくても仕方ないだろ」

「どうしても気に入らなければ、うちの酒問屋で働けばいい」

「馬鹿なことを。どうして俺がそんな所で」

「組合だろうが酒問屋だろうが、事務をするのに違いはないさ」

「飢え死にしそうになったら行くよ。それで、東京に留学した気分はどうだ」

「青い鳥がいるわけじゃない。行ってみれば、がっかりだ」

「図体に似合わないことを言うな」

「そんならお前はネズミの話をしろ。俺は虎の話だけするから」

ヨンチルはネズミに例えるほど小柄でもなかったけれど、舜徹は還国よりは背が低かった。

「こいつ、こう見えてもけんかは強いんだ。手は小さくても拳が固いんだよ」

舜徹は還国に言った。

「庭でひと勝負してみるか？」

「やめとけ。傷のついた顔で出勤できないだろう」

「見たところ、二人もどこかで取っ組み合ったようだな」

「ちょっと練習したんだ。昔、頭に穴を開けられたことを思い出して、三、四日寝込ませてやろうと思ってな。でもやめておいた。手術を受けたばかりのお母さんが押しかけてきたら困る」

還国が苦笑する。

「そんな配慮もできるとは、金持ちの息子のわりには優しくなったようだ」

「言うことがきつくなったな」

「前はそうじゃなかったっけ？」

「弁当持って三年勤めれば口のきき方も覚え、けんかもしなくなると言うが」

「ふう、そうだろう」

「そうしていて、子供が三、四人できれば腰が曲がって死ぬんだ」

「死なない人はいないさ。年寄りも死ねば、赤ん坊も死ぬ。それより」

ヨンチルは還国の方に向き直る。

「鄭錫《チョンソク》という人をご存じでしょう？」

と聞く。

「知っています」

「おい、敬語をやめたらどうだ。酒がまずくなる」

「丁重にしていれば頬を殴られることはないという言葉があるじゃないか」

「人生勉強の入門は果たしたようだな」

「尹さんは、どうして鄭先生をご存じなんですか」

還国が聞く。

「いよいよひどくなる。両班同士、勝手にしろ」

なぜ知っているのかという説明はせずに、

「お母さんが孫を引き取って、ひどく苦労しているようですが……」

さりげなく言う。

「鄭先生の妹さんが一緒に住んでいると聞きましたけど」

還国も延鶴《ヨンハク》から話を聞いて、錫の状況について大体のことは知っていた。

「見たところ、立派な人のようです。崔さんのお父さんが苦労なさっていることも知っていますが」

「東京から逃げてきたのに、ここにも社会主義者がいるな」

「馬鹿な。俺は独立主義者だ。独立主義者でない人などどれほどもいないだろう。その数少ないうちの一人が李《ィ》舜徹かもしれん」

「つまらないことを言うんじゃない。将来、判事か検事になったら、真っ先にお前を捕まえよう」

「東京でカフェに通ってるくせに、そんなことができるのか」

「誰から聞いた？」

「うわさは伝わるものだ。酒問屋の息子がよそで酒を買ってたら破産するぞ」

「よく言うよ。そんなことを言われても、俺が独立主義者になるものか。ふん、闘士にはならんぞ」

「誰が闘士になれと言った。酒問屋を守れと言ってるんだ」

「腕が鳴るな。どうしよう」

「竹林に入って竹でも折るか？」

小柄で、強そうには見えないけれど、ヨンチルは口が達者だった。舜徹は気分を害したようでもない。

「酒はどうしてこんなに遅いんだ。亀に乗って酒を買いに行ってるのか」

「お前んちの酒の配達が遅れてるんだろ」

そう言っているところに、酒が運ばれてきた。卵焼きに青トウガラシのしょうゆ漬け、裂いた干ダラに酢を混ぜたトウガラシみそが添えてある。見るからにおいしそうだ。

「お前は実家に行ってなさい。こいつらの酒の世話をしてたら朝までかかるから」

妻はうなずいて出てゆく。

「疑妻症《ウィチョチュン》*も、そういうふうにすれば無難だな」

「嫁ももらってないのに、大人みたいな口のきき方をするなよ。さあ、どうぞ」

杯を還国に差し出す。

「世渡りがうまくなった。相手によって態度を変えて。ずいぶんそれらしい態度を取るんだな」

「祖父は七歳で酒を覚え、九歳で嫁をもらったという。俺たちはもう中年だ」

「還国、よく聞け。俺たちは中年だそうだ。お母さんの所に行って聞いてみろ」

ヨンチルは、つまらない冗談で還国の緊張を解こうとしたのかもしれない。

「崔さんは印鑑と同じぐらい信用できるけど、舜徹、お前は童貞じゃないだろ」

「何を言う」

舜徹の顔が赤くなる。

「ほら見ろ。お前も顔を赤らめることがあるんだな。崔さんまでつられて赤くなったところを見ると。ははははっはっはっ……」

「お前、頭でもおかしくなったか」

「白状しろよ」

「尹さんも意地悪だな」

赤くなった還国は笑ってはいたが、むしろ泣き顔に近い。

「童貞じゃないさ。悪いか！」

杯をお膳にたたきつけながら舜徹が叫んだ。

「崔さん、聞いたでしょう？　こいつが童貞を守れるはずがない。こいつ、東京に行く前から童貞じゃなかったんでしょうよ」

「それは違う。それだけは、絶対に違う。人の結婚を邪魔するのか。しつこくすると殺すぞ」

「結婚？」

「頑張って明日にでも結婚しなきゃ。ちくしょう」

「楊校理家の娘のせいで怒ってるのか。ぐずぐずして貧乏人に奪われたんだから、頑張るだけのことはあるさ。夜も眠れないほど会いたいと思っていた頃はよかったな」

「そんなこと口にも出すな！」

「自覚はあるらしい。もっとも、晋州《チンジュ》でそのことを知らない人もいないが。ともかくあの家は大きな賭けをしたんだ」

「仕方ないだろ。娘に欠陥があるんだから」

川原で言ったのとは違うことを言う。

「手はともかく、ソリムはいい子じゃないか。母親や、叔母って女は傲慢で吐き気がするけれど」

「お前のうちは、あの家の小作人だったんだな」

「おや、どうしてそんなことを言う。身分の話なんか、舜徹、お前だって聞きたくないだろうに」

気まずくなって酒を何杯もあおった還国が、

「舜徹は今、社会主義者になりかけているところだから、耳に入らないんですよ」

と助け船を出す。

すべてが戯れに過ぎなかった。舜徹と一緒に夜道を歩く還国の気持ちはざらざらとしていた。うわべのことばかり話していたから疲れてもいた。舜徹も、もやもやした胸のつかえを発散できなかったせいか、憂鬱そうだ。家柄、両班、童貞かどうか、そんなことなどどうでもいいと思っているように見える。

「あの子は黙って嫁に行くんだ。ふむ」

酒の匂いを漂わせながら舜徹はまたしゃべりだした。

「人を動員して、あの野郎をたたきのめしてやろうか」

還国は道端にしゃがみこんだ。頭ははっきりしているのに、吐き気がする。

「おい、吐きたいなら吐け！」

丸めた背中を、舜徹がとんとんたたく。吐こうとしたが吐けない。

「大丈夫だ」

立ち上がる。

「船酔いみたいなものだ」

「こんなにつらいのに、人はどうして酒を飲むんだろう」

「毒をもって毒を制す。つらいからつらさで相殺するのさ。還国」

「話しかけないでくれ」

「俺は自分でも自分の気持ちがわからない。ソリムが嫁に行くというから……腹が立つ。あんな手ぐらい、包帯を巻いておけばそれで済むのに」

「東京に行ったら忘れられるさ」

「いいや。初恋は忘れられないものだそうだ」

還国は再びしゃがみ込む。今度は本当に吐き始めた。吐きながら、還国はそれが酒のせいだけではないことに気づく。ソリムの手が目の前に大きく浮かんだのだ。のそりのそりと近づいてくるような気がした。どうしてあの手を忘れることができないのだろう。還国はハンカチを出して口の周りを拭う。何か言いながら先に立って歩いていた舜徹が振り返る。

「還国、俺、昼間お前の所に行ったのは、社会主義なんかについて聞きたかったからじゃない。ソリムの話がしたかったんだ。お前もソリムのことが好きだっただろう？　知ってるぞ！　二人で許の奴に会いに行こうか？　行って殴ってやろう。悪い奴。卑劣で汚い奴。男芸者みたいな奴」

「もうよせ」

還国は唐突に叫び、再び吐き始める。

舜徹と別れてやっとのことで家の前に着いた時、延鶴が門の前に立っていた。

「酒を飲んだな。お母さんが知ったら心配するぞ」

「おじさんはどうしてここにいるんですか」

「お客さんが来たから外の様子を見に来たんだ」

「お客さん？」

「女の人だ」

「どうして外を見張ってるの」

「それは、まあ。黙ってうちに入りなさい」

「おじさん」

「何だ」

「お酒を飲むって悪いこと？」

「人によるな」

「学生はいけないということですか」

「勉強に差し支えがなければ構わないだろう」

「それならお母さんも小言を言わないでしょうね。息が詰まって、苦しくて耐えられないんです。僕も何かたたき壊したい。どうしてでしょう？　おじさんたちが希望を持てないのなら、僕たちにも希望がないんじゃありませんか」

「さあ、うちに入ろう」

還国の腕をつかんで舎廊に連れてゆく。還国は沓脱石《くつぬぎ》の上で倒れてしまった。

「允国」

允国が部屋の戸を開けて外を見る。

「お兄さんの腕を持ってくれ」

允国が両腕を持ち、延鶴は両脚を持って部屋に運ぶ。

延鶴が出ていくと、

「お兄さん、お客さんが来てるよ」

允国は、酔い潰れた兄には興味がないみたいに、声をひそめてささやいた。

「女の人。すごい美人だ」

「ソウルのおばさん〈明姫《ミョンヒ》〉か?」

「若そうだった。結婚していないと思う」

「み、水を持ってきてくれ。酒を飲んだのが家の人に知られたら困る」

允国が水を持ってきた。

「はい」

還国は水を飲んだ。

「朴先生は来たのか?」

「うん」

「何て言ってた?」

「もう大丈夫なんだから、特に何も言わないよ」

「お客さんはお母さんの部屋か?」

「話をしてるみたい」

「お母さんの知り合いかな」

「違うようだよ」

「まるで船に乗ってるみたいだ。天井が上がったり下がったりする」

「いい気分なの？」

「今はちょっと良くなった。さっきは死にそうだった」

「お兄さんも、ちょっと酒を飲むようにしなよ。けんかもして。僕は舜徹兄さんみたいな人が好きだな」

「すまんな。お前、大きくなったらあんなふうになれ」

「もちろんだ。僕は堅物になんかならない」

還国は目をつぶったまままため息をつく。

十二章　誤算

処暑。土用が過ぎ、蒸し風呂みたいな暑さも峠を越えたようだ。趙容夏《チョヨンハ》夫妻が暮らす別館は庭に樹木が多く、朝夕はいっそう涼しい。真夏にはカラムシのパジチョゴリを着ていた趙容夏は、寝室から出る時にガウンを着るようになった。

朝からセミが鳴いている。家の中は誰もいないかのように静かだ。居間で向かい合って座り、朝のコーヒーを飲んでいる夫婦に会話はない。毎朝の光景だ。コーヒーを飲んでから、趙容夏はテーブルの上の新聞を持った。そして明姫《ミョンヒ》との間を屏風で遮るみたいに新聞で顔を隠してしまう。明姫の目には、新聞を持った青白い手だけが見える。静脈の浮いた手、冷酷な気質を表した手の表情。どうして手にまで人の性格が現れるのだろうと、明姫は毎朝同じ疑問を抱き、だるそうにカップを口に持ってゆく。明姫も、うわさを知らないわけがない。耳を塞ぎたくても、姜善恵《カンソネ》がうわさ話を詳しく伝えにやってくる。

「姉さん、私だって知ってることなのに、どうしてそんな話をするの。そんなこと言うのなら、もう来ないで」

「わかったよ。でも、人妻がそれでいいの？　こんなことを言っちゃいけないけど、洪成淑《ホンソンスク》が独身だったら、まだいいよ。これは言語道断だ。明姫、あんたのためだけに言ってるんじゃないの」

「私のためにはならないわよ。傷つけようとすることだから」

「何だって」

「そうじゃない？　でも傷つくほど人間的ではないから、それが問題なの」

「明姫！」

「姉さんのことでも話してよ」

「そうね」

「それが順序だもの」

善恵は面目なさそうに笑う。しかし、それもすぐ終わった。

「それで、決めたの？」

「ほとんど。考えてもごらん。あたしがいくつだと思うの」

「四十近いでしょ」

「本当に、時の過ぎるのは早い。あんたと東京で過ごしたのが昨日のことのようなのに。今から伝道師になることもできないし、女が独り身でいれば、お化け扱いされるんだから。結婚することに決めた」

「それはよかった」

「よかったって？」

「今度はまた、何よ」

「あんた、結婚したのを後悔してるんじゃなかったの？」

「姉さんのことじゃない。他人の家庭を見て結婚するつもり？」

「うん、そうだね。あたしの人生はあたしのものだし。それにあたしの相手は貴族でも金持ちでもない」

「姉さんにはもったいない人よ」

「この子ったら。あたしを馬鹿にする気？」

「相手が立派だもの」

「立派？　貧しい芸術家が？」

そうは言ったものの、善恵は満足そうに目尻にしわを寄せて笑う。まだ若い。結婚生活を忍耐しながら生きている、ほかの朝鮮女性に比べれば。善恵の年齢なら息子に嫁を迎える人も少なくないのだ。化粧は昔ほど濃くないけれど、花模様の青いワンピース姿は、まだむっちりしている。

「まあ、経済的なことは、あたしには問題にならないけど」

「何が問題なの」

「条件があるから」

「相手に連れ子がいること？」

「そんなことを今更、問題にすると思う？　子育てと家事に専念する覚悟がなければ結婚は考えるなって、そんな大口をたたくのよ。もしあたしがそう覚悟してるとしても、そんなにきっぱり言ってほしくはないの。男の利己心が憎い。プライドも傷つくし、あたしは保母やお手伝いとして就職するんじゃないのに」

「権《クオン》先生だけじゃないわ。男はみんな」

「そんなことを言わない人もいるよ。最も進歩的な思想を持っているのに、家では保守的だっていうのは二重人格じゃない？」

「権先生にそう言えばよかったのに」

それには答えずしばらく黙っていた善恵が言う。

「このチャンスを逃したら、あたしはもう結婚できないと思う」

「自覚はあるのね」

「見ようによっては、男らしくもあるし。ずいぶん悩んだけど、あんた、知ってるでしょ。資金のこと」

「何回も聞かされたわよ」

しかし善恵は繰り返す。

「ほかの男ならまず資金を受け取ってからどうのこうのと言っただろうけど、あの人は、寄付なら受け取るが『青い鳥』には口を出すなと、面と向かって言い放ったんだから。証人まで同席させて。その時のことを考えると、今でも腹が立って歯ぎしりしたくなる。いいわ。あたしは女だけど、度量の大きさをみみっちい男に見せつけてやろうと思って意地になったの。それが縁になって、ははは......ははは」

「......」

「姉さんったら」

「権五松《オソン》は、その時あたしのことを見直したのよ。あたしにしてやられたってこと。誰かが言ったんだって。あんな女を家に入れたら、家がめちゃめちゃになるぞって。そしたら五松は、その点では同感だ。しかし、めちゃめちゃになるほどの財産もない。子供たちの面倒をちゃんと見てくれたらそれで十分だ。姜善恵は裏表がないから、子供たちにはよくしてくれるだろう。そう答えたそうよ。ふん、あたしを子守りだと思ったのね」

「何事につけ、考えをはっきり言ってくれるというのは、いいことじゃないの？」

「でも、考えははっきりしていても、表現は婉曲にしてくれなきゃ」

「その言葉は、姉さんにお返しするわ」

「ははは……ははは……。あたしもちょっと、そういうところがあるね」

「ちょっとどころじゃないわよ。他人のことにつまらない口を挟むし」

「そう言いなさんな。自分の性格はよく知ってるから。笑顔で刃物を突き立てるようなまねはできない。そんな人間はいっぱいいるよ。目の前ではおべっかを使い、背後ではつばを吐く。一対一の時は仲のいい友達みたいにしていたのに、第三者が一人でもいれば、突然偉そうに人を無視しようとするような人間は、あたしは信じない。むしろ一対一の時にきつい言葉で忠告してくれる人が、ほかの人が同席した時に優しく擁護してくれた。女もそうだけど、男どもは、はい、姜さん、おっしゃるとおりですと下手に出ていたのに、誰かが同席したら、姜善恵という女はどうのこうのと、まるであたしが誘惑でもしたみたいな口をきくんだから。腹が立つというより、哀れになったたな。そんなことを考えれば、結婚はしないといけない」

「……」

「それに、誰かが言ったそうよ。金持ちの養子になるのかと。権五松は、養子に来いとも言われなかったし、自分が嫁にもらうと決めたのだ。しかし、妻の実家が資金を援助してくれるなら遠慮はしないと応酬したんだって。それに、あたしに何て言ったと思う？　あきれたわよ。ほかの男と結婚させようと思ったけど失敗したから自分が引き受けることにしたと言って、からかうんだから。席を蹴って出ていこうかと思った。明姫、正直なところ、あたし権五松に逆らえない。男に対してあんなふうに屈したのは初めてだ。お世辞を言われるより信頼できるからかもしれない」

「黙ってお嫁に行きなさい。うまくいくわよ。姉さんの言うように、貴族でも金持ちでもないから」

「そう、あたしも運命のような気がする。子供がいるのもいやじゃないし。もう子供なんか産めないのに子供が持てると思うからだろうね。家ですることがなければ子供たちを可愛がって一緒に遊ぶしかないでしょ。あのずる賢いハツカネズミみたいな男は、それを狙ったんだと思う。そう思うとむかむかするけどね。ちくしょう！　それはそうと、あたしが今、こんな状況じゃなければなあ。女はどうしようもないね、男のものになってしまうと。そうでなければ、あたし黙ってないよ。洪成淑を、国中に知れるようにずたずたにしてやる。もっとも、あたしが何もしなくても問題は起こりそうね。洪成淑はもちろん悪く言われるけど、あんたの亭主より、洪成淑の夫の方がもっと悪く言われてるみたい。頼りないとか間抜けだとか、知っているのに知らないふりをしてるんだろうとか。ああ、明姫」

「……」

「あんた、何とも思わないの。あんたは堂々と立ち向かえる立場じゃないか。どうして馬鹿みたいに黙ってるのよ。あんたを見てると、影が座っているみたいだ。洪成淑なんか相手にするまでもないと思ってるの？　自信があるから？」

「希望もないのに、自信なんかあるもんですか」

明姫は寂しそうに笑う。

（洪成淑なんか）

善恵が言ったことを思う。

（洪成淑なんか）

洪成淑の存在は気分のいいものではなかったけれど、明姫はライバルに対する嫌悪感など持ち合わせてはいない。成淑が容夏の愛を信じているならば、それは誤解だろうとは思っていた。もし今の夫が容夏ではなくその弟の燦夏《チャンハ》だったなら、相手がどんな女であれ、それは間違いなく愛だろう。ふとそんなことを思った明姫は、心の中で、主よ、と呼びながら恥じ、罪の意識にとらわれるのだった。明姫は燦夏に対して異性としての関心を持ったことはなかったが、彼が誠実な人間であり、年齢を重ねても二十代の頃と変わらず純真な男であることは認めていた。そして事実、明姫が夫から受ける苦痛は洪成淑のことより、燦夏に関係するものがずっと大きかった。燦夏は長い独身生活を清算して日本の女と結婚した。朝鮮に帰ってソウルに滞在する間に、何かの行事があると妻同伴で本家を訪れたが、容夏はそんな機会を最も喜んでいた。

「則子《のりこ》さんはこちらに座って下さい」

うれしそうな声で燦夏の妻則子を自分の横に座らせ、燦夏と明姫を並んで座らせた。

(さあ、どうです。あなたと私は同じ被害者かもしれませんね)

則子に、暗にそう言っているようだ。明姫と燦夏を見る目は、羊を狙うオオカミのように残忍に光った。

ひょっとすると容夏は、明姫と燦夏が過ちを犯すのを望んでいたのかもしれない。燦夏が非難のこもった目で兄の目を見返していることに、明姫は気づいていた。

「明姫さん、兄が気難しくて大変でしょう?」

明姫の代わりに容夏が、

「大変なのは暇を潰すことだよ。だからこの人は一年中頭の中で旅行し、さまよっているんだ。想像に没頭しているうちに妊娠するんじゃないか?」

冷たく言い放った。事情を知らない則子は、子供ができないからそんなことを言うのだろうと思った。

それでも燦夏は、その言葉がひどい悪意に満ちていることを知っている。もちろん明姫も。

(お前たちは精神的姦淫を犯しているのだ!)

兄の意図、夫の言葉の意味がそうであることを、二人は知っていた。しかし明姫は、その言葉が夫の本心ではないことを知っている。容夏は決して、明姫が精神的姦淫をしているとは思っていなかったから。

「あまり心配しないで下さい。僕たちが一人か二人、よけいに子供をつくればいいじゃないですか」

明姫に言ったことなのに、今度も容夏が答えた。

「ほう、うちの妻が眠れなくなりそうだな」

「お義姉さんを喜ばせるために、則子、ちょっと頑張ってくれよ」

燦夏は一枚上手を行くように言った。

「まあ、あなたったら。そんなの思いどおりにいくもんですか」

「責任は重いぞ。趙家の跡継ぎを産まないといけないんだから」

則子は顔を赤らめた。

この春、燦夏は妻と共に日本に戻っていった。朝鮮で暮らすつもりで帰ってきていたらしいが、思い直してまた日本に行ったのだ。燦夏の心情は、誰にもわからない。明姫を忘れ、則子を愛するようになったのか。それは誰にもわからない。ただ彼は日本に戻る時に兄に言った。

「僕は結局、また国籍のない人間になりますね」

「どういうことだ」

「その意味がわからないとでも言うのですか。お兄さんに子供がいないのは幸いです」

「なんてことを言う」

「もし子供がいたら変な子に育つでしょうね。問題児になるだろうということです。人間的に、お義姉さんに同情します。それに、僕は則子を愛しているのだから、罪のない人を苦しめないで下さい。苦痛を受ける人より与える人が不幸なんですよ」

「そうかな」

そう言いながら、容夏は顔をゆがめた。生まれて初めて弟に敗北したと感じ、圧倒されていた。洪成淑との密会も、ひょっとすると燦夏に対する憎悪と敗北感への反動だったのかもしれない。人妻と妻のある男の情事は、ひどく大胆になっていた。

「旦那様」

ドアの外で下男の呼ぶ声がした。

「何だ」

新聞で顔を覆ったまま、いらいらした口調で容夏が答えた。

「あの、お客様です」

「客？」

「ええ」

「朝早くから人のうちに来るなんて、非常識な」

「女学生です」

「女学生だと？」

「はい」

「女学生なら、客ではない。女学生など訪ねてくるはずはない。苦学生なら、尹君《ユン》に言って、金でもやって帰らせなさい」

「そうではなくて、あのう、お使いに来たと言うんです」

下男はひどく言いづらそうだった。

「誰の使いだって？」

「あの、ちょっと申し上げにくいんですが」

容夏はしばらく沈黙した後、

「入るように言いなさい」

新聞をテーブルに置いて舌打ちをする。出ていった下男が戻ってくる。

「あのう」

「何だ！」

下男を殴りでもするかのように、容夏が立ち上がった。

「はい、あの、家には入らないと」

「何だと」

「別館のま、前に来ているんですが、入るのはいやだと言い張って聞かないんです」

「それなら帰れと言え」

「だ、旦那様にとって重大なことで」

それまで何も言わなかった明姫が言った。

「行ってみた方がよさそうですよ。それとも、私が席をはずしましょうか？」

「そんな心配はいらん」

容夏が別館を出ると、高く伸びた桐の木の下に、楊《ヤン》ソリムが立っていた。ソリムはガウン姿で歩いてきた容夏を見て、うつむいてしまった。それが習慣になっているから、片方の手を隠すようにした。鼻筋には大粒の汗がにじんでいる。

「私に会いたいなんて、君は誰だね」

「洪成淑さんのお使いで来ました」

誰だという問いには答えず、ソリムは怒りを含んだ声で言った。容夏も想像はしていたのか、驚いている様子はない。

「うむ。それで？」

「今すぐ、洗剣亭《セゴムジョン》*にお越し下さいとのことでした」

「今すぐ？」

「急用だそうです」

「わかった。君は誰だ」

再び聞く。

「姪です」

視線を避けて不快感を顔に出したが、一度ぺこりとお辞儀をして帰ってゆく。

（姪？　姪って……うむ、晋州《チンジュ》にいるというお姉さんの娘だな。成淑よりずっときれいだ）

容夏は歯に物でも挟まったかのように息をすうすうさせ、庭園を一回りしてから別館に戻る。明姫はランに水をやっていた。ソファに腰かけた容夏は、妻をじろりと見る。

「女学生が誰なのか気にならないのか」

「誰なんですか」

「洪成淑の姪だそうだ」

「……」

「叔母さんよりもずっと美人だ。とてもみずみずしい」

「その子、会ったことがあります」

明姫はこれから容夏が展開する作戦が短くなることを願うように言った。

「それならお前も同感だろう」

「きれいでしたね」

「ふん」

たばこに火をつける。

「どんな用事で来たのか、なぜ聞かない？」

「聞かなくてもおっしゃるんでしょ？」

「離婚したいのか」

「……」

「任《イム》明姫が、何のためにこんな侮辱を受けてまで趙容夏夫人の座を守ろうとするのか、僕にはわからんな」

「私は妻の座を守ると言ったことはありませんよ」

「そうだったかな」

「好きなようになさいませ」

「無抵抗主義か」

「それは私自身の責任です」

ランに水をやり終え、窓辺にたたずんだまま答える。

「どういう意味だ」

「生まれつきの性格ですから」

「それは別の意味がありそうだな」

明姫が振り向く。そうだと言いたかった。ええ、そうです。好きな人がいました。だが燦夏さんではありません。そう答えたかった。

「そんな女が新学問を学んだというのは、それこそナンセンスだ」

明姫は沈黙によって、それを認めた。容夏は成淑の所に行くために焦っているというよりは、明姫との会話を切り上げたいと思っているように見えた。服を着替えて家を出た。成淑と二度密会したことのある洗剣亭の別荘に行った容夏は、自家用車を待たせておいて中に入る。別荘の管理人は、顔を合わせるのが気まずいのか、

「お客様がお待ちです」

目を伏せて言った。

（お前、俺を馬鹿にしているな）

冷笑を浴びせて通り過ぎる。部屋に入ると、洪成淑が緊張した面持ちで見上げた。

「約束の日まで五日もあるのに、何なんだ」

何かあるらしいと思いながらも、容夏は眉をしかめて言った。

「ううっ」

成淑はいきなり泣きだす。

「うううっうっ……。あたしがどれほど必死になって、絶対いやだというソリムに、手を合わせて、うううっうっ……ううっ……うっ、家に行ってもらったと思ってるの。ひ、一人では耐えられなかったのよ」

「……」

「何があったのか、わかる？　もう、は、破滅よ」

容夏はたばこに火をつけ、マッチ箱を床に投げる。

「どうして何も言わないの」

「さあ」

「さあ、ですって？」

「私たちも、もう終わりのようだな」

「何を言ってるのよ」

大声を上げる。

「今、破滅だと言ったじゃないか」

たばこの煙を吐き出す。成淑は唇をかんで涙を流す。

「あたしは自殺したいぐらいなのに、どうしてそんなに平然としてるの」

「じゃあ、一緒に死ぬか？」

初めて優しい声で言い、女の顔に流れる涙を拭ってやる。

「そんな冗談を言ってる場合じゃないわ」

「旦那さんに叱られたんだな。殴られたのか」

「侮辱しないで。そんなこと、あるわけないでしょ。殴られるだなんて」

怒って見せながらも、成淑は親しげに容夏にもたれかかる。

「そういえば、旦那さんは紳士だそうだね。古今東西を問わず、愛とはつらいものじゃないか。泣いていないで、話してごらん」

しかしその言葉は空虚に響いた。冷たい目は、女の後方に垂れているすだれ越しに外の風景を見ている。

「いっそあの人とのことなら解決は簡単だわ。実は、し、新聞に出るみたいなの。あたしたちのことが」

「新聞に？」

「声楽家の誰がどうのって。あたしたちの関係が国中に……。どうすればいいの。あたし、どうなるの。ううううっ」

その瞬間、容夏の顔色が変わる。

「どうなるって？　もっと有名になるさ」

女を押しのけ、たばこを吸う。成淑は男の顔色をうかがう。

「余裕しゃくしゃくね」

「余裕を失う理由はない」

「もみ消す自信があるの？」

成淑の目に生気が宿る。

「それは当事者がやることだろう」

冷たく言い放ち、たばこを消す。成淑は驚いた。

「あたしは覚悟ができてます。離婚する覚悟が」

（こいつ、何を言い出すんだ）

容夏は女の接近を防ぐかのように、新しいたばこに火をつける。

「離婚は一人でできるものじゃないだろう」

成淑は容夏の心中を計りかねた。

「そんな冷たい言い方をしないで。ご存じのとおり、あの人は紳士です。芸術家の立場に理解もあります。これまで、女が家の外で活動すれば誤解されることも多いだろうし、うわさもされるだろうと言って、むしろ私を慰めてくれていたのよ」

「それはよかった。そんな時、洪成淑さんはどんな顔をしていたのかな」

　くっくっと笑う。成淑の顔が赤くなる。

「お願い、そんな言い方はやめて、真剣に聞いて下さい。昨夜はちっとも眠れなかった。夜が明けるのがどんなに待ち遠しかったことか。どうにもならなくなったから姪をお使いにやったけど、叔母としての威厳なんか台無しになってしまったわ。とにかく一晩中考えて出した結論が、離婚すればいいということなの。さっき離婚は一人でできないとおっしゃったけど、彼は応じると思う。法律に訴えるようなことは、絶対にしないはずです」

「それなら、うむ、どうなるのかな。破滅から救ってくれるのが離婚だってことか」

「自由の身になるのよ」

「自由？」

「それも、なるべく早く」

「どうやら俺はかなり古い男らしいな。女の破滅は離婚することだと思っていたんだから。離婚することで破滅を逃れるって？　本気でそう思っているのかい？　洪成淑さん」

　洪成淑さん。その呼び方には、ほこりを払うような嫌悪がこもっていた。成淑はひるんだ。しかし自分に不利なようには考えまいとする。湧き起こる不安を抑えながら。

「外国では離婚して再婚するケースがいくらでもあるじゃないの。あたしたちは平凡な人間じゃないんだから、有名人として、古い因習にとらわれて生きてはいけないし、愛情のない夫婦生活は罪悪だわ」

容夏はさっきと同じように、くっくっと笑う。

「破滅しないために離婚するのも、自由の身になるのもいい。再婚するのも悪くはないさ」

「もし新聞にでかでかと書かれたとしても、時間が経てば……。それまではつらいと思う。でも二度と舞台に立てなくなるわけじゃないでしょう？　あなたが応援してくれて、温かい理解と愛を示してくれれば、あたしはいつでも再起できる」

（こいつは完全に馬鹿だな。自分が決心しさえすれば思いどおりになると思っているのか。声楽家であることを如意棒のように思っているらしいが、ちょっと痛い目に遭えばいいんだ）

「そうでしょ？　そうじゃない？」

「はははは、ははははっ、それは難しいことではないね。でもそうなったら、また離婚することになるんじゃないか」

「冗談を言っている場合じゃありません。あたしは腹が立ってたまらないのに」

飛びつこうとするのを、容夏は片手で防いだ。

「冗談だと思っているのか」

突然、恐ろしい顔になる。

「洪成淑さん」

「何ですか」

そう答えながらも、成淑は顔色を変えた。

「もしこの私が再婚の相手だと思っているなら、それは大きな間違いだ」

「え？」

「今更、何を驚いている。私は結婚の約束などした覚えはない」

「な、何を言うの」

「私は君の先輩である妻と別れようと思ったこともないし、離婚などしない」

「それなら」

「……」

「この事態を、どう収拾するの」

唇が真っ白になる。

「収拾する方法は一つだけだ」

「な、何なの」

「否定するんだ。何もかも、事実ではないと否定するんだな」

「ひ、否定」

息が切れて言葉を詰まらせた。

「否定しろって？」

「そうだ。うわさだけでは話にならない」

「そ、そんな。あたしが否定しないと言ったら、どうするの」

「君は賢い女だから、否定するはずだ。私との問題だけは大きな誤算だったようだが」

「そうなの？　誤算だったの？　誤算していたのは私だけかしら？　趙容夏さんが困らないように、言われたとおり否定するような女だと思ってた？　それこそ誤算だわ」

洪成淑は唇を震わせながら逆襲に出た。その顔は見るに忍びなかった。

「そんな女ではないと見当はついていたけれど、歯向かうにしても勝算がなければいけないいんじゃないのか。得るものより失うものが多いだろう」

「失うのは私だけ？　お互い様じゃない？」

「私は舞台に立つ歌手ではない。君は男女平等を標榜《ひょうぼう》しているらしいが、男が浮気するぐらいは大したことはない。私には大金を出して糟糠《そうこう》の妻を離縁し、中人《チュンイン》*階級の家の娘と再婚した前歴があるから、今度も、甘い夢を見たんだろうというぐらいにしか思われないさ。あるいは、色仕掛けというのがあるそうだな。男を脅迫していつまでも金を要求し続ける女もいると聞いたことがあるが、私には名誉と財産があるからな。はははっはっ、ははは っ……。他人の目を気にするぐらいなら、そもそも糟糠の妻を追い出したりはしない。はははっ……」

「この悪魔！」

「君は悪魔を相手にする妖女にすらなれないのだから、不幸なことだ。はははっ……」

「あ、あたしは破滅を覚悟するわ。そして趙容夏を潰してやる」

「好きなようにしなさい。一つ付け加えておくと、愛のための殉教者ではなくてよかったと思いなさい。

洪成淑さんは、つまり幸福でも不幸でもないということだ。最後に後援する意味で、寄付という名目でなら満足できる金額を出そう。昔の両班は略奪しただけだが、現代の貴族は気前がいいんでね」

趙容夏は立ち上がった。

「このまま帰らせないわ」

成淑はさっと立ち上がり、両腕を広げる。

「誰に向かってそんな口をきくんだ」

押しのけて部屋を出た。洪成淑の泣き声が聞こえる。容夏はつばを吐き、ゆっくり歩きだす。彼は最後まで大きな声を出さなかった。しかし、全く冷静だったのでもない。気分がいいはずはなかった。奇妙な寂しさが襲う。松林に覆われた山の上の雲一つない青空が、はるか遠い女の心のように感じられる。洪成淑があれほど簡単に本心を見せず、雨にぬれた葦のように泣いたとしても、容夏は間違いなくいら立っただろうし、別れようと思ったはずだ。

(ともかくあいつは幸福だ。あいつはいつもゆったりと潤っているように見える。どうして私はこんなに乾ききっているのだろう)

弟の燦夏のことを思い、容夏は苦々しい気分になる。自分は長男として常に優先されたし、優位に立っていなければならなかった。しかし、譲歩し、負けていた燦夏の方が、実は勝者だったような気がする。日常は満たされることがなかった。容夏は満たされない何かを、冷たい理性で耐えてきたのかもしれない。

「会社に行ってくれ」

車に乗り込み、憂鬱そうに言いつけた。

会社に着いた容夏は、机の上の封筒を持ち上げる。趙容夏という名前と同じぐらい黒々とした筆字で、任明彬《ミョンビン》という名が書かれていた。

「尹君」

「はい、社長」

面長の男が顔を出した。

「これはいつ来た？」

封筒を指差す。

「ちょっと前まで、任校長がお待ちでしたが、手紙を残して帰られました」

「そうか」

尹が出ていってから、中身を取り出す。辞職願だった。一身上の都合で辞任するという。

「何を言い出すんだ」

舌打ちをして紙を丸め、ゴミ箱に投げる。いすを回転させて窓に向かって座り、たばこに火をつける。

（任明彬氏は、自由……明姫の自由のために、こんなことをしたのだろうか）

十三章　手紙

「あら、明姫《ミョンヒ》さん、どうしたの？」

兄嫁がうれしそうな顔をする。

「お兄様、いますか？」

「ええ」

兄嫁である白氏《ペク》は、心配そうな表情を浮かべる。

「舎廊にいるの？」

「ええ。でも、気分が良くないみたい」

「行ってみます」

白氏は中庭に突っ立っている。明姫は舎廊に向かう。二人は同時に、

（お義姉様もずいぶん老けたわ）

（あんなにきれいだった顔が、憂いに沈んで）

と心の中でつぶやいていた。

「来ると思っていた」

入ってきた明姫を見上げて、明彬《ミョンビン》が言った。明姫は座った。

「どうして私にひとこと相談してくれなかったの」

「そのことについては、何も言いたくない」

手ぶりで拒絶を示す。

「でも、理由を知らなければ」

「改めて言うこともない」

「学校で何かあったんですか」

「何もないさ。もともと無能だったから、何も起こるはずがないよ」

明彬はそう言って笑う。明姫はしばらく沈黙してから、また聞く。

「私のためじゃないの」

「理由は一つや二つじゃない」

苦い顔をしたが、慌てて明姫から目をそらす。

「簡単に言うと、俺に能力がないから……雇われ校長が、自分の信念を貫くことはできないさ。もっとも、無能だからこそ、長い間居座れたのだが」

「信念を貫けないわけではなかったでしょうに。自分を責めることはなかったのよ」

「……」

「何も言わずに、元のとおりにしてちょうだい。あの人もそれを望んでいます」

「あの人？　ほう」

作り笑いをしていた明彬は、何かを探すように床を見回す。

「お義姉さんや子供たちのことを考えたの？」

それ以上説得するつもりもないのに、明姫が聞いた。実は実家に来る前から、言って聞くような兄でないとわかっていたし、今まで長い間よく耐えてきたとも思っていた。夫や、夫の両親から何か言われたからではない。しかし彼らは本当の意味の姻戚ではなかった。心の底から吹いてくる冷たい風。それは身分の違いによる障壁だった。趙《チョ》家の人々の氷のような視線は、無言の侮蔑として明彬の胸を突き刺してきた。

もちろん明彬は衣食に困窮して校長の座を守ってきたのではない。三・一運動によって父が亡くなり、明彬が獄中にいた間は、世間知らずの女ばかり家に残されたために崔西姫《チェソヒ》の助けを借りないわけにはいかなかった。それでも、明彬が出獄して家の財産を整理してみると、衣食や子供たちの学費に困るほどではなかった。

「考えてみたさ。あまり心配することはない。健康でさえいれば」

「私、わかってます」

「何が」

「今まで辞めなかったのも私のためだったし、今度辞表を出したのも私のためだということを」

明姫は淡い桃色の薄絹のチョゴリの袖からハンカチを出して涙を拭う。明彬はつられて泣きそうになった。

「あの時は、やることがなかったから……今は、辞めても食べていけそうだ。もうこれ以上、このことについて話すのはよそう」

「私のためだというなら、そんな必要はなかったのに」

「も、もっとも、牛を失ってから牛小屋を直すようなものだな」

独り言のようにつぶやく目は、ひどく後悔しているようだ。

「すべて俺の過ちだ。男が浮気をするのはよくあることだが、それだけじゃない。あいつの血の凍るような性格に、俺が気づいていないと思うか。向こうから離婚を要求するかどうかはわからんが、今の俺の心情としては、お前を連れ戻したいのだ」

明姫はかすかに笑う。

「お兄様はそう考えると思ったわ。でも、変です」

「何が」

「離婚したいとか、離婚されるとか、そんなこと考えたこともないから」

明彬は目をそらす。明姫が嘘をついているとは思わない。

「もし私が教育を受けていない無知な女だったら、夫が気難しくても、三度のご飯の支度をして、洗濯して暮らしたでしょう……。偉そうな言い方かもしれないけれど、そんな女性たちの諦めに似たようなものではないかと思うの」

明姫は、自分の考えを探そうとするように、つっかえながら話した。

「自分の考えを押し込めて、無理にそう思い込んでるんだ」

明彬は自分の言葉にぎくっとしてすぐに話題を変える。

「ともかく、俺もお前も中途半端で、何てざまだ。父上に合わせる顔がない。すべて、愚かな俺のせいじゃないか」

「どうしてそんなことを言うの。私はもう慣れっこだから、慰めてもらう必要はないのよ。むしろ、私のせいでお兄さんが苦労しているんです。過ちを犯したのは私の方だわ」

眉をひそめる。明姫は少しやつれたし、若さも失いつつあった。それでも年相応の美しさはあった。淡い桃色の薄絹のチョゴリと黒い絹のチマを着た姿は、相変わらず清楚だった。白い手、長い指、薬指にはめた二重の指輪も美しい。日常の均衡は変わりなく維持していた。

（それこそが病因だ）

明彬は目の前の妹の姿を消してしまいたい衝動にかられる。十年近い歳月。明姫が趙男爵家に嫁入りし、自分が彼らの設立した学校の校長に就任して以来、明姫も自分も、剥製《はくせい》の人間になっていたのではないか。身分違いの結婚に起因する、慣習による圧力や葛藤とは次元の違うもの、人間の尊厳を否定しなくては存立しない、極端に言えばそんな息詰まるような歳月を、明彬は改めて痛感する。そういう意味のことをされたり言われたりしたことはない。しかし趙男爵家の人たちは姻戚でありながら、姻戚ではなかった。非人間的な権威意識が、ほかの両班たちよりずっと洗練されているという印象を与えただけだ。明彬は決して自由奔放な人間ではない。特別に自尊心が強いわけでもない。だが卑屈な男ではなかった。卑屈ではない男が卑屈になって生きてきたと、彼は思った。

（もし明姫に子供でもいたら、どうなったのだろう）

しかし明彬は、子供ができたとしても趙容夏《ヨンハ》や趙家の非人間的な権威意識や気質的なものが変化するとは思えなかった。

（無知な女の諦めみたいなものだと？　違う。もし小さな子供を抱いて生活に疲れた顔をしていたなら、あんなしとやかな貴婦人になるよりましだったろう。もっと生き生きと暮らしていたはずだ）

洪成淑《ホンソンスク》と趙容夏に関するスキャンダルは、かなり広範囲に広がっていた。明彬もそのことは知っている。妻は心配していたが、明彬は心配というより、ただ複雑な心情だった。他人は、このうえなく幸福な明姫の家庭を台風が襲おうとしているようにうわさしていた。明姫が敗北するか、台風が何事もなく通り過ぎるか。好奇心にかられて騒ぎたてるうわさに、皆は耳を傾けていた。洪成淑と任明姫を比較することに熱を上げるかと思えば、二人の身分の違いについて語った。そんな時、洪成淑の夫は忘れられていた。どうしてそんなに興味を持つのだろう。有名人だから？　美人だから？　声楽家だから？　だがそんなことより、容夏が朝鮮で数少ない貴族であり大実業家だということの方が重要だった。明姫はシンデレラだったのだ。

だがここ数日のうわさは、風向きに変化があった。明姫の地位は盤石だ、成淑は明姫の足元にも及ばないとか、成淑が声楽家として成長するために容夏に秋波を送ったけれど、いざ捕まえようと思った時に逃げられた、夫婦の間にひびを入れるようなことはしなかったといううわさが出た。どっちにしろ、うわさは表面的なことに過ぎない。明姫が骨身にしみるほどつらい時、彼らは明姫ほど幸せな女はいないと考え、彼らが不幸のどん底に落ちる明姫を想像した時、明姫の心は曇りのない鏡のように澄み渡っていた。これだからたいていの人は孤独にならざるを得ないのかもしれない。

　明姫もそうだったが、明彬の場合も似たようなものだった。妹のおかげで幸運をつかんだ男。中学の校長など、簡単に手に入る地位ではない。それもしっかりした財団が設立した学校だから、幸運でないとは言えない。尊敬される立場なのは当然だが、それだけではなく趙柄模《ビョンモ》男爵と姻戚になったことだけでも、権勢を得たと言える。それなのに彼は、校長になる以前より自分がだんだん小さくなってゆくと思ったのだ。妥協して卑屈に安住していた。家族に愛情を持っているし、自分自身の能力とその限界を知っているから選んだというのは、単なる弁明だったかもしれない。そうでなければ、あれほど恥辱を感じ続けはしなかったはずだ。

　周りの友人や後輩がたいてい亡命したり逃亡したり、獄中にいたりしていた頃、自分だけが教育者という地位に守られ、それも侵略者に庇護されている階層が設立した学校で風雪を避けていたことに恥辱を感じ、疎外されたような寂しさを感じていた。民族意識や反日思想を失ったわけではなかったが行動することもなく、若き日の夢と理想に目を背けてきたことも、早く老け込んでしまったことの原因だった。満州や中国を、ほとんど廃人のようになって放浪しているという李相鉉《イサンヒョン》のうわさを、劣等感なしに聞くことができなかった。相鉉は、こんな無気力の沼にいる俺よりましだ。自虐の痛みは、痛いということ自体が、生きて動いていることの証拠ではないのか。明彬は心の中で何度もそうつぶやいていた。そんな時、相鉉が手紙と原稿を送ってきた。十数日前のことだ。明彬が辞職した直接の動機は、ひょっとすると相鉉の原稿にあったのかもしれない。

明彬は明姫と向かい合いながらも、まだそのことを伝えていない。手紙は二通あった。一通の宛名は任明姫だ。

「何日か考えてみたのだが」

明彬は途切れた話を続けた。

「郊外に瓦工場でも建てたらどうだろう」

「瓦工場？」

「うむ。父兄から聞いたんだが、資本も少なくて済むし、仕事も複雑でないからいいらしい」

「瓦工場が足りないの？　たくさんあるでしょうに。経験のないお兄様が、どうしてそんなことをやろうとするのよ」

「朝鮮の瓦ではなく、西洋式の瓦だ。まだ何も決めたわけじゃない。考えているところだよ」

「さあ。経験豊富な人と一緒なら」

「黄台洙《ファンテス》もいるし、月給がもらえるなら……生活の問題というより、仕事をやらなくてはならないと思う」

「人の下で働くことには反対だわ。お兄様、いくつだと思ってるの」

「まだ五十歳にはだいぶある。校長なんかやってたから、年寄り扱いされてたんだ」

兄妹は、うれしくもないのに笑う。

「うんざりするような歳月が、どうしてこんなに早く感じられるんでしょう。矛盾じゃない？」

「まったくだ」

「徐参奉《ソチャムボン》*家は、最近どうしてらっしゃるかしら」

「義敦《ウィドン》の弟が何とか切り盛りしている。黄台洙も助けてやっているし」

「今でも銀行に勤めてるの？」

「弟か？」

「ええ」

「いや。黄台洙の会社に移った」

「ありがたいことね」

「義敦が何を言ったところで、黄台洙を無視することはできないさ。親戚も知らんふりをしているのに」

「以前は親しかったでしょう？」

「心の中では親しかった。友人とはそういうものじゃないかな。俺はまあ、二人の仲を取り持つのに奔走したけれど、仕方ないな。まるで道化師」

　そう言いかけて、苦笑する。

「何日か考えてみたのだが」

「瓦工場の話？」

「いいや。それが」

「言いにくいことですか？」

「言いづらいな」

「お兄様のこと？」

首を横に振った。

「私のことなら、どうぞ」

「さ、さて、話をしないわけにもいかないし、何日も考えたのだが」

そう話しかけて、明彬は突然うろたえ、立ち上がって板の間に出てゆく。

「ちょっと、飲み物でも持ってきてくれ」

奥に向かって叫ぶように言う。

「長居しそうなら、飲み物でも持ってこなきゃ。どうしてみんな気がきかないんだ」

ぶつぶつ言いながらすだれを上げて部屋に戻る。カラムシのパジチョゴリが寒そうだ。縮れ毛の頭は大きいが、明彬は服と同様、季節遅れの人間みたいにみすぼらしい感じがする。

「ふう」

ため息をつく。

「明姫」

「はい」

「実は、相鉉から手紙が来た」

「え？」

明姫の表情が一瞬にして変わる。

「俺が持っている」

「……」

「お前に渡すべきか……くれと言うなら渡す」

「お兄様宛ての手紙ですか」

「俺にも来た」

「読んだの？」

「いや」

明姫はすだれ越しに、舎廊の中庭を眺める。

「その手紙を見たって、私は何も変わりませんよ。変わるのなら、ずっと前に変わっていたはずです。あの人は、やっぱり」

「……」

「お兄様に来た手紙は、挨拶だったの？」

「挨拶ではなく、頼んできた」

「頼みって？」

ゆっくり振り向いて妹の顔を見る。実際にそうなのかもしれないが、明彬の目に映った妹の顔は、急に老けたようだ。耐えがたい倦怠《けんたい》感が両肩に載っていて、今にも崩れようとしている。もう明姫には、新たに生成される細胞すら一つもないような感じがした。

「原稿を送ってきた。どこか雑誌に発表するよう計らってくれと言って」

「小説を書いたの」

「うむ」

「読んだんですか」

「良かったよ」

「成功したんですね」

明姫は力なく笑った。

「ところで、俺がお前に話さなくてはいけない事情が、あるにはあるんだ」

妹から目をそらしながら言う。

「原稿料が出たら、お前に渡してくれと書いてあった」

「私に？　いったい、どうして？」

「その理由は、おそらくお前宛ての手紙に書いてあるのだろう」

「変ね」

そこまでは、しごく平静だった。しかし明姫は突然泣きだした。涙を流すだけではなく、声を殺し、両手で顔を覆って泣いた。指の間から、涙のしずくが膝に落ちる。明彬は息が止まりそうだった。季節外れのうちわを持ち、あおぎかけてやめる。

「泣くな」

「お兄様」

「泣くなったら」

「あの人と私の間には、背信も信義もありません。なのに、どうして手紙を送ってきたんでしょう」

「泣くな。手紙はいるか？」

「お兄様が読んで下さい」

「俺が？　そんなことをしてもいいのか」

「秘密なんかないわ」

涙を拭う。

「やるから、自分で読めばいい」

「いいえ。読んで下さい」

駄々をこねていたのに、手紙を引き出しから出すと明姫は、

「下さい。考えてみます。捨てるか、読むか」

と言い、手紙を受け取って、横に置いてあったビーズのバッグにしまいこんだ。

「うちの人、離婚してくれないと思います」

意外なことを言う。

「何だと」

「今、思ったの。そう考えたら、泣けてくるわ」

「……」

「こちらから別れようとすれば、よけいに放そうとしないでしょう」

服の袖からハンカチを出して涙を拭く。

「ヒルみたいな奴だ」

その言葉は心の底から出ていた。その時、

「明姫さん」

白氏が板の間の隅に来て呼んだ。

「はい、お義姉さん」

「お客さんがいらっしゃいましたよ」

「私に？」

「うちの人を訪ねてきたんだけど、明姫さんの教え子ですって。どうぞ、入って」

白氏が勧める。

「先生、お久しぶりです。お元気でしたか」

「あれ、仁実《インシル》じゃない。どうしたの」

驚く。

「校長先生にお目にかかろうと思って来て、偶然。先生、お元気でしたか」

仁実は明彬に向かって丁寧に挨拶する。

「座りなさい」

明彬が勧める。

「はい」

ためらったり恥ずかしがったりせずに、落ち着いて正座する。

「お兄さんは変わりないか」

明彬が聞く。

「ええ」

「みんな苦労したけれど、体は大切にしなければ」

仁実は明姫の顔を見て一瞬、戸惑った。

(泣いてたんだな。まずいところに来てしまったようだ)

しかし、自然な様子で、

「先生、一度お会いしたかったけど、敷居が高くて、ぐずぐずしてたんですよ」

と微笑する。明姫も笑う。

「そんなことより、若い娘にはつらい所に入ってきて、大丈夫か」

「先生も入ったじゃないですか」

「ああ、そうだった。だが、俺の時は、みんな一斉に捕まったからな。さぞかし苦労しただろう」

「私なんか、別に。残っている方たちが大変でしょう」

「あいつらめ。俺にはののしる資格もないが」

明姫は、自分の目が赤く腫れていることは気にしていないように見えた。

「朝鮮人なら、みんなののしる資格があるんじゃないですか」

「ああ、そうだな」

明彬はあいづちを打つ。

「ところで、先生があんなふうに結婚されたことだけは、意外でした」

「身投げしたと思ってちょうだい」

明姫は冗談めかして明るく答えた。危なっかしい感じはしたけれど。

小間使いの女の子が、やっと花梨茶《かりん》を運んできた。

「どうぞ」

明彬が勧める。

「いただきます」

明姫が茶碗を持ち上げるのを見た仁実は、礼儀正しくそう言って、ひと口飲んだ。

「お兄様、学生の時から、この子は並外れていたんですよ」

言いつけるみたいに明姫が言った。明彬は、

「並外れているだけじゃないさ。まさに闘士だ」

「まあ、先生ったら」

仁実が顔を少し赤らめる。

「顔立ちからして違うじゃないですか。それで、おうちの人は、ずいぶん心配したでしょう?」

「兄がいなければ、私は追い出されてましたね」

「お兄さんは同志だから、助け合わないわけにはいかないさ」

あれこれ話をしたあげく、仁実が言った。

「私、少し前に晋州《チンジュ》に行ってきました」

「何しに?」

明姫が聞く。

「気晴らしに晋州の南山《ナムサン》一帯を歩いてきました。伝道師をしている姉について。その姉と別れてから金《キム》先生のお宅に行きました」

「金先生のお宅とは?」

「あの、崔《チェ》参判家のことです」

「ああ」

「まだ刑務所にいらっしゃるから、ご家族がどれほど心配してらっしゃるかと思って。別に何もできない

けれど、黙って通り過ぎることができませんでした」

「そろそろソウルに来る頃だがな」

明彬が言う。

「もうすぐ来られるようですよ。一緒に行こうとおっしゃったけれど、奥様は、盲腸炎の手術をして、まだ静養中でした」

「盲腸の手術だと」

「ええ。それも、先月ソウルからの帰りに釜山《プサン》で発病して」

「経過はどうなの」

明姫が慌てて尋ねる。

「いいそうです」

「よかったわ」

「還国《ファングク》は気が弱いから、慌てただろう」

明彬が顔をしかめる。

「気弱には見えませんでしたよ、校長先生」

「芯はしっかりしてるさ」

「あのお宅はみんな美男美女で、驚きました」

仁実がくすっと笑う。

「おや、仁実だって美女じゃないか」

明彬もかすかに笑う。年も取って、ちょっと前までは謹厳な校長先生だった明彬としては、妹はともかく、若い仁実に向かい合っているのが気まずかった。

「公判の時に金先生も何度かお見かけしましたけど、本当にお似合いのご夫婦だと思いました」

「闘士とはいえ、やはり女は女だな」

「お兄様ったら。男の人たちも、そんな話をしていましたよ」

「男は人によるさ。女はほとんどがそうだ。仁実みたいな若い娘も、そんなことを言ってるじゃないか」

仁実と明姫は共に笑う。

「私は、家では女らしくないといつも言われるから、努力してるんですよ、校長先生」

「そうかい。それはそうと、何か用事があったんだろう」

「ええ、ちょっとお願いがあって来ました」

「秘密が漏れるといけないから、明姫先生は追い出そうか?」

明彬は冗談のように言ったが、明姫の気持ちを察して、奥に引っ込ませるつもりだった。

「いえ、愛弟子を助けてくれると思います」

「そうかな」

「仁実、あなた話し上手ねえ。いつの間に大人になったの?」

「先生、私はもうオールドミスですよ。先生たちは、昔のままだと思ってらっしゃるみたいですけど」

「それもそうね。私も、もうすぐ中年なんだから、仁実は立派な大人だわ。じゃあ、言ってごらん。私が助けてあげる。どんなこと？」

瞬間、仁実の顔に緊張が走った。要領よく話そうと思ったからではないらしい。泣いた痕跡がはっきり見える明姫の顔を見て、仁実はわざと明るい話し方をしていた。女子大を卒業したし、年も取った。これまでの経験が、彼女をいっそう思慮深い大人の女性にしたのだろうか。

（仁実を可愛がっている時、私は今のこの子より若かったはずだ。あの頃の私はまだまだ子供だったけれど、仁実は堂々としているな。本当に立派だ。目が生きている。それを隠す知恵もある。この子は大人になったのね。生きているということ以上に大切なものはない）

「仁実」

「はい」

「難しいことか」

「ちょっと難しいかもしれません。実は校長先生に就職をお願いしに来ました」

事務的にはっきりと言う。

「就職？　どこに」

「学校です。無理でしょうか」

「私がいたのは中学校だということを知らないのか」

「知ってますけど、同じ財団が設立した女学校があると聞きましたので」

「そ、それは手芸を教える学校だ。日本の女子大を出て、そんな学校に勤めるのか」

「校長先生、私、前科者なんですよ」

「執行猶予じゃないか」

「私はむしろ、そんな学校の方がいいんです」

「学生が集まらないから昼間部は廃止して夜間学校にするらしいが、それでもいいのか」

「構いません」

「月給はスズメの涙だぞ」

「仕方ありません」

「仁実の家の経済状況が悪いわけでもないだろうに」

「あまりにも肩身が狭くて」

「それなら、ああ、こうなってしまって、どうしよう」

「私のような者は採用できないことになっているのですか」

「採用するも何も、私はもう校長ではないのだ」

「まあ」

「辞職した。明姫先生に頼んでごらん」

三人は共に笑う。

仁実の就職問題は明姫が引き受けることになった。その程度のことなら趙容夏に頼む必要もなく、執事に言えば済む。仁実がわざわざそんな学校に勤めようとするのは変だと思ったけれど、そんなことはどうでもいい。明姫とは関係ないことだ。仁実の事情が気になるだけで、学校や財団に与える影響については何の興味もない。立場が変わって長い間会っていなかったから、顔を合わせるのは互いに気まずかったけれども、師弟というのはやはり互いのことを気遣うものらしい。

仁実と一緒に実家を出た明姫は、名残惜しいような、何か言い残したような表情の仁実と急いで別れて家に帰る。別館の前に来ると、出迎えに来た下男を手ぶりで退かせてドアを押す。ドアノブの冷たい感触と形が、電流のように脳を貫く。ソファに行き、両脚をそろえて座った。たった今歩いてきたのは、地面ではなく宙であったと思う。仁実の輝く瞳や、どこか窮屈そうに気まずい笑みを浮かべて話していた兄の顔も、糸の切れたたこみたいに、はるかかなたに飛んでいくようだ。明姫は板の間の床を踏んでみる。指先に李相鉉の手紙を感じる。ドアノブを持った時のように、鋭い痛みが全身を貫く。しかし明姫はビーズのバッグに入った手紙を取り出すことができない。

「もうすぐ秋だ」

と独り言を言った。

「どうしてお兄様はあんなにみすぼらしく見えたんだろう。瓦工場というのは、いい考えかもしれない」

切れたたこ糸を探してひっぱるようにつぶやく。立ち上がって窓の側に行く。

(つむじ風よ、吹いておくれ! 私をこなごなに砕いておくれ)

心の中でそう叫んだ。

（誰が私を縛りつけたというの。私は自分で自分を縛ったんだ。ほどけ。ほどくのよ！）

叫び。砕ける波。激しい感情が出口を探して声を上げている。しかし相鉉が恋しいのではない。趙容夏を憎んでいるのでもない。自分の生命の火花を確認したい。大きな息をして、腐敗した沼から抜け出したいのだ。

（こんなの、生きている気がしない。死んでいるのでもない。これは中毒だ。この家は毒キノコだらけだ）

出口を求める激烈な感情の叫びは、しかし噴出されなかった。明姫の口からは、

「お兄様はいいことを思いついたのね。瓦工場、それはとてもいい考えだ」

そんな言葉が出た。ソファに戻って座った明姫は手紙を出し、ためらいもなく封を切る。

明姫様

その字をじっと見つめていた視線が、次の行に移る。

私はこのことを誰かに、特に明姫さんに打ち明けない限り、小説が書けません。どうしてなのか、私もはっきりとはわかりません。人にはいろいろな種類の愛があるようです。実際、いろいろな愛がありまます。男女の愛、肉親に対する愛、友情、祖国愛。いろいろな性質の愛があります。燃えるような愛、憐れみも愛だろうし、時には憎しみも愛になるはずです。今まで私の中に巣食っていた重要で

ないものを根こそぎ取り払って考えたのは、その重要でないものに、私達がどれほど縛られて生きてきたかということでした。

　束縛されて生きてきたと言うと、みんなが笑うでしょう。李相鉉が、束縛されたことがあるのかと。でも、私は誰よりも束縛されていたのです。一見して縛られているとわかる人よりも。私はそれを解こうと果てしない逃避行に出ました。しかし私を縛っていたものが、人間が生きるのにさして重要ではないと気づいた時、私は自分が自由人であることを悟り、正直になれたと思いました。

　さっき、いろいろな性質の愛があると言いましたね。それも私としては新しく気づいたことです。私は以前、ある妓生を愛しました。崔参判家の針母の娘だった女です。私はその女に対する感情を、同情だと思っていました。後には浮気心だと思いました。もっと後になると、恥辱だと思いました。こっそり私の子供を産んでいたからです。私がここに逃げてきた後、その女は悲惨な死に方をして、私の娘は崔参判家の夫人に引き取られたそうです。私は心から、その子に私の愛を伝えたいのです。それに、その子には、たった一人の肉親の情が必要でしょう。私は時期が来れば朝鮮に戻るつもりです。それまで明姫さんにお願いしたいのは、これからも送る愛情である原稿、もちろん雑誌社が採用してくれないと困りますが、それに対して支払われる原稿料を、子供の養育費の足しにできるよう取り計らっていただきたいということです。

末尾に挨拶があり、手紙はそれで終わっていた。

十四章　龍《ヨン》の死

村の大きな木の下で、鳳基爺《ポンギ》さんと上の村の老人が話をしていた。

「俺たちの子供も行けなかった学校に、あいつが自分の子供をやるんだと。ああ、歳月とはいいものだな。人殺しの孫が上の学校に進学できるんだから」

「何を今更。出し抜けに、どうしてそんなことを言い出すんだ」

くわえていたきせるを振り回しながら鳳基が答える。

「さっきその子が、かばんを持って舟に乗るのを見たんだ。むかむかしたから言ってるんだよ」

「俺は何ともないがな。どうしてむかつく」

上の村の康《カン》爺さんはにやにやする。鳳基はつばを吐いた。

「世の中が逆さになりそうだ」

「もうなってるじゃないか」

「長い年月が過ぎて、昔いた人たちもほとんどあの世に行ってしまったから、お前が偉そうにするのは我慢するにしても、あいつは図々しい」

「白丁の子供も学校に通う世の中だ。金さえあれば学校にやれる。そんなことばかりぼやいても仕方ないぞ」

「何だと」

「何だよ。文句あるか」

「図々しいだけじゃなく、あいつがどうして？　どこから金が出てくるんだってことだ」

「兄貴が成功したそうじゃないか。満州で」

「そんなはずはない。三つ子の魂百までと言うが、あいつの兄貴は子供の時から手癖が悪かった。泥棒して刑務所に入ったりして。ともかく何か事情があったんだろう。漢福《ハンボク》の野郎、俺がそれを知らないとでも思ってるのか」

「俺はもう頭が真っ白なのに、今更そんなことを言いたくはない。誰かさんみたいに、脱穀場で石を投げられるのはいやだからな。みっともなくて子供たちに合わせる顔がないじゃないか」

「どうしてその話を持ち出す。しつこく言うとただじゃおかないぞ」

「それだから、人のことに口出しするなと言ってるんだ。先が長くないのに、他人の成功をねたんでどうする。そんなことをあの世に持っていく気か。死んだらそれでおしまいなんだ」

「昔のことを考えれば、今でも眠れない。錫《ソク》の奴、首を切って殺してやりたい。身の程もわきまえないで。学があるったって、どれほどのものなんだ。晋州《チンジュ》で水くみをしてたくせに。倭奴の下働きをして日本語ぐらい覚えたのかもしれないが。生意気な奴」

「やめろ。そんなこと言ったって」

「知らないのに口を出すな。龍《ヨン》の奴まで、いい年をして」

「龍がどうした」

「節操もなく、あっちについたりこっちについたり」

「何のことだ」

康爺さんはうんざりしてそっぽを向く。

「あいつら、人殺しの息子の仲間なんだ。漢福の息子も錫の世話で進学したらしい。昔は俺が恩知らずだと獣のように言われたけれど、あいつらはどうだ。崔《チェ》参判家の恩を受けながら、崔家の敵である漢福と、兄弟か親戚のように付き合ってる。どうしてそんな恥知らずなことができる」

漢福に対しても意地悪だが、脱穀場で村の人たちから石を投げられた事件によって錫に深い怨みを抱いている鳳基は、彼らが親しいためにいっそう憎いらしい。

「もう意識もはっきりしない人に、そんなことを言うもんじゃない」

「なんだ、もう死にそうなのか」

「息子まで来たんだから、長くはないようだ」

「晋州で倒れた時に死にかけたのに、それから十年生きたら十分だろう」

「俺たちだってもうすぐそうなる。他人ごとじゃないぞ」

「あいつの寿命は他人ごとだ。俺の寿命じゃない」

「俗に、独り息子に孝行者はいないと言うが、龍の息子はよくできた子だ」

「ふん、子供ならそれくらいはするだろ」

「それはそうと、今年は畑の出来がまずまず平年並みにはなりそうだ。ぜいたくさえしなければやっていける」

「お前んちにも、浮き足立った奴が一人いるらしいな」

「孫の奴が、募集に応じると言ってきかないんだ。俺を看取ってから行けと叱っても駄目みたいだ」

「行けるなら行けばいい。どれほど行くのかは、見てみないとわからんが。ヤムの母ちゃんが、息子が日本で稼いで送金してくれると自慢するのは気に食わないな」

「それも運次第だ。たいていは金も稼げず体を壊してしまうとも言うし、それだけじゃない。誰かに殺されてもそのままにされるそうだ」

「そういや、何年か前、日本に行った朝鮮人を皆殺しにしたといううわさがあったな」

「うちの息子は、そんなことはめったにないだろう、朝晩畑を耕したってたかが知れてる、若い時には一度思い切ったことをしてみるのもいいと言ったらしいが、貧乏人はどこに行ったって、大したことはできないさ。自分の国にいても倭奴たちが好き勝手にしているのに、あいつらの国に行って親兄弟と離れて暮らすなんて、寂しくて耐えられないんじゃないか。ああ、そろそろ帰るか」

康爺さんが身を起こす。しかし鳳基は首を伸ばすようにして座ったままだ。

「朝夕はだいぶ冷えるようになったな」

「腹が減った。葬式のある家で酒でも飲ませてもらえればいいんだが」

「くだらんことを。見舞いには行ったのか」

「目も開けられないというのに、行ってどうする。犬にどんぐりをやるみたいに無駄なことだ」

康爺さんは上の村に帰り、鳳基はその場に残る。

「無駄なことだ」

一人で再びつぶやく。ののしり、悪口を言いはしたものの、既に毒気は抜け、鳳基の姿は寂しそうに見える。

「二平《イピョン》〈斗万《ドゥマン》の父〉は成金になったし、永八《ヨンパル》も暮らしは楽だというし、もう長くはないとはいえ、龍も息子の稼ぎはいい。ぼろぼろの乞食みたいだった漢福の奴まで。なのにどうして俺は貧乏なままなんだろう。家族が多いのに、これからどうやって暮らしていくんだ。俺が死んだら、喪輿《サンヨ》〈棺を載せる輿《こし》〉の通った跡は土が肥えると言うものの」

「一人で何をぶつぶつ言ってるんですか」

鳳基が振り返る。徐《ソ》クムトルの孫、福童《ポクトン》だ。

「どこか出かけてきたのか」

口調はずっと優しくなった。

「町に用事があって」

「ちょっと休んでいけ」

「はい」

福童は汗を拭きながら鳳基老人の横に座る。福童の母の葬式の日、喪中なので殴られることは免れたが、ひどい侮辱を受けた福童とその女房は、その後、村で仲間外れにされた。それで同じような災難に遭った鳳基と気持ちが通じるようになったのだ。鳳基の方がずっと痛い目に遭ったけれど、老人でもあるし図太いから、また村人たちと、それなりに打ち解けることができた。しかし福童夫婦は、ずっと冷たい目で見られていた。

「村を出るというわさは、本当か」

「出たいのはやまやまですけど、頼っていく所がなけりゃ。この前、港に行って漁船にでも乗ろうかと思って……それで出ていくというわさが出たんでしょう」

「それなのに、どうして漁船に乗らなかった」

「話を聞いてみると、仕事に慣れるまでは家族を食べさせるのも難しいと言うし、一年を通してできる仕事でもないから、諦めました。釜山《プサン》に行けば、埠頭で荷物を下ろす仕事があるというけど……その仕事も、ありつくのが難しいみたいで」

筋が入ってでこぼこになった手の爪を見ながら、福童は憂鬱そうに言った。

「何しに町に行ったんだ」

ふっと笑う。

「女房の叔父さんが学校の用務員になれるよう口をきいてやると言うんで行ってみたけれど、それも一足先に決まった人がいたんですよ」

「なんと、口をきいてやると言っておきながら、ほかの人を雇ってたのか」

「叔父さんもほかの人を通して話をしてくれてたんです。出遅れました」

「用務員になれればよかったのにな。まず、住む所ができるし。まあ仕方ない。冷たい目で見られながらここで暮らすのが運命なら、そうするよりないだろう」

「そうですね」

「生きていれば、もっとひどいこともある。飯をほおばっている顔を殴られないで済むなら、間抜けなふりをして我慢していろ。ふん、世の中は汚い。人殺しの孫も進学するし。ああ、人殺しの孫が教師になったら、子供たちに何を教えるんだ？　漢福はどこで金《きん》の塊を拾ったんだろう。こっそり金の塊を切り売りしながら暮らしているんだろうか。家もきれいに修繕したな。子供がたくさんいるのに、ちゃんと飯が食えてるというから不思議じゃないか」

「そういえば、聞いたことがあります」

「何を」

フクロウみたいな目でまばたきしながら、問い詰めるみたいに聞く。

「町の郵便局で為替《かわせ》を換金しているところを、女房の叔父さんが見かけたそうです」

「かわせって？」

「ほら、ヤムの母ちゃんが」

「ああ、わかった。あの女め」

喉を鳴らしてたんを吐く。

「息子が送ってきたと言って見せびらかしてた、あれだな」

「ええ、そうです。誰が送金してくれるんでしょうね」

「そ、そんなら、巨福《コボク》の奴が、本当に成功したのだろうか」

その瞬間、鳳基の目が恐怖の色を宿す。漢福については安心して悪口を言えるが、巨福が成功したかもしれないと思うと、恐ろしくなった。

(凶悪な奴だから仕返しをされるんじゃないか。弟に送金するぐらいだから、ずいぶん成功したんだろう)

鳳基は、咸安《ハマン》宅が首をつったアンズの木に、真っ先に登って縄を取った。漢福が牛の引く荷車に乗って平沙里《ピョンサリ》に帰ってくると、必ず人殺しの子という言葉を浴びせた。怨みに満ちた漢福の目を覚えている。しかし無口な漢福は耐えていた。鳳基の毒舌は習性となり、ついさっきも悪口を言っていた。怨みがあるわけでもないのに、錫が漢福をかばうのが気に入らなかったし、錫がそうしなかったとしても、漢福に聞かせたいような口ぶりで、人殺しの子供がどうして楽に暮らしているのかなどと言ったに違いないのだ。

福童が帰ると言って去った後も、鳳基は相変わらず木の下から動かない。まるで老いたフクロウだ。足の爪もくちばしも鋭さを失い、羽はまばらでつやがなく、やっとのことで枝を伝って歩いているから生きていると知れる、老いたフクロウ。

(巨福と漢福は親を失ったのに。錫といい弘《ホン》といい、まともな人間になれそうになかった奴らがちゃんと

した職についているのに。神様、どうして俺の子供たちはうまくいかないんですか）

渡り鳥が空高く飛んでいる。田んぼの稲は実り始め、あれほど日差しの強かったトウガラシ畑にも、涼しい風が吹き抜ける。村を騒がせた鳳順《ポンスン》の死についての裏話や吉祥《キルサン》のうわさ。そんなものも、麻の服にしみた汗が乾くように消えてしまった。

「トクスの祖父さん〈鳳基〉、夏も終わりなのに、ここで何してるんですか」

盛りを過ぎかけたカボチャやカボチャのつるを入れたかごを小脇に抱えた女が、通りすがりに声をかけた。

「夏が終わったら、木陰にいちゃいかんのか」

「お宅の粟畑には鳥がいっぱい来ますよ。カカシでも立てたらどうです」

「よけいな心配をするな。他人のことに口を出さないでくれ。人より頑張ったところで、何がどうなる。天地が開闢《かいびゃく》でもしたら、さっぱりするが」

そう言いかけて、

「他人の心配はいらん」

怒りを表す。

「おや、変なことを言うんですね。近所の者同士、よく言うことじゃないですか」

「年寄りに向かって若い者が指図するのか。礼儀知らずめ。お前は俺の友達だとでも言うのか」

それでも気が済まないらしく、目を真っ赤にした。

「お前も俺に石を投げただろう。知ってるぞ。知らないとでも思ってるのか」

立ち上がって熊のように両腕を上げる。女を殴りでもするかのように。女はかごを抱えて逃げてゆく。

「ぼけちまったね」

「おい、俺は知ってるぞ。知ってるとも」

だがぼけたのでも、本気で怒っていたのでもない。ただ、言ってみただけだ。ぼけたふりをして。

日が暮れ、鳥たちがねぐらに戻る頃、龍の家から哭《こく》*の声が聞こえてきた。

「死んだな」

村人たちが龍の家に駆けつける。喪家では弘が悲しみに満ちた泣き声を上げ、宝蓮《ポヨン》が大げさに哭をしているのを除けば、すべてが手順どおりに整然と行われていた。埋葬場所も準備できていたし、永八、延鶴《ヨンハク》、そして意外なことに斗万の父まで来ていた。宝蓮の伯父である漢経《ハンギョン》が衣冠に身を正して現れ、崔参判家のオンニョンも夫と一緒に来ていた。宝蓮が舅の看病をするために子供たちを連れて平沙里に来たのは、三カ月前のことだった。弘は晋州にいて、時々平沙里を訪れたが、半月前からは仕事を休んで父を看取るために帰ってきていた。

「いつかは死ぬことに決まってはいるけれど。ああ、龍！」

永八がすすり泣いた。泣きながらヨムをする。遺体のあちこちをひもで縛りながら言う。

「龍、あの世に行ったら月仙《ウォルソン》と一緒に暮らせ」

また一カ所縛って言う。

「いい時に死んだよ。俺たちが間島《カンド》にいる時は苦労したよな。ああ、年を食ったらあの世に行くんだから、あんなに竹みたいに真っ直ぐ生きなくてもよかったのに」

ヨムが終わって遺体は棺に納められ、殯所《ビンソ》*に安置された。焼香して出てくる人、焼香しに入ってゆく人。むしろを敷いた庭に、弔問客が集まって酒を酌み交わす。白髪のヤムの母は台所で飯を炊くためにかまどに火をつけながら、涙を流していた。

「年からすれば、もうちょっと生きられたのに。それでも、いい死に方をしたとは言えるだろうね」

「ああ、そうだよ。息子が立派になって、やるべきことは全部やったし、両班家からもらった嫁が、よく世話をしてくれたし、孫もできた。龍兄さんは安らかに死んだんだ」

「それは、優しい人だったからだよ。みんながあんなふうだったら、法律なんかいらないさ。それに、こんないい季節に子供に見守られて、残された家族の心配をしないで死ぬってのも、幸せなことじゃないか」

また一方では、

「二平兄さん、ありがとうございます。わざわざ遠い所を大変だったでしょう」

おべっかを使う人もいた。

「大変なことなど、あるものか。年を取るとやることもないし、昔のことも思い出されるし、来たいと思ったから来たんだ」

「うわさでは大金持ちになったそうですが、二平兄さんは昔とちっとも変わりませんね」

「俺じゃなくて、息子が金持ちなんだよ」

「同じことじゃないですか。家族なんだから」

「飯を二倍食えるわけじゃなし。畑を耕してやっとのことで生きていた頃が懐かしいよ」

「お金があるからそんなこと言えるんです」

「そうかな」

夜は、日よけの布を張った中庭で、人々がにぎやかに夜を明かした。どの柱にも灯籠《とうろう》がつるされ、皆は白くぼやけた夜の風景の中で杯を交わし、昔話に花を咲かせた。殯所では、弘もさすがに疲れたのか、静かだった。

「棺をおおいて事定まる、と言うじゃないですか。七十、八十になってみっともないことをする人は、いくらでもいますからね。棺の蓋に釘を打つまでは、人の値打ちは語れませんよ」

「考えてみれば、龍おじさんは人と違った生き方をしたようですね。生前は、恨も多くて運の悪い人だと思ってたけど、亡くなってみると、並みの百姓にはできない人生だったじゃないですか。もっとも、百姓にしておくには惜しい人物だったから俺たちとは違うけど。親がめあわせてくれた女房は一緒に暮らしていても情が湧かず、一人の女をあれほどまでに忘れられなかったなんて。当時は悪口を言ったけれどね。俺たちはただ豚みたいに食って寝て子供をつくって、年を取ってきたんじゃありませんか。恨が多いのは、俺たちの方だという気もするんです」

「おや、そんなに恨があるなら、生まれ変わって命懸けで好きになれる相手を探すんだな」

「ふん、好きなようにできるものなら、誰だってそうするさ。すべては生まれ持った運なんだ」

「龍兄さんが死んだから、そんなことを言えるんだよ。ご当人からすれば……考えてみれば、みんな同じぐらい、公平に生きているのかもしれないな。あんなに恋しい人に出会ってしまったら、そんな相手のいない俺たちよりもつらいこともたくさんあっただろうし。お経にもあるじゃないか。愛着を断ち切れないと苦しむが、愛着を断ち切れたら心が安らかになると」

「それなら俺たちは仏様になれるってことかい。愛着は、どんな人にだってあるぞ」

「なんだ、くだらないことを言ってるな。十年も病気で寝ついたら、女への情なんか枯れてしまうさ。どれだけ苦しかっただろう。金も名誉も、愛着も、元気でなければ意味がない」

村人たちは夜を明かすために、深く考えもせずあれこれしゃべっていた。誰かが言ったように、年からするともう少し生きられるとしても、いい死に方をしたと言える人の葬式は、たいていそんなものだ。ずっと病気だったから、龍がもうすぐ死にそうだということは、誰もが頭の隅で思っていたし、病気を除けば龍の晩年は比較的穏やかだったので、胸を痛める必要はなかった。誰かに怨まれることもなく、他人と深い関わりを持たず世捨て人のようにひょうひょうと生きていたために、病気の陰惨さを他人に実感させなかったのも事実だ。

夜が明けてきた。老いたフクロウのような鳳基が、背中を曲げて喪家に現れた。背後に白っぽい朝霧が立ち込めている。

「おや、こんなに朝早く、役所に訴えにでも行くのか」

誰かが皮肉った。

「うるさい」

鳳基が低い声でつぶやいた。

「来たなら、さっさと家に入れ。どうして門番みたいに突っ立ってる」

二平が言う。

「俺の所には来ないんだな。お前、帰ってきてたくせに」

「棺おけに片足突っ込んだ爺さんのくせして、自分のことしか考えないのか。病人がいるんだから、当然、お前がここに来るべきだったんじゃないか」

「勢いのいい方に流れるのがいやだから来なかった。悪いか」

「遅れたことの言い訳か」

「殯所はどこだ」

大庁に設けられた殯所を見ながら尋ねる。

「フクロウは昼間に目が見えないとは言うけれど」

若い人たちの間から笑い声が上がった。夜明け前から来て手伝っていたヤムの母とマダンセの女房は台所で、

「陰険な人だね。喪家に来てまで難癖をつけるなんて」

「それでも、だいぶおとなしくなりましたよ。大声を出すにも、後ろ盾になる人がいないから」

と陰口をたたく。殯所に上がった鳳基は焼香し礼拝した後、喪主である弘と向かい合って、同時にお辞

儀をする。

「まあ、いい季節だし、心残りを感じる必要は少しもないぞ。死んで恨が全然ない人なんか、いないんだから」

いつものようにひとこと言う。そして香典を出した。

鳳基は小さな部屋に行くと、急に元気を取り戻したように人々の間に割って入った。

「なんといっても、死人が出たら、年寄りが一番悲しいんだ。若い人たちは、対岸の火事を見物するみたいな気でいる。自分たちも年を取るのに」

箸で酒の肴をつまみ上げて食べながら言った。

「俺に酒をくれないのか」

延鶴が酒をついでやる。

「葬式はどうするんだ？」

「五日葬《オイルジャン》*をすることにしました」

延鶴が答えた。

十五章　満州行き

畑仕事を終えて服を着替えたのだろう。範錫《ボムソク》はさっぱりとした姿で現れた。日が暮れかけていた。夏も終わったのに、遠くでカッコウの鳴く声がする。遅い夕飯を作っているのか、一、二軒の民家から煙が上がっているのが見えた。板の間でランプの火屋《ほや》を磨いていた宝蓮《ポヨン》が、

「お兄さん、いらっしゃい」

と喜んで迎えた。範錫は黙って板の間に腰かける。火屋をはめたランプを脇に押しやって板の間をぞうきんで拭いた宝蓮は、何か言いたいことがあるみたいに、チョゴリの前を引っ張って整えながら姿勢を正す。生成りの麻の喪服姿が、夕闇の迫る中にぼんやりと浮かぶ。

「弘《ホン》は明日、晋州《チンジュ》に帰るそうだな」

宝蓮より先に範錫が聞いた。

「ええ」

「あと何日かしたら秋夕《チュソク》*だから、秋夕が終わってから帰ればいいのに」

「秋夕にはちょっと出かける用事があるそうです。晋州から何度もせっつかれるし、月給取りの立場だか

ら帰らないわけにはいかないけれど、私一人になるので心配です」

「じゃあ、ずっと行ったり来たりしないといけないんだな」

「そうするほかありませんね。それより」

何か言いよどんでいる。

「とにかく、全部終わったな。ずっとお客さんの世話で疲れただろう」

「さすがに疲れました」

「大きな行事があった後はいろいろ言われるものだが、あれぐらいの式ができたんだから上出来だ」

「本当に骨が折れました。いったん横になったら永久に起き上がれないんじゃないかと思ったほどですよ」

範錫は気に染まないような顔で、宝蓮をちらりと見た。

「誰もが経験することだ。畑仕事をやりながら喪に服さないといけない農村のおかみさんたちのことを考えれば、お前は楽な方だぞ」

宝蓮は不満げな表情になったが、言い返すこともできないので口をつぐんでしまった。

考えてみれば、彼らは他人同士だ。初めて会ったのも、宝蓮が弘と結婚して村に来た時だ。金《キム》訓長の養子の子供とはいえ、範錫がれっきとした跡取りであるのに対し、宝蓮は外孫だ。範錫にとっては従妹に当たるわけだが、どうしても互いにちょっとよそよそしい感じは残る。宝蓮が二歳下で、結婚前から平沙里《ピョンサリ》に来るたびに金訓長家を訪ねて範錫と親しかった弘は、範錫より二歳上だ。家の中は静かだった。葬式の後の三度の祭祀も終わり、弔問客も去った。永八《ヨンパル》だけが秋夕を過ごしてから帰ると言って残っていた。

「家の中が静かだ。子供たちはもう寝たのか」

「尚根《サングン》は寝て、尚義《サンイ》は崔《チェ》参判家に行ってます」

「この頃、尚義は崔参判家に入り浸りだな」

「晋州のお爺さん〈永八〉と一緒に行ったんですけど、家が広くて遊ぶのにいいから」

「弘はどこかに行ったのか」

宝蓮は小さい部屋に視線を移す。

「昼間から眠って、夕食もいらないと言うんです」

「ずいぶん頑張ったからな。ほっとしたら眠くなるものだ」

「唇が腫れて、顔がげっそりやつれました。こうなってみると、独身でいるのがどんなに寂しいか、わかったと言うんですよ。お義父さんはこんな時のことを考えて、身内は多い方がいいと言ってたみたいです。うちの人は遅くできた子供だから孫の尚根もまだ三歳で、お葬式には何の役にも立たないし。でもお義父さんは生前、人に好かれていたからよかったんです。遠い所からわざわざ弔問に来てくれる人もたくさんいました。それに比べて私の実家の人たちは冷淡で、うちの人に申し訳なくて」

「やるべきことはすべてやったんだから、そんなふうに思うことはない」

辺りは真っ暗になった。宝蓮はランプに火を灯し、板の間の壁に渡した二本の棒の上に載せた。

「子育てはこれからなのに、やるべきことはすべてやっただなんて」

「そんなふうに考えるなら、死ぬまで用事は終わらないさ」

範錫は低い笑い声を立て、たばこに火をつける。

「お兄さん」

宝蓮はさっきのようにチョゴリを引っ張って整えながら姿勢を正す。

「実は、お兄さんに話したいことがあって、行こうと思いながらも時間がなかったんです。ちょうど来て下さってよかったわ」

「何の相談だ」

「ええ。こんなこと誰にも話せないし、叔母様に言おうかと思ったけれど、そうしたら私が頼んだということがばれるだろうし。姻戚とはいえ、お兄さんはもともとうちの人とお友達じゃないですか」

「前置きが長いな。いったい何のことだ」

「うちの人が、このまま晋州に落ち着くつもりなのか、それが心配なんです」

「どういうことだ」

「お兄さんが一度、ええ、それとなく気持ちを探って下さいな。うちの人は、父さんのためにどこにも行けないと、口癖みたいに言ってたんですよ」

「そりゃ、仕事があれば別の所に行ってもいいだろう。お父さんはもう亡くなったんだから、田舎でくすぶっている必要はない」

「お兄さんったら。そういうことじゃないんです。朝鮮を離れるということですよ」

「まさか。朝鮮を離れるとしても、三年経って喪が明けてからのことだろう。今から心配してどうする」

宝蓮は強く首を横に振った。

「そうじゃないの。私はどのみち喪が明けるまでここに残るけど、あの人が一人でふらりと満州に行ってしまったらどうしましょう」

「満州か」

範錫は思い当たるふしがあるのか、黙り込んでしまう。

「だからお兄さん、どうするつもりなのか、一度それとなく探ってみてもらえませんか」

「……」

「お兄さん」

「探るも何も、自分の考えたとおりにするさ。妻は、夫の意向に従うよりほかにはないじゃないか」

範錫は普段の彼に似合わず、いら立ちを見せた。

「本当に行ってしまったら、子供たちを抱えて、私はどうやって生きていくの」

宝蓮は泣き顔になった。

「おやおや、明日出ていくわけじゃないぞ」

ちょっとからかうように言った。いとこ同士とはいえ、やはり本音の会話はできない。原因は宝蓮よりも範錫の方にあった。範錫は常日頃から宝蓮のことを、ちょっと軽はずみだと思っていた。

「心配だからですよ」

「あの人も子供ではないし、いろいろ苦労もしてきただけに、軽率なことはしない。つまらないことを心配するな」

「でも、前のことがあるし」

「前のことって」

「女のことです。統営《トンヨン》での。実家の人たちに顔を合わせられなくなったのも」

そう言われて、範錫が当惑する。

「お義父様の生前は思うようにできなかったけれど、むしろお義父様の生きているうちに、言われたとおり満州に行ってしまった方がよかったかもしれません。あの時、家族を連れていけとおっしゃっていたんです」

「そんな心配はいらない。子供が二人もいるのに、あんな醜態をまた見せるものか」

「お兄さんは、亡くなったお義父様の過去のことを知らないの？」

「つまらないことを言うんじゃない」

「ムーダンの娘が忘れられなくて、一生別れなかったんですよ。村ではみんな知ってる話じゃないの。うちの人の前では、とてもその話はできません。怒って殴りかかってくるような気がして。真夜中でも、父と子が似ていると思うと、眠れなくなります」

「よせ。いくら従妹とはいえ、聞きたくはない。くだらない話はやめて、亭主を起こしてくれ。会っていかなければ」

だが、宝蓮はすがりつく。

「お兄さん、お願い。うちの人と仲がいいじゃないですか。一度、どう思っているのか、聞いて下さい」

宝蓮は、恥ずかしく思いながらも愛想笑いを浮かべた。範錫はその瞬間、妻のことを思った。大豆をゆでて麹を作ろうと、キビやトウモロコシの茎を燃やしていた妻の横顔。手拭いをかぶり、汗を流していた。内気で、夫にはもちろんのこと、家族や他人に対してもろくに口がきけない妻。子供を産んでも変わらないその性格が、時にはもどかしかった。

(宝蓮は、結婚前に比べればずいぶん大人になったよ。つまらない男と結婚していたら悪妻になっただろう。悪い子ではないけれど、突拍子もないところがあるし、そうかと思えば、ひどく愚かだね)

陰口をきいたのではない。それは母が、息子との気兼ねのない会話の中で発した言葉だ。

(お人好しで愚かなのと、ものごとの判断ができない愚かさは違うけれど、ともかく夫を天のように思っているから、自然に舅や姑にもよく仕えるようになるのよ。家長の前でおとなしくしているのを見ると、テンが虎を獲って食うという言葉を思い出すね。嫁入り前には身分がどうのと不平を言っていたけど、お前の叔母さん〈チョマギ〉の決断は正しかった。女は男次第だ。親が直せなかった癖まで直るんだから)

範錫は母が、弘と人妻との事件のうわさを問題にしないのを変だと思った。自分もそのことを深く気にかけているわけではなかったが、同じ女なのに、母が男の浮気に寛大なのが理解できない。

(もし自分の息子だったら？　あるいはもし嫁がそんなことをしたら、母はどうするだろう)

範錫は、母が嫁を一度も褒めたことがないのを思い出した。妙なことを考えて母に申し訳ない気もしたけれど、彼は妻がひどく内気なのは、ただ恥ずかしがり屋というだけではなく、自分を抑制しているからだということに気づいた。

「お兄さん、どうして何も言ってくれないんですか」

「うむ、わ、わかった」

小さな部屋の前に行った宝蓮は、

「尚義のお父さん」

と夫を呼ぶ。また、

「尚義のお父さん」

と呼び、部屋の戸を開けて入る。油皿に火を入れたらしい。暗かった部屋の中から、明かりが漏れた。

弘が起きたようだ。開いた戸の間から、弘が目をこすりながら外を見る。

「ぐっすり眠っていたらしいな。入れよ」

範錫が部屋に入る。

「夜もずいぶん長くなってきたのに、真っ昼間から寝てるのか」

宝蓮は手早く布団をたたんでたんすの上に載せる。

「水を持ってきてくれ」

「はい」

範錫にたばこを勧め、自分も吸う。

「明日、晋州に帰るそうだな」

弘はそれには答えず、

「お前はどうするつもりだ」

と、唐突に聞いた。

「何のことだ」

問い返されても、弘はあいまいに笑っている。

「どうするって何のことだ」

そう問い返しはしたが、

「ただ、言ってみただけだ……」

と弘はため息をつく。

「心にぽっかり穴が開いたみたいで、何をしていいのか見当もつかない」

「そうだろうな」

お前はどうするつもりだという言葉は意味深長だ。範錫は直感的に、お前もどこかに行かないのかと言われていると感じた。それをきっかけに弘の気持ちを探ってみることもできたはずだ。しかし範錫は、いきなりその問題に飛びついてはいけないような気がしていた。

「突然の不幸でもなく、ずっと前から覚悟をしていたのに。いや、ひょっとすると、父が死ぬのを待っていたのかもしれない。だけど、なぜ人間は、時が来ればみんな死ぬと思いながら生きなければいけないんだろう」

宝蓮が言ったとおり、油皿に照らされた弘の顔はげっそりやつれていた。唇は腫れ、目は鋭い光を放っていた。宝蓮が水を鉢にくんで持ってきた。水を飲んで器を返す。宝蓮が聞いた。

「夕飯はどうしますか」

「酒でもくれ」

酒の膳を前にして向かい合った弘と範錫は、まず一杯飲んだ。

「最近の世の中は、どうなっているのかな」

範錫が話を切り出した。そんなことを話しに来たのではなかったけれど。

「トラックの運転手に、世の中の事情なんかわかるものか。哀れな朝鮮人が巡査の前でヤマナラシの木みたいに震えてることぐらいしか、知らないな」

「そう言うなら、土を掘ってるモグラが世の中の出来事を知ったところでどうにもならないんだがな。ははは っ……」

杯を置き、新しいたばこに火をつける。

「それはそうと、崔参判家はどうなるんだ」

「還国《ファングク》のお父さんのことか」

「うむ」

「どうなるったって、もう判決が出たんだから、裁判長が命じた刑期を務めるしかないじゃないか。酒でも飲め」

「判決が出たのは知ってるさ。ちょっと変な気がして。変というより、実は気になることがあるから聞くんだ。俺の知ってるところでは、鶏鳴会《ケミョンフェ》事件に関与したのは日本に留学している人や留学経験者ばかりなのに、ただ一人、満州にいたあの人が国内の団体に加入していたというのが、ずっと不思議だった」

「俺も詳しいことは知らないけど、聞くところによると首謀者の徐義敦《ソウィドン》という人が、間島《カンド》のお爺さんの知り合いだそうだ」

「孔《コン》老人とかいう人か」

「ああ。崔参判家の財産を趙俊九《チョジュング》から取り戻すのに中心となって活躍した人だ。間島のお爺さんは李相《イサン》鉉《ヒョン》先生を通じて」

「河東《ハドン》の李府使《プサ》*家の」

弘がうなずく。

「李先生を通じて徐義敦という人を知るようになり、いろいろと助けてもらったということだった。そんな立場だから、龍井《ヨンジョン》を出入りする時、自然にお爺さんの家に泊まることになったんじゃないかな。それなら還国のお父さんと接触する機会があったとしても不思議ではないだろうというんだ」

「なるほど」

「まあ、こんな話はなるべくしない方がいいんだろうが、お前の腹に入った方が、俺の腹の中に収めてるより安心だから」

「ふん、信じた斧に足を切られるということわざがあるぞ」

たばこを指に挟んだまま、酒をあおる。

「それにしたってひどい。新聞には不穏な秘密結社だと出ていた。もっとも、独立運動をする人はみんな不穏な人物で、民族主義者は不穏な思想家だ。そう考えれば結びつけるのも無理ではないが。弁護士は、日本に留学した人たちが社会科学を研究する純粋な団体だと言っていた」

「だから、還国のお父さんのせいで事件が大きくなったんじゃないか」

「事件が大きいかどうかより、俺の知りたいのは」

言葉を切って、たばこをぷかぷかふかす。範錫の表情は、田舎の平凡な農民とは違っていた。どこにでもいそうな顔だが、知的な輝きがある。普通学校を卒業した後は、経済的事情でそれ以上進学はできなかった。延鶴《ヨンハク》が、惜しい人材ですと範錫の話をした時、金訓長に対する悪感情が残っているわけではないだろうに、西姫《ソヒ》は黙殺した。もちろん範錫本人はそんなことを知らない。ともかく普通学校だけ優秀な成績で卒業した後も根気強く独学していたから、たいていの中学校卒業生より学識があるとうわさされていた。それに慎重でしっかりしていて、弘は妻の従兄という以上に、友人として信頼し、尊重していた。

「崔参判家のあの人のことを、どう考えればいいのかな」

「率直に言えば、朝鮮に帰らないことだけでも明らかだ。ほかの女と暮らしているといううわさが、俺が龍井を発つ時にもあった。でもそれは、倭奴たちの目をごまかすために、わざと流したうわさだろう」

「それぐらいは俺にもわかる。共産主義者なのか無政府主義者なのか、それが知りたいってことだ」

「何だと」

「鶏鳴会は、社会科学を研究するグループだと言うじゃないか」

「そんなの、俺は知らん。学のあるお前の方がよく知っているだろう。社会科学が何なのかもわからないし、無政府主義だの共産主義だの、そんなの知るもんか」

弘は突然、揶揄するような言い方をする。それが新しい思想であるということは何となく知っていたけれど、社会科学という言葉はよく知らなかった。共産主義と無政府主義がどう違うのかも、もちろんわからない。共産主義は文字どおり平等に所有しようという思想で、無政府主義は抑圧する権力を否定する思想だということと、現時点でそれらは日本に抵抗する思想であるから日本が血眼になって潰そうとしていることを知っていただけだ。間島時代に見聞きした独立闘士たちと似たようなものだろうと、漠然と思っていた。寛洙《グァンス》や錫《ソク》といった人たちを通じて感じたのも、たいていそんなことだ。弘は憲兵隊に捕まった時と、統営の車庫で嬙伊《チャンイ》と一緒にいた時、ひどい辱めを受けた。そうした経験は彼を成長させたとはいえ、ある面では社会に対する関わりや関心を持たないよう、ブレーキをかけていたのかもしれない。

「学があるとかないとかいうことより、それぞれの立場によって、するべきことがあるだろう。田舎で農業をしてたって世の中のことは知っているべきだし、気構えができていなければ将来もうまく対処できないんじゃないか。七年前だったかな。東京で大きな地震があった年に、日本の皇太子や大臣を暗殺しようとして逮捕された朴烈《パクヨル》*」

「聞いたことがあるような気がする」

「あの人が無政府主義者で、女房も同じ思想を持つ日本の女だ。相当数の日本人がそうした思想団体を組織していて、その中で朝鮮人青年もたくさん活躍しているそうだ。もちろん無政府主義者だけじゃなく、社会主義、共産主義もそうらしい。どうして俺がこんな話をするかというと、日本人と手を組んでやるそんな運動が、わが国の独立と絶対的な関係があるのか疑問だからだ。もちろん彼らは植民地主義に反対し、過激に日本に抵抗しているけれど、日本の資本主義政権を倒す闘争なのか、侵略者である日本を朝鮮から追い出すための闘争なのか。その二つの目的が行きつく先は一つだと言うものの、そうだと言い切れないような気がする。それに、どんなことであれ一つにまとまるのは難しいことだろうし、派閥をなくすこともできないだろうが、聞くところによると、日本で運動している朝鮮人青年たち同士の衝突が相当なものだそうだ。去年も無政府主義者と共産主義者の間で何度も衝突があって死傷者を出したらしい。理論からすると根本的に違うからな。それもそうだが、俺はやっぱり貧農で社会階層では底辺だから、本を読めばその思想の理論がそれぞれ正当であることは認める。でも俺が思うに、国があってこその改革じゃないか。まず国を取り戻すという目的を第一にすべきじゃないのかな」

「お前、どこでそんなことを聞いたんだよ。それに、そんな本をどこで手に入れた。まったく、百姓をしていても、都会の奴ら顔負けだな」

弘は冗談めかして驚きを表す。

「話を聞いたり本を借りたりする方法はある」

「どういう意味だ」

「実は、普通学校の時の友達が一人いた。退学してしまったけど、東京に留学した奴だ。そいつが中学に通っていた頃から、休みになると俺はそいつの家に行って話を聞いていた。知ってのとおり俺は本を買うような金はないんで、いつもそいつから貴重な本や高価な本を借りて読んだ。そいつも読書家で、蔵書はたくさんあった」

「独学しているのは知っていたが、学校にも行かないで西洋の学問までしたとは驚いた」

「西洋の学問だと？　日本語に翻訳されたのを読んだだけだ。学問だなんて大げさなものではない。俺が思うに、漢学をしていたのがちょっと役に立ったのかもしれない。おおもとのところでは、東西の学問の違いはそれほど大きくないような気がしたな。人種が違っても、人の基本が違うわけではないから」

「ふん、勉強しろとうるさく言われてもやらない人はやらないのに。すべては運なんだ。俺は子供の時から勉強は嫌いで、どこかに飛んでいきたいと思っていた」

弘は声を殺して笑う。

「それはそうと、何を話してたんだっけ」

酔っている。初めから、話に熱中してはいなかったが。

「崔参判家のあの人のことだよ」

「日本の共産主義者や無政府主義者がどうのと言ってたけど、それと還国のお父さんと、どんな関係だ」

「あの人がどう考えているのかが気になる」

「何のために。下男だった人が、日本の大学を出た偉そうな人たちと付き合っていたからか」

「子供みたいなことを言うなよ。鶏鳴会がどういうものだか、想像がつくからだ」

「正しくはないと言いたいのか。還国のお父さん、吉祥《キルサン》おじさんは、正しくないことをする人ではない。男の中の男だ。カビ臭い族譜のせいで……うぅむ、この世で一番尊敬するうちの父さん、俺を悲しませた父さんに、一つだけ過ちがあった。あのカビ臭い族譜に目がくらんで、うむ、もっとも結婚は俺がしたんだな。でも俺はその程度の男じゃないか。族譜にぺこぺこする父さんは、つまりどうしようもなく常奴《サンノム》*の血が流れていたってことだ」

「おや、酔っぱらったな」

「お前はどうして吉祥おじさんのことが気になるんだよ。なぜだ」

「あの人は、知識よりも経験で判断しただろうから、どう考えているのか気になるんだ。変なからみ方をするなよ」

「なるほど、それならわかる。お前は満州に行きたいんだな。そうだろ?」

「即断しないでくれ。俺よりお前の方が、内心では行きたいんじゃないのか」

とうとう弘の方から機会を与えてくれた。弘は目を伏せて杯を持った。

「満州に行くのか」

「行くさ」

思いがけずあっさりと答えた。

「家族はどうする」

「喪が明けたら連れていく」

「お前の仕事なら、稼ぐのはここでも満州でも同じだろう。ほかの考えでもあるのか」

「それこそ、即断しないでくれ。俺が何かの運動家になるはずがない」

「それじゃあ」

「それは、俺個人のことだ。倭奴に雇われるのもいやだが」

「中国人に雇われるのはいいのか」

「雇われるか、商売をするか、それは行ってみないとわからない。あっちは俺の故郷だから帰るんだ」

「でも、三年間も奥さんに任せて大丈夫なのか」

「満州に行かなくても、どこかに出かけてるんだから同じことだ」

「喪幕《サンマク》*を晋州に移したらどうだ」

「喪幕を移すというのも変な話だが、晋州に移すなら、満州に移したって構わないだろう」

「だけど、ゆっくり考えてみろよ」

「一日や二日考えたことじゃない」

範錫は立ち上がった。部屋の戸を開けて出ようとすると、戸の横に宝蓮がしゃがみこんでいたから、ちょっとまごついた。宝蓮は話を盗み聞きして泣いたのか、涙を拭いながら大きな部屋に立ち去る。

（まったく、仕方のない奴だ）

範錫は舌打ちして中庭に下りた。厠で用を足して出てくると、枝折戸の方に人の気配がした。子供を抱いた永八と、もう一人の男が一緒に入ってきた。板の間の壁につるされたランプにぼうっと照らし出された男は、寛洙だった。

「弘、いるかあ！」

寛洙が大声を出し、永八は板の間の前で、

「この子を頼む」

ためらうように言った。

「いらっしゃい」

範錫が後ろから挨拶をする。

「誰かと思ったら、金訓長のお孫さんだね」

寛洙が握手しながら、やはり大声で言った。弘が部屋から出てきた。宝蓮も出てきて、永八に抱かれて眠っている尚義を受け取って抱く。

「あっちでちょっと寝かせてた。帰ろうと言っても、遊ぶのに夢中で、帰ろうとしないんだ。そのうちに寝てしまった」

「私は心配しませんでしたよ」

「眠ったせいか、ずいぶん重かった」

永八が腕を振る。

「お前、寂しいだろうな」

寛洙は弘に慰めの言葉をかけた。

「俺の居場所がわからなくて知らせられなかったんだろ。双渓寺《サンゲサ》に来て初めて知った」

「上がって下さい」

「うむ」

永八は範錫と一緒に部屋に入り、寛洙は喪幕で焼香する。

「一人、二人とあの世に行ってしまって。おじさん、心細いですよ」

涙をこらえるようにして焼香を終え、喪主とお辞儀を交わす。

老いた永八と若者三人が入ると、部屋は窮屈になった。

「葬式は大変だったな」

「生きてる者は苦労もできただろうが、死んでしまった人は、もう帰らないんだ」

永八が洟《はな》をすすりあげた。一同はしばらく黙っていた。

「一人、二人と亡くなって、金訓長のお孫さんにここで会うと、昔のことが思い出されますね。あの頃は血気盛んで、よく金訓長を怒らせたものですが」

寛洙の言葉に永八が応じた。

「まったくだ。金訓長はひどく頑固だったし、お前はまた、ずいぶん気が短かった」

「若い人たちは、俺たちの話がわからないだろうけど」

「あれは丁未年〈一九〇七年〉だったか、二十年以上も前のことだ。わが国の軍隊が、倭奴たちに解散させられた年だ」

「山に入った時のことですか」

範錫が笑いながら言った。永八が言う。

「そのことだ。山で冬を過ごしている時に食糧が尽き、それに日本兵に追われていた。どうして自分の国で、島国の盗賊に、山の動物みたいに追われるのか。金訓長はそう言って泣いていた。それでも潤保《ユンボ》兄さんが生きている間は、あの大声に希望をかけていたけれど、潤保兄さんが死ぬとみんなばらばらになって、捕まったり銃殺されたり逃げたり。一番多くの血が流れたのは、なんといっても、同じ朝鮮人が俺たちを盗賊だと言って日本の軍隊に告げ口した時だ。お前のお祖父さんは、ああ、無知な民よと言いながら天を仰いで嘆いていたよ。それで俺たちは間島に行き、寛洙はここに残ったが、考えてみれば、そんなことも、みんな夢のようだ。どうしてあんなに苦労したんだろう。もう俺はこの世を去ってもいいのに」

「でもおじさん、あの時はよかったでしょう。若かったから」

「それはそうだ。もう山に入った同じ年頃の仲間はみんな死んで、おそらく俺が最後だ。そういえば、還国のお父さんもいないし、寛洙、お前だけが残っているようだな」

「父さんは時々、潤保という人のことを話してました」

弘が言った。

「遺骨を探して墓を造るんだと口癖のように言ってたが、自分が元気でなければできないじゃないか。もっとも潤保兄さんには子供もいないから、墓を造ったところで草ぼうぼうになってしまうさ。死んだらそれまでだ。土に還るんだ。残された者が寂しいからあれこれするだけだ。高い地位にある役人や名門の一族はいい場所を探して大きな墓地に石碑を建てたりするが、そんなことをしたって死んだ人に何がわかる。行き倒れた人も、骨すら探せない人も、みんな同じだ。弘、お前もそんなことはもう気にしないで、これからはちょっと羽を伸ばせ。若い者は朝鮮では暮らせん。お前の父ちゃんも、それを願っていたんだ」

これまで言う機会がなかったわけではないが、寛洙が来たこともあって、永八はその話を持ち出したようだ。

「家族はどうするんです」

範錫は、さっき弘に言ったことを、また蒸し返した。弘ははっきりと意志を表明したのに。

「難しく考えればとてつもなく難しいが、簡単に考えればできるんじゃないか？　お前たちは喪幕のことを心配しているんだろう。だがさっきも言ったとおり、残された者が寂しいからしているだけだ。死んだ人が飯を食ったり酒を飲んだりできるものか。家族を連れていけ。行って、するべきことをすればいい。ほかの人はともかく、弘、お前にはあっちに生活の基盤がある。奥さんは亡くなったらしいが、孔老人はまだ生きているし、間島で死んだ母ちゃん〈月仙《ウォルソン》〉のことを考えても、孔老人はお前が看取るべきだろう。お前の父ちゃんは常日頃からそう考えていた」

「おじさんの言うことは正しいと思う。そういう方向で準備するのがいいようだな」

範錫が丸めていた背を正し、永八の言葉に同調した。

「弘、こんなことを言ったらお前は反発するだろうけど、財産というものはないと困るが、あれば、いくらでもいい使い道があるものだ。孔老人がお前に来てほしいと願っているのも、遺産を受け取る子供がないからだ。孔老人は、もう長くない。あの人がつくった基盤は財産だけじゃないから、お前がしっかりしていれば、月給取りなんかとは比べものにもならないほどいい。それに、知らない土地ではないだろう。物心つくまでお前はあちらで育ったんだから。お前の父ちゃんが生きている時、お前の父ちゃんだけでなく、俺も、そしてここにいる寛洙も、お前が間島に行くべきだと思っていた。でも病気の父ちゃんを置いては行けないというお前には何も言えなかった。それに、そういう気持ちがうれしかったしな」

「考えてみます」

「何を考えるってんだ。大の男が決断するなら、きっぱりと決めろ」

寛洙は突然声を上げた。そしてにたりと笑う。弘もにたりとした。範錫と永八は、安心したように顔を見合わせる。弘は寛洙の顔に焦りの色を見て取った。

「ところで、錫兄さんはどうなったんですか」

寛洙から目をそらしながら、弘が聞いた。錫は葬式に来なかった。錫の母が来ただけだ。嫁に行った長女が家にいるから孫たちを預けてきたと言い、葬式が終わると早々に晋州へ帰った。

「俺もあいつの消息は聞いてない」

憂鬱そうに言った。その瞬間、寛洙の一方の肩が、ぐっと下がったようだ。

「あの女房め。男は女運が悪いと身を滅ぼすんだ。弘、お前も気をつけて、妻子は必ず連れていけよ」

十六章　指示

範錫《ボムソク》が帰ると言って立ち上がると、寛洙《グァンス》も立ち上がった。

「え、どこに行くんです」

弘《ホン》が言い、

「俺と一緒にここに泊まれ。どこに行くってんだ?」

永八《ヨンパル》も言った。

「泊まったらいいのに」

範錫も言った。

「いや。漢福《ハンボク》の家でゆっくり寝るよ。おじさんもゆっくり寝て下さい」

「ふむ、年寄りが昔話をして寝られなくなると思ったか。好きなようにしろ。朝になったら、また会うんだから」

「はい、また朝にお目にかかります」

家を出て村の道に出た時、秋夕の近づいた空には、満月にはまだ早いものの月が皓々《こうこう》と輝き、村の道も明るかった。大きな木が、真っ黒な影を落としていた。

「明後日は秋夕なのに、なんと哀れな身の上なんだ」

つばを吐き、寛洙は独り言のようにつぶやいた。範錫は寛洙をよく知らない。祖父である金《キム》訓長と共に山に入ったという話も初耳だ。寛洙は範錫が金訓長の孫であることを知っていたが、範錫も寛洙のことを、昔この村にいた人だという程度に思っていた。それに、延鶴《ヨンハク》と一緒にいるところを見かけた時、延鶴が寛洙に礼儀正しく接しているのを見て、ちょっと特別な人なのだろうとは思った。また、誰に聞いたのかは覚えていないけれど、晋州《チンジュ》を騒がせた衡平社《ヒョンピョンサ》運動*に加わったことを知っていた。

「今年の作物の出来はどうだ」

内面の混乱を抑えようとしたのか、やけを起こしたようなさっきの独り言とは打って変わって、重く落ち着いた口調で聞いた。

「平年並みにはなるんじゃありませんか」

丁重に答える。

「そうか。俺は子供の時から行商していたから、農業はよくわからんな」

どこで何をしているのかなど尋ねられず、範錫は黙ってしまった。何となく、聞いてはいけないような気がした。

「おじさんは、ソウルの刑務所にいる、あの人をご存じですか?」

範錫はそんなことを聞いたのが、自分でも意外だった。

「おじさんだと……」

寛洙は四十を過ぎており、範錫は二十六歳だから、おじさんと呼んで間違いではない。もう、金訓長が生きていた頃とは違うのだ。寛洙はいささか抵抗があるような顔をしたが、それは表面上のことで、実は範錫の質問に答えるのに、ちょっと間を置いたのだ。

「知ってるさ。子供の頃、同じ村にいたからな」

「そうですか」

「どうして聞く」

「ああいう人には、誰でも興味を持つんじゃないですか。おじさんが昔、山に入ったと言うから」

「あの頃はみんな、訳もわからずに金訓長についてったんだ」

横目で範錫を見て、かすかに笑う。

「それでも吉祥《キルサン》、今は崔《チェ》参判家の旦那だが、あの人は抜きんでていた。面構えからして、俺らとは違ったしな。金訓長の薫陶も受けたし」

それは誰でも知っている話だ。

「この頃、田舎の暮らしはどうだ」

「ひどいものです」

「延鶴は苦情を聞かされるだろうな」

「この辺りで一番ましなこの村でも、労働者募集で動揺していますからね」

「食べていけなくて動揺するのと、金持ちになりたくて動揺するのとは、性質が違う」

「その両方でしょう」

「日本に行ったって、大して稼げないのに。実情を知らないんだ」

「プゴンのお母さんが」

「ヤムの母ちゃんのことか」

「ええ、あの家の暮らし向きが良くなったのを見て、みんな気持ちが浮わついているみたいです」

「あれは募集に応じたんじゃなくて、ちょっとましな倭奴についていったからだ。そんな幸運はめったにないぞ。運が悪ければ、どこかで野垂れ死にして終わりだ」

「田舎だけど、それぐらいはみんなわかってます。結局はあくせくあがいて、くたびれるだけでしょう」

「ふむ、くたびれるのは、いつものことだ。昔々からくたびれていたからな」

声を上げて笑う。

「地主の奴らを太らせるためにくたびれ果てるしかないんだ。ふん」

範錫と別れた寛洙は、金訓長家の前を通り過ぎ、ぽつんと離れた所にある漢福の家に向かった。漢福の家に入った寛洙は、手で顔をなでて、板の間の端に腰かける。

「兄さん？」

部屋の戸を開けて漢福が言う。

「うむ」

「入って下さい」

「ああ」

「永八おじさんに会いましたか」

「寝た子を抱いて崔参判家から出てくるのに会った」

「弘は気落ちしているでしょうね」

「まあ、あいつももう三十近いし、突然の不幸でもないしな。親の死に目にも会えず、命日も知らない人間に比べたら恨もないし、何を怨むこともないさ」

その言葉には漢福も同感だ。互いに境遇は違うが、二人とも親の死については骨身に染みるような恨を持っていた。

「夜の鳥が鳴いているな。ふん、うちの母ちゃんや父ちゃんの魂かな。この恨を子供の代まで伝えないといけないとは、あきれた話だ」

垣根の上に出ている月を眺める。

「入りましょう」

「酒はあるか」

「ありますよ」

寛洙は履物を脱ぐ。弘の家で、双渓寺《サンゲサ》でうわさを聞いたと言ったのは嘘だ。双渓寺にも行ったが、暗くなってから漢福の家を訪ねたのだ。漢福から龍《ヨン》が死んだことを聞き、その足で弘の家に行った。

酒の膳を前にして向かい合って座り、漢福がついでくれた杯を持って、寛洙はしばらく杯ばかり見下ろしていた。

「錫のせいで、大変だ」

とつぶやく。錫のこれまでの事情は、漢福もよく知っている。

「今度の葬式も、錫のお母さんしか来てませんでしたね」

「あの婆さんが……」

そう言いかけて、寛洙は酒をあおる。

「あの女房、腹を刺して殺してやる」

杯を乱暴に置いて言った。

「婆さんも婆さんだが、こじれたな」

「また何かあったんですか」

「何かあったどころじゃない」

「そんなら、捕まったんですか」

漢福が顔色を変える。

「釜山《プサン》で、逃げるには逃げたんだが、困ったことになった。だから今頃、晋州であの婆さんが責め立てられてるはずだ」

「どうしてそんなことに」

それには答えない。表面には出なかったが、事件は二カ所で追跡されたことに端を発していた。一つは寛洙を追っていた晋州の羅刑事《ナ》がうわさを聞きつけ、錫と離婚状態にあった梁乙礼《ヤンウルレ》に接近したのだ。乙礼は夫が何をしていたのかはっきり知っているのでもなかったのに、羅刑事は何かを察知し、寛洙と錫がつながっているという心証を固めた。それは家庭の不和が招いた結果だ。釜山で、カンセに対する捜査とは別に、思想らしきものを持つ人たちによる抗日闘争のための秘密組織に対する捜査が始まった時、同志の一人が裏切った。それは錫の失策だった。家庭の事情や紀花《キファ》の死によって気持ちに緩みがあったことは否めない。同志数人が捕まり、錫は逃亡したものの、事態は切迫していた。

ソウルでその知らせを受けた寛洙は急いで釜山に駆けつけ、まず錫を統営《トンヨン》の炳秀《ビョンス》の家に隠した。炳秀には、寛洙を居候させているソウルの蘇志甘《ソジガム》が話をつけてくれた。焼き物に興味を持っていた蘇志甘はもともと放浪癖があり、あちこち歩き回っているうちに統営を訪れたことがある。焼き物に対する興味は木工芸に対する興味にも通じ、名匠と名高い炳秀を訪ねたことで交友が始まったのだが、後でわかったことでは、寛洙も炳秀と初対面ではなく、炳秀が父親とは違うということも、よく知っていた。炳秀もまた、錫とは知らない間柄ではなかったし、父の業報は自分が受けねばという気持ちもあったから、快くかくまってくれた。しかし、長く滞在できる場所ではない。

「ちくしょう！　あの坊主はどうして帰ってこない」

「恵観《ヘグァン》和尚ですか」

「あんまりもどかしいんで、何か消息でも聞けるかと思って双渓寺に行ってみたが、やはり何もわからなかった。どうやら満州で野垂れ死にしたらしいな」

「まさか」

「安心はできんぞ。もう老いぼれて働くこともできなくなったから、死に場所を探しに行っても不思議じゃないからな」

口ではそんなことを言っていても、寛洙はこんな時に恵観が不在であることで気がくじけ、帰ってこないかもしれないと、絶望に打ちひしがれていた。寺の門を出る時は、もう投げ出してしまいたいという思いにかられていた。

(どこか山奥に引っ込んで、子供の成長でも見て暮らすか)

そんなことを思った。漢福を訪ねてきたのは、最初から計画していたことではなかった。漢福が息子のことで錫と特別な結びつきがあるという私的な理由ではなく、運命を共有する同志としての任務を与えに来たのだ。

「手足はあっても頭がない状況だから、たまらん。だからといって、この仕事から手を引けるか? 途中で投げ出したりできるか?」

それは自分のことだったが、ある面では漢福に対する脅迫でもあった。漢福はちょっとひるんだけれど、寛洙が自分をそんなふうに見ていると思うと寂しくなった。

「死のうが生きようが、俺も背を向けたりはしません」

怒りを含んだ声で言った。寛洙は自分の気持ちを見抜いた漢福に謝るように、かすかな笑みを見せた。

「俺は最初から、お前に申し訳なく思っていた。満州に行かせた時から。許してくれ。オオカミのような気持ちにならないと、ことを成し遂げることはできないんだ。情に流されれば、十中八九、ことを仕損じる。今回の錫のこともそうだ。あいつは鉄の塊のように強固だったのに、家のことに加えて、また……ともかく、心のどこかに隙があったんだ」

「錫は今、どこにいるんですか」

「うむ、そこも長くはいられない」

どこにいるのかと聞いたのに、そんなことを言う。

「そんなら、俺は何をすればいいんです」

「満州に行ってきてくれないか」

「恵観和尚を迎えに？」

寛洙は首を横に振った。

「錫を連れていってほしい」

「錫を？」

「うむ。錫は、俺とは違う。俺の居場所は知られていない。だが錫は晋州に家族がいるし、こうなった以上、家族は動かせないだろう。あいつの気の緩みから、こんなことになったんだ。どのみち当分の間は何もできない。もしあいつがどうにかなったら、影響を受ける人はたくさんいるんだ。捕まりさえしなければ、言い逃れる方法はなくもない。もともと家庭の不和の原因は女だから」

それは漢福も知っている。息子が錫の家に居候していたので、紀花をめぐって夫婦が言い争いをしたことは聞いていた。

「女性問題で家を出たと言い張ることもできるさ。ああ、ちくしょうめ」

そう言いながら、寛洙は酒を飲む。

「さっき弘の家に行ったんだが、永八おじさんが弘に、満州に行けと言っていた。おそらく遠からず行くことになるだろうが、家族を連れていくか一人で行くかは決めていないようだったな」

漢福の答えを聞きたいのではなく、錫のことから話題をそらそうとする。

「あっちの事情は、お前もよく知っているだろう？」

「ええ、行くべきですよ。父ちゃんが病気だったから、遅くなったけれど」

漢福も、弘の間島《カンド》行きに賛成する。

「行けば生活の基盤はあるし、何をするにしても慣れた土地だから、弘の将来のためには」

「将来？　独立運動をしろと言われたらどうする。楽に暮らせなくなるだろうに」

「それは弘次第でしょう。したくなかったら、しないでもいいんだし。孔《コン》老人が弘に来てほしいと思っているのは、純粋に個人としての望みだから。行ってきた人たちも、吉祥兄さん以外は、みんなあちらでそれぞれ普通に仕事をして暮らしていましたよ」

「まあ、そうだ。誰かに命じられてするというものではないからな。それはそうと、お前、兄貴から連絡はあったか」

「夏に日本に行った帰りに釜山で会おうというので、会うには会いました」

何の感情も表さずに言った。

「とにかく巨福《コボク》の助けはありがたい」

皮肉のようだったが、必ずしも皮肉ではなかった。

「人が生きるというのは、実に奇妙なものだ。白黒はっきり分けられないのが、人間というものだ。吉祥も下男の身分から大金持ちの亭主になったと思ったのに、よその国で冷たい風にさらされた。のんきな人間の目から見ると、馬鹿なことだ。お前は反逆者の兄を持っているおかげで国のために働くことができるんだから、妙な世の中だ。昔の儒者たちは険しい山を見まいと扇で顔を覆って通り過ぎたと言うが、そんな考え方をしているから国が滅びたんだ。見ないでいても険しい山がなくなるわけではない。険しい山も使い方次第だ。君子は大道を歩むという言葉があるけれど、法律が正しくて、オオカミのいない世の中でなければ仕方ない。オオカミに食われないためには、モグラみたいに地面にもぐるか、自分でオオカミにならなきゃならん。最後までやらなければ。錫の気持ちもわかる。あいつの性格なら、君子大道を歩むだ。ははははっ……ははは……。祖先と子孫、常奴と両班、金持ちと貧乏人、そしていろんな人種がもつれ合って」

空になった杯に、漢福が酒をつぐ。彼は寛洙のことより、吉祥に思いを馳《は》せていた。煙秋《ヨンチュ》で吉祥が言った言葉を思い出していた。

（お前の父親は、お前一人を貧しくして追い詰めたが、世の中には、一人あるいはたった数人の人間が、何千万もの人を貧しくして、追い詰めることもあるというのがなぜわからない！　今のところ目の前の敵は日本で、だからお前の兄さんの首もはねないといけないんだ。働けとは言わないが、頼むから隠れないでくれ。お前の子孫のためにも。父親の亡霊を一生背負って生きて、子孫にまで譲り渡すつもりなのか！）

あの時の冷たい夜風がよみがえる。満州の珍しい風景も、目に浮かぶ。ありがとう、大変な仕事をしてくれて、と言いながら握手を求めた、左耳の辺りから唇の近くまで青いあざが広がっていた男〈張仁杰《チャンインゴル》〉の顔が浮かぶ。彼も死んだと聞いた。

「さっき弘の家で、金訓長の孫に会った。若いけれどしっかりしてたぞ」

寛洙は錫の話を途中でやめ、また話題を変えた。

「しっかりしてますよ。落ち着いていて、お父さんと一緒に田畑を耕していますが、普通学校しか出ていないのに学識は高いんです。養子の子とはいえ、文章家の家だからそうなのかもしれません。みんながそう認めています」

「文章家だか何だか、俺みたいな無学な者にはわからんが、カモの子は水に行くという言葉どおり、金訓長の匂いがしたな」

「それは兄さんの誤解ですよ。両班だからと威張ったこともないし、若いのにさばけた人で、字が書けない人の手紙を代筆してやったり、何かあって相談すれば、代わりに町に出かけて面《ミョン》〈行政単位〉の役場で手続きをしてやったり。いやな顔一つ見せないんです。だから村の人たちは、金訓長の孫が面役場の役人になってくれればいいのに、学識からすれば、面ではなく、郡庁でも十分務まると言っています。お父さんは人がいいだけで頭は良くないけど、息子は出来がいいと、みんな褒めているんです」

「金訓長だってそうじゃないか。田畑を耕し、字を教え、代筆してやり、何かあれば相談に乗った。それでも両班と常奴を隔てる垣根は、天に届くほど高かった」

「さあ」

漢福が答えた。

「金訓長もそうだったけど、兄さんもちょっと意地を張り過ぎてた気もします」

「何だと」

「両班といえば、何でもかんでも憎んでたから。お互い様じゃないですか」

寛洙は笑う。

「両班の身分を親から受け継いでうれしくないことはないだろうけど、人に害を与えずに暮らしていた人を憎むことはないでしょう。常民だって、みんながいい人でもないし、必ずしもつらい思いをしているわけでもないのに」

「ははは、それはお前の言うとおりだ。だが害を与えなくとも、金訓長みたいな人は、心の害を与えていた。志操が固く清貧なのはいいが、生まれつき身分が違うという考えは、場合によっては空腹よりもつらいものだからな」

雑談をしているうちに夜が更け、二人は寝床についた。間島行きに関してはどうするのかと聞きもせず答えもしないまま、また朝が来た。目を覚ましたのは、外で女の声がしたからだ。

「祭祀のお供えを次の朝におすそ分けするなんて変だけど、悪く思わないでおくれ」

ヤムの母の声だ。

「悪く思うだなんて」

漢福の女房の声だ。

「もっとも、ここは離れている分、遅くなったけど。私は朝ご飯の前に配ろうと思って急いだんだよ」

「都合に合わせてやればいいんです。そんなに気を使わないでいいのに」

「祭祀を終えてお供えのご飯を分けようとしたら、嫁が倒れたんだ。胸をたたきながら」

「食あたりですか」

「祭祀の直後だったから驚いたね。誠意が足りなくておとがめを受けたのかと思った。だって、手足が冷たくなって、口から泡を吹いて、今にも死にそうだったんだよ。プゴンを亡くしたばかりだから、頭が変になりそうだった。タクセが女房の頬をたたいたら、腹の中からグルグルと音がした。一生懸命手足をさすってやると、温かくなってきた。タクセは上の村のトシクさんを呼びに行き、あたしはずっと手足をさすっていた。寿命が十年縮まったよ」

「もう大丈夫なんですか」

「だいぶ良くなった。夜通しそんなふうだったから、祭祀のお供えなんか忘れてた」

「とにかく、助かってよかった」

「ああ、ほんとに、心配の種は尽きないね」

ヤムの母は、お供えをおすそ分けするのは漢福の家が最後だったからか、帰らずに板の間に腰かけて話を続けていた。

「あんたんちは今年、綿花をたくさん摘んだかい？」

「いつもと同じぐらいです」

「家族が増えて、長男はもう嫁をもらわないといけないから、あんたんちも綿布は売りに出せなかっただろう？」

「ええ。家族が多いから、市場に持っていくほどはありません。どうしてですか」

「さて……毎日、機織り機に座って織ったところで、あたしの腕では十五、十六セ*はとても無理で、十三セが織れたら上出来だ。姑に似て、うちの嫁も力仕事はできるけど、こういうのは苦手でね」

「何もかも上手にできる人なんかいませんよ」

「うちでは、十三セでもできれば、大喜びだ。だけど、どこかに綿布を納めて供養をしたいんだよ」

「それで」

「うん。市場に行けばいくらでも売ってるけど、あんたの織った布にはかなわない。どう？　一匹〈二反〉だけ売ってくれないかい」

「お役に立つのなら、構いませんよ。あたしのだって、特別出来がいいとも思わないけど」

「じゃあ、売ってくれるね」

「はい。この頃、おばさんちは暮らし向きが良さそうですね」

「あんたんとこはどう？」

「うちなんか」

「息子は上の学校に入ったし、あんたの亭主は穏やかな人だし」

「おばさんも、息子さんが立派になられて」

「それはそうだね。プゴンが生きてたら、どんなにいいだろう。あれこれ思い出すよ。あの子のことが忘れられない」

「プゴンの旦那さんは再婚したんですか？」

「わかるもんか。どこにいるかも知らないのに」

「じゃあ、本家にも戻ってないんですね」

「プゴンの看病をするためにうちに来て以来、あちらの家では、もう子供でも兄弟でもないって言ったらしい。どこに行ったかもわからないんだ。あの人も、世を捨てて……うちの娘を忘れないでいてくれるのはありがたいことだ。でも、若いんだから再婚して子供もつくらないといけないだろうに、どこで何をしているのか。考えてみれば、プゴンが申し訳ないことをしたね」

「まあ、死にたくて死んだわけではないのに。生きたいのに死んでしまった人が可哀想なんですよ」

「あたしは、あの時は可哀想で一緒にお棺に入りたいと思ったけど、時が過ぎて、息子たちが嫁をもらって孫もできた。もっとも孫のことは話に聞いただけで、日本にいるから会えはしないよ。でも、楽しみにしながら暮らしている。プゴンの亭主の方が、もっと可哀想だ」

「再婚して、子供もいるかもしれませんよ」

「どう考えても、そんなことはしそうにない。女房の薬代を払おうと必死に働いたのに、死んでしまって、どんなにがっかりしただろう。お兄さんも暮らし向きが良くなったというし、うちも楽になったから、訪ねてきてくれたら、手を握って、再婚しなさいと言ってやるのに。お金がなくて嫁をもらえないなら、どんなことをしてでも、嫁をもらえるようにしてあげるよ。世の中に、病気になった女房にあれほどよくしてくれる人がいるものか。プゴンは福がないから死んでしまったけど」

「本当ですね」

「秋になると、二升分の餅米で餅を作って、栗も二升持って、病気で寝ているプゴンに会いにオリ島《ソム》に行った時のことが思い出されるよ。あの時はひどい貧乏だったから、娘の嫁入り先に行くのに、貝殻の中に貯めていた小銭を旅費にしたんだ。そうして訪ねていったら、娘を嫁にやった罪人という言葉があるけど、ずいぶん冷たくされてね。帰り道でも、涙で前が見えなかった。あたしは貧しくて何もできないから馬鹿にされて帰るけど、病気の娘にご飯を食べさせてくれるだろうかと思うと、真っ青な海の水に飛び込んでしまいたかった。ずいぶん昔のことなのに、秋になると思い出すね」

「うちだって、数えきれないような苦労をしましたよ」

「それはあたしも知ってる。あんたたちが苦労してきたことは、よく知ってるとも。でも、食べていけるようになったら、ああ、人の気持ちって、どうしてああなるんだろう。これはうちだけじゃなくて、あんたんちに対しても」

「何ですか」

「何って、わからないかい」

「何のことです」

「つまり、あたしたちは貧しかった時、ひどくぞんざいに扱われたじゃないか。でも、今はどうだ。あんたも、あんたの旦那も、それにあたしやうちのタクセも同じだ。あたしたちが、いい暮らしをしていると自慢するはずがないし、大してお金があるわけでもない。やっと少し楽になったというだけなのに、世間では、目の敵みたいに思われているんだ。あんたんちが子供を進学させたことについて、どんなに陰口がたたかれているか。それに、うちのことは、崔参判家でおべっかを使って土地を貸してもらったとか、ヤムが日本で泥棒したとか、どうしてそんなことを言われないといけないの。福童《ポクトン》の母ちゃんが悔しい思いをして死んでどれだけも経たないのに、そんなことを言うんだよ。あの鳳基《ポンギ》爺さんと福童の奴と、その女房がぐるになってうわさを立てているらしい」

興奮しているから、話はまだ続きそうだ。ひょっとすると、その話がしたくて漢福の家を一番最後にしたのかもしれない。普通なら顔を出して挨拶するところだが、漢福は外の話を聞き流しながら、寝たまま天井をぼんやり見ていた。寛洙は枕を胸に抱いてうつ伏せになり、巻きたばこを吸いながら、やはり黙っている。まだあまり明るくはなかったけれど、朝の光が障子に輝いていた。

「亭主も亭主なら、女房も女房だ。朝、おすそ分けを持っていったら、鳳基爺さんはフクロウみたいな目をして、黙って厠に入ってしまった。福童の母ちゃんのことがあったから、あたしと顔を合わせたくないのはわかるよ。でも、近所なんだし、あの家だけ省くわけにもいかないじゃないか。どうしてあんなことをするんだろう。それに、婆さんが何て言ったと思う？　おすそ分けが遅れた事情を話したら、ヤムの母ちゃん、あんたはどうしてそんなに不幸なんだ、娘を亡くしただけでなく、嫁まで殺してはいけないってさ。腹が立ってぶるぶる震えたよ。姉さん、なんてことを言うんです、人は病気にかかるものでしょう、もう大丈夫だからそんなふうに思わないで下さいと言うと、誰がおすそ分けしてくれと言った、朝っぱらから女が大声を出すなんて、縁起でもないって言うんだ。開いた口が塞がらない」

「言っても仕方がないから、我慢しなきゃ。あたしたちも悔しい思いをすることが一度や二度じゃないけど、うちの人は、我慢しろ、どこかで牛が鳴いているぐらいに思っておけって言うんです。まあ、今の陰口ぐらいは大したものじゃありませんから。うちの人が小さい時には、本当にとんでもない扱いをされて」

と言いかけて、漢福の女房は喉を詰まらせる。

「悪人は、生まれ変わったって治らないんだよ。あいつらが死んでも、あたしは絶対葬式には行かないね。貧乏なら貧乏だと馬鹿にされるし、食べられるようになったら、あいつらはどうしてかゆじゃなくて飯を食べてるんだと意地悪なことを言う。本当に、子供がいなかったら、死んでしまいたかった。だから福童の母ちゃんも死んだんだ」

「もうそれぐらいになさいよ」

寛洙が部屋の戸を開けて出てきた。

「待ちくたびれて、部屋の中でくそを垂れるところだった」

「おや、寛洙じゃないか」

ヤムの母は板の間から立ち上がって笑う。

「鳳基爺さんのことは放っておけばいいんです。勝手にくたばるから。どのみち先は長くないんだ」

「葬式に間に合わなくて、今頃来たのかい」

「ええ、用事があって出かけていたんで、知らなかったんです」

「遅れたけど、来てくれてうれしいよ。来るのも簡単じゃないからね。父ちゃんが死んで、弘は翼の折れた鳥みたいにしょげてる。兄弟も親戚もいないからねえ」

「だから来たんです」

「ついでに、秋夕もここで過ごしていきな」

「ここで秋夕を過ごす理由がありませんよ。ほかの人みたいに、親の墓があるわけじゃなし」

「それはそうだけど。おや、いつの間にか長居をしてしまったね。家を散らかしたままで」

寛洙と話している間に、漢福の女房は台所に行っていた。

「あたし、帰るよ！」

台所に向かって叫ぶ。

「はい。おすそ分けありがとうございました」

漢福の妻が顔を出して挨拶する。ヤムの母は枝折戸を出ようとして、振り返る。

「うちにご飯を食べに来ないか？」

「お言葉だけで充分です。今日、帰らないといけないんで」

ヤムの母は嘆き、興奮し、悔しがって騒いでいたけれど、木の器を頭に載せて急ぎ足で帰ってゆく後ろ姿は、それほど不幸には見えない。

(日陰が日なたになり、日なたが日陰になる。錫の母ちゃんがどうにか暮らしていけるようになった時、ヤムの母ちゃんはひどい貧乏だった。ヤムの母ちゃんが暮らしていけるようになったのに、まったく、錫の母ちゃんはどうすればいいんだ)

厠に行ったついでに顔も洗って部屋に戻ると、漢福がいなかった。寛洙はあぐらをかいて座り、手持ち無沙汰なので、またたばこに火をつける。昨夜、返答は聞かなかったけれど、寛洙は、漢福は断らないだろうと信じていた。しかし次第に不安になってきた。漢福の間島行きは錫を無事に送り届けるのが目的だが、恵観の消息も調べないといけないし、最悪の事態に備えるため、吉祥に代わって連絡する相手を見つけておく必要があった。錫が満州に行くのも、身を隠すとともに、あちらとの連絡をつけるという意味がある。それに、資金も緊急に必要だ。錫が無事に国境を越えられるようにして、あれこれ世話を焼くのは、間島に行った経験のある漢福だけができる仕事だった。

(錫を連れていくのは、漢福にもたやすいことではない。漢福が渋っても無理はない。危険だからな)

寺の門を出た時に感じたような、言いようのない孤独と絶望が押し寄せる。思考も停止してしまったようだった。周りの事情もそうだが、自分が役立たずになっていくのではないかという疑問が、唐突に浮かぶ。鼎《てい》の脚は三本、お膳の脚は四本だ。それで十分重みに耐えられる。しかし二本ではどうだ。一本なら？　そんな危うい感じに、寛洙は当惑している。こんなことは初めてだ。環《ファン》が死んだ時も、これほどまごつきはしなかった。ソウルの蘇志甘の家に身を隠している時も余裕はあった。

漢福が戻ってきた。寛洙は、あぐらをかいて指にたばこを挟んだまま漢福を見上げた。

「どこに行ってた」

「裏の山です」

「母ちゃんの墓か」

答えない。しばらくすると、

「兄さんはどこに行くんですか」

「行き先はお前が決める」

「俺が？」

「俺がどうするかは、お前の決心次第なんだから」

「はい。それなら、兄さんが指示して下さい」

十七章　愛

裁縫や手芸などを教える女学校で、しかも夜間だから、普通学校を出た生徒もいたけれど、中退した子や教会の夜学に通っただけの子も多かった。おなかの子が八カ月ぐらいになるらしく、顔にしみができている鄭貴愛《チョンクィエ》という教師は、わびしげに荷物をまとめていた。貴愛は手芸の先生だ。照明は裸電球だが、教務室の中は明るい。

「柳《ユ》先生、帰らないんですか」

「帰ります」

仁実《インシル》は力なく答えた。

「どうですか。ここの仕事は」

「そうですね……」

「長続きする人はいないけど、柳先生はどうだろう」

「鄭先生は長く勤めてらっしゃるんでしょう」

「私は生活のためだから仕方ないのよ」

「ほかの先生たちも同じじゃないんですか」

「ほかの人たちはもっとましな職場に移っていくの。実際のところ、普通学校以下の待遇だものね。柳先生ほどの学歴を持つ人が来たこともなかったけれど。私はまあ、ましな所に移るだけの資格もないから」

「実は私もちょっと迷っています。家政科の理論が、ここの子たちに必要なのかという気がして。実習しようにも設備がないし」

「生徒たちが嫁入りする前の腰かけに過ぎないのよ」

「でも、たいていは経済的に困っている子たちでしょうから、将来、独り立ちできるように……」

「それは誤解よ。夜間学校に通う子は昼間働いているのだと思うでしょう。男子の場合はそうだから。そういう女子が朝鮮に全然いないとは言えないけれど、たいていは家で家事手伝いをして夜、学校に来る子たちです。何かの事情で普通学校を中退して、年を取ったから普通学校に戻ることができず、夜間学校に来る子もいます。必ずしも貧しい家の子ではないの。基礎ができていないために正規の学校に入れない子が大半ね」

しみがいっぱいできた顔は、この世間知らずめという嘲りの表情を浮かべている。

「まあ、そうでしょうね。女の子の働き口がたくさんあるわけでもないし、ゴム工場や紡績工場みたいな所で働く子たちは家族を養ったりして食べていくのにやっとで、学校に通うことなんか夢にも見られないのかもしれません。先日、朝鮮半島の南部をずっと旅行しながら見たんですけど、海辺の小さい都市では漁業が盛んなので網を作る工場がありました。日本人経営の。ところが、賃金は必要な生活費の半分にもならない。それも腕のいい人たちなのに。お弁当を持ってこられる人はあまりいなくて、みんな栄養不良で顔が青ざめてました」

「さあ、そんなことはよく知りませんけど」

冷淡な反応を見せる。仁実は貴愛をまじまじと見た。生活に疲れた顔。彼女も生活の奴隷だ。

「それに比べたら、ここの生徒たちは貴族ですね」

「ええ、金持ちの商人や富農の娘もいるし。上京したって、まともな学校に入る資格がないから、こんな学校でも入らないよりましってことです。それでも、田舎では自慢できるんでしょう」

その言い方は、意地悪ですらある。仁実はかすかに笑う。

「みんな帰ったけど、柳先生はどうするんですか。私はお先に失礼しますよ」

仁実は、自分も帰らなければいけないと思いながら肩をすくめ、ふと先日の会話に思いを馳せる。明姫《ミョンヒ》はなぜ、崔西姫《チェソヒ》の長女──仁実は紀花《キファ》の娘良絃《ヤンヒョン》を、西姫の実子だと思い込んでいた──について、あんなにしつこく尋ねたのか。明姫の性格からすると、釈然としない。明姫は、仁実が不安になるほど落ち着きがなく、妙に慌てたり、暗鬱な視線を窓の外に向けたりしていた。

(子供がいないからだろう)

あの日下した結論を、仁実は自分の爪を見ながら繰り返す。師弟関係であれば、互いに自分の言動には気をつけるものだ。先生だと思って見てきたから、明姫のそんな一面に気づいていなかったのかもしれない。がっかりした一方、妙に親近感が湧いた。貴族の夫人になったから明姫が貴族に見えると思ったことはない。女っぽいねたみや執着のない明姫は何事にも無関心なように見え、距離を感じさせた。その距離があったからこそ、仁実は明姫に憧れていた。当時から既に、明姫は貴族的な女性だった。

（どうしてこんなことを考えてるの。帰りが遅くなる）

仁実は時計を見て立ち上がった。粗末な木造校舎と狭い運動場を横切りながら、寒さを感じた。そして明姫を思い出したのは、前の席に座っていた、髪にきっちり分け目をつけた女学生の顔がちょっと明姫に似ていたからだろうと思う。自分が、自分の根本的な問題を避けているからかもしれない。その問題とは何なのか。

だいぶ日が暮れて薄暗くなった道は、路地ではないのに人けがなかった。時折、電柱がにょきっと現れて視野を塞いだ。

（他人は何と言っていたのだ。家柄が良く、暮らし向きがいいから娘を東京に留学させるとは、珍しいことをするもんだな。独立運動だか何だか、そんなのは男のすることだ。ああ、これは他人の言ったことじゃない。母方の祖母の言葉だ）

地面を見下ろす。四方から押し寄せるのは、触れれば痛いものばかりだ。さっきの貴愛の言動も痛かった。私は生活するので精いっぱいなの。青ざめた女工の心配は、あなたのように責任がなくて食べる心配のない人がすればいい。貴愛は言外にそう伝えていた。

（本当の生き方とは、必ずしも社会の要求と一致するものではない）

仁実は最も過酷で禁欲的なもの、宗教であれ自然現象に挑戦することであれ、そんなものに逃避したい衝動にかられる。人間はどこまでそうしたものに耐えられるのか。そして人々が現実の人間関係に起因する困難を逃れて孤独な苦難の道を選ぶのなら、それは捨てた、あるいは逃げ出した現実よりは、まだ耐えやすいということなのだろうか。

「ひとみさん！」

仁実は自分の耳を疑うように足を止めた。

「ひとみさん！」

緒方次郎が、民家の塀にもたれていた。

「僕、さっきからずっとここで待ってたんです」

「まあ、私を？」

わかっているのに、仁実は独り言のように低くつぶやいた。

「ここに勤めていると聞いて。いくら待っても出てこないから、ひょっとして行き違いになったかと思いました」

叱られると覚悟している子供のように、背広をいじりながら言う。

「いつ来られたんです」

「昨日の夕方、ソウルに着きました」

「何をしに来られたんですか」

並んで歩く。

「ひとみさんを迎えに来たんですよ」

「私たちの話は、全部終わったじゃないですか」

「僕は一度だって話を終わったことはありません」

「片方が終われば終わりです」

怒りを見せながらも、仁実は涙をこらえているようだ。

「とにかくどこか静かな所で話しましょう」

「もう遅いわ」

「どういう意味です」

緒方はぎょっとして足を止めた。

「時間が」

「ああ、ぼ、僕は」

「婚約でもしたと思ったの?」

仁実は仕方ないなと言うように笑った。緒方はその言葉を聞いていなかったのだろうか。

「どこに行こう」

「明日。明日にしたらどうですか」

「それは絶対にいけません。このまま別れたら、ひとみは逃げてしまう」

「じゃあ、どこに行きましょうか」

仁実は絶望して言った。あれほど激しく憎んだ民族、大日本帝国の国籍を持つ男。生粋の日本男性のことが、離れている間、ずっと恋しかった。事件から解放されて緒方が日本に戻る時、仁実は、

「あなたは日本人で私は朝鮮人です。私たちは絶対に一緒になれません。友達にもなれません」

と冷たく言い放った。緒方は唇を震わせながら黙っていた。逮捕前は、仁実が緒方の気持ちをいくらか受け入れていたのは事実だ。

「とにかく、ついてきて下さい」

緒方は仁実の手をつかんだ。

路面電車に乗り、また歩き、彼らは漢江《ハンガン》にやってきた。前に彼らが会ったのも漢江のほとりだった。

「あなたは幽霊ね」

砂の上に脚を伸ばして仁実がつぶやいた。波の音、砂の感触。緒方と別れれば、その時から地獄が始まる。仁実は最も楽な所、自分がいるべき場所に来ているような気分になった。

「そう、僕は幽霊です。東京にいた時も僕は幽霊になって海を越え、ひとみの横にいたから」

笑う。しかし緒方の笑い声には焦りと不安が交じっていた。

「僕が幽霊なら、ひとみは虚栄の塊だ」

緒方が何を言おうとしているのか、仁実は知っていた。

「東京の人たちはどうしてますか」

緒方はため息をつきながら、

「騒がしいですね」

たばこに火をつける。

「昼間、信《シン》さん〈鮮于《ソヌ》信〉に会いました」

「あの人に、私がここに勤めていることを聞いたんですか」

「いえ」

「……」

「信さんと一緒にいた人です。誰だか知りません。その場に何人か」

「女の人ね」

緒方は認めるように、返答をしない。

「ずいぶんからかわれたでしょうね」

「なぜでしょう。初めて、朝鮮人もひどい偏見を持っていると思いました。ひとみさんを始めとして。悔しかった。どんな場合でも、愛するということは、純粋です。僕が日本の政治家ですか、朝鮮総督府の役人だとでも言うんですか？　他人の愛を辱めるのは、その人自身が不潔だからです」

さっと立ち上がり、石を握って力いっぱい川に投げつける。

（それは私も同じ。私もあなたと同じように言われています。私達は二人とも異端者、反逆者なの。許されない女。民族反逆者というだけでなく、売春婦よりも汚い女。私達の間に何があったというんです。それでも売春婦呼ばわりされるんですよ）

「ひとみもいけないんだ。卑怯で、臆病だ。社会主義に共鳴しながら、最も保守的な嘘つきだ。そう、嘘つき。日本人を憎んでいるからだって？　それは言い訳だ。ひとみは世間から悪く言われるのが怖いんだ。民族を裏切ったと言われたくないんだ。勇気がない。それは信念じゃない。虚栄であり、体面を取りつくろっているだけだ。そして、自分の国を愛しているというのも虚栄だ。ひとみは最初、すべての日本人を嫌っていました。敵だと思っていました。だから僕にも心を開いてくれなかった。僕も日本人だから。それはあなたが僕を愛する以前の感情なので、僕は理解できます。でも次には僕に対する愛情を隠そうとした。そこまでは、理解できます。しかしその次には、ひとみは僕を愛した。愛していました。愛しているのに、日本人だからといって、憎むふりができるんですか」

「緒方さんを憎んだことはありません。友達だった時も」

「どうして僕たちは敵ではないのに、会ってはいけないのです。愛し合っているのに、なぜ結婚できないのです」

「……」

「世間が怖いんでしょう。僕は怖くない。不快なだけです。それこそ不潔な想像をする人を憎みます。本当に、頭がおかしくなるほど憎かった」

最後には泣きそうな声になった。そんな緒方だからこそ、仁実は愛したのかもしれない。少年のような、みなしごのような、朝鮮にはめったにいない男。子供でもないのに子供みたいで、慎重でありながらも率直で、小心なようでいてとんでもないことを言い出す。

たばこに火をつけ、緒方は仁実の横に座る。

「会いたくて我慢できませんでした。僕たち日本に行って、北海道ででも暮らしましょう」

「従妹との結婚を勧められているんじゃないの？」

「それは僕の意思ではありません」

「……」

「日本がいやなら中国に行こう」

「朝鮮の独立運動をしてくれますか？」

「それは僕たち二人のこととは別問題です」

「でも私は、朝鮮が独立するのを見たいの」

「そんなこと言わないで下さい。ひとみ！」

緒方は仁実を抱き寄せる。

「そんなことは言うな。こんな時に、そんな話をするんじゃない」

抱き寄せたまま、仁実の顔をじっと見る。

「愛は、男女の愛は個人的なものです。それに、僕は自分の理想を諦めない」

仁実は緒方の腕を押しのける。

「緒方さん」

「何も言うな」

緒方の声には絶望がにじんでいた。

「私、約束します」

「何を」

「緒方さんのために、私は結婚しません。独りで暮らします。あなたに約束するわ」

仁実は泣きだした。

「勇気がないの。私は臆病者です。親兄弟のせいじゃありません。虚栄でもない。他人の目が怖いのではないんです。私が、自分自身を許せないんです。わかりますか。恋しくて、会いたくても私は自分があなたの所に行くことが許せないんです。他人からは、もう烙印を押されています。これ以上、どんなことを言われても同じです。理解して応援してくれる人はわずかしかいないし」

二人は十二時近くになって別れた。仁性《インソン》は、寝ずに妹の帰りを待っていた。

「仁実さん、お兄さんが来なさいって」

仁性の妻良順《ヤンスン》が仁実の顔色をうかがいながら言った。

「どうして?」

「さあ、私は知らないけど」

「疲れてるの。明日の朝じゃいけないかしら」

「ずっと待っていたのよ」

「わかりました」

仁実は部屋を出て顔を洗い、涙の痕が残っていないか、鏡をのぞき込む。

「お兄さん、お呼びですか」

舎廊の前で仁実が言った。

「ああ。入れ」

仁性はきちんと座っていた。一見、とても柔和な表情だ。

「学校はどうだ？　続けられそうか？」

「思っていたほどでは」

「そうだろう。まだ女の子には暗黒期だ。もっと先にならなければ」

「話って？」

「うむ。大したことではないから、ゆっくり話そう」

「……」

「何日か前に、お祖母さんの所に行った。もう何も言わないだろうと思っていたのに、なんと、一時間も正座させられて叱られた。仁実が悪いのではない、すべては兄であるお前の責任だ、あたしが元気なら、ふくらはぎを棒でたたいてやるんだが、と言っていた」

「お兄さんのせいじゃないのに」

「俺に落ち度があったことには間違いない。俺は、保守的だという非難に弱いからな。そんな心理のせいで、妹に対して果たすべき義務を犠牲にしていたんだ」

「義務を果たしたところで、結果は同じだったわ」

「お前を信頼し過ぎていたのも良くなかった」

「緒方さんのことを言ってるの？」

「そのことだけじゃない。それはそれとして、お前、嫁に行け」

「え？」

「結婚するんだ。それを言いだす機会をうかがっていたんだが」

仁実はうつむく。

「頭が良くて、健全な考えを持っている男がいる。お前が決心しさえすれば、問題はないはずだ」

「世間のうわさなど不問に付すと言っていたの？」

「お前ははっきりものを言い過ぎる。嫁入り前の娘なんだから、ちょっとは慎みなさい」

仁性は冗談のように言って笑った。もちろん、作り笑いだ。

「お願いだ。俺がお祖母さんに叱られないようにしてくれ」

「お兄さん」

「うむ」

「私、結婚しません」

仁性は当惑を押し隠した。

「子供みたいな台詞だ」

「結婚しないわ。一生」

仁性は慌ててたばこを取り出して火をつける。

「お前、今日、緒方に会ったのか」

「……」

「どうして会う！」

大きな声を出す。

「私、結婚しません」

仁実は、怒る兄に向かって、低い声で繰り返した。

結婚しろと高圧的に言われたわけでもないのに、仁実は宣言するかのごとく言い放った。仁性はその瞬間、不思議に思ったようだが、すぐに表情がこわばった。ぞっとした。緒方が来ているという話は、夕方やってきた鮮于信に聞いた。一抹の不安があったのは事実だ。ソウルに来ればいつも真っ先に自分を訪ねてきた緒方が現れなかったことも、気にかかっていた。それに仁実は、いつになく帰宅が遅かった。しかし仁性は、まさかと思った。妹とはいえ、女にしては気が強過ぎて心配になるぐらいだったから、信用していた。

（どうしてあんなに強い言い方をするんだろう。何かあったのか。ひょっとすると仁実は緒方に対する気持ちを、そんなふうに俺に告白したのではないか）

それでも仁性は疑いを振り払うように、以前と同じ口調で言った。

「緒方とのうわさのせいで、そんなことを考えているのか？」

「……」

「お前がそんなうわさで傷ついているだろうとは思っていたし、俺も非常に不愉快だ」

「傷ついたのは事実です。でもそんなの、大したことじゃないと言って無視すれば、耐えられないこともないわ」

「それなら」

「……」

「結婚しないという理由は何だ」

「……」

「お前がほかの女とは違うということは、俺も知っている。つまり独立運動に専念するために結婚しないというのか」

仁実は口を開かなかった。うつむいて唇をかんでいる。鼻筋が鋭い。伏せた目は切れ長で、くっきりした眉毛は、少女というより少年のようだ。もう二十七になるのに。仁性は妹がそんな姿勢でいる時は何も言わないことをよく知っている。何も言おうとしないというのは、どういうことか。仁性は理性を失った。

「お、お前、まさか」

言いかけて、たばこに火をつける。すぱすぱと慌ただしく吸う。それでも冷静になれない。

「緒方のせいで結婚しないというのではないだろうな？」

「……」

「そんなことは、絶対にないだろう？」

「……」

「どうして黙っている。返事をしなさい」

仁実はいっそう深くうつむく。疑いの余地はない。

「駄目だ。それは断じて許さん」

「ええ、わかってます。絶対に駄目でしょう」

ようやく仁実が言葉を発した。だがそれは緒方を愛しているという告白以外の何ものでもない。

「だ、だから結婚しないと」

最後まで言えない仁性の顔は真っ赤だった。夜中に大声を出してはいけない、家族に知られてはいけないという思いで、ようやく自分を抑えた。世間のうわさは、不愉快どころではなかった。仁性はそんなうわさをする人たちの口を引き裂いてやりたいほど憤っていた。だが仁実のことを信じていた。その激しい排日思想と、強靭な性格を信じた。一抹の不安、緒方が来ているという消息と、仁実の帰宅が遅れたことによって、仁性は眠ることができずに帰りを待っていた。こんな事態は想像もしていなかったから、心の準備ができていない。想像するだけでも許せないことだったからかもしれない。

「ど、どうしてお前みたいな子が、そ、そんなことを。お前みたいな子が」

うめくように言う。

（あいつは何だ！　緒方とは何者だ）

民族意識抜きで、ほとんど同族のように親しく付き合ってきた緒方次郎。彼の欠点までが、人間的な魅力に映った。正直に言えば、弟のように考えてもいた。そんな緒方が突然、悪人のように思え、毛虫みたいに気味悪い存在として意識を占領してくる。異民族、征服者、巨大な足で山河を踏みにじる怪物。仁性は首を振る。そんな悪夢から抜け出そうとするように。妹を愛しているという理由だけで、また結婚すると言っているのでもなく、一緒になれないから誰とも結婚しないという仁実の気持ちのせいで、緒方は突然怪物に変身したのだ。判断や理解や思慮が介入する余地がない。どう処理するべきかということすら思い浮かばない、本能的な拒否反応が先に立つ。男は時々日本の女と関係を持つ。仁性もそんな男を何人か知っている。もちろん望ましいことだとは思わなかったけれど、これほど強烈な恥辱と嫌悪は感じなかった。北満州で独立軍を討伐する日本兵に凌辱された朝鮮の女たちが自決した事件は、胸にしこりとして残っているのに。

兄と妹は、しばらく沈黙していた。

十八章　結婚

「まったく、ひどい落ち込みようだ。お前がいつまでもこうしているつもりなら、あたしは今すぐ行ってお金を返すよ」

母に背を向けて座ったまま、淑姫《スキ》は答えない。腕組みをしてしゃがみこんだ淑姫の母は、かもじを入れた髪をきれいに結って、よそいきの格好をしている。

「何日もこんなふうでいいの？　お前のせいで家族みんなが干からびて死んでしまうよ。お前が悲しいと母さんも悲しいの。もうきれいさっぱり忘れて、一緒に教会に行こう。神様以上に信じられるものがあるかい？　お祈りすれば、気持ちがすっきりするよ。さあ、着替えて出かけよう」

「人の目が怖くて行けない」

日曜日ごとにそんな会話が繰り返されていた。

「一生こんなふうに部屋の隅で、太陽の光も浴びずに過ごす気かい？　嫁入り前の娘が妊娠しても弁明できるって言葉があるけど、お前は何も悪いことをしていないんだよ。罪があるのはあいつの方だし、悪いのはあいつなんだ」

「わかってるなら、もう言うのはやめて」

「わかっていようがいまいが、理屈はそうだと言ってるの。今更、どっちが悪いか決めようとしているんじゃない。もうこぼれた水、割れた器だから、どうしようもない。お前だけが引きずっているんだ。気持ちを変えて、あいつに見せつけてやるぐらいの気持ちになりなさい。先のことは誰にもわからないよ。どっちが幸せになるかは、後にならないとわからない。まだ先は長いんだ。誠実に生きていたら、神様はお前を見捨てたりはしない。怨みを捨てれば恩恵を下さるだろう。さあ、淑姫、もし結婚してたって、あいつはお前を見下してるんだから、いずれは冷酷に捨てられたはずだ。そう思えばいい」

「結婚してたら、もっと高額の慰謝料を堂々ともらえたのにね」

背を向けたまま、顔だけを母に向けて皮肉な笑みを見せる。母は首から赤くなり、目に涙を浮かべた。

一昨日の晩、母は楊《ヤン》校理家で五百円を受け取ってきた。瓦屋根の小さな家一軒買える金額だ。最初は、人づてに金を送ってきた。

「うちは楊校理家にお金をもらう理由がありません。どうして送ってきたのか、会って聞かなければ。そうでなければ、許貞潤《ホジョンユン》に持ってこさせて下さい」

母はチマのひもを締めながら、青ざめた顔で唇を震わせてそう言った。貞潤に持ってこさせろという言葉が功を奏したらしく、楊校理家から、それなら会おうと言ってきた。楊在文《ジェムン》と淑姫の母が会った時、ソリムの母洪《ホン》氏も同席していた。家を出る時には、あれこれ考えていたけれど、淑姫の母は楊校理家の豪邸を見て想像以上に金持ちであることを知り、足がすくんだ。

「お話をうかがってみると、私の方が誤解していたようです。まず謝罪申し上げます」

楊在文は心から申し訳ないという顔をした。淑姫の母は、いっそう気がくじけた。

「私も娘を持つ親ですから、お宅様の悔しい気持ちはよくわかります。うちが婚約を破棄して貞潤がお宅の娘さんと結婚するなら、そうさせたいぐらいです」

それは老獪《ろうかい》な言い方だ。

「向学心に燃える若い人なら、学費を援助してやるという申し出を断ったりはしないでしょ。相手が女性だから問題になったのよ。話を聞いていると、うちが責任を取るようなことではないわね」

洪氏が不満げに言った。

「おいおい、お前は黙っていなさい」

楊在文は手を上げて制止した。

「実はうちも、縁談がまとまった後で知ったのです。貞潤も気が弱くてどうしていいかわからなかったようですが、ただ、結婚するつもりはなかったということだけは断言していました。婚約を破棄したところでお宅の娘さんのところに戻りはしないでしょうし、有能な若者が学業を中断して将来を駄目にしてしまうのは、どちらにとってもいいことではありません」

自分たちを正当化する言葉ではあったが、とにかく間違ってはいない。

「貞潤も学生の身分だから、気持ちはあっても金がありません。だから本人にも知らせずに、うちが代わりに出そうと思ったのです。お宅の娘さんも、戻ってくる可能性のない男にいつまでも恋々としているより」

「誰が恋々としているというのです。人間として、してはならないことをして、貧しい者を虫けらのように踏みにじった男の幸福を願ったりするもんですか」

淑姫の母が涙声になる。

「それはそちらの考えでしょ。すべて望んだとおりになるなら、王妃にだってなれるわよ。拍手だって、両手が合わないと音が出ないんだから。そうじゃない？」

楊在文は丁重だったが、洪氏は両班が常民に対する時の言葉遣いをする。

「おいおい」

楊在文が眉をしかめた。淑姫の母が答える。

「両手が合っていたかどうかは、当人たちが知っていることです。それに、神様がご存じでしょう」

「正式に結婚したって、別れようと思えば別れられる。男はそんなものだし、幸せになることを願わないまでも、呪うなんて。娘を監督できなくてこうなったのに、神様まで持ち出すことはないでしょ」

洪氏は嘲りの笑みを浮かべる。

「ええ、うちは身分が低くて貧しいんで、娘のおかげで金持ちになれるかもしれないかと思って、監督しませんでした」

淑姫の母は洪氏をにらみつける。

「世の中が変わったとはいえ、誰の前でそんな目つきをするの！」

「ええ、強い者には勝てないし、身分が天と地ほど違うということは知っております。でも、一つだけ同じものがあります」

「何だって」

「奥様も私も娘を持つ母親です。自分の子が可愛くない親がいますか」

洪氏の目を正面から見据える。

「可愛いなら、そんなに可愛いなら」

洪氏の顔が険しくなる。対等な間柄のように話すのがひどい侮辱だと思った。ソリムと淑姫を同列に扱うなど、あり得ない。常民のくせに、はっきりとものを言うのも腹が立つ。

「うちの門の前に立つことも許されないような身分で」

「おいおい、黙っていろと言っただろう」

結局、楊在文がなだめたりすかしたりして、淑姫の母は五百円を受け取った。母が金をもらってきた日の夜、淑姫は何も言わなかった。魂が抜けたようになっていて、母が涙を流しながら言うことに耳を傾けもしなかった。それなのに一晩寝ると、淑姫は母に対して敵意をむき出しにした。慰めの言葉をかける弟の妻にも言った。

「あなたはうれしいでしょう。亭主の商売の元手ができたんだから。ほほほ、お祝いでもしなきゃね」

義妹はどうしていいかわからなかった。それを、淑姫の母も聞いていた。

「商売の元手だなんて」

と言いかけて、母は戸惑った。淑姫の目に、青い火花が散っているような気がしたのだ。口をゆがめて笑う顔を見て、ぞっとした。

(この子、頭がおかしくなるんじゃないか)

今日もまた、淑姫は金のことでひねくれている。母はチョゴリのひもで涙を拭う。

「あたしの気持ちからすると、あんなお金、あの家に行ってたたきつけてやりたいんだよ。お前は結婚式に行って暴れるなり何なり、好きなようにすればいい。でも、どうして母ちゃんの気持ちがわからないの」

淑姫は相変わらず背を向けたまま座っている。

「裏切られたけれど、お前が情を持っていた人なんだから……。あたしが我慢するより仕方ないじゃないか。あのお母さんも、悔しくてたまらなかったんだよ。それをぶつける相手があたししかいなかったんだろう……。いくらお金がほしくても、子供と引き換えにする母親がいるもんか。あたしもお金を受け取って出てくる時、あの家の前で死んでしまいたかった。うちがもうちょっと金持ちだったら、あんな金はもらわなかった。お前を学校に行かせたり、技術を身につけさせたり……。うううっうっ……。うちの状況では無理じゃないか」

すすり泣く。

「晋州《チンジュ》じゅうのうわさになったし、もう若くもない。あいつを待って、適齢期を過ぎてしまった。嫁のもらい手はないだろう。だからお前の将来を考えて、ののしられながらもお金をもらってきたのに、どうしてあたしの気持ちがわからないんだ」

「誰がそんなこと頼んだのよ！」

背を向けたまま声を上げる。

「いい加減にしなさい。あたしが自分勝手にしたことじゃないよ。お前の父ちゃんや弟の言うとおりにしたら、もうちょっとましだったとでも言うの」

「ましになんかならない。どうしたって、同じことでしょ」

「だから、あたし一人でやったことじゃない。朴《パク》先生の所に行って」

「どうして先生の所に行くの。ザリガニはカニの味方なのに」

「でも先生は、お前の味方だったよ」

「お金をもらえと言ったの？」

淑姫は風が起こるほど勢いよく向き直った。母は目を丸くした。

「先生はそんなことは言わない。淑姫の力になれなくて申し訳ないと言って、貞潤が楊校理家の婿にならなくても結果は同じだから、断念するのがいいとおっしゃった。お金を受け取れというのは、牧師様が言われたことだ。当然もらうべきだ。未練を持つな。そして、教会の仕事をしたいのなら、ソウルの教会に行けるよう世話してやるし、そうでなければ日本に行って、洋裁だか何だか、そんな学校があるんだって？　あるいは看護師の勉強をもっとして、大きな病院に就職するのもいいとおっしゃった。とにかく二人とも忘れろと言ったんだよ。

考えてもごらん。楊校理家がお金を出すぐらいなんだから、縁談は壊れない。お前の弟は、そんな金、もらってどうするんだ、結婚式に押しかけてぶち壊してやると言うが、強い者には勝てないものだ。あの人たちはびくともしないよ。下男たちを控えさせておいて、いざとなったら腕力で押さえ込むだろうに。楊校理家でもそう言っていた。あんたたちが最後までうるさくするなら、うちは何も結婚式を晋州でやらなくてもいい。ソウルで新式の結婚式を挙げることもできるって」

母が懸命に説得しても、ひねくれるばかりで、金を受け取ってきた日の晩と同じく魂が抜けたまま、淑姫は何の反応もしない。母は、ついに泣きだしてしまった。嫁が駆けつけた。

「お義母さん、どうしたんです」

「ああ、主よ！　ああ、胸が痛い」

胸を拳でたたく。

「お義母さん、泣かないで。我慢して下さい。時が経てば、淑姫さんも忘れますよ」

泣きやんで、涙を拭う。

「あの子、あんなふうで、まともな人に戻ると思うかい？　アイゴ、いっそ口答えをする方がましだ。あんなにぼうっと座っていられたら、たまらないよ」

事情も複雑で、ちまたに数々の話題を振りまいた許貞潤と楊ソリムの婚礼は、十月末日に行われた。快晴の日だった。新郎の顔には緊張と不安がよぎり、新婦はずっと無表情だった。

「新郎には親戚もろくにいないのかね。上客《サングク》*についてきた人たちはひどい格好だな」

「上客はお兄さんらしいが、農民のようだな」

「常民ではないとはいえ、みっともない格好だ。楊校理家の姻戚が、あんなだとは。みすぼらしいにも程がある」

「そのせいかな。新郎がしょんぼりしてる」

「顔は男前で、釣り合いが取れてるな」

「将来医者になるから婿にしたというけれど、病院で助手をしていたのを知らない人はいないんだから格好悪いじゃないか」

「縁があったのなら仕方ないさ」

新郎はそんなふうに品定めされた。結婚式は盛大だった。楊校理家は親戚が大勢いるから、有力な人たちが一堂に会した。招待客も、この地方の上流に属する人たちだった。ソウルからは洪氏の実家の人たちがたくさん来た。彼らの身なりは洗練されており、態度は冷淡だった。うわべだけで祝いの言葉を交わす華やかな人たちの間に交じった貞潤の兄は、市場に出荷された鶏のように異質だった。貞潤はそれなりにきれいな顔立ちだったし、医学専門学校の学生としてのプライドもあったから、そう見劣りはしない。

「もったいない。あの娘はどうしてあんなにきれいなんだ」

「まったく。だからソリムのお母さんが悔しがるんだよ」

還国《ファングク》はこの春に五年制の中学〈高等普通学校＊〉を、楊ソリムは四年制の女学校〈女子高等普通学校〉を卒業した。還国は東京に留学し、ソリムは周りの人たちが自分の縁談について言い合っているのを聞き流しながら、晋州の家に引きこもっていた。縁談がまとまったのは夏だ。ソリムは何も言わなかった。そして秋の初めに、叔母さんの家に行くと言ってふらりと出かけた。

ソウルに着いたソリムは、叔母の乱れた生活を目撃した。哀願する叔母に少しは同情したから、趙容夏《チョヨンハ》の家にお使いに行ってやった。もちろんいやだとは言ったけれど。趙容夏の家から戻る時、ガウン姿の、冷たい我執が燃えているような男に感じた不愉快さを忘れることはできそうにない。それにあの日、洗剣《セゴム》亭《ジョン》の別荘から帰った叔母の青ざめた顔も。ソリムは二人の関係が破綻したと直感した。しかしそれよりも、善良で気弱な夫に横柄な態度を取っていた叔母が急に貞淑な妻に変貌したのを見て、驚きを禁じ得なかった。姪に密会の連絡をさせたのも恥ずかしいことだったが、叔母はいつになく愛嬌を振りまきながら、

「世間がどんなにうるさいか、あなたは知らないでしょう。何の罪もない人にぬれぎぬを着せようとするのよ。あたしは特別な職業だから何を言われても構わないけど、あなたに迷惑がかからないかと心配だわ」

そう平然と言ってのけた。

「あたし、二度と叔母さんに会いたくない。吐き気がする」

ソリムは旅行かばんを持って叔母の家を出る時、そう言った。

「この子ったら。あんたに何がわかると言うのよ」

成淑《ソンスク》はあいまいな笑みを浮かべ、ソリムを子供扱いするようにしてごまかした。周りの人たちは気づかれないよう気を配ったけれど、晋州に戻ったソリムは貞潤と淑姫のことを知った。薬を塗ったり注射をしたりしてくれた彼らには、ただ医療関係者として対してきた。身体的な欠陥を見せなければならない病院はうれしい場所ではなかったし、彼らに対しても常に気まずかった。とにかくソリムは彼らの関係やいき

さつを聞いても、表情を変えなかった。ソリムは、人間は自分の手の甲にあるできもののように醜く、人生は汚辱にまみれているのだと思った。

叔母である洪成淑が虚栄心の強い女だということは、以前から知っていた。芸術家であることを鼻にかけて傲慢に振る舞う時、嫌悪感を持ったのも事実だ。芸術家がどういう存在で、芸術がどういうものなのか、はっきりと認識したことはない。しかし芸術のために真実を売ったり人をだましたり、目的のために不道徳な行為をしたりしなければならず、それでも良心の呵責や苦悩がないなら、それもまた醜いものでしかないと、ソウルからの帰りに車窓の風景を見ながら、ソリムはずっと考えていた。自分を猫可愛がりしてくれていた叔母については、その短所まで肉親の情で受け入れてきたけれど、どうして金と名声の助けがなければ芸術が存在したり発展したりできないのだろう。

叔母には衝撃を受けたが、貞潤の過去を知った時には特に何も感じなかった。裏切られたことに憤りもしなかった。誰であれ、自分と結婚しようとする男なら不純な計算をしているはずだからだ。ソリムは自分がこの世を去るまで、他人の意志に従って生きなければならないことに気づいていた。火花を散らすような自分の真実や魂は、心の奥に閉じ込めて暮らさなければならないのを知っていた。春風のように甘い、はるか遠くにいるあの人。その姿は初めから遠かったし、自分もそうだ。はるか遠くを通り過ぎた女として、還国が記憶してくれることを願っていた。自分の真実とは関係のない、自分の過ちとも関係ない、ただ造物主の呪いでしかないものを彼の記憶に残したくなかったのに、その切実な願いもかなわなかった。病院の前で見た、恐怖に満ちた還国の目。その目は永遠の孤独を刑罰として受けよという、恐ろしい叱咤《しった》だった。

　招待客が多くて式も盛大だったわりには何だか冷たい雰囲気の婚礼は終わった。客はほとんど帰ってしまい、近い親戚や遠くから来た客たちが残っているはずだが、広い家のどこにいるのだろう。家の中は突然静寂に埋もれた。日は既に暮れ、すっきり晴れていた空が、重く覆いかぶさってくるようだ。疲れたと言って内房に退いた洪氏と、兄弟と一緒に舎廊に入った楊在文は、気分が沈んでいた。損な商売をしたみたいな感じでもあり、もう主導権はこちらが握っているという冷淡な心理もあった。焦りと不安にかられながら許貞潤の女性問題までも甘んじて受け入れ、ようやく越した結婚という峠。ひと癖ありそうな貞潤を厳しく問い詰められなかったのも腹立たしかった。しかし、それは結婚前のことだ。これ以上甘い顔をしてはいけない。資金を提供する立場として権威を確立する必要がある。そんな気がしたのも事実だ。

「これからは手綱を引き締めなきゃ。始めが肝心よ。貧乏人は恥を知らないからね。妻の実家の財産はただで手に入ると思ってるんだから。それだけじゃない。浮気だってするかもしれないわ。勝手なことができないように、鼻っ柱をくじいておかなければ」

　洪成淑が言った。舎廊でも、

「両班だとはいえ、早くに両親を亡くして他人の下で働いてきたから何も身についていないだろう。礼儀作法から教えなければ……。楊家の体面があるんだ」

　楊在文の親戚の男が言った。

　夜が更け、貞潤は新婦の待つ部屋に入った。明かりに照らされた顔は蒼白だった。貞潤は座って小さくため息をついた。後悔が心の奥に渦巻く。耐えがたい痛みが胸を絞めつける。要するに、悲惨だった。淑姫のことは思い出さなかった。ソリムの手は意識していなかった。金持ちの家に物乞いに来た人のように、独りでぽつんと座っているはずの兄の姿が目に浮かぶ。ごつい手を膝に載せて、時折天井を見上げたりしているだろう。雨の音が聞こえる。晩秋の雨は、しとしとと降っている。屏風を背にして座ったソリムは、絵のように美しかった。

（冠を取ってやらなければ）

悲しみが押し寄せる。自分に対して、鬱憤ではなく悲しみを感じる。徹底的に踏みにじられた結婚だった。ソリムもそう思ったのだろうが、貞潤は自分も踏みにじられたと思う。楊校理家が淑姫の家に金を送ったという話で、貞潤の心はずたずたにされた。それに今日の結婚式はどうだ。自分と兄の存在はまさに、白鷺の中に交じった二羽のカラスだった。微笑を浮かべた顔の冷たい目、軽蔑の目、揶揄の目、その数多くの目に、まるで茨の道に一人で立っているような気がした。貞潤は自分が出世や勉学をしようという野心だけで結婚を決めたとは思っていなかった。彼は決してソリムのことを考えなかったわけではない。それどころか、自分にはもったいないと思っていた。初めて手を見た時はちょっと驚いたものの、貞潤はソリムを美しいと思っていた。そして常に幸運を夢見ていたけれど、ソリムが幸運を運んでくれることなど想像もしていなかった。幸運がこれほど悲惨な侮辱の上に築かれる城だとは知らなかった。

（いつまでこうして座っていなければならないの）

ソリムは疲れていた。かんざしや冠が重い。自分が全く関心を持たれていないことを実感する。

（あの男は、利用して捨てた淑姫さんのことを考えているのだろうか。あるいは、私の手が気味悪いのだろうか）

その瞬間、ソリムは思わずうっと泣きかけて、涙をこらえる。貞潤は当惑した。慌てて近づいて冠を脱がせ、かんざしを抜いてやる。そうする間、何も言わなかった。礼服は、ソリムが自分で脱いだ。用心深く手の甲を隠すようなことはしない。赤いチマに半回装《パンフェジャン》*の淡い黄緑色のチョゴリを着た姿は美しかった。朱色のリボンを巻き込んだまげに挿していた、鳳凰を刻んだ金色のかんざしもきらびやかだった。貞潤はうっとりするほど美しいと思ったが、貝のように口を閉ざしていた。黙って退いた貞潤は再びため息をつき、準備されていた酒の膳を引き寄せて手酌で酒を飲む。ソリムは男が一杯、また一杯と飲むごとに、ため息が聞こえるような気がした。

「内心では軽蔑しているんでしょう」

貞潤が杯を見下ろしながら、初めてつぶやいた。ソリムはゆっくりと息をのんだ。意外だった。

「楊校理家の一族は貧しい無名の青年を軽蔑したでしょうが、ソリムさんは、この家の婿になった私を軽蔑したはずです」

ソリムは目を丸くした。

「何度も、婚約を破棄して……どこかに行ってしまおうかと思った。信じるか信じないかは、ソリムさんの勝手だけど。ええ、好きなように思って下さい」

「そ、それで？」

「意地というか、浴びせられる非難、誇張されたうわさ、嘲笑、そんなものと戦ってみようと思ったんです」

「じゃあ、戦いに勝つために私と結婚したんですか」

はきはきとした物言いだ。貞潤は戸惑いながらソリムの顔を見る。初めて目が合った。

「最初は、も、もちろんそうではありませんでした。そんなふうに思う理由もなかったし、楊校理家もソリムさんも、結婚するにはとてもいいと思っただけです。でも自分の失敗だけが気がかりでした。楊校理家とソリムさんに知られてはいけないと」

苦痛を表すように顔をしかめる。

「や、やめましょう。話したところで、言い訳にしかならない。私は今夜、こんなふうに初夜を過ごしたくはなかった。こんなふうに」

声が震えた。貞潤は、再びさっきのように酒を飲む。突然、青ざめていた顔が赤くなる。

「私は自分の真実を犠牲にして、楊ソリムと結婚したのではありません」

貞潤の勢いは弱くなった。潰そうとするみたいに杯を握る。

「楊校理家の一族に出来損ないだと思われても、悪い奴だと思われても、我慢すべきでしょう。我慢しなければ。私の気持ちを聞いてくれる人もいなかったけれど、自分の気持ちを伝えることもできません。どんな説明をしても、裏切り者だとか出世に目のくらんだ奴だとか言われるだけですから」

言葉は途切れたが、貞潤は心の中で叫んでいた。

（俺は淑姫を愛したことはない。助けてくれと頼みもしなかったし、望んでもいなかった。貧しく不遇な俺を慰め励ましてくれるのをありがたく思っていた。淑姫の愛情が哀れに思えることもあった。でも重荷になり、面倒だと思うことの方が多かった。自分の気持ちをはっきりさせなかったのがいけないんだ。卑怯で、狡猾だった。医専に合格したものの、貯金と、院長の援助だけでは難しかった。とても無理だった。泥棒でもしたい心情だった。そんな時に送金してくれるのに、使わない奴がいるものか。結婚という鎖でつながれると知りながら、使わないわけにはいかなかった。それは、どんな金だ。淑姫は婚期を逃し、わびしげにひたすら俺を待っていた。ああ、ぞっとするような苦痛。楊校理家の縁談は俺にとって救いだった。ああ、そうだとも）

この頃、淑姫の家では、淑姫がいなくなったと騒いでいた。降ったりやんだりしていた雨は上がったが、空に星は出ていない。

「ああ、あの子、川に身投げしたんだ」

母は泣きだした。

「馬鹿なことを言うな！」

父は母を叱りながらも上着を着て外に出た。長男のヨンテも靴を履いて中庭に下りた。

「友達の家にでも行ってるんだろう。それとも病院かな」

「真夜中に、そんな所に行くもんか。それに、今日はあいつの結婚式なんだよ。あの子がおかしくならないかと心配だった。あたしのお祈りが足りないからだとも思っていたんだけど」

淑姫の母は、中庭にひざまずく。

「主よ！　どうかお守り下さい」

手を組んで祈りを捧げる。

「川原に行ってみよう」

父が言った。ヨンテが答える。

「川原といったって広いのに、どこから捜すんだよ」

「とにかく、捜さなければ。おい、ちょうちんを出してきてくれ」

ぶるぶる震えている嫁に命じた。

「はい」

「あいつめ。自分のことに家族を巻き添えにして。いっそ死んじまえばいいんだ」

ヨンテが吐き捨てるように言った。

「黙りなさい。母ちゃんが死にそうだよ」

「だから言っただろ。あんな金はたたきつけて、結婚式で暴れてやろうって」

「今、そんなことを言ってる場合か。早く行こう。可哀想に。登れない木は最初から見上げるなと言ったんだが。あまり心配するな。生きるも死ぬも、神様の御心のままなんだから」

嫁からちょうちんを受け取った父が先に立って家を出る。

父と息子は、明け方近くになって家に戻った。ぐっしょりぬれた淑姫を連れて。淑姫は矗石《チョクソン》楼《ヌ》*の下でうずくまっていたという。雨にぬれているところからすると、日暮れ頃に家を出たようだ。母は小さな子供をあやすみたいにして服を着替えさせる。生きていただけでも、神様に感謝しているらしい。

「風邪を引いたらどうするの。おかゆを炊いてもらおうか？」

淑姫は首を横に振った。

「母ちゃん？」

「何だい」

「もう、仕方のないことなのね」

「そうだよ。忘れなさい。悪い夢を見たと思えばいい」

「あたしね」

「言ってごらん。何でも好きなことをすればいい」

「牧師様に相談して、よその土地に行く」

「よく決心したね。ああ、それがいい。お前の気持ち次第なんだから」

「思ってもいないことをたくさん言ったね。許して」

「親子の間で、許すも何もないさ。おかゆを食べなさい。元気を出さなくちゃ」

十九章　ひよこ

延鶴《ヨンハク》がわざわざ言いに来るまでもなく、葬式の時に錫《ソク》の母を見て、弘《ホン》もそんなことをちょっと考えてはいた。

（成煥《ソンファン》の祖母ちゃん〈錫の母〉をこの家に住まわせたらどうだろう）

延鶴が話を切り出した。

「崔《チェ》参判家はもちろん、俺も出しゃばることができないから、今回はお前がちょっと力になってやってくれないか」

「何のことです」

「今、鄭《チョン》先生〈錫〉の家が大変なんだ」

「一度行ってみようと思いながら、まだ行ってないんですけど」

「行く必要はない。女房のせいでことが大きくなって、鄭先生が家に戻れなくなった。ひと月かふた月で終わることなら何とかできるだろうが、何年かかるかわからない」

「何年も」

弘が驚く。

「ひどい女房だよ。それはそうと、お前が間島《カンド》に行けば、どうせ平沙里《ピョンサリ》の家は処分するか、誰かに貸すことになるだろう」

「そうですね」

「だから言うんだが、もし間島に行かないとしても喪幕は晋州《チンジュ》に移せばいいんだし」

「今年じゅうに移して、行かなければ」

弘は次の言葉を聞きたかったから、錫の母に家を貸そうと思っていたことは言わない。

「どんどん面倒なことになってくる。お前もぐずぐずしないで急いだ方がいいぞ」

「僕の方はいいけど、錫兄さんは大変ですね」

「鄭先生が行方をくらましたのは、良絃《ヤンヒョン》の母ちゃん〈紀花《キファ》〉のことでもめたからだといううわさを流しておいたが、羅《ナ》刑事の奴、しつこいんだ。鄭先生の居所がつかめれば、寛洙《グァンス》兄さんも捜せると思っているらしい。そこに頭のおかしい女が、とんでもない告げ口をしたから、収拾がつかなくなった。買収してみようかと思ったが、薬も使い方を間違えれば毒になるからな。それはそうと、平沙里に帰るよう、お前が成煥の祖母ちゃんを説得してくれ。幸い、今、同居している娘の婿は力が強い。日雇いの仕事より農業の方がいいだろう。平沙里にいれば、何かと助けてやれるし」

「家のことなら、何の問題もありません」

「家のこともそうだが、お前の方から解決に乗り出してくれということだ。婆さんはぐっと老け込んでしまった。孫たちに食べさせるために苦労していると聞くと、気の毒でな。憎たらしい奴らのために、どうして俺たちみたいな貧乏人が始末をしなければならないのかと思うと、頭から火が出そうだ」

常に冷静で温厚な延鶴の口から激しい言葉が出たことに、弘はいささか驚いた。

「この間、永八《ヨンパル》おじさんに会ったら、成煥の祖母ちゃんが警察に呼び出された、錫の女房に会ったら、横っ面をひっぱたいてやると言っていました。別れたとはいえ、亭主が駄目になったら子供たちの将来も台無しになるのにと言って、激怒してましたよ」

「誰だってそう言うさ。女房の実家の母親がもっと悪い。横からけしかけるから、あの女が調子に乗るんだ。うわさを聞いた羅刑事が出入りしているらしいが、そのうちに羅刑事の女にでもなるんじゃないか。ずる賢い女だよ。腹違いとはいえ、ちょっとはお兄さんに似たら、あんなにはならなかっただろうに。そう考えてみれば、弘、お前はいい嫁をもらったな。お前が周りを騒がせるような事件を起こしても、いやな顔一つしなかった。あの女なら、包丁を振り回しただろう」

「あれ、どうしてそんな昔のことを」

弘が苦笑する。

「昔のことも言いたくなるさ。ともかく、包丁は振り回さなかったにしても、子供を置いて出ていくなんて普通じゃないよ。俺たちも女房のありがたみを知るべきじゃないか」

「錫兄さんがおとなしいからですよ。結婚当初にちゃんと言い聞かせないと」

「犬の毛は煙突の中に三年置いても色が変わらないと言うが、どうしたところで、生まれ持っての性質は変わらないんだ」

「そうですね。家族は平沙里に行けばそれなりに暮らせるでしょうが、錫兄さんはいつまでも逃げていられないでしょう？」

「もともと、ゆったり暮らしたことなんかないさ。先のことはわからない。お前が間島に行ったら偶然、道で鄭先生に会うかもしれないぞ」

その言葉は、暗示以上のものだった。弘は十分に納得した。それ以上何も言う必要はなかった。

「あの奥さんは、どういうつもりで出ていったんでしょうね」

話題を変える。

「一緒に暮らしたくなかったんだろう」

「錫兄さんは引き留めなかったじゃないですか」

「自分は食べたくないけれど人にやるのは惜しいということわざがあるだろう。何も最初から鄭先生をどん底に突き落とそうとしたのではないはずだ。家を出たからには亭主を悪く言わないと自分の正当性を主張できないし、一緒にいたくはなくても、鄭先生が帰ってきてくれと必死で頭を下げないのが気に入らなかったんだ。悪く言っているうちに変なことも口走ってしまって、そのうわさが羅刑事の耳に入り、浅はかな女が羅刑事の誘導尋問に引っかかった。しかし話は漠然としていて、確かなのは良絃の母ちゃんの話だけだ。ともかく、あんな女と暮らしていたら大変なことになる。子供たちは可哀想だが、別れてよかった。成煥の祖母ちゃんが聞いたら、寂しがるだろうが」

「鳳順《ポンスン》姉さん……」

あれはいつだったろう。一緒に酒を飲んでいる時、弘がそれとなく尋ねたのに対して、錫は鳳順に対する気持ちを否定しなかった。

延鶴とそんなことを話してから数日後、弘は永八の家を訪ねた。釜山《プサン》を出発して夜明けに着き、車庫で仮眠してから行った。無精ひげが伸びて、疲れた顔をしていた。子供が多くていつもにぎやかだった永八の家が、空き家のようにひっそりしている。

「誰もいないのか」

部屋の戸が開いた。

「おじさん?」

漢福《ハンボク》の長男永鎬《ヨンホ》が走ってきた。

「ああ」

「みんな出かけて留守です」

「みんな? どこに行ったんだ」

「チェスルおじさんの所です。子供の満一歳の誕生日のお祝いに」

「そうか」

「僕一人で留守番してるんですよ」

永鎬はにっこりした。

「そういや、今日は日曜日だな」

「ええ。おじさんは日曜も仕事ですか」

「日曜なんかあるもんか。昼も夜もないのに。荷主の都合次第だ」

弘はたばこに火をつけてくわえ、煙を吐きながら庭の中をうろうろする。垣根がないので、少し低くなった土地にあるよその家が見下ろせる。

「すぐ戻りますよ」

永鎬がおずおずと言った。

「お祝いに行ったのなら、すぐには帰らないだろう」

「お爺さんとお婆さんはすぐ戻ります。三人兄弟の家族が狭い家に集まるから、長くはいられないはずです」

「それもそうだな」

「おじさん」

「天一《チョニル》兄さんは、いつ運転手になれるんですか」

「さあ……。毎回、試験に落ちてるからなあ。免許を取らないと運転できないのに」

興味なさそうに言う。

「生活が苦しいみたいでしたけど」

「いっそ畑でもやった方がいいんじゃないか」

「だいぶ寒くなりましたね」

「ああ、もうすぐ冬だ。山の木も葉っぱが落ちたな」

「僕の部屋に入って下さい」

「そうするか。なかなか来られないから、ちょっと待ってみよう」

たばこを捨てて永鎬の部屋に入る。部屋の中はきちんと整頓されていた。机の上には、教科書以外の本も数冊置いてある。

「勉強の邪魔じゃないか」

「いえ、とんでもない」

慌てて手を振る。永鎬は弘と話がしたいらしい。

「疲れた」

どっかと座った弘が、伸びをしながらあくびをする。

「車に乗っている時は何ともなかったのに、降りてから車酔いするのかな。頭が痛いな。何日もひげを剃ってないし」

あごをなでる。永鎬は、男らしくて格好いいと思う。

「夜でも運転するんですか」

「するさ」

「眠くなったらどうするんです」

「居眠りしたら、あの世行きだ。川沿いの断崖絶壁を走る時にうとうとしたら、間違いなく死ぬな。ははは っ……」

「でも、それだから男らしい仕事なんだろうし、僕も、もし進学してなかったら」

「何だと？」

と言いかけて、永鎬を見直す。

「お前、ずいぶん大きくなったなあ。もうお父さんより大きいだろう」

「ええ、少し」

頭をかく。

「父さんは小柄だから、僕はもっと大きくならなきゃ」

「晋州に来た当初は子供だったのに、垢抜けして大人っぽくなった。お父さんが見たら、学校にやった甲斐があったと思うだろう」

もう、内気な田舎の子供ではない。永鎬は元気に満ちあふれていた。痩せた土地で必死に作物を実らせたような漢福とは違う余裕がある。永鎬には、祖母咸安《ハマン》宅の面影があった。祖父金平山《キムピョンサン》や伯父巨福《コボク》〈頭《ドゥ》洙《ス》〉の豚みたいな顔にはちっとも似ていない。細面なのも咸安宅に似ているようだ。もちろん弘も永鎬も、彼らに会ったことはない。頭洙は生きているけれど、ほかの二人は彼らの生まれる前に死んだ人たちだ。

「今、何年生だ」

「三年生だけど、もうすぐ四年生になります」

「卒業まで二年あるな。ちゃんと勉強しろよ。俺みたいに後悔しないように」

「おじさんが、何を後悔してるって言うんですか」

弘は脚を伸ばして横になる。どうしようもなく疲れているらしい。

「もっとも、学のある人たちの方が暮らしにくいようだが……お前も勉強して革命の闘士になるつもりか」

永鎬を見上げる。

「友達も、たいていそう考えてるみたいです」

「そういうのも運がなければなれないらしいな。二十歳になり、三十を過ぎれば、そんな考えも避けるようになる。非凡だと自負していたはずの自分が、みすぼらしい人間に思えてくる。お前、平沙里の金訓長家の範錫《ボムソク》に、時々会ってるだろ？」

「はい」

「そんな感じがした。範錫がお前の頭に何かを詰め込もうとしているみたいだ」

「立派な人だと思います。ものすごく勉強してるし」

永鎬の目が輝く。

「学校が休みになると、あの先生がいる平沙里に帰るのが楽しみでした。僕は将来、農民運動をしようと思います」

「考え深い人だから間違ったことは教えないだろう。ひょっとすると範錫は、専門学校や大学に行った人より学識が深いかもしれない」

「僕もそんな気がします。学校の先生の中には尊敬できる人がいません。もちろん日本人ですが。晋州では、鄭先生が教えて下さったけど……」

顔が曇る。

「これからどうなるんでしょう」

「……」

「鄭先生はどうなるんでしょう。心配です」

「それは大人の心配することだ。お前は勉強でもしてろ」

弘はそう言って永鎬をにらんだ。彼らは親しく話をしているけれど、数日前に満州に旅立った漢福のことは意識的に避けている。満州に行ったということは、兄に会うということだからだ。漠然とではあったが、弘や永鎬の意識の中には巨福すなわち金頭洙についての疑惑や不安が渦巻いていた。永鎬は平沙里にいる時、村の人たち、特に鳳基《ポンギ》爺さんからあれこれと侮辱されて家の恥ずべき来歴を知った。伯父のことを言われるのが最もつらかった。あいつは盗癖があったという話だ。

「満州で金をもうけたというが、ろくなことをしたわけがない。泥棒か強盗か、それでなきゃアヘン売りだな。あいつがまともな仕事で成功したなら、おおいばりで故郷に帰るはずだ」

鳳基爺さんはそう言ったが、父の態度も釈然としなかった。父は満州から帰ると憂鬱そうだったし、自分の兄のことは一切言わなかった。母が聞くと、

「まあ、別に」

と言葉を濁し、パジを引き上げて、逃げるように外に出ていった。弘は漢福の家のことより、その家の来歴と自分の生みの母の来歴が無関係ではなかったから考えるのもいやだった。しかしそれより、巨福という人物に対する印象は、ずっと具体的だった。彼は密偵だろう。倭奴の手先だ。間島に住んでいた時に聞いたはずだが、誰が言っていたのかは記憶にいない。孔《コン》老人だろうか。大人たちが話しているのを聞いたのだろうか。ともかく、漢福が満州に行った話は意識的に避けた。

「もちろん勉強しないといけないけれど、学生だってのんきにしていられないと思います。僕たちも秘密の組織を作っているんです」

永鎬の言葉は不自然だった。自分を認めてほしい、そして信頼してほしい。そう願っているために、言う必要のないことまで言ってしまったのだ。

「今、何と言った」

弘は身を起こし、たばことマッチを出した。たばこを吸い、紙を一枚出して灰を落とす。

「学生も、何かしないといけないでしょう」

「永鎬」

真っ直ぐ見つめる。冷たい表情だ。永鎬はおびえた顔をする。

「俺はそんなことについてどうのこうの言えた立場じゃない」

「……」

「だがもし俺が警察の手先なら、今の言葉がどういう結果をもたらすか、わかっているな？」

「そ、それは」

当惑する。

「独立運動をしている人たちは、自慢するためにしているとでも思っていたのか」

永鎬は、どうしていいかわからない。

「独立運動が、そんなに簡単にできると思ったのか。革命闘士は、私は革命闘士ですと額に書いて歩くとでも思ったか。俺はトラックを運転し、家族の心配をして暮らしているが、それぐらいの常識はある。男が何か成し遂げようとするなら親兄弟、妻子も他人だと思わなければならないという常識だ。お前は、俺の何を信じてそんなことを言う。俺が上海臨時政府の大統領だとでも言うのか。お前みたいな考えの奴らが運動をしたら、独立どころか、運動をしている人たちが根こそぎ監獄行きだ」

永鎬がうなずいた。

「だから勉強でもしてろ。さっきみたいなことを漏らしたら最後、勉強は全部無駄になる。そんなことをするぐらいなら、学校に行かずに市場で穴の開いた釜でも直してる方がましだ」

永鎬はいっそう深く頭を垂れる。

「それに、もう一つ言っておくが、そんなことを簡単に口にする奴に限って、密偵だ。それが相手に探りを入れる方法の一つだからな。お前が本心を探るためにそんなことを言っていると疑われても仕方がないんだぞ」

永鎬は顔を上げて弘を見る。顔が青ざめていた。

「おじさん、ごめんなさい」

「これからは気をつけろ。何をするにしたって、世の中はお前が考えているようなものではない」

弘は怒ったようにたばことマッチをポケットに入れ、吸い殻を捨てた紙を丸めて握ると、立ち上がった。

「これ以上待っていられない。お爺さんが帰ってきたら、夕方車庫に来るよう伝えてくれ」

外に出た弘は、すぐに後悔する。ふくらはぎを一、二回むち打てば済むことを、ナイフで突き刺して塩をまいたような気がする。最後に言ったことは、永鎬にとって特につらかっただろう。傷つきやすい年頃なのだ。龍井《ヨンジョン》での出来事が思い出される。弘は、日本人の経営する学校に通っている子の荷物を奪って川に投げた。自分が悪くなくても、少年時代は危険だ。人殺しの孫である金永鎬。他人と同じ痛みも、彼には何倍も痛く感じるだろう。彼の過ちではないのに、太陽がまぶしく恐ろしいというのは酷だ。そんなことを考えていると、虚しさが心の底を吹き抜ける。忙しい時は何も思わなかったのに、車を降りてぶらぶらしていると、突然街は見慣れない場所に変貌し、どうしようもなく虚しさが押し寄せる。亡くなった父のことを思い出した。

(どこへ行こう)

車庫に入って永八を待つまでの時間をどうやって潰そうかと思うと、当惑すらした。にぎやかな通りに出た。数人の妓生が連れだって歩いてきた。明るい笑い声を上げながら、白粉の匂いを漂わせて通り過ぎる。何かの行事があったのか、あるいはどこかの金持ちの還暦祝いでもあったのか、同じ所から出てきたらしい。晩秋なのに、春のように明るい色とりどりのチマチョゴリ。ただまぶしいほど白いポソン〈伝統的な靴下〉だけは同じだ。花靴はあでやかだ。

〈きれいなポソンだな。本当になまめかしい〉

振り返る妓生の視線を感じた弘は、そっと目をそらす。どきどきしたりはしない。さびた機械のように。だが堅苦しいほど縛りつけてくる家庭には、ちょっといや気が差していた。

〈銅仏寺〈満州で龍や永八が住んでいた村の名〉に行くために野原を歩いたのは、早春だったかな。鳳順姉さんは青いトゥルマギを着て、白っぽい絹の襟巻を風になびかせていた。青と白、それが広い野原になびいていた。母ちゃんは何色の服だったかな。風呂敷包みを頭に載せて歩いていたのははっきり覚えているけど。母ちゃんは白い金巾のチマと青緑色の絹のチョゴリをよく着ていたから、たぶんあの時も着ていただろう。もうみんな死んでしまった。青と白。母ちゃんは何色だっただろう〉

風呂敷包みを頭に載せていた母は月仙《ウォルソン》だ。それとは別に生みの母〈任《イム》の母〉がいる。弘の目の前には月仙と鳳順が歩いているのに、生みの母については、目を開けたまま息を引き取った最期の姿しか浮かばない。だがその姿は、生きていた時ほど見苦しくはなかった。骨と皮になっても生きようとする意志に燃えていた瞳、絶えず呪いの言葉を吐き続けた唇、そんな醜いものを取り除いたように、肌は透き通り、魂が去った後の瞳は、ガラス玉のようだった。

〈死にたくなかったんだろうな〉

父が死んでどれだけも経たないのに、弘は生母のために悲しんだ。死にたくなかったんだろう、どんなにつらかっただろうかと。思いもかけず、秋風のように唐突に訪れた、純粋な悲しみだった。

空腹を感じた弘は、チョカニ〈斗万《ドゥマン》のめかけ〉のビビンバ屋が近かったので入る。たいていは車両置き場近くの食堂で食べるから、めったに来ることのない店だ。時折道で顔を合わせる斗万の態度が不愉快だったし、車両置き場から遠かった。ビビンバ屋は店を拡張したので店内は広々としている。ところが偶然にも斗万が、手広く米穀卸売業をしている河大完《ハデワン》と一緒に酒を飲んでいた。河大完は斗万より若く錫と同い年だったが、斗万は年下扱いをしないで丁重に対していた。荷主として顔を合わせることの多い河大完は、弘を弟のように思ってくれていた。顔は裏街道の親分みたいで服装や言動は商人らしかったけれど、見た目とは裏腹に相当な学識があるといううわさだった。太っ腹で口汚いことでも有名だ。店に入った弘を斗万が先に認め、いやな顔をした。弘は彼らを避け、背を向けて離れた席に着こうとしたが、

「弘じゃないか。弘！」

河大完が大きな声で呼んだ。仕方なく、座りかけていた腰を上げて彼らの席に近づき、

「こんにちは」

と頭を下げた。

「こんにちはとは何だ。兄さん、まだ日も暮れてないのに酒ですかと言えよ。俺は学校の先生じゃないぞ。ここにいる斗万兄さんみたいな父兄会の会長でもない」

後の台詞にはとげがあった。弘はにやりとした。斗万は聞こえなかったふりをして、

「おい、お客さんが待ってるぞ。さっさと運べ」

手伝いの子供に向かって、いら立ちをぶつける。斗万は、もはや病的と言えるほど故郷の人たちを憎ん

でいた。だんだんひどくなって、自分でも抑えることができない。

「ぼうっと突っ立ってないで、座れ」

「いえ、私は」

弘が遠慮すると、斗万が顔を向けて、

「子供と飲むなんて」

きつい口調で言った。

「子供だって？　こいつは二人の子の父親なんですよ。弟か甥ぐらいの年なんだから、一緒に飲んで悪いわけがない。たばこは年長者の前では吸わないものだけど、酒を飲むのは構わないさ」

と言いながら、弘の腕を引っ張って自分の横に座らせる。

「年はともかく、身の程を知らなければ」

斗万が弘をにらむ。弘はまばたきして気まずそうに笑うが、怒ったりはしない。

「おやめなさい。身の程という言葉も古臭いが、それも族譜のある両班の言うことです。兄さんや俺みたいな商売人の台詞じゃありませんよ。米屋も酒屋も売る相手を区別しないでしょう。弘は、運転手としては一流です。妓生たちが憧れの目で見てますよ。ははは っ……。もし結婚してなかったら、婿に欲しいような奴です。ははは っ……」

斗万は何も言えない。

「弘、さあ俺の杯を受けろ」

河大完が杯を突き出す。

「いいえ、私がおつぎします」

弘がうやうやしく酒器を持って酒をつぐ。ぐっと飲み干した河大完は弘に酒をついでやって、飲むように勧める。弘は年長者に対する礼儀として、顔を少し横に向けて飲んだ。

「おい、こっちに杯をもう一つくれ。酒と肴ももっと持ってこい」

河大完が大声を出す。斗万は席を立ちたかったけれど、河大完を粗末にできない事情があるから我慢する。

「ところで、弘」

「はい」

「お前、月給いくらもらってる？　あいつはけちだから、どれほどもくれないだろう。たかが知れてるさ。俺の所で働かないか」

「トラック一台買ってくれますか」

「それぐらいはお安い御用だ」

「でも、実は晋州を離れようかと思ってるんです」

「どうして」

「父も亡くなりましたし、広い海に出てこそ魚も成長するものでしょう」

「それはもっともだ。どこに行くつもりだ」

「日本かソウルか、考えてみてから」

弘は斗万を意識して、間島に行くことは話さない。

「よく考えてからにしろ。若いから、いろいろやってみるのもいいさ」

酒を飲み、河大完は話題を変える。

「斗万兄さん、うわさでは同郷の人たちとは犬猿の仲だそうですが、どうしてです」

それとなく刺激するように言う。

「犬猿の仲であるわけがない。俺が成功したからねたんで陰口をきいているだけだ。俺が人の物を奪ったり、誰かに悪いことをしたりしたわけでもないのに、どうしてそんなことを言うのか、訳がわからないな。だから、いとこが田んぼを買ったら腹が痛くなる*ということわざができたんだろう。まったく、朝鮮人ってのは」

顔を真っ赤にして反論する。

「弘、お前も腹が痛い人のうちの一人か」

河大完が笑う。

「いえ、そんなはずがないでしょう。いとこが田んぼを買ったら腹が痛いと言いますが、故郷から来たものはカラスでもうれしいということわざもありますよ」

弘は平然として言った。

「俺はまた、平沙里の人たちが意地悪いのかと思ったが、お前がそう思ってるなら、よかったよ。はははっ……ははは……。どうやら、斗万兄さんが間違ってるみたいですね。貧乏もつらいけれど、金持ちとして暮らすことだって簡単なことではないでしょう。でも、突き放してばかりいないで、ちょっと助けてやりなさいよ。貧乏人は悲しいけど、金持ちはゆとりがあるんだから」

「そう言ってくれるな。白丁の婿になった寛洙の奴は、俺が農庁《ノンチョン》*に酒を売ったからと言って騒いだんだぞ。俺はあいつが目の前にいたら、捕まえて警察に突き出すね」

「酒を売ったからではないはずです。酒屋が酒を売るのは当たり前だ。兄さんが農庁の人たちに酒をただで提供したという話は、誰でも知ってるのに」

「おい、何だと？　さてはお前、白丁の味方なのか」

「俺は白丁の味方でも、農庁の味方でもありません。キリスト教でも、坊主の味方でもない。商売人がどちらか一方の肩を持てば、商売はできません。商売人は金になることが一番で、他人のことに口を突っ込んで騒ぐ必要がないってことです」

「とにかく平沙里から来た連中はろくな奴がいない。どんな大罪を犯したのかは知らんが、あいつらはどうしていつも追われてるんだ。寛洙や錫が目の前に現れないということだけでも、胃もたれがなくなるよ。平沙里の誰の息子だか知らないが、こいつも晋州を出ていくというんだから」

弘が龍《ヨン》の息子だと知っているくせに、斗万はわざとそんなふうに言う。

「大金持ちの崔参判家も出ていくことになるんじゃないか」

「絶対そんなことはありませんよ」

河大完は唇をなめる。図太く、口がうまくてよくそらとぼけたりする彼も、斗万があまりに頑固なので愛想が尽きたようだ。弘は河大完に酒を勧められても飲まず、ビビンバを食べるのに熱中しているように振る舞った。内心では斗万の鼻っ柱を折ってやりたいと思っていたけれど、聞こえないふりをするのは難しいことではない。

「大金持ちも、破産する時はあっという間だ。亭主が監獄にいるから、あの家の大黒柱がぐらついていないとは言えないさ」

「いとこが田んぼを買えば腹が痛くなるってのは、兄さんのことじゃないですか」

斗万は吉祥《キルサン》の話はしない。弘がいなければ、下男だの何だのと言ったかもしれないが、聞くところによるとお宅は奴婢《ぬひ》*だったそうですね、などと口走られても困る。

「寛洙が白丁だってことは晋州の人はみんな知っているし、よからぬことを企んでいることで有名だ。それはそうとして、鄭錫とかいう奴のやることといったら。元は水くみをしていた男じゃないか。そんな馬鹿が、どんな手を使ったのか、教師だと？　ちゃんちゃらおかしい。背広を着て教壇に立ってるって？　俺は前から怪しい奴だと思っていたが、案の定、妓生とどうこうしたとか。それだけでも他人の子供を教える教師にはふさわしくないが、警察があいつを捕まえようと血眼になっているんだから、逃げているのは妓生のことで大恥をかいたからだけではないはずだ」

「兄さん、どうしてそんなことを言うんです。本当に、おしゃべりだな。太ってるんだから、頭に血が上ったら体に良くないですよ」

興奮している斗万は、コマが勝手に回るみたいに止めることができないらしい。

「俺は誰かが言ったみたいな親日派でもないし愛国者でもないが、商売をしているとたまには日本人と酒を飲むこともあるさ。だが、あんな奴に何がわかる。あんなことをする資格があるのか。背広を着て教壇に立っているから偉くなったと勘違いしてるんだから、笑わせるよ。ああ、そんな運動をしたいなら、中国にでも行けばいいんだ。年取った母親が何度も警察に呼ばれたりして。それだから、下手な風水師が家を滅ぼす*とか、やぶ医者は人を殺すとか言うんだ」

たまには日本人と一緒に酒を飲むという言葉は、弘に対するちょっとした脅しに過ぎない。錫の母が警察に呼び出されたという話は、トッコルにいる母から聞いた。

「もういい加減にしなさい。他人のことでそんなに力んだら、くそを漏らしますよ」

河大完がにらみながら言い放った。ようやく気を取り戻した斗万は、くそを漏らすという言葉が何を意味するのかと思って、ぎくっとした。

弘が立ち上がった。

「ごちそうさまでした。私が代金を払ったら気分を害されるでしょうから、このまま失礼します」

「ああ、気をつけてな」

河大完が手を振った。

二十章　若い鷹

裏庭のイチョウの木の下で、女の子は黄色くなった葉っぱを拾っていた。新しく拾った葉っぱを、先に拾った葉っぱと比べ、一つは捨てる。そしてまた新しいのを拾う。黄緑色のモスリン〈平織りの薄手の織物〉のチマに薄い桃色のモスリンのチョゴリ。髪を短い三つ編みにして紫色のリボンを蝶のように結んでいる。靴は白い運動靴だ。子供は葉っぱを拾っては比べ、片方を捨てることを繰り返していた。葉を落としているイチョウの木の上には藍色の空があり、色のコントラストが美しい。子供は安らかで祝福された存在のように見える。

〈あの子は一番きれいなイチョウの葉を探している。おそらく允国《ユングク》が帰ってくるまであああしているのだろう〉

大庁の裏門を開け放って裏庭を見ていた西姫《ソヒ》が、心の中でつぶやいた。良絃《ヤンヒョン》は、索漠とした家に咲く一輪の花だった。心身ともに疲れ、荒れ果てた西姫の日常にとって、良絃の存在は慰めだ。父親が誰であれ、名乗り出てこない限り良絃には父がいない。母がいないのは、もっと確かだ。良絃はそれを知っている。生と死がどういうことだか知らなくとも、いないということはわかっている。おとなしい子供だが人の顔色をうかがったりすることはなく、哀れな感じはない。走っていて転べば声を上げて泣いたから泣くことを知らないわけではないのだろうが、めったに泣かなかった。良絃は西姫をおかあさまと呼び、還国《ファングク》や允国をおにいさまと呼んだ。還国は微笑して良絃を見守るだけだったが、允国は良絃と一緒に遊び回って、とても可愛がっていた。西姫は家中の者に、良絃には還国、允国と同等の扱いをするよう命じた。それは鳳順《ポンスン》に対する恩返しではない。良絃がどんな因縁で西姫に引き取られたかなど関係なかった。良絃の存在そのものが慰めだったのなら、それは愛なのだ。

「良絃」

子供は振り返ってにっこりする。顔いっぱいに西日が当たっている。

「イチョウの葉っぱはどれも同じなのに、どうして捨てたり拾ったりしているの」

「色がきれいで形のいいのを選んでいるんです」

「全部同じに見えるけど」

「違います。同じじゃありません」

「拾ってどうするの」

「東京にいるおにいさまに送ってあげようかとか、おかあさまがソウルに行く時にあげようとか思ってるの」

西姫が笑う。

「あなたは允国兄さんの方がもっと好きだったんじゃないの」

「小さいおにいさまはここで一緒に遊べるもの」

「ああ、そうね」

西姫はまた笑う。

「もうちょっとしたら暗くなりますよ。風が冷たくなるから、もう家に入ったら」

「はい」

良絃は葉っぱを持ったまま、チマを払ってばたばたと走ってくる。良絃はよく一人で遊んでいた。ままごとをしたり、絵を描いたり、西姫がソウルで買ってきた絵本を見たりしていた。

「奥様、部屋にお入りなさいませ」

背後で下女が言った。数日前にソウルから戻って以来、西姫はずっと体の具合が悪かった。西姫は過労だと言い張ったが、朴《パク》医師は貧血だと言った。顔が青白く、しょっちゅうめまいを起こしていた。夏に受けた盲腸炎の手術は成功だったけれど、まだ歩く時におなかの皮が引きつれるような感じがしたし、天気がぐずつくと熱が出て骨がうずいた。結局、健康を回復できないまま晋州《チンジュ》とソウルを行き来しなければならなかった。補薬など飲もうとしなかったから、周りの人たちはどうすることもできない。

内房に入った西姫は布団に横になる。

「何かお飲み物でもお持ちしましょうか」

「いらない」

下女は退いた。西姫は、部屋ががらんとしていると思う。季節のせいだろうと思いながら、指輪がゆるくなった手を持ち上げて見る。血色の良かった指が白っぽい。西姫は手を下ろして寝返りを打つ。部屋が広い分だけ、寂しさが募る。西姫は、夫や長男がずっと側にいることを決して期待はしていなかったのに、なぜ二人の人間の不在が気になるのか、自分でも理解できない。

昨日、朴医師が往診に来た。彼はいつも看護師を連れてこなかった。

「奥様らしくもありませんね。お母さんが元気でないと、還国や允国が不安になりますよ」

声が沈んでいた。

「大したことはないのに……」

「自ら健康を諦めたら、医者も打つ手がありません」

「諦めるですって」

「諦めてるじゃありませんか。はた目には、そんなふうに見えます」

西姫はあいまいな笑みを浮かべた。

「ソウルにいらっしゃる旦那様も、奥様が青白い顔をしていたら、おつらいでしょうに」

朴医師は眼鏡の奥の瞳に絶望の色を宿し、次の瞬間、自嘲のような笑みを口元に浮かべた。

「病院で助手をしていた学生は、結婚したんでしょう？」

自嘲の笑みをやめさせようとするみたいに、西姫が言った。

「ええ」

「お祝い金でも送るべきだったのに、知りませんでしたの」

「そんな必要はありません。貧しい青年が金持ちの婿になったんですから。運が良かったんです」

残忍な言い方だった。

「大物になるか、度量の狭い人になるか、どちらかでしょうね」

西姫は朴医師よりも残忍だった。

「ええ、たぶん」

「楊《ヤン》校理家ですってね」

「そうです。還国を婿にしたがっていましたけれど」

西姫はそれには答えない。朴医師も、仲を取り持ってくれと頼まれた話はしない。

「先生」

「はい」

「重病の場合は別としても、たいていの病気や衰弱などは、気力で治ったりもするんじゃありませんか？」

「ソウルにいらっしゃる方のことを考えておっしゃってるんですか」

「いえ、一般的な話で……。私は、自分の体質からそんなふうに感じることがよくあるんです」

「それは無視できませんね。生命力は神秘的なものですから。医者としても時々納得できないようなことが起こります。逆に、気力が衰えると病気を呼び寄せることもあるでしょう。三年峠の話も、そういうことじゃないですか」

西姫は子供のようにほほ笑んだ。幼い時に聞いた物語だからだろうか。

「三年峠で転んだら、三年しか生きられない。それは結局、自分の意識が自分を殺すということではありませんか？　それを治す方法というのが、二回転んだら六年、三回転んだら九年生きられるということだけど、三千甲子東方朔*の伝説もそういうところから来たんでしょう」

朴医師はけらけら笑った。そして聴診器を丸めてかばんに入れ、注射器も消毒して片付けた。

「私も再婚することになりましたが、金持ちの婿になるのではないから、奥様からお祝い金をいただかないといけませんね」

患者に診察結果を告げるみたいに淡々と言ったが、笑った後に奇妙な感じがした。西姫はまごついてしまって何も言えなかった。

「驚きましたか」

「てっきり、結婚できないだろうと」

西姫は、大変な失言をしてしまった。

「どうしてそう思われたんでしょう」

「そ、それは」

朴医師は立ち上がった。部屋の戸を開けようとして、ふと振り向く。朴医師の後ろ姿を見ていた西姫と目が合った。西姫は謝罪するように頭を垂れる。

「患者と医者。私達は最後まで患者と医者……。心から願っていたのですが。では、お大事に」

朴医師の顔は蒼白で、仮面のようだった。眼鏡が光った。西姫も顔色を変えた。朴医師の気持ちに気づいていなかったわけではないが、そんなふうに打ち明けられるとは、思ってもみなかった。

それが昨日のことだ。もう過ぎたことなのに、まだ西姫の心の底に衝撃を与えている。西姫は再び横になって天井を見上げる。異性として好感や好奇心を持ったことはないが、医者として尊敬し信頼していたのは間違いない。彼はほとんど完璧だった。しかし西姫に対しては完璧になれなかったのも事実だ。西姫が釜山《プサン》で手術を受けた後、連絡をもらって朴医師が晋州から駆けつけた時、それは完全に露呈してしまった。彼は自分の職業を忘れるほど気が動転していた。よその土地で突然病気にかかって心細かった還国と西姫が、そんな朴孝永《ヒョヨン》に対して親戚のように親しみを覚え、頼ったのは自然な心理だ。西姫を車に乗せて晋州に戻る頃、朴医師の顔はようやく冷静さを取り戻していた。手術は予期できなかったことだとはいえ、盲腸炎はそれほど重大な病気ではない。患者の立場からすると開腹するということだけでも怖いが、医者が、自分も手術で執刀した後だったのに理性を失ったのは、妙な話だ。彼は西姫の青白い顔や苦痛をこらえる姿を見るのがつらかったのかもしれない。

西姫は、朴医師が再婚しないのは自分に片思いしているからだとうわさされているのも知っていた。還国も朴医師の気持ちに気づいているかもしれない。還国は鋭敏だから、釜山での朴医師の言動を見て何か感じ取ったはずだ。ひょっとしたら、還国も西姫と同じ気持ちなのかもしれない。還国はずっと朴医師を信頼していて、彼が来ると安心したように見えた。一人の人間としての真実をそんなふうに受け止めるなら不快に思う理由はないし、警戒するのは残酷なことだ。

昨日のことから、半月前のことを連想する。何の予告もなく、本当に突然、任明姫《イムミョンヒ》がお供を一人連れて西姫を訪ねてきた。

「釜山まで来たものですから、ついでにお目にかかりたくなりまして」

と言ったが、実はそうではなく、わざわざ晋州に来たようだった。明姫は地味なチマチョゴリを着ていた。

「皆様、お元気でいらっしゃいますか」

西姫は喜んで迎えたが、来訪の目的が気になった。会いたかったというのは口実に過ぎないことを見抜いたのだ。あれこれ話をした最後に、

「せっかく来られたんだからゆっくり休んで、晋州を見物していって下さいな」

と言うと、明姫は
「明日帰らなければいけません」

と妙に緊張して言うのだった。

「そんなに早く？」

「ソウルを留守にできませんの。それより、子供たちは」

ちょうど夕飯時だったから允国は家にいた。

「子供たちに、お客様に挨拶するよう言ってちょうだい」

允国と良絃が入ってきた。明姫の視線は真っ直ぐ良絃に向かった。

「挨拶なさい。ソウルの任校長先生の妹さんよ」

「こんにちは。兄から、よく話を聞いています」

允国は大人っぽく、しかし照れを押し隠したような表情で挨拶した。

「私も還国からうわさを聞いていますよ」

明姫は、優しく品のいい還国に比べ、允国は顔立ちや表情に覇気があると思った。しかし視線はすぐに良絃に戻った。

「良絃、ご挨拶は？　おばさまにご挨拶なさい」

良絃はぺこりと頭を下げ、何も言わずににっこりした。

「こっちにいらっしゃい」

明姫は近づいてきた良絃を抱いた。だがすぐに明姫の膝から滑り下りてしまう。

「おばさん、良絃におみやげを持ってきたのよ。ああ、そうだ、允国にもおみやげがあるわ」

明姫は興奮しているように見えた。あたふたとお供を呼び、荷物を持ってこさせた。西姫は風景を眺めるように微笑していたけれど、いささか疑問だった。どうして明姫の口から良絃の名前が、あんなに自然に出たのか。ソウルでは良絃の存在はよく知らないはずなのに、おみやげまで買ってくるとは。西姫は気になったけれど、口には出さなかった。允国へのおみやげはスケート靴で、良絃には大きな人形をくれた。

「ありがとうございます」

允国が大きな声で言った。それをまねするみたいに、

「ありがとうございます」

良紘も大きな声で言った。明姫と西姫が笑った。

「お母さん、それじゃ僕は部屋に戻ります。良紘はついてくるなよ。勉強の邪魔だ」

允国は、目をむくようなそぶりをすると、明姫にお辞儀をして出ていった。

「頼もしいこと。還国に負けないほど男前ですわね」

「気が荒くて心配なんです」

「男の子はそうでなきゃ」

明姫の言葉は、ずっと宙に浮いているように響いた。

「良紘」

「はい、おかあさま」

おかあさまという呼び方に、明姫はびくっとした。

「うれしい？」

「かわいいな。おかあさま、お人形を抱いて寝てもいいでしょ？」

「もちろんよ」

「おばさま」

良紘は明姫を見上げて言った。

「大きなおにいさまを知ってるの？」

「よく知ってるわ」

「ひと月したら、帰ってくるんだって」

「そう。良紘は学校に行ってるのね？」

「はい、一年生です。わたしおにいさまにお手紙書いたの」

「そう。偉いわね」

「でもね」

「え？」

「大きいおにいさまも好きだけど、わたしは小さいおにいさまの方がもっと好き」

「大きいお兄さんがねたみそうね」

夕食を共にして、夜になると、良紘は下女が部屋に連れていって寝かしつけたようだ。西姫と明姫は向かい合って座った。明姫は緊張した様子だ。その緊張は西姫にも伝わった。

「良紘のことは、仁実《インシル》から聞きました」

「ああ、そうでしたか」

それは納得できたが、明姫が良紘に執着しているという印象は消えない。

「仁実は、あの子が奥様の本当の子供だと思っているようでした」

西姫はあぜんとした。

「実の子ではないということを、明姫さんは還国からお聞きになったんですか」

「いいえ」

明姫はきっぱりと言った。

「李相鉉《イサンヒョン》さんが手紙を寄越してきました」

「李相鉉さんが」

「はい」

「どうやって知ったんでしょう」

「それは、私にも」

西姫は考え込み、あることに気づいた。満州に行った恵観《ヘグァン》が、まだ戻らない。

(でも恵観和尚は、良絃があの人の子供だとは知らない。変だ。それならあの人は朝鮮を出る前から、鳳順が自分の娘を産んだことを知っていたのか)

しばらく沈黙が続く。

明姫は熟考の末、晋州を訪れた。率直に、事務的に良絃のことを相談しようと思ってきた。だが自分の計画に、だんだん自信が持てなくなってきた。

「実は、李さんが小説を一篇送ってきました。先月それが発表されて評判になったんですが、その原稿に手紙が添えられていたんです」

「……」

「これからはできる限り小説を書くつもりのようです。そしてその原稿料を良絃のために使ってほしいとおっしゃっています」

「そうだったんですね」

西姫は低い声で言った。予期せぬ感情だった。穏やかな風のような。相鉉が昔のことに仕返しをしようとしているとは思えない。意識の底に押し込めていたものが、突然立ち上がって訣別を告げたような気がした。

「父親なら……当然、そうすべきでしょう。おそらくここから出ていった和尚さんがあの人に会ったんですわ。和尚さんはそんなことは知らないけれど、良絃の母親が死んだことを話したんでしょう」

西姫は組んでいた手をほどいた。

(あの人たち……愛し合っていたのね)

「来る前に夫と相談したのですが、奥様もご存じのとおり、うちは子供がおりませんので……」

口ごもる。

「明姫さんが、良絃を養女にしたいということですか」

「ええ、できることなら」

「李相鉉さんがそうしてくれと?」

「違います」

「それなら、それは難しいですね。私には、良絃の母親に対する義理がありますから。父親が来て連れていくならともかく」

「無駄足をしたようですわ」

明姫は失望を隠さない。

「もっとも、さっきの様子からすると、良絃にとってはここにいる方が幸福だろうと思いました」

西姫は顔の緊張を解く。

「あの子はこの家の花です。誰も、よその子だとは思っていません。両親に育てられるには及ばないとしても、家族みんなの慰めになっているのですから、ひねくれて育ったりはしないでしょう」

「そ、そうでしょうね」

明姫は絶望したような声でつぶやいた。そして明姫は翌日、良絃の頭を何度もなでてから晋州を離れた。西姫は、良絃が李相鉉の子供だから手放さなかったのでは、決してない。また良絃が家の花であり、慰めだから手放さなかったのでもない。良絃にとっては、明姫の家よりここの方がましだと思ったから堂々と断れた。

(人間の体には不思議なところがあるようだ。気力だけでは済まされないような気がする。何日も何も食べず、眠らなくても鉄の塊みたいにびくともしないのが変だ。その鉄の塊みたいなものが、ささいなことで壊れるのが変だ。だけど、体が弱ると夢うつつのうちに、やたらに食べる。乾き物などの消化しにくい物を食べたのに、胃もたれしなかった。医学では説明できない。体自体が生きようという意思を持っているのだろうか。私が今、弱っているのは、ソウルにいる夫のせいではない。これは自分を休ませるためなのかもしれない。私は今、めまいがするし、眠りたい。でも眠れない。眠れない。ねむれ……)

西姫はいつの間にかうとうとしていた。夢の中で允国の声がした。還国の声のようでもある。絶叫するような声だ。良絃が泣いているようだ。いや、良絃ではなく鳳順だ。

「鳳順、駄目でしょう？　駄目、駄目よね。良絃を手放したらいけないよね。駄目よね。鳳順、鳳順！」

体を揺すぶられて目を開けた。

「うわごとを言ってましたよ。朴先生を呼んできましょうか？」

允国が母を見下ろして聞く。

「いや。夢を見てたの。大丈夫よ。疲れてるだけだから」

「おかゆを持ってきました」

食欲がなくても允国が勧めれば食べるから、西姫が病気の時は允国が食べ物を持ってくる。

「うん。良絃はうちにいる？」

良絃がいるのは当たり前なのに、どうして聞くのだろう。允国は不思議に思った。

「人形で遊んでるけど。どうして？」

「夢見がちょっと悪かったの」

起き上がってかゆを食べる。全部食べ終えて言った。

「もうだいぶ良くなったみたい。補薬も飲んで、元気をつけた方がいいだろうね」

「そうですよ」

允国が喜んで言った。その時、ぱたぱたと足音がした。良絃が部屋の戸を開けて入ってくる。

「おかあさま、おかゆぜんぶ食べた？」

器をのぞき込む。

「うん、食べたよ」

西姫は良絃を抱く。

「良絃」

「はい」

「あなた、允国兄さんが一番好きで、その次が還国兄さんだと言ったよね」

「うん。でも、大きいおにいさまも好きよ」

「じゃあ、お母さんは何番目かな」

「一番とか二番とかじゃなくて、好き」

「そう」

頭をなでる。

「お母さん」

允国が真面目な顔で言った。

「何？」

「光州《クァンジュ》学生事件＊を知ってるでしょう」

「ええ。日本の学生と朝鮮の学生が列車の中でけんかをしたという話ね？」

「事件が拡大しているようです。うちの学校でも、黙って見過ごすことはできません。毎日、あちこちで学生たちが捕まっているといううわさだし」

「まさか、あなたが先頭に立ってるんじゃないでしょうね」

「上級生がいるからそうはしませんが、先頭に立ってはいけませんか」

母と子は互いの顔を見る。

「駄目だとは言えないけれど、あなたはお父様が西大門《ソデムン》にいるのだから慎重に行動した方がいいわね。それに、蛮勇は禁物です。あなたたちは、もっと大きなことのために成長しなければいけないの」

西姫は哀願するような、なだめるような顔になった。

「今回は大人たちの問題ではありません。学生たちのことじゃないですか」

允国は不満を表した。

「でも、相手は大人よ。大人というだけではない。あなたたちが鹿なら、相手は猟師なの」

「ライオンになればいいじゃないですか。みんな、ライオンになれば。もし僕たちの行為が正当ではないと言われて学生の身分を剥奪《はくだつ》されたとしても、彼らは何から何まで正当ではないんだから」

允国は反論した。目が輝いている。允国はもはや子供ではない。母の懐から旅立とうとする、一羽の鷹だ。


（十三巻に続く）

訳注

第三部　第四篇

＊十五章

【神将】 武力を持つ鬼神。雑鬼や悪神を追い払う。

【行廊《ヘンナン》】 表門の内側の両脇にある部屋で、主に使用人の住居として使われた。

【書房《ソバン》】 官職のない人を呼ぶ時、姓の後につける敬称。

【童参《トンサム》】 子供のような形をした野生の高級朝鮮人参。

【白丁《ペクチョン》】 牛、豚を解体し、食肉処理や皮革加工などをする人々。朝鮮時代は賤民階級に属した。

【一角大門《イルガクテムン》】 朝鮮の伝統家屋において、門柱の間に扉をつけて屋根をつけた門のこと。主に略式の門として使われる。

【大庁《テチョン》】 小さな農家などの庶民住宅の場合、板の間《マル》は部屋の前に造られた生活空間だが、比較的大きな屋敷の中央にある広い板の間は大庁とも呼ばれ、部屋と部屋をつなぐ廊下のような役割を果たすとともに、応接間、祭祀《チェサ》のための空間としても使われる。

【水鬼神】 人や舟を水中に引きずりこむ鬼神。

【目の見えないロバが……歩く】 無学な人が、他人から聞いた話をうのみにすること。

【万歳《マンセ》騒動】 三・一《サミル》運動のこと。一九一九（大正八）年三月一日から約三カ月間にわたって朝鮮各地で発生した抗日・独立運動で、民衆が太極旗を振りながら「独立万歳」を叫んでデモ行進をした。朝鮮のキリスト教、仏教、東学の流れをくむ天道教の指導者ら三十三人の民族代表が計画し、独立宣言書を発表した。デモはソウルで始まり、朝鮮全土に波及したが、日本軍の過酷な弾圧によって多数の死者、負傷者を出して終わった。当時の日本では「万歳騒擾《そうじょう》事件」として報じられた。

【智異山《チリサン》】 全羅道《チョルラド》と慶尚南道《キョンサンナムド》にまたがる連山。西姫《ソヒ》たちの故郷である平沙里《ピョンサリ》にほど近い所に位置する。

【鉛の毒】 若い頃、女芸人の一行に加わって各地を放浪していたチュンメは、当時、鉛の成分が多く含まれていた白粉を多用していた。

【スズメが……いかない】 好きなものや楽しいこと、興味のあることを目にしてそのまま通り過ぎることはできない。

【参判《チャムパン》家】 過去に参判を務めた先祖がいる家であることを表す。参判は朝鮮時代の高級官吏の役職名。

＊十六章

【画僧】金魚《クモ》と呼ばれ、丹青《タンチョン》や仏画を描く僧侶。

【東学】一八六〇年に崔済愚《チェジェウ》が創始した新興宗教。民間信仰、儒教、仏教、道教などの要素を採り入れている。西学と呼ばれたカトリックに対抗する意味で東学と名づけられ、信者（東学教徒）の団体は東学党と呼ばれた。

【ソウル】一九一〇年の韓国併合以後、首都の名は「漢城府《ハンソンブ》」から「京城《キョンソン》（日本語読みは「けいじょう」）府」と改められるが、一般的には首都という意味の「ソウル」という呼称もずっと使われた。

【元山《ウォンサン》】咸鏡南道《ハムギョンナムド》の南に位置する市。

【間島《カンド》】現在の中国・吉林省延辺朝鮮族自治州に当たる地域。「墾島《カンド》」などとも書かれる。

【針母《チンモ》】針仕事をするために雇われる女。

【蟾津江《ソムジンガン》】平沙里、河東《ハドン》を流れる川の名。全羅北道《プクト》の八公山《パルゴンサン》に源を発し、慶尚南道と全羅南道の境界を流れて海に注ぐ。

【ヨム】死者の身を清め、寿衣（死に装束）を着せた後、全身を布で包んで縛る儀式。

【咸安宅《ハマンテク》】「宅」は既婚女性の出身地の地名、または夫の姓や職位につけて「……出身の夫人」「……の妻」という意味の呼び名をつくる。ここでは咸安出身の夫人を指す。

＊十七章

【両班《ヤンバン》】高麗および朝鮮王朝時代の文官と武官の総称であるが、後には特に文官の身分とそれを輩出した階級を指すようになった。両班の特権は、法律上は一八九四年に廃止された。

【常民《サンミン》】両班階級よりも低い身分に属する平民階級。

【カフェ】本来はコーヒーを供する喫茶店の意味だが、日本とその植民地では大正末期から終戦頃にかけて、洋酒や洋食も提供し、客席で女性が接待するキャバレーのような店を指すのが一般的だった。

＊十八章

【舎廊棟《サランチェ》】舎廊房《バン》は主人の居室兼応接間だが、大きな家には独立した建物（舎廊棟）が設けられた。

【乙巳保護条約】日露戦争後の一九〇五年に結ばれた第二次日韓協約のこと。これによって日本は大韓帝国の主権を奪い、統監府を置いて保護国化した。

【麻浦《マポ》】現在のソウル市麻浦区桃《ト》花洞《ファドン》一帯。

【米のとぎ水でも子供ができる】 小さなことでもずっと努力していれば事が成し遂げられる。

【田中】 田中義一。一八六四～一九二九。軍人、政治家。一九二七年から一九二九年まで総理大臣を務めた。

【ボロディン】 ミハイル・マルコヴィチ・ボロディン。一八八四～一九五一。ソ連の政治家。コミンテルンの活動家として数カ国を渡り歩き、中国では国民革命を指導した。

【東拓】 一九〇八年に設立され一九四五年に解体された、朝鮮における植民地的農業経営のための半官半民の国策会社・東洋拓殖株式会社の略称。土地の買収、地主的農業経営など広範囲にわたる事業によって朝鮮経済を支配した。満州、南洋などにも進出した。

第三部　第五篇

＊一章

【龍井《ヨンジョン》】 現在の中国・吉林省龍井市。豆満江《トゥマンガン》（中国名は図們江《ともんこう》。白頭山《ペクトゥサン》〈中国名：長白山〉に源を発し、現在の中国東北部、ロシア沿海地方との国境地帯を流れる大河。長さ五二一キロメートル）を挟んで朝鮮と接し、多くの朝鮮人が流入していた。

【客主屋《ケクチュチプ》】 品物の委託販売や仲買をしたり、商人を宿泊させたりする家。

【須弥山《しゅみせん》にあるという四州】 須弥山は仏教の世界観で、世界の中心にあるとされる山。四州は須弥山の四方の海の中にあるという四つの大陸。四大州。四天下《してんげ》とも。

【沿海州】 ロシア帝国が十九世紀後半から二十世紀初頭にかけてシベリアの南東端、アムール川（黒龍江）、ウスリー川、日本海に囲まれた地方に置いた州。プリモルスキー州。

【金巾《かなきん》】 細い木綿糸で織った、目の細かい薄い布。

【青山里戦闘】 一九二〇年十月、青山里（現在の中国・吉林省和龍市内）において発生した、日本軍と朝鮮の抗日武装集団との戦闘。

【マンマンデー】 ゆっくりという意味の中国語「慢慢的」。

【煙秋《ヨンチュ》】 沿海州地域最大の朝鮮人村で、抗日運動の拠点として知られた。三巻訳者解説参照。

【海蘭江《ヘランガン》】 龍井近くを流れる、豆満江の支流。

【弁髪】 北方狩猟民族である満州族（女真族）の男子の髪型。頭頂部あたりだけを残して剃り、残した部分を三つ編みにして長く垂らす。一六四四年に清国を樹立した満州族は、漢民族にも弁髪にするよう強要した。

【恨《ハン》】無念な思い、もどかしく悲しい気持ちなどが心の中にわだかまっている状態。

＊二章

【カッパチ】革靴職人のこと。朝鮮時代には賤民階級に属した。

【花靴《コッシン》】きれいな布で飾られた、女性や子供用の履物。

【鳥打令《セタリョン》】全羅道でパンソリ（第五篇三章【パンソリ】の項参照）歌手によって歌われた南道雑歌《ナムドチャプカ》。

【九万里長天】はるかに遠く、高い空。

【大鵬《たいほう》】一日に九万里もの距離を飛べるという、想像上の鳥。

【モンダル鬼神】未婚のまま死んだ男の霊。

【琿春《こんしゅん》】現在の中国・吉林省東南部に位置する都市。南は朝鮮、東はロシアと国境を接する。

＊三章

【嘎呀河《ガヤハ》】豆満江最大の支流。現在の中国・吉林省延辺朝鮮族自治州汪清県に位置する。

【穏城《オンソン》】咸鏡北道《ハムギョンブクト》に属する郡。朝鮮半島の最北端に位置する。

【柳条辺牆《りゅうじょうへんしょう》】防衛目的で境界線を示した柵。境界線の外側に堀を造り、出た土で土塁を築いてその上に柳の枝で柵を作った。

【トアリ】頭に荷物を載せて運ぶ時の敷物。

【石頭には墨汁が入らない】頭が悪くて学問が身につかない。

【かゆにも飯にもならなかった】ものごとを途中で放り出してしまい、結局何もできなかった。

【パンソリ】日本の浪曲のように一人で話したり歌ったりしながら物語を伝える伝統芸能。

【ムーダン】民間信仰の神霊に仕え、吉凶を占ったり、クッ（神に供え物をし、歌や踊りを通して祈る儀式）を執り行ったりする巫女。

＊四章

【李東輝《イドンフィ》】一八七三〜一九三五。共産主義運動指導者。大韓帝国陸軍の軍人だったが、一九〇七年の第三次日韓協約により軍隊が強制的に解散された後は新民会《シンミンフェ》の開化運動と抗日運動に身を投じた。その後沿海州に亡命し、一九一八年、ハバロフスクで韓人社会党を結成した。上海臨時政府では初代国務総理に就任。韓人社会党は拠点を上海に移し、一九二一年、高麗共産党と称した。彼らのグループは「上海派」と称された。

【黒河事変】一九二一年、ロシアのスヴォボードヌイで朝鮮の独立軍がロシアの労農赤軍と衝突して敗北した事件。自由市事変、自由市惨変とも。

【宋秉畯《ソンビョンジュン》】一八五八〜一九二五。政治家。明成《ミョンソン》皇后（閔妃《ミンビ》）暗殺事件の後、日本に亡命。韓国併合に尽力し、併合後に子爵、のち伯爵となった。

【金允植《キムユンシク》】一八三五〜一九二二。政治家、漢学者。一八九四年、金弘集《キムホンジプ》内閣で外部大臣を務め、同内閣が崩壊すると親日派として済州島《チェジュド》などに流配された。一九〇七年にソウルに戻り、朝鮮総督府の諮問機関中枢院議長などを歴任。韓国併合後に日本の子爵となっていたが、一九一九年の三・一独立運動に同調して爵位を失った。

【社会葬】国家や社会に貢献した指導者的人物が亡くなった際に各界の代表が集まって行う葬儀。

【クッが終わってからチャングをたたく】後の祭り。チャングは鼓に似た形の打楽器。

＊五章

【金訓長《キムフンジャン》】訓長は書堂《ソダン》（私塾）で初歩的な漢文を教える先生のこと。金訓長という老人は引退後も訓長と呼ばれていた。

【申氏《シン》】朝鮮では女性は結婚後も元の姓を名乗る。

＊六章

【儒者《ソンビ》】学識はあるが官職についていない人。

【李光洙《イグァンス》】一八九二〜一九五〇。平安北道《ピョンアンブクト》定州《チョンジュ》に生まれ、幼くして孤児となった。早稲田大学留学中に新聞に連載した『無情』（一九一七）は朝鮮近代文学の原点とされ、儒教思想を攻撃する論説文も若い世代を中心に歓迎された。三・一運動に先立つ一九一九年二月、東京で他の朝鮮人留学生とともに二・八独立宣言書を起草した後、中国に渡って上海臨時政府樹立に参加。一九二一年に帰国して道徳改良による独立運動を目指したが、「民族改造論」（一九二二）は激しい論議を呼んだ。その後も恋愛小説、歴史小説を発表して大衆的な人気を博した。しかし植民地時代末期に創氏改名するなど、日本の国策に協力したことにより親日派として糾弾された。

【許英肅《ホヨンスク》】一八九七〜一九七五。李光洙の二度目の妻。東京女子医学専門学校（現・東京女子医科大学）を卒業し、朝鮮における初の女性開業医となった。

＊七章

【カラムシ】イラクサ科の多年草。茎の皮から繊維が採れ、織物にする。

【校理家《キョリ》】過去に校理を務めた先祖がいる家。校理は正五品、または、従五品に当たる朝鮮時代の文官。

＊八章

【普通学校】朝鮮に設置されていた初等教育機関。一九三八年に小学校に改められた。

【スニン】チマに付けられる幅二十センチほどの飾り布。主に竜や鳳凰などの模様に金箔が施されている。

【火のし】金属製の器具に炭火を入れ、布のしわを伸ばすアイロンのような道具。

＊九章

【中枢院】朝鮮総督府の諮問機関。

【熊が芸をして、金は中国人が取った】苦労した人ではなく、第三者が報酬を横取りした。

＊十章

【新女性】新式の教育を受けた女性。

【女子高等普通学校】朝鮮人女子を対象にした学校で、普通学校を終えた後に進む中等教育機関。一九三八年に高等女学校に改められた。

【心火病《シムファピョン》】不平、怒り、悩みなどのため高熱が出る病気。

【苛《か》性ソーダ】当時、洗濯に使われていた水酸化ナトリウム。強い毒性を持つ。

【笠《カッ》】馬のたてがみや尾で作った帽子のようなもので、成人男性がかぶる。

【クンジョル】目上の人に対して行う丁寧なお辞儀。男性の場合は膝を折って両手を床に当て、頭を下げて額を手の甲に近づける。女性は立ったまま目の高さで両手を重ね、ゆっくり尻をつけて座って深くお辞儀をし、再び立ち上がって軽いお辞儀をする。

【祭祀《チェサ》】先祖を祭る法事のような儀式。

＊十一章

【南江《ナムガン》】慶尚南道咸陽郡《ハミャングン》西《ソ》上面《サンミョン》から、山清《サンチョン》、宜寧《ウィリョン》などを経て洛《ナク》東江《トンガン》に流れ込む川。下流には晋州《チンジュ》平野などが広がっている。

【疑妻症《ウイチョチュン》】妻が浮気をしているのではないかと異常なまでに疑う性癖。

＊十二章

【洗剣亭《セゴムジョン》】朝鮮時代後期に武臣の休憩所として建てられた楼亭の名だが、その付近一帯を指す地名でもある。現在のソウル市鍾路《チョンノ》区に位置する。

【中人《チュンイン》】両班と常民の間に位置する階級。

＊十三章

【参奉《チャムボン》】朝鮮時代に各宮家や役所に属していた従九品（最下級）の官職。

＊十四章

【哭《こく》】人が亡くなった時や祭祀の時に、死を悼んで泣き叫ぶ儀式。

【殯所《ビンソ》】埋葬まで死体を安置しておく所。

【五日葬《オイルジャン》】死んでから五日目に行う葬式。

＊十五章

【秋夕《チュソク》】仲秋。陰暦八月十五日に新米の餅や果物を供えて先祖の祭祀を行い、墓参りなどをする、伝統的な祝日。

【府使《ブサ》家】府使は大都護府の長官と都護府の長官の総称。府使家は、過去に府使を輩出した家。

【朴烈《パクヨル》】一九〇二〜一九七四。本名、朴準植《パクチュンシク》。慶尚北道《ブクト》生まれ。一九一九年頃東京に渡ってアナキストとして活動した。一九二三年の関東大震災直後に逮捕され、天皇と皇太子を暗殺しようとしたと供述して、一九二六年に大逆罪により愛人金子文子と共に死刑を宣告されるが、恩赦により無期懲役となる。戦後は在日本朝鮮居留民団初代団長を務め、韓国に帰った。朝鮮戦争時に北朝鮮に連行され、後に粛清されたと言われる。

【常奴《サンノム》】身分の低い男に対する蔑称だが、ここでは主に常民を指す。

【喪幕《サンマク》】位牌などを安置する所。

＊十六章

【衡平《ヒョンピョン》社《サ》運動】 一九二三年四月に晋州で始まった、白丁《ペクチョン》に対する差別撤廃運動。

【セ】 反物の縦糸を数える単位。一セは八十本。

＊十八章

【上客《サンゲク》】 婚礼の際、新郎や新婦に付き添ってゆく家族。

【高等普通学校】 朝鮮人を対象にした学校で、普通学校を終えた後に進む中等教育機関。一九三八年に中学校に改められた。

【半回装《パンフェジャン》】 袖先や襟を紫または藍色の布で飾った女性用チョゴリ。

【矗石《チョクソン》楼《ヌ》】 晋州城にある雄壮な楼閣。南江《ナムガン》を見下ろす崖の上に建てられている。

＊十九章

【いとこが田んぼを買ったら腹が痛くなる】 他人の幸福を見て嫉妬する。

【農庁《ノンチョン》】 村の農民が共同で農作業を行うための組織。一九二三年四月、晋州で白丁の団体衡平社が発足した時、同地の農庁は激しい反対運動を繰り広げた。

【奴婢《ぬひ》】 朝鮮王朝の身分制度において賤民階級に属する下男や下女のこと。

【下手な風水師が家を滅ぼす】 中途半端な知識を持っていると、かえって大きな失敗をする。

＊二十章

【三千甲子東方朔】 三千甲子は、六十年ごとに巡ってくる甲子年が三千回あるという意味で、十八万年を指す。東方朔は中国・前漢時代の文人。三千年に一度しかならない桃を食べて長生きしたとされている。

【光州《クァンジュ》学生事件】 一九二九年十一月三日に光州で朝鮮人女学生をからかった日本人中学生と朝鮮人男子学生が衝突した際、警察が朝鮮人学生だけを検挙したことに憤った学生たちが起こした反日運動。デモや同盟休校は全国に拡大し、数ヵ月続いた。

訳者解説

第三部を締めくくるこの十二巻では、南原《ナムオン》に始まり、平沙里《ピョンサリ》、釜山《プサン》、ソウル、晋州《チンジュ》、統営《トンヨン》、さらに満州の龍井《ヨンジョン》やハルビン、沿海州の煙秋《ヨンチュ》などが舞台となっているが、すべて一九三〇年頃の話で、時間的な幅は少ない。

子供の頃、西姫《ソヒ》にとっては姉のような、吉祥《キルサン》にとっては妹のような存在だった鳳順《ポンスン》〈紀花《キファ》〉はアヘン中毒から抜け出せず、女手一つで育てるはずだった良絃《ヤンヒョン》を残して世を去る。その死は良鉉の父親である相鉉《サンヒョン》や、紀花にずっと思いを寄せ、嫉妬深い妻に苦しめられる錫《ソク》に大きな衝撃を与え、やはり紀花に恋い焦がれていた周甲《チュガプ》や、ほのかな憧れを胸に秘めていた老僧・恵観《ヘグァン》の心をもかき乱す。

当時、簡単に入手できたアヘンに手を出す妓生は少なくなかった。パンソリの名唱として一世を風靡《ふうび》し、レコードも発売されて人気を博した李花中仙《イファチュンソン》（一八九八～一九四三）もその一人で、彼女は日本へ公演に行く途中に海で死んでいる。三十過ぎればもう年寄り扱いされて妓生を続けるのが難しかった時代に、若さと人気を失いアヘン中毒で心身に異常をきたした李花中仙の死に関心を持つ人はあまりいなかったらしく、瀬戸内海を航行中に船から転落したとも、長崎沖で悪天候のために船が転覆したとも言い、その死の真相はよくわからない。しかし、写真に残された若い頃のはかなげな面差しは、不遇だった紀花のイメージに重なるようでもある。

西姫や吉祥にとって頼りになる存在だった龍《ヨン》は以前から病床にあったが、とうとう弘《ホン》に看取られて、波乱万丈だった人生の幕を静かに下ろす。そのほかにも、東学の仲間を裏切り新興宗教の教祖となった池三万《チサムマン》は殺害され、龍井の朝鮮人たちに温かく接してくれた孔《コン》老人の妻や、趙俊九《チョジュング》の最初の妻であった強欲な洪《ホン》氏は病気で死ぬ。独立運動家張仁杰《チャンインゴル》や、中国奥地の素朴な人々を愛した貿易商の秋《チュ》の死も伝えられる。孔老人は、すっかり年老いて往時の行動力や判断力を失い、ただぼやくことで日々を過ごしている。

平沙里では、若者たちが「募集」に応じて日本に出稼ぎに行くかどうかで動揺しているようだが、この「募集」が何を意味しているのかは、実はちょっと曖昧だ。日本政府による労働者募集のようにも見えるけれど、実際には、日本政府の労務動員計画は一九三九年度から一九四一年度、国民動員計画は一九四二年度から一九四五年度に立てられたものだ。「強制連行」という言葉もそうした動員に関して使われるものなので、十二巻の物語よりはだいぶ後の話になる。それはともかく、日中戦争前にも「内地」（当時、朝鮮、台湾などは「外地」、現在われわれが日本と呼んでいる領土は「内地」と呼ばれた）では、労働条件の劣悪な炭鉱労働者などが不足していた。一方、朝鮮の農村はいよいよ困窮したから、朝鮮内の都市や鉱工業地帯、あるいは満州や日本内地に働きに行く人も少なくなかった。外村大《とのむらまさる》『朝鮮人強制連行』（岩波新書、二〇一二）によると、中でも「日本内地は生活の維持、向上のための職を得られる有望な移動先として――朝鮮南部においては特に――認識されていた」という。内地に向かう朝鮮人は一九一〇年代半ばから目立ち始め、一九二〇年代に内地で失業者が増えても、行きたがる朝鮮人はむしろ増えた。一九二〇年代後半になると日本の内務省と朝鮮総督府は渡航証明書を持たない人の渡航を阻止する方針を取ったが、それでも内地に向かう人は減らなかった。

　物語では、病気で死んだプゴンの兄であるヤムが日本で働いて仕送りをしてくれるので、ひどく苦労していた母の暮らしも少し楽になり、村人たちに羨望のまなざしで見られている。村の青年たちは日本で働くことに将来の希望を見いだそうとしているが、老人たちが心配するように、職場や住居のあてもないのに渡航すれば、悪質な手配師にひっかかっていわゆるタコ部屋に入れられ、過酷な労働を強いられることも少なくなかった。寛洙《グァンス》も「運が悪ければ、どこかで野垂れ死にして終わりだ」と言っている。しかし、そうした危険がわかっていても出ていきたいほど、農村は疲弊していたのだ。

不自由な体に生まれついたせいで両親に虐待されていた趙炳秀《チョビョンス》は、統営で名高い指物師となって物語に帰ってきた。統営は作者・朴景利《パクキョンニ》の故郷でもある。代表作の一つである長編小説『金薬局の娘たち』では、冒頭で統営の土地柄が紹介されている。

真珠よりも美しい栄螺や鮑《あわび》の殻でさまざまに意匠を凝らした木製の衣装箪笥、大膳、鏡台、文匣（書類箱）、物差しなど、きらびやかで精巧な家具の製作が早くから発達していた。おおかたの男たちが海に出る荒くれた風土の中で、そのように耽美なまで繊細な手工業が発達したということは、なんとも合点のいかぬ不可思議である。

海の色が美しいせいかも知れない。黄色な柚子がはち切れるほどに熟れ、燃えるような紅椿の咲く、澄み切った気候がそうさせたのかも知れない。

（金素雲訳「金薬局の娘たち」『現代韓国文学選集』二巻、冬樹社、一九七六）

趙俊九が、「体さえまともなら、あいつが勝手に指物師になったこと自体、けしからんのだが」と言うように、朝鮮では職人仕事にあまり敬意を払わなかったし、近代以前の両班階級がそうした職業に携わることもなかった。しかし、実の親に虐待され、家に閉じ込められていた炳秀は、指物師に必要な知識や繊細な技術を身につけ芸術品のような作品を生み出すことで、永年の恨《ハン》を解いた。のみならず、炳秀は、「ずいぶん苦学したらしくて、統営では名の知れた昔の儒者たちもあの人に一目置いているそうです」と宿のおかみが言うほど、学識豊かな人物として周囲から尊敬を受けている。高い教育を受ける機会がなくても読書によって教養を養い、人格を陶冶することが可能だというのは、おそらく作者自身の信念なのだろう。西姫や範錫《ボムソク》も、若い時期に書物を渉猟することによって高い教養を身につけている。

　西姫は三十代半ばを過ぎ、息子たちは頼もしい青年に成長した。還国《ファングク》は早稲田大学予科（早稲田の予科は当時、高等学院と呼ばれていた）に通う東京留学生だ。五年制中学校〈高等普通学校〉を卒業した還国が入ったとすれば一九二二年に設置された第二早稲田高等学院（二年制、文科のみ）だろう。母の願いは法律家になってくれることだが、本人の希望は違うらしい。晋州の中学校に通う允国《ユングク》は、一九二九年十一月に発生した光州《クァンジュ》学生事件（第五篇二十章訳注を参照）をきっかけに朝鮮全土に広がった学生運動に強い興味を示し、母を心配させている。

　徐義敦《ソウィドン》と共に家を出た相鉉は相変わらず無為徒食の身ながら、中国での放浪生活を通して、それまでしがみついてきた身分意識の空虚さをようやく認めたようだ。吉祥は西大門《ソデムン》刑務所で服役しているから、当面は動きようがない。恵観はハルビンから黒龍江に沿って歩くと言って一人で出ていったきり消息が途絶えた。明姫《ミョンヒ》は不幸な結婚生活に耐えている。その教え子の仁実《インシル》は、緒方次郎が日本人であることに抵抗を覚えながらも、彼への恋心を捨てられない。
父が死んだことによって、弘は龍井に戻るという大きな決断を下した。十三巻から始まる第四部では、それぞれの状況は大きく変化するはずだ。

二〇二〇年五月

吉川凪

◉監修

金正出（きむ　じょんちゅる）

1946年青森県生まれ。1970年北海道大学医学部卒業。
現在、美野里病院（茨城県小美玉市）院長。医療法人社団「正信会」理事長、社会福祉法人「青丘」理事長、青丘学院つくば中学校・高等学校理事長も務める。訳書に『夢と挑戦』（彩流社）などがある。

◉翻訳

吉川凪（よしかわ　なぎ）

仁荷《イナ》大学に留学、博士課程修了。文学博士。著書『朝鮮最初のモダニスト鄭芝溶《チョンジヨン》』、『京城のダダ、東京のダダ』、訳書『申庚林詩選集 ラクダに乗って』、『都市は何によってできているのか』、『アンダー、サンダー、テンダー』、『となりのヨンヒさん』、『広場』など。キム・ヨンハ『殺人者の記憶法』で第四回日本翻訳大賞受賞。

完全版 土地　十二巻

2020年7月15日　初版第1刷発行

著者……………朴景利
監修……………金正出
訳者……………吉川凪
編集……………藤井久子
ブックデザイン……桂川潤
DTP……………有限会社アロンデザイン
印刷……………中央精版印刷株式会社

発行人……………永田金司　金承福
発行所……………株式会社 クオン
〒101-0051　東京都千代田区神田神保町1-7-3　三光堂ビル3階
電話　03-5244-5426／FAX　03-5244-5428
URL　http://www.cuon.jp/

ISBN　978-4-904855-52-2 C0097

平沙里《ピョンサリ》周辺の地図

絵：キム・ボミン

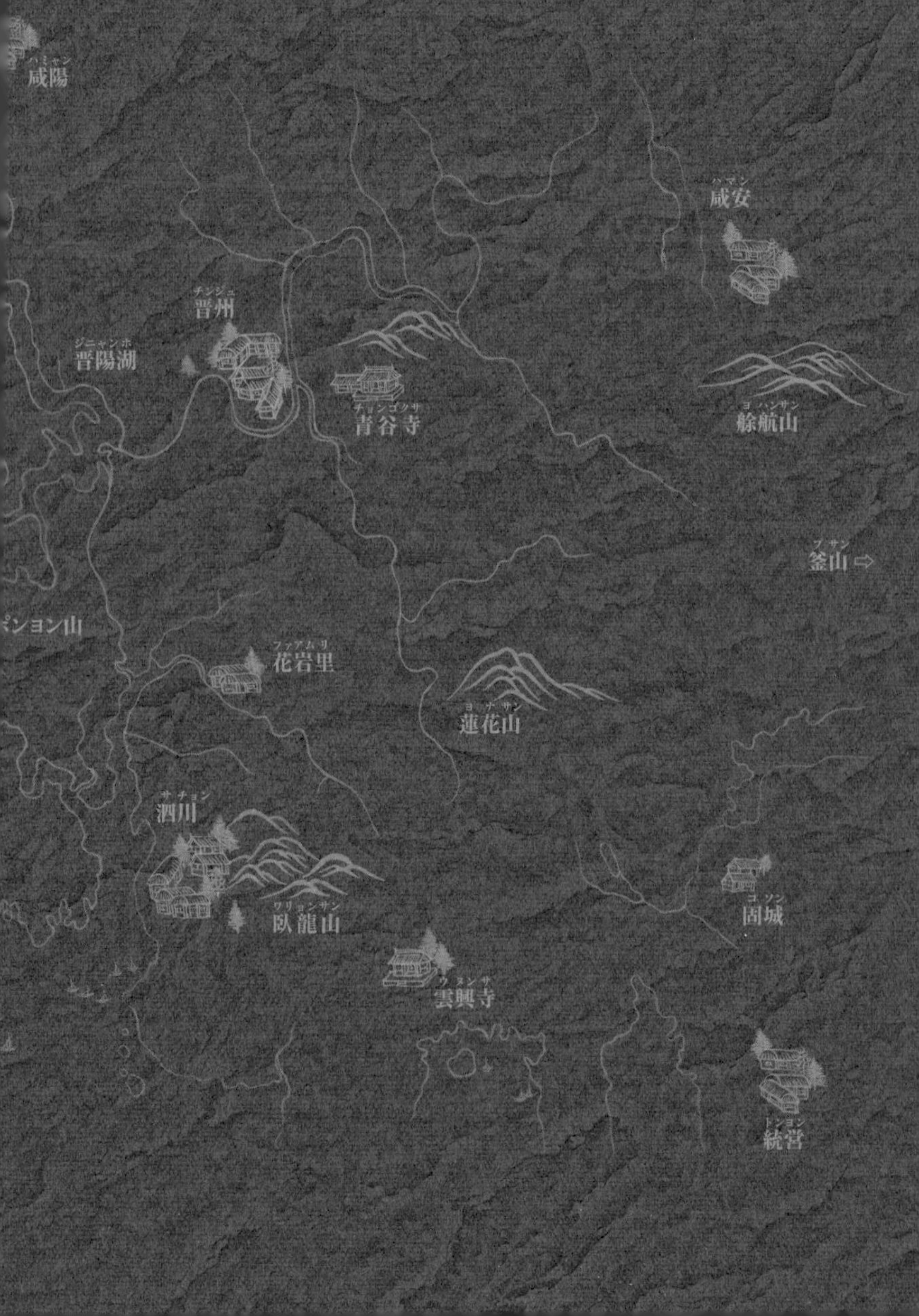